U0084275

古典文獻研究輯刊

九　編

潘美月・杜潔祥　主編

第 19 冊

王梵志、寒山、龐蘊通俗詩之比較研究

方 志 恩 著

國家圖書館出版品預行編目資料

王梵志、寒山、龐蘊通俗詩之比較研究／方志恩 著 — 初版
— 台北縣永和市：花木蘭文化出版社，2009〔民 98〕
目 4+228 面；19×26 公分
（古典文獻研究輯刊 九編；第 19 冊）
ISBN：978-986-254-027-5（精裝）
1. 唐詩　2. 大眾詩歌　3. 詩評　4. 比較研究
820.9104　　　　　　　　　　　　　　　98014647

ISBN - 978-986-2540-27-5

古典文獻研究輯刊
九　編　第十九冊　　　　　　　　ISBN：978-986-254-027-5

王梵志、寒山、龐蘊通俗詩之比較研究

作　　　者　方志恩
主　　　編　潘美月　杜潔祥
總 編 輯　杜潔祥
企劃出版　北京大學文化資源研究中心
出　　　版　花木蘭文化出版社
發 行 所　花木蘭文化出版社
發 行 人　高小娟
聯絡地址　台北縣永和市中正路五九五號七樓之三
　　　　　　電話：02-2923-1455／傳真：02-2923-1452
網　　　址　http://www.huamulan.tw 信箱 sut81518@ms59.hinet.net
印　　　刷　普羅文化出版廣告事業
初　　　版　2009 年 9 月
定　　　價　九編 20 冊（精裝）新台幣 31,000 元

版權所有・請勿翻印

王梵志、寒山、龐蘊通俗詩之比較研究

方志恩　著

作者簡介

方志恩，臺灣省台南市人，一九七九年生。華梵大學中國文學系、東方人文思想研究所博士班畢業。現任南市安順國中補校國文教師，曾任華梵大學東方人文思想研究所《佛教文獻與佛教文學研究專刊》、《儒家思想與儒學文獻研究專刊》主編，發表有〈明代詞僧釋正喦生平事蹟繫年〉、〈宋代詞僧釋淨端及其《漁家傲》四闋探研〉、〈從歷代目錄看《拾得詩》之版本及其流傳情況〉、〈唐白話詩派研究述略——以王梵志、寒山、龐蘊為考察對象〉、〈從來是拾得，不是偶然稱——唐白話詩僧拾得生平年代考略〉、〈《寒山詩集》唐代傳本考述〉等學術論文。

提　　要

　　本文以「王梵志、寒山、龐蘊通俗詩之比較研究」為題，乃取唐通俗詩派代表人物——王梵志、寒山、龐蘊作品為探究對象，並依詩歌歷史淵源、詩人生平、詩集版本、詩作比較及對後世影響等次第，進行深入而有系統之研究。

　　首章分成研究動機、方法、文獻檢討分析與章節安排等小節。其中「相關文獻檢討與分析」一節，梳理不少王、寒、龐三人相關材料，並依據文獻內容進行分析與評述，對後人瞭解詩派探究現況，甚具參考價值。次章，則考述王梵志所屬通俗詩派沿革過程與實質內涵，分別以「興起歷史背景」、「形成淵源」、「主要特徵」等議題進行闡釋。

　　第參章「詩人生平與詩集流傳」，主要有「詩人生平問題」與「詩集文本整理」兩大主軸。首先，詩人生平部分，除考釋王梵志、寒山、龐居士當前研究成果外，對三人生平事蹟相關疑點亦嘗試解決。而「詩集流傳與前人整理」，是依據王、寒、龐詩集版本源流、作品搜佚、理彙等相關論題，作全面而有系統之考述。

　　至於第肆章詩作比較，可歸納出以下結論：一、「題材風格」：王氏具有反映史實，為民發音現象，並偏好以嘲諷言語方式，使其世俗作品呈現「狂狷」風格。而宣揚佛理詩篇，則擅長營造意象之表現；寒山詩作風格雖與王氏雷相同，卻鮮少尖酸、辛辣成分，反帶有幾分文人之典雅氣息，另其宗教詩篇造境技巧卓越，是作品為後人稱頌主要原因；至龐蘊詩處處不離禪法之示說，導致其題材樣貌乏善可陳。二、「寫作手法」：三人言語風格大致相仿，惟疊字修辭，寒山運用較靈活，形式多變；詞彙色調分析，王氏採用尖銳色系，表達詩旨，寒、龐二人分別以理性詞彙，柔性對眾人訴說；而在新詞之創造，梵志、寒山則展現高超掌控能力，有其獨特之處。三、「創作表徵」：王、寒、龐多用「指導者之高度」與「不落俗套」之特殊思維，表達創作初衷。最後事物白描構思功力方面，王、寒表現脫俗，往往在龐氏之上。

　　末二章則用筆記、詩話，以明後人對王、寒、龐詩作之評述，賡續介紹作品對後世之影響。另總結三人通俗詩在中國俗文學史上有一定地位與價值，後依各章研究成果及本文可續探議題予以說明。

目次

第壹章 緒 論 …………………………………………………………… 1

一、研究動機 ………………………………………………………… 1

二、研究方法 ………………………………………………………… 6

三、相關文獻檢討與分析 …………………………………………… 9

四、本論文章節安排 ………………………………………………… 25

第貳章 唐代通俗詩派之歷史背景與淵源 ……………………… 29

第一節 唐代通俗詩派興起之歷史背景 ………………………… 29

一、詩歌爲李唐文學主流 …………………………………………… 29

二、與禪宗關係密切 ………………………………………………… 31

三、政經政策與文化弊端 …………………………………………… 38

第二節 唐代通俗詩派之淵源 …………………………………… 48

一、民間歌謠啓迪與陶冶 …………………………………………… 48

二、佛教偈頌 ………………………………………………………… 49

三、詩僧歷史概述 …………………………………………………… 51

（一）詩僧之濫觴 ……………………………………………… 51

（二）唐代詩僧群體 …………………………………………… 56

1. 清雅派詩僧 ……………………………………………… 57

2. 通俗派詩僧 ……………………………………………… 59

第三節 唐代通俗詩之特質 ……………………………………… 61

一、反映人民社會問題之寫實屬性 …………… 61

二、富含佛教哲理之意識形態 ……………… 62

三、佛教用語與社會俗語之語言形式 ……… 63

第參章　詩人生平與詩集流傳 ……………… 67

第一節　詩人生平考述 ……………………… 67

一、王梵志年代問題 ………………………… 68

（一）其人存在之真實性 ……………… 68

（二）活動時代之各家說法 …………… 70

（三）生年與享年再觀察 ……………… 76

二、寒山時代蠡測 …………………………… 78

（一）關於寒山活動時期諸說 ………… 79

（二）相關文獻再審查 ………………… 86

（三）寒山之交遊 ……………………… 99

（四）寒山生平簡表 …………………… 102

三、禪門居士龐蘊生平事蹟探討 ………… 108

（一）家世籍貫與傳聞問題等討論 …… 108

（二）交遊參禪 ………………………… 113

第二節　詩集流傳與前人整理 …………… 117

壹、《王梵志詩集》寫卷 ………………… 117

一、《王梵志詩集》輯錄過程 ………… 117

二、《王梵志詩集》寫本系統 ………… 119

貳、《寒山詩集》 ………………………… 120

一、《寒山詩集》傳刻情形 …………… 120

二、《寒山詩集》補闕與箋注 ………… 135

參、《龐居士語錄》 ……………………… 137

一、《龐居士語錄》版源系統 ………… 137

二、龐蘊作品匡補 …………………… 140

第肆章　王梵志、寒山、龐蘊詩作之比較 … 141

第一節　題材風格之特色 ………………… 141

一、世俗性詩歌——狂狷、隱逸、救世之差異
………………………………………… 141

二、宗教性詩歌——意象化、意境化、說理化
之分別 ……………………………… 146

　　　三、小結 ……………………………………… 149
　　第二節　詩歌寫作方法運用 ……………………… 150
　　　一、寫作方法運用 ……………………………… 150
　　　　（一）用語風格 …………………………… 150
　　　　（二）套式用法 …………………………… 156
　　　二、小結 ………………………………………… 163
　　第三節　創作精神與表現特徵之共同性 ………… 163
　　　一、具備傳統性與獨創性之詩歌創作 ………… 163
　　　二、展現白描與新奇之構思手法 ……………… 165
　　　三、小結 ………………………………………… 168
第伍章　王梵志、寒山、龐蘊作品評價與影響 …… 169
　　第一節　王梵志、寒山、龐蘊詩作之評價 ……… 170
　　第二節　王梵志、寒山、龐蘊詩在中國之影響 … 177
　　　一、對民間宗教信仰之影響 …………………… 177
　　　　（一）禪師上堂與擬作 …………………… 177
　　　　（二）民間流傳及崇拜 …………………… 182
　　　二、對後世文人文藝創作之影響 ……………… 185
　　　　（一）文人之擬、引與文藝創作 ………… 185
　　　　（二）與宋詩「以俗爲雅」風格之交涉 … 191
　　第三節　對日、韓之影響 ………………………… 194
第陸章　結　論 ……………………………………… 203
　　第一節　王、寒、龐通俗詩在中國俗文學史上之地
　　　　　　位 ………………………………………… 203
　　第二節　本論文研究成果及仍可發展之研究方向 · 206
參考文獻 ……………………………………………… 209

第壹章　緒　論

李唐乃中國詩歌鼎盛時代，清康熙帝〈御制全唐詩序〉云：「詩至唐而眾體悉備，亦諸法畢該，故稱詩者，必視唐人爲標準，如射之就彀率，法器之就規矩焉。」〔註1〕唐詩冠冕百代，其體例完備，詩派繁多，「上自帝王公卿，下至山林韋布，以及乎方外異人、閨閣女子，莫不願學焉」。〔註2〕迄今千餘載，仍如「發硎之刃，新披之萼」，〔註3〕歷久不衰，爲人傳頌。

唐詩既爲當時普及之文學式樣，無論貴族文士乃至閨閣布衣多能擅美於詩，但後人仍多著眼於文人雅士之作，鮮有對下層民間詩歌予以關注，例如游離於主流詩歌外之白話詩派，歷來多爲世人所輕忽，認爲其俚俗近鄙，難登大雅之堂，遂使其湮沒於李唐詩壇，無法獲得注目。有鑑於斯，本文擬針對唐白話詩派主要代表詩人之作，利用比較方法進行系統之研究，冀能對該詩派有深邃之認知，並藉此提供時賢對唐通俗詩歌有另一不同之審視角度。

一、研究動機

以王梵志爲首之白話詩派，爲唐代特殊文學產物。又稱爲「佛教詩派」、「通俗詩派」。由於詩派用語通俗，與當時追求雅正作詩之趨向大異其趣，無

〔註1〕清・彭定求等奉旨編纂：《全唐詩》（北京：中華書局增訂重印本，1999年），第1頁。
〔註2〕明・高棅編選：《唐詩品彙・五言古詩敘目》第二十三卷，（臺北：學海出版社，民國72年7月初版），第53頁。
〔註3〕此句節錄自錢伯城點校、明・袁中道著《珂雪齋集・宋元詩序》，第十一卷載：「詩莫盛于唐，則覽之有色，扣之有聲，而嗅之若有香。相去千餘年之久，常如發硎之刃，新披之萼。」（上海：上海古籍出版社，1989年1月），第497頁。

法吸引時人注意。自胡適《白話文學史》提出王梵志、寒山、王績爲初唐三大白話詩人之說後，才引起中外學術界廣泛重視，而至著名學者項楚等撰《唐代白話詩派研究》，更屬斯項研究之代表論著。項氏對唐白話詩派之成因與內涵，有不少精闢之論述，其〈緒論〉謂：

> 並非所有的白話詩都屬於白話詩派。這個詩派有著自己的淵源和形成發展的過程，有著共同的藝術和思想傳統。並且擁有以王梵志和寒山爲代表的數量眾多的詩人。從思想上看，它基本上是一個佛教詩派，與佛教的深刻聯繫形成了這個詩派的基本特徵。與其他詩派不同，它不是文人詩歌內部的一個派系。……它以通俗語言創作，採用偈頌體，其作者基本爲在家居士或出世僧侶。〔註4〕

職是之故，所謂白話詩，並非單指用語淺白之詩歌，其與文人白話詩大相逕庭，〔註5〕而是由一群僧侶有意識地利用佛教偈頌特性創作詩歌，具有特定意識形態與語言特徵之詩作。另如謝思煒〈唐代通俗詩研究的若干問題〉亦云：

> 受佛教的影響，唐代產生了白話詩派，或稱通俗詩派。這種詩是一種特殊的文學形式，具有特定的型態特徵與語言特質。它通過宗教的語言來表達群眾的社會意識，既依賴於佛教的基本思想，又自然地超越其繁瑣的推論和各種不必要的預設，直接選擇佛教與民眾意識相吻合的若干結論，用感受的方式和直接的生活語言來喚醒宗教情緒。〔註6〕

唐通俗詩派是由詩僧或居士、佛教詩歌、通俗語言三要素構成，且缺一不可，此乃其爲何又稱之「佛教詩派」原因所在。

然而，白話詩派創作並非以李唐爲始，其起源可溯至南北朝，且與佛教

〔註4〕 項楚、張子開等撰：《唐代白話詩派研究》，（成都：巴蜀書社，2005 年 6 月第 1 版），第 1～2 頁。

〔註5〕 關於通俗詩派作品與文人白話詩作之差異，鄭振鐸《中國俗文學史‧上》第五章「唐代的民間歌賦」曾以樂天詩說明：「白居易的詩，雖號稱婦孺皆解，但實在不是通俗詩；他們還不夠通俗，還不敢專爲民眾而寫，還不敢引用方言俗語入詩，還不敢抓住民眾的心意和情緒來寫。像王梵志他們的詩纔是真正的通俗詩，纔是真正的民眾所能懂，所能享用的通俗詩。」顯見，通俗詩歌主要具備「爲民而作」，反映民間真實面貌，與「俗語入詩」使用樸質語言兩大特質。（北京：商務印書館，1998 年 4 月），第 124 頁。

〔註6〕 收錄於謝思煒：《唐宋詩學論集》（北京：商務印書館，2003 年 3 月），第 134 ～154 頁。

禪宗有某種關聯。項文又曰：

> （白話詩派）或者說是「禪」的詩派，……它的淵源、成立、發展
> 興盛和衰落，和禪學及禪宗保持著某種同步關係。由南北朝時期的
> 禪學而產生了初期佛教白話詩，到初唐"王梵志詩"匯合許多無名
> 作者的白話詩，「白話詩派」便正式確立了。從慧能的禪宗南宗興起
> 之後，隨著禪宗勢力的日益擴展，許多禪師創作了大量標示著個性
> 宗風的偈頌，「白話詩派」不但完成了向南宗禪的轉型，而且進入了
> 全盛時期。這種繁榮一直延續到晚唐五代。〔註7〕

據是，白話詩派歷史悠久，乃肇源南北朝佛教詩歌，深受禪宗發展之影響。
然在此特殊血脈傳承下，迄初唐王梵志等詩人創作經營，才得開枝散葉，蔚
成詩派，形成唐音之奇葩。

　　但是，以王梵志為首之通俗詩派，並非飲譽當時，宋後則銷聲匿跡，其
主因為詩歌語言樸拙，喜以當時方言入詩，內容又多宗教說理，人們乃以蔑
視眼光鄙之，從未給予應有之文學地位。於此，項楚嘗感慨道：

> 白話詩派貫穿整個唐代，並且向上追溯到南北朝時期，向下延續到
> 五代北宋以後。這樣重要的詩歌現象長期未受到應有的關注，原因
> 是多方面的。第一、傳統的文學觀點歷來輕視甚至排斥通俗的白話
> 文學；第二、像王梵志這樣的大量唐代白話詩歌大都久佚失傳；第
> 三、最主要的是因為唐代白話詩派基本上是一個佛教詩派，而傳統
> 的中國文學史上從來就沒有宗教文學，包括佛教文學的地位。這是
> 極不公平的。〔註8〕

項教授所言甚是，唐代詩歌為中國詩歌藝術之另一高峰。唐代詩壇既造就如
李白、杜甫等偉大詩人，亦湧現眾多詩歌流派，例田園詩派、山水詩派、遊
俠詩派、邊塞詩派、新樂府運動等。此等詩派必然受到學術界持續關注與研
究，但游離主流以外之白話詩派，唐後鮮人問津，甚且遭受漠視，這是極不
公平亦並不應該之文學史現象。

　　然此偏見要及時導正，必須以審慎態度看待此類特殊作品。嚴格言之，
通俗詩派為中國佛教文學、俗文學範疇，是中國文學史重要之一部分，絕不
能因研究者長期輕忽與排斥，就斷然抹煞其存在價值。胡適曾曰：「中國文

〔註7〕　同注4，第2～3頁。
〔註8〕　同注4，第14頁。

學史上何嘗沒有代表時代的文學？但我們不應向那『古文傳統史』裡尋，應該向那旁行斜出的『不肖』文學裡去尋。因爲不肖古人，所以能代表當世。」〔註9〕試想今日佛教文學蓬勃發展，深刻地影響中國民間文學之茁壯，俗文學亦是滋養雅文學之主要養分，二者緊密交互影響，〔註10〕若將視爲敝屣，對於欲研究唐代文學與瞭解俗文學史之發展，必然無法窺其全豹。因此，撰者爰就唐白話詩派代表詩人王梵志、寒山與龐蘊三人詩作，以歸納、比較等方式進行探究，主旨除欲對詩派發展過程，詩人生平考察，與及作品風格之間異同等議題作系統闡述外，最重要乃擬對白話詩派給予唐代詩壇與中國俗文學史之貢獻，能作正面肯定作用，此乃撰作本論文之主要目的。

其次，在碩士班修業間，曾選修何師碩堂教授講授「唐代僧人詩專題」課程，〔註11〕對唐僧詩作，萌生興趣。嗣後，在何師悉心指導下，遂以《拾得及其作品研究》撰就論文，並交付花木蘭文化出版社印行。〔註12〕攻讀博士後，對唐僧議題研究仍用力至多，常將研究所得發表於學術期刊。〔註13〕學分修畢，與何師多次詳細討論，最終敲定〈王梵志、寒山、龐蘊通俗詩之比較研究〉爲論文題目。其考量，主要是論題與碩論相連屬，並可作爲延伸之深入研究，無論文獻蒐集與議題掌握，可收事半功倍之效。加上命題之開創性及章節分量合乎博論要求等諸多優點下，促成撰寫此論文另一要件。

再者，綜觀現今文學史之介紹，多著墨於王、寒二者，而鮮有談及龐蘊者。例如劉大杰《中國文學發展史》第十三章「初唐詩歌——王績及其他詩

〔註9〕 胡適：《白話文學史》，第3頁。

〔註10〕 雅、俗文學二者發展，並非壁壘分明，而是互有影響、融合雙生。董上德〈論古代雅、俗文學的互補與交融〉有以下闡述：「表面上，二者（雅俗文學）似乎涇渭分明，互不相干；實際上，雅與俗是相對而言的，它們之間有碰撞，有互補，有交融，這種雅、俗之間的互動關係，推動著文學的健康發展，忽視了這一點，便難以真切了解中國古代文學的發展歷程。」載《中山大學學報（社會科學版）》，1997年第2期，第106頁。

〔註11〕 何師碩堂教授爲誘發所內學子對佛教文學產生興趣，曾講授一系列佛教文學專題，如「唐代僧人詩專題」、「兩宋僧詞專題」、「晉僧賦明僧詞專題」等，俾欲從事此領域之研究生，獲得諸多之研究新素材。

〔註12〕 拙著《拾得及其作品研究》收錄於潘美月・杜潔祥主編《古典文獻研究輯刊五編・二十八》（臺北：花木蘭文化出版社，2007年9月）。

〔註13〕 修讀期間依次發表〈從來是拾得，不是偶然稱—唐白話詩僧拾得生平年代考略〉刊載《新亞學報》第25卷，2007年1月；〈唐白話詩派研究述略—以王梵志、寒山、龐蘊爲考察對象〉刊載《東方人文學誌》第6卷第1期，2007年3月；〈《寒山詩集》唐代傳本考述〉載《新亞論叢》第9期。

人」是承續胡適《白話文學史》說法，分別概述王績、王梵志、寒山生平與作品；〔註14〕而喬象鍾、陳鐵民主編《唐代文學史》第八章「王梵志和其他通俗詩人」僅闡說王、寒二人，與另一詩僧拾得；〔註15〕郭預衡主編《中國古代文學史長編——隋唐五代卷》第十二章「唐代詩僧及敦煌文學」亦不脫劉氏窠臼，同樣僅敘述王、寒行誼及詩歌。〔註16〕無庸置疑，王梵志、寒山仍為多數文學史作者關注焦點。不過，龐蘊也並非全然被捨棄於外，如學人羅時進早有所洞悉，其《唐詩演進論》揭示：「龐蘊詩，……與寒山詩風較近，時代亦較近，對於這二者的比較，學術界過去似乎注意不夠。」〔註17〕顯然龐氏研治風氣尚屬起步階段，從中亦知可朝詩人作品比較研究之新構思。

　　龐蘊為南宗禪馬祖道一法嗣，中國著名佛教居士，俗稱「龐居士」、「襄陽龐大士」、「東土維摩」。北宋以降，有不少公案語錄、詩歌偈頌存世。著有《龐居士語錄》三卷，相傳為于頔〔註18〕編集，其書有詩偈二百餘首，為公認機鋒迅捷之禪者，堪稱通俗詩派另一重要人物。清‧錢遵王《讀書敏求記》曾謂：「《寒山拾得詩》一卷。豐干語閭邱允，寒山拾得，文殊普賢，真為饒舌矣。允令國清寺僧道翹纂集文句成卷，而為之序贊，附著《拾得錄》于詩之前。惜乎傳世絕少，從宋刻摹寫。考《南北藏》，俱未收。余謂應同龐居士並添入《三藏》目錄中，庶不至泯滅無傳耳。」〔註19〕顯示龐氏詩作風格與寒、拾相類，應歸入相同詩派。既然其為寒山之流亞，對唐代通俗詩風、語言形式或意識型態等層面，必有一定影響與價值存在，允如譚偉所云：「龐居士與王梵志、寒山均為唐代之著名白話詩人。其詩偈同王梵志、寒山詩一樣，……是研究中國詩史（特別是通俗詩史）的重要文獻，也是研究唐代俗

〔註14〕劉大杰：《中國文學發展史》（臺北：華正書局，民國86年7月），第422～427頁。

〔註15〕喬象鍾、陳鐵民主編：《唐代文學史》（北京：人民文學出版社，2000年6月第2版），第163～184頁。

〔註16〕郭預衡主編：《中國古代文學史長編——隋唐五代卷》（北京：首都師範大學出版，2000年9月第2版），第471～478頁。

〔註17〕羅時進：《唐詩演進論》（南京：江蘇古籍出版社，2001年9月第1版），第127頁。

〔註18〕于頔（？——818），字允元，唐後期藩鎮之一。曾任湖州、蘇州刺史，貞元十四年至元和三年（798～808）更任山南東道節度使、襄州刺史。後入朝拜司空、同平章事，因罪遭貶。

〔註19〕清‧錢曾撰：《讀書敏求記》，見王雲五主編《叢書集成簡編》（臺北：商務印書館，民國54年12月臺1版），第147頁。

語和口語的寶貴資料。」〔註 20〕因此探究唐通俗詩並進行相關比較議題，除王梵志、寒山外，龐居士無疑是另一位最佳考察之對象。

二、研究方法

　　方法乃研究工具，爲從事學術研究基本手段與前提。本論文旨在詩歌比較研究，所使用研究方式必然不離比較、分析、歸納等常見邏輯學方法。不過，因全文脈絡並非僅有詩歌比照部分，亦有外緣論題如詩歌創作時代氛圍、詩人行實考察、作品流傳介紹等，故運用方法除上述幾項外，另選用「中國歷史研究法」、「中國文獻學研究法」、「中國古代詩學原理研究法」、「語言風格研究法」四種研究理論作爲論文指導方針。茲將本論文研究方法其如何運用，述說如後：

　　首先，涉及詩人生平、詩集版本等有關文獻處理之方法。

（一）「歷史研究法」

　　歷史研究法，是研究過去曾發生事件或活動之一種方法。其主要工作在對歷史文獻之蒐獲、鑑定眞偽、組織與解釋，使各自分立不相干之史實重新連結，並顯現原始面貌。而此研究方法之運用，本文主要參稽梁啓超《中國歷史研究法》一書。

　　《中國歷史研究法》乃梁氏二十世紀二〇年代之講藁，乃影響後世甚鉅之著名史學理論專書。今見版本除《中國歷史研究法》外，另收錄〈研究文化史的幾個重要問題──對於舊著《中國歷史研究法》之修補及修正〉一文與《中國歷史研究法補編》。〔註 21〕該書成藁因由與內容崖略，湯志鈞〈《中國歷史研究法》導讀〉有如此介紹：「《中國歷史研究法》原是梁任公於 1921 年秋於天津南開大學所作的講演，同年 11 月、12 月，《改造》第四卷第三～四號曾部分摘載，成書時文字上有修改，輯入《飲冰室合集》第十六冊之七十

〔註20〕譚偉：《龐居士研究》（成都：四川民族出版社，2002 年 7 月），第 333 頁。

〔註21〕關於《中國歷史研究法》印行過程，書前〈導讀〉有云：「《中國歷史研究法》，先於 1922 年由《改造》發表，次年 1 月，商務印書館發行，至 1947 年印了七版。《中國歷史研究法補編》於 1926 年 10 月至 1927 年 5 月在清華學校所講，由周傳儒、姚名達筆記，1933 年商務印書館排印出版（有『國學小叢書』本、『萬有文庫』本，至 1947 年印了六版。1987 年 9 月，上海古籍出版社將《中國歷史研究法》和《中國歷史研究法補編》重新標點整理，合印出版。」梁啓超撰、湯志鈞導讀：《中國歷史研究法》（上海：上海古籍出版社，2003 年 3 月），第 17～18 頁。

三。《中國歷史研究法》分「史之意義及其範圍」、「過去之中國史學界」、「史之改造」、「說史料」、「史料之搜集與鑑別」、「史迹之論次」六章。……《中國歷史研究法補編》，係 1926 年 10 月至次年 5 月梁啓超在清華學校所講，收入《飲冰室全集》專集之九十九。梁啓超自稱：『《中國歷史研究法補編》與幾年前所講的《歷史研究法》迥然不同。』過去注重通史，此次演講則"注重專史"，分『總論』和『分論』兩部分。」〔註 22〕

本文會探梁著爲方法之一，主要是藉《研究法》第五章「史料之搜集與鑑別」中所講「舊史中全然失載或缺略之事實，博搜旁證則能得意外之發現；史料有爲舊史家故意湮滅或錯亂其證據者」求眞務實之蒐集資料態度及所提「正誤」、「辨僞」鑑別史料之法具體方法，〔註 23〕當作鉤沉詩人生平史料之指導。此外，《補編》「分論一・人的專史」中關於人物撰寫傳、表作法說明，亦是編寫詩人繫年簡表重要參攷憑藉。〔註 24〕

（二）「中國文獻學研究法」

撰者就讀研究所以降，思慮層面以及治學態度屢受何師碩堂教授誘啓與影響。何師治學最忌「事無典據，游談無根」，無論授課講學、學術寫作皆從文獻學入手，所用方法固屬「中國文獻學研究法」。〔註 25〕因此，除「中國歷史研究法」外，本文亦利用「中國文獻學研究法」爲方法理論之補強。

中國文獻研究方法甚眾，坊間相關之著述亦夥，爲避免煩瑣，遂挑選王欣夫《王欣夫說文獻學》〔註 26〕、張舜徽《中國文獻學》〔註 27〕、來新夏《古籍整理講義》〔註 28〕三本著名文獻學論作，爲處理第參章「詩人生平與詩集流傳整理」之方法準則。王欣夫〈王欣夫說文獻學〉內容著重「目錄」、「版

〔註22〕前揭書，第 9～14 頁。

〔註23〕詳細內容請參見《中國歷史研究法》第五章，第 69～107 頁。

〔註24〕有關梁氏作傳方法論述，請參閱該書第 181～266 頁。

〔註25〕碩堂師治學向以嚴謹爲依歸，所慣用研究方法多屬文獻學中之「考據」法，其〈略談考據方法及其在學術研究之運用〉（載《碩堂文存五編》，臺北：里仁書局，民國 93 年 9 月 15 日初版，第 99 頁）嘗謂：「考據乃一研究方法，其法或用訓詁，或用校勘，或搜輯整理資料，以考核史實與歸納例證，並根據所提供可信之材料，以作出結論。因所據之材料信而有徵，故得出之結論遂精鑿而不可移易。」此種「實事求是」論學精神，影響撰者至深。

〔註26〕王欣夫：《王欣夫說文獻學》（上海：上海古籍出版社，2000 年 12 月）。

〔註27〕張舜徽：《中國文獻學》（武漢：華中師範大學出版社，2004 年 3 月）。

〔註28〕來新夏：《古籍整理講義》（廈門：鷺江出版社，2003 年 11 月）。

本」二者介紹，尤其第三章「版本」述說，〔註29〕於介紹詩集槧本傳刻時，裨益匪淺。至張舜徽《中國文獻學》，全書資料宏富，體例備悉，對文獻基礎知識「版本」、「校勘」、「目錄」，廣徵細說，可補王書不足之處。再者，第六編歸納出六項治理文獻方法，〔註30〕其中「考證」，更是辨證詩人年代必用方法。但張書對「考證」解釋，仍嫌不足，尚需更多補充說明。來新夏所撰《古籍整理講義》正是最佳輔助教材。

來書第七章「考據」方法，內容較張書翔實而有條貫。該章共分三小節，其中第二節「考據之基本方法」最具實用。其認為考證基本方法有三：一、本證。二、旁證。三、理證。

本證，一稱內證，即利用圖書本身資料發覺矛盾，尋求證據以考定問題。可從幾方面著手：（1）從圖書中所載事實、典制來考定；（2）從圖書中所徵引資料來考定；（3）從圖書內容文體、字句來考定；（4）從圖書內容學術思想來考定。旁證，亦稱他證或外證，是利用圖書以外有關資料來考定。而所用資料來源又分兩種——書證、物證。理證，為缺乏證據而根據個人學識以推理判定是非者。此法水平高而危險大，稍有不慎，即落入鹵莽武斷。

來教授所言考據方法，內容具體，觀念清晰，使欲從事此研究法者，更能順心應手，運用自如。

上述為文獻部分所引方法介紹，賡續為詩歌研究方法理論。

（三）「古代詩學原理研究法」

由於本文論題是屬詩歌研究範疇，有關探究詩歌原理論著之研讀必然不可或缺。所選吳建民《中國古代詩學原理》〔註31〕乃以古代詩學文獻為初基，建構而成之詩歌理論專著。吳著內容共十四章，可歸納成「詩歌本質」、「詩歌創作論」、「詩人論」、「詩歌作品論」、「詩歌鑑賞與批評問題」五大論題。

「詩歌本質」主要詮釋先秦時人標榜之「詩言志」，及魏晉詩人陸機所提「詩緣情」兩大命題，此二主題亦是構成中國古代詩歌本質之要素。「創作論」部分涵蓋廣闊，又分「詩歌創作過程論」、「構思想象論」、「審美體驗論」、「創作動力論」、「創作心態論」、「詩法論」五者。後四者為「詩歌創作過程論」

〔註29〕該章分有「版本起源和發展」、「版本的重要」、「版本前的文獻材料」、「未有版本前的寫本」等子題，其綱目清晰，論述簡拙，使人容易掌握箇中要領。
〔註30〕所講六種方法為：鈔寫、注解、翻譯、考證、辨偽、輯佚。
〔註31〕吳建民：《中國古代詩學原理》（北京：人民文學出版社，2004年2月）。

之分論，對擘析王、寒、龐三人創作時心態、動機等，能開拓不同審視角度。至「詩歌作品論」之「通變發展論」中第二、三節——「詩歌發展與社會發展之關係」、「詩歌的繼承」提供本論文次章「唐代通俗詩派之歷史背景與淵源」與第伍章「王梵志、寒山、龐蘊作品之評價與影響」撰寫時之基礎理論。此外，因論文專節探究「通俗詩派興起歷史背景」，為求加深論述，考察面向更趨完整，另參酌吳明賢、李天道編著《唐人的詩歌理論》〔註32〕中第一章「唐人詩歌理論發展的社會淵源」之內容。

（四）「語言研究法」

「語言風格學」乃一門新興學科，為語言學與文學結合之產物。乃是利用語言學觀念與方法，分析文學作品之新途徑。本文鑑於詩人作品用語風格為比較分析重要議題之一，所以參考竺家寧《語言風格與文學韻律》〔註33〕中「詞彙風格的研究方法」為本論文撰作之研究方法。

竺家寧將「詞彙風格的研究方法」共歸納出十二項：一、擬聲詞的運用；二、重疊詞的運用；三、使用方言俗語的風格表現；四、使用典雅或古語詞彙的風格表現；五、使用外來語詞的風格表現；六、由詞彙結構類型顯示風格；七、使用虛詞的風格表現；八、由詞彙的情感色彩看風格；九、由新詞的創造力看語言風格；十、由詞類活用看語言風格；十一、由作品中的成語、諺語、歇後語看風格；十二、由共存限制看語言風格。所列舉方法，述釋詳贍，可將適合者用於分析王梵志、寒山、龐蘊詩作之語言特質。

三、相關文獻檢討與分析

目前對王梵志、寒山、龐蘊之研究，其成果已臻一定水平，無論詩人生平考察，抑或詩集版源釐訂、作品風格分析等。然而，隨研究角度日益拓展、問題多樣，尚有諸多問題亟需解決，如王梵志享年、寒山墓址、龐蘊生父、龐詩詩韻彙理等，皆待後人戮力鑽研，以求答案。以下就掌握之資料，分生平研究與作品探討兩大類別，以評析王梵志、寒山、龐居士研治概況。

（一）詩人生平問題

王梵志、寒山、龐蘊生平傳記，兩《唐書》未載，相關資料散存於書序、

〔註32〕吳明賢、李天道編著：《唐人的詩歌理論》（成都：巴蜀書社，2006年8月）。
〔註33〕竺家寧：《語言風格與文學韻律》（臺北：五南圖書出版社，2005年5月）。

僧傳及禪門語錄中，且常有牴牾，使三人行誼隱晦，無法究悉。因此今日研究議題，主要針對詩人年代釐清、存在問題、生活行實及葬地等進行考察。

1. 王梵志

王梵志，衛州黎陽人，相傳生於隋王祖德家中林檎樹樹瘳。生平資料見於晚唐馮翊子《桂苑叢談》與李昉《太平廣記》卷八十二，但二書內容記載乖誕，未可盡信，導致學者聚訟甚久，迄今仍未定案。王氏生時年代有「隋文帝至唐高宗時」；「初唐」；「唐高祖至唐玄宗」與「大曆間」時人等說，這些說法各有主其見，其中以胡適氏為發端。1928 年胡適《白話文學史》「初唐白話詩」一章，詳細介紹王梵志生平與作品，提出「王梵志的年代當約 590～660 年代」〔註34〕之說法，開啓考究梵志其人年代考察之熱潮。80 至 90 年代初期，更達鼎盛期。〔註35〕如趙和平、鄧文寬〈敦煌寫本王梵志詩校注〉，針對劉復《敦煌掇瑣》中 P. 3418、P. 3211 號敦煌寫卷內容所反映中男年齡、府兵制度情況、「開元通寶」錢幣史實，以及唐中央政權與吐蕃間之衝突，考出「王梵志活動上限是初唐武德年間，而最遲不晚於開元二十六年（738）」〔註36〕之結論。嗣後張錫厚〈初唐白話詩人王梵志考略〉〔註37〕、朱鳳玉《王梵志詩研究》〔註38〕、項楚〈王梵志詩論〉〔註39〕、顧浙秦〈王梵志生地生年考辨〉、鐘繼彬〈王梵志詩及王梵志其人事跡鉤沉〉、分別對王氏身世作詳盡研究與考察，所得結論大致相同。張文認為「無需更多羅列比對，王梵志的創作實踐有力地說明他是初唐的通俗詩人」；朱鳳玉則說「王梵志生於隋朝，活動於初唐」；項楚基本上同意趙、鄧二人分析，並認為「它們（《王梵志詩

〔註34〕 胡適：《白話文學史》（上卷）（北京：東方出版社，1996 年 3 月），第 165 頁。

〔註35〕 徐俊波〈王梵志研究的百年回顧〉有曰：「20 世紀 80 年代以來，國內的王梵志研究無論是在詩集的整理和校釋方面還是理論研究方面，均堪稱空前繁榮，取得了豐碩成果。」（收傅璇琮主編：《唐代文學研究年鑑 2003 年》，【廣西：廣西師範大學出版社，2004 年 9 月】，第 309 頁）；另朱鳳玉、陳慶浩〈王梵志詩之整理與研究〉亦曰：「八十年代，是王梵志詩研究最熱烈的時期。」（項楚、鄭阿財主編《新世紀敦煌學論集》【成都：巴蜀書社，2003 年 3 月】，第 158 頁）。

〔註36〕 原載《北京大學學報·哲學社會科學版》第 5 期、第 6 期，1980 年，收張錫厚輯：《王梵志詩研究彙錄》，第 209 頁。

〔註37〕 張錫厚〈初唐白話詩人王梵志考略〉，《中華文史論叢》第 4 期，1980 年 10 月，第 61～75 頁。

〔註38〕 朱鳳玉《王梵志詩研究·上冊》，（臺北：臺灣學生書局，民國 75 年 8 月）。

〔註39〕 項楚〈王梵志詩論〉（收錄項著《敦煌文學叢考》【上海：上海古籍出版，1991 年 4 月】，第 631～673 頁）。

集》三卷本）產生初唐時期，特別是武則天當政時期」。顧浙秦則側重考察詩人出生地「衛州」、「黎陽」，由漢至唐不同時期之建制名稱，推斷而得出「王梵志是生於公元 538 年到 596 年這三十年間」之結論。〔註40〕鐘繼彬是從王梵志詩所透露時代背景，結合詩中「行年五十餘，始學悟道」句，推敲出「王梵志五十歲以後信奉佛教，應當是在初唐，而不是在中唐」。〔註41〕相關考述頗多，不過現今大多相信活動於初唐時期之看法。〔註42〕

　　正因如此，早期研究者曾懷疑王梵志此人真實性，認為「梵志」乃釋門慣用稱詞，即「有志求梵天之淨寂者」，意指「在俗之佛教人士」，成為同道人之共稱，詩作乃後人假名附麗，遂有「梵志究竟是一人或多人」問題產生，認為其是虛構人物，提出西域胡僧，或是一群托缽僧主張。如日本學者入矢義高〈王梵志について〉〔註43〕對王氏存在之真實性抱持懷疑，接續菊池英夫〈王梵志詩集和山上憶良『貧窮問答歌』之研究〉亦表贊同曰：「我不得不指出費盡心思來追查該文作者（王梵志）的生平將徒勞無功，而且也沒有必要。」〔註44〕直接否定王梵志其人之真實性。然而此虛無主義主張，至潘重規發表〈王梵志出生時代的新觀察〉，〔註45〕將《叢談》記載解讀為「一個棄嬰被收養過程」，獲得多數學人接受後，〔註46〕虛構人物觀點乃不復被認同。

〔註40〕顧浙秦〈王梵志生地生年考辨〉，《西藏民族學院學報（社會科學版）》第 4 期（總第 72 期），1997 年，第 67 頁。

〔註41〕鐘繼彬〈王梵志詩及王梵志奇人事跡鉤沉〉，《成都教育學報》第 20 卷第 5 期，2006 年 5 月，第 104 頁。

〔註42〕目前學界大都抱持王梵志活動於初唐時期之看法，但非絕對。徐俊波〈王梵志研究的百年回顧〉嘗云：「學界認為：『王梵志的生活年代“大致在唐初數十年間”，“享年約七、八十歲”（傅璇琮等主編：《中國詩學大辭典》，第 320 頁「王梵志」條）……。1990 年上海古籍出版的《唐詩大辭典》亦持此說。』初唐說自有其充分的理由，只是覺得寬泛，有待進一步探考。」第 310 頁。

〔註43〕入矢義高〈王梵志について〉（上）《中國文學報》第 3 期，1956 年 4 月；（下）《中國文學報》第 4 期，1956 年 10 月。

〔註44〕引自朱鳳玉《王梵志詩研究・上冊》，第 60 頁。

〔註45〕潘重規〈王梵志出生時代的新觀察——解答《全唐詩》不收王梵志詩之謎〉（原載中央日報「文藝評論54」1985 年 4 月 11 日）今附朱鳳玉《王梵志詩研究・上冊》，第 312 頁。

〔註46〕如張錫厚〈王梵志生平時代考〉一文提到：「潘重規先生提出『王梵志和陸羽同為棄兒』的論斷，進而證明《桂苑叢談》所載並非玄妙的神話，而是『平實可靠的記載』，更具說服力，使一向被視為荒誕的神話傳說，又恢復歷史的本來面目。」（收錄於張錫厚著《敦煌本唐集研究》【臺北：新文豐，民國 84

　　王梵志生平探究，主要著重在活動年代釐清與人物眞實問題兩大方面，雖成果可觀，但仍有諸多問題懸而未解，如活動時代細定、享年長久等，這些尚需新文獻出現以作進一步證實與釐清。

2. 寒　山

　　寒山與王梵志相同，不僅身世如謎，且行跡飄渺。寒山，姓氏不詳，嘗因遯隱寒岩，故自號「寒山子」。早年遊歷四方，學文習武，讀書詠史。三十歲後，隱居臺州（今浙江臨海）翠屏山，與國清寺禪師豐干、僧拾得結識。其年代根據來源主要有二：一是貞觀年間臺州刺史閭丘胤所撰〈寒山子詩集序〉，認爲寒山乃唐初人氏；一是李昉《太平廣記》卷五十五所引唐末天臺道士杜光庭《仙傳拾遺》（今佚），提到寒山爲大歷（766～779）中人。此二文獻所言年代各異，造成學術界對寒山年代之裁奪展開激辯。

　　持「貞觀說」皆相信閭丘〈序〉之記錄，並加衍生而成。今人主要有趙滋蕃〈寒山子其人其詩〉、嚴振非〈寒山子身世考〉〔註47〕、李敬一〈寒山子和他的詩〉〔註48〕、黃博仁《寒山及其詩》等贊同此說。不過「貞觀說」尚有諸多疑點，無法使人盡信。至余嘉錫《四庫提要辨證》考證閭〈序〉純屬僞作後，該觀點可算徹底被推翻。

　　寒山爲初唐人論點被屛除後，《仙傳拾遺》之大歷記載就成爲探考寒氏時期主要線索。較早有胡適提出「生於八世紀，他（寒山）的時代當約700～780」之說。〔註49〕及余嘉錫〔註50〕、錢穆〔註51〕踵武考證，寒山年代於是延至中

　　年〕，第 119 頁）；另項楚〈王梵志詩論〉亦表相同看法：「臺灣潘重規教授在
　　《敦煌王梵志詩新探》中，以獨具的慧眼，掃除了籠罩著王梵志故事的神祕
　　氣氛。」，第 631 頁。
〔註47〕此說以《北史》、《隋書》與寒山詩，通過歷史之印證，得到「約生於隋開皇
　　三年，卒於唐長安四年」結論。參閱嚴氏〈寒山子身世考〉載《東南文化》
　　第 2 期，1994 年，第 217～218 頁。
〔註48〕李敬一〈寒山子和他的詩〉（載《江漢論壇》第 1 期，1980 年）則「通過對寒
　　山詩中所反映社會狀況的詳盡分析，同樣支持貞觀說。」轉引王早娟〈寒山
　　子研究綜述〉載釋妙峰主編《曹溪禪研究》北京：中國社會科學出版社，2002
　　年 9 月，第 481 頁。
〔註49〕胡適：《白話文學史》（上卷），第 177 頁。
〔註50〕余嘉錫：《四庫提要辨證・下》（昆明：雲南人民出版社，2004 年 11 月），第
　　1060～1068 頁。首先考出閭丘胤所撰〈寒山子詩集序〉爲僞作後，接以《宋
　　高僧傳》卷十一大溈祐公遇寒山之事，推測貞元九年（793 年）爲寒山卒年。
〔註51〕錢穆〈讀書散記兩篇・讀寒山詩〉（收《新亞書院學術年刊》第 1 期，民國 48
　　年 10 月，第 9～11 頁）所持立場，與余嘉錫相仿，將寒山卒年定爲順宗、憲

唐晚期。此後許多研究者便在此基礎上作修正或肯定之工作，其中以王運熙、陳慧劍、孫昌武、錢學烈、連曉鳴、羅時進等人為代表。陳慧劍《寒山子研究》從詩〈序〉中所謂「朝議大夫使持節臺州諸軍事守刺史上柱國賜緋魚袋閭丘胤撰」之「使持節」與「緋魚袋」二官制使用年代，與寒山詩中內證得到「約於公元 710 年～820 年間」〔註 52〕看法。而錢學烈〈寒山子年代的再考證〉與羅時進〈寒山生卒年考〉分別考出「生唐玄宗開元年，約 725～730 年左右，卒於文宗寶歷、太和年間，約 825 年～830 年左右」；〔註 53〕「寒山生活年代約為 726 年～826 年」。〔註 54〕

關於寒山「年逾百歲」說法，學術界亦有探討。學人余嘉錫、趙滋蕃、陳慧劍、張伯偉、錢學烈等均認定寒山年壽過百之事實，少有疑慮。但項楚〈寒山詩籀讀札記〉有不同解讀：「倘若把自敘詩中『老病殘年百有餘』之『百有餘』理解為百有餘歲，則是完全誤解了詩意。這個『百』字不是指數字一百，而是『凡百』、『一切』之義。」〔註 55〕提供另一不同探究角度。

另外寒山遊歷蘇州寒山禪寺與入滅地方討論，亦引起不少研究者注意。如寒山滅寂處──寒岩，陳熙、陳兵香〈關於寒山子墓塔的探討〉〔註 56〕指出寒山滅寂可能原址，以及提出農曆九月十七為忌日，都是別開生面之研究課題與成果。

寒山生平探討，研究者較王梵志為夥，切入面也較廣。本人認為可能寒山作品風格多異，深獲海內外研究者青睞，於是焦點隨之開拓。另一方面，其人生平事蹟文獻記載較王梵志詳盡，添增研究素材，故論述層面乃呈現多樣化。

3. 龐　蘊

龐居士事蹟充滿傳奇色彩，其內容見於佛教史籍如《祖堂集》、《景德傳燈錄》、《興隆編年通論》、《五燈會元》等傳本，不過龐氏傳記文獻無論是身

宗間，即 805 年～810 年。

〔註 52〕參見陳慧劍：《寒山子研究》（臺北：東大圖書，民國 80 年 8 月），第 1～44 頁。

〔註 53〕錢學烈：〈寒山子年代的再考證〉，《深圳大學學報（人文社會科學版）》第 15 卷第 2 期，1998 年 5 月，第 107 頁。

〔註 54〕羅時進：《唐詩演進論》（南京：江蘇古籍出版社，2001 年 9 月），第 213 頁。

〔註 55〕項楚：〈寒山詩籀讀札記〉收（項楚著《柱馬屋存稿》【北京：商務印書館，2003 年 7 月】，第 130 頁）。

〔註 56〕陳熙、陳兵香：〈關於寒山子墓塔的探討〉，《東南文化》第 2 期，1994 年，第 223 頁。

世、籍貫、家世等記載皆較王、寒詳實，增加不少討論觀點。

龐居士，名蘊，字道玄，〔註 57〕衡州衡陽（今湖南）人。父任衡陽太守，遂居於衡。蘊世習儒業，志求真諦。唐德宗貞元初（約 785 年）謁石頭希遷，〔註 58〕豁然有省。復與丹霞天然〔註 59〕相偕受科舉之選，其時，聞江西馬祖〔註 60〕之道名，遂奔洪州，隨馬祖參禪而契悟，貞元中（約 785～805 年）北遊襄陽（今湖北），以舟盡載珍橐數萬，沉之湘流，舉家修行。元和三年（808）刺史于頔問疾，蘊謂曰：「但願空諸所有，慎勿實諸所無。」言訖而化。

其生平探討大致可分幾項要點：一、生父為誰、二、沉寶之說、三、入滅時間。相傳龐父為衡陽太守，無名子〈龐居士語錄詩頌序〉中曾提及「父任衡陽太守」，其後宋・釋本覺《釋氏通鑑》卷九、明・朱時恩編《佛祖綱目》卷三十二等亦錄之。〔註 61〕由於蘊父曾任衡陽太守，因此研究者多據此條考証龐氏生父究竟何人。譚偉《龐居士研究》第二章第一節中曾檢覽兩《唐書》、《通鑑》與明凌迪知撰《萬姓統譜》等書，未見相關證據。而李皇誼翻查郁賢皓《唐刺史考全編》，仍無法查明其父為誰，不過卻提出「目前可知龐承鼎者，……可能與龐蘊居住地合流，形成龐蘊之父任衡陽太守一說」〔註 62〕之假設。

〔註 57〕宋・計有功：《唐詩紀事》卷四十九，則作：「蘊字『道元』，衡陽人。」收《四部叢刊初編・集部》第 99 冊（臺北：臺灣商務印書館，民國 56 年臺 1 版），第 414 頁。

〔註 58〕希遷（700～790）亦稱「石頭希遷」，端州高安（今江西）陳氏。年方弱冠，聞大鑒南來，心學相矩，乃直造曹溪。開元十六年（728）於羅浮受具戒。後至廬陵從青原行思。天寶初，至南嶽，見寺東有石，狀如臺，乃結庵其上，時號「石頭和尚」。有《參同契》二百餘言。寂後德宗謚無際大師。震華法師編：《中國佛教人名大辭典》（上海：上海辭書出版，2002 年 3 月版），第 311 頁。

〔註 59〕天然（739～824）鄧州（今河南）人。初以布衣謁希遷，直侍三載，始落髮，受戒於南嶽希律師。歷參大寂、國一。尋入洛陽慧林寺，時天奇寒，天然取木佛燒火取暖，名震天下。後返本州，結庵丹霞，復遊襄陽，與龐大士善。見前揭書，第 60 頁。

〔註 60〕道一（709～788）什邡（今四川）馬氏，世稱馬祖道一。幼依資州唐和尚落髮，受具於渝州圓律師。開元中，習定於衡嶽山中，遇懷讓，言下領旨，密受心印。始自建陽佛跡嶺遷至臨川，次至南康龔公山，創立叢林法度。大歷中，隸名於鍾陵（江西南昌）開元寺，四方學子雲集，常以「即心即佛」之旨示人，世稱「洪州宗」。同前書，第 799 頁。

〔註 61〕所記內容稍異，如《佛祖綱目》記：「父任衡陽太守」；《釋氏通鑑》則云：「父為衡陽刺史，卒於任」。

〔註 62〕李皇誼：〈禪門龐蘊居士及其文學研究〉，東海大學中國文學系博士論文，民

　　沉寶之說則見〈語錄序〉所記載：「唐貞元年間，用船載家珍數萬，麋於洞庭湘右，罄溺中流。」該故事頗具傳奇性，並且傳達中國古代欠錢還債、因果相報觀念，深受民間人民喜愛。元末劉君錫遂將此事編寫為《龐居士誤放來生債》雜劇。《來生債》戲曲之流布，說明龐居士在中國文學史上地位與影響，不過此方面論述除譚偉論著與其另撰〈論元雜劇《龐居士誤放來生債》題材來源及其價值〉〔註63〕一文有述及外，未見其他相關研究。

　　至於龐氏死年，說法紛紜，歷來有貞元、元和、太和三種推測。貞元（785～805）說，僅宋計有功《唐詩紀事》卷四十九云及，宋王象之編《輿地紀勝》卷八十二亦援引，不過線索有限，無從深考。故貞元說看法，不被學者納入討論，僅屬文獻載錄。

　　元和說（806～820）又分兩派：一是元和三年（808）；另一為元和十年（815）。前者主要據于頓元和事蹟（即《舊唐書‧憲宗紀》載元和三年（808）九月被任命宰相離開襄陽）推衍，入矢義高《龐居士語錄》據此提出生卒年為「～808年」，〔註64〕《中國文學大辭典‧唐五代卷》陳尚君撰「龐蘊」條「約卒於元和三年前」，〔註65〕楊曾文〈唐代龐居士及其禪詩〉「龐蘊約卒807～808年」〔註66〕均是主張該說者。元和十年的看法，是依〈語錄序〉記龐死於元和年間中一次日蝕（該年間共發生元和三年（808）、元和十年（815）、元和十三年（818）三次）後七天，相佐燈錄、燈史言龐蘊回襄州（元和六年（811））、女靈照坐化時間等旁證，推出逝於第二次日蝕後七日之意見。此說由於合理性高，論證充實，獲得譚偉《龐居士研究》認同。太和（827～835）說，則以龐居士曾與馬祖再傳弟子仰山慧寂（807～883）禪師、洛浦元安（834～898）禪師參禪情事來推判，不少佛教辭典採用，如比丘明復《中國佛學人名辭典》「龐蘊條」記：「太和間歿。」〔註67〕將年代延至太和年間。

　　綜上觀之，學者對王、寒、龐三人生平考述，大都依據文獻記載發展，

　　　　國94年，第14頁。
〔註63〕譚偉：〈論元雜劇《龐居士誤放來生債》題材來源及其價值〉，《四川師範大學學報（社會科學版）》第28卷第3期，2001年，第43～47頁。
〔註64〕入矢義高：《禪居士語錄》（東京：築摩書房，1973年3月），第209頁。
〔註65〕周祖譔主編：《中國文學大辭典‧唐五代卷》（北京：中華書局，1992年9月），第513頁。
〔註66〕楊曾文：〈唐代龐居士及其禪詩〉，收入釋妙峰主編《曹溪禪研究》，第314頁。
〔註67〕比丘明復：《中國佛學人名辭典》（北京：中華書局，1988年），第639頁。

如龐氏出生記載與王相似，其爲仕宦之後，籍貫、家世有清楚說明；王梵志則是黎陽城東一戶王姓人家撫養之棄嬰，故學術界都著墨於出生傳聞與身世背景之考察。而寒山不同，不僅家世、姓氏不詳，僅能從詩的內證或相關文獻得知線索，考其享年、經歷、入滅處所等，此亦是三人生平研究產生不同情況之因由。至於詩人生年時代考定，似乎成爲討論時共通特點，都以「暫存此說」方法處理，無法精確判斷眞正時期，顯然乃因史料缺乏，成爲知人論世之最大阻礙。

（二）詩偈作品探討

詩人生平研究重點大致如上，在詩偈作品方面可歸納幾個重要切入面，即「詩集版本考源與注釋」、「作品內容形式探析」兩部份。斯二者涵蓋整個研究課題，題型種類亦較生平豐富。

1. 詩集版本考源與注釋

王梵志、寒山、龐蘊詩集傳誦已久，國內外所見版本紛繁，種類夥頤。詩集版本之溯源，對作品輯佚、流傳情形有深遠影響，於是不少學術專文對三人詩集版源進行考述。

（1）版本考源

王、寒、龐三人詩集版源各異，相對版本系統也不同。王詩最早是一九二五年，劉復《敦煌掇瑣》將巴黎三個敦煌詩集寫本介紹給國內讀者，其後，始爲世人知悉。由於寫卷分別庋藏大英博物館、法國國家圖書館、俄羅斯科學東方研究聖彼得堡分所，及日本奈寧樂美術館等地，寓目不易。爲求詳覽詩集全貌，眾多學者於詩集版本蒐集頗爲用力，如胡適、鄭振鐸、王重民、張錫厚、朱鳳玉等人對詩本整理與著錄，貢獻不少。〔註 68〕然而王梵志詩集系統龐雜，大概可理出：三卷本（包括卷上、中、下）、一卷本、零篇、一百一十首本四大系統。〔註 69〕其中一百一十首本之見世，最晚也最可貴。該本是由陳慶浩〈法忍抄本殘卷王梵志詩初校〉所揭露。〔註 70〕陳文主要介紹塵

〔註68〕王梵志詩集寫卷整理，除劉復外，胡適《白話文學史》、鄭振鐸《王梵志詩一卷》、王重民《伯希和劫經錄》等皆作不少集詩工作，可參閱張弓主編：《敦煌典籍與唐五代歷史文化》第五章第三節「敦煌本《王梵志詩集》整理簡況」（北京：中國社會科學出版社，2006 年 3 月），第 581～583 頁。
〔註69〕內容請參閱項楚等著：《唐代白話詩派研究》（成都：巴蜀書社，2005 年 6 月，第 118～119 頁）。
〔註70〕陳慶浩：〈法忍抄本殘卷王梵志詩初校〉，《敦煌學》第 12 輯，1987 年，第 83

封列寧格勒亞洲人民學院所藏編號 1456 號王梵志詩寫卷（又稱法忍抄本）。
該文發表後，朱鳳玉在「後記」發現寫卷與英國倫敦 S.4277 號殘卷可以併合，
〔註 71〕新添五十八首詩，使所見王詩更臻完備。該本詩歌之錄得，也促成嗣
後項楚《王梵志詩校注》之撰成。〔註 72〕

　　寒詩版本源流體系與王詩不同，寒本著錄及傳世宋、元、明、清之刻本、
寫本、注本達百餘種，數量繁浩，無法備覽。今人研究寒山詩集版本最有成就
者乃陳耀東。陳氏堪稱寒山詩版本研究之翹楚，所發表〈《寒山詩集》傳本敘錄〉、
〈唐代詩僧《寒山子詩集》傳本研究〉〔註 73〕等一系列有關之文章，〔註 74〕可
謂洋洋大觀，解答不少相關疑問。《寒山詩集》傳本敘錄〉〔註 75〕文中將寒山
詩集版本歸納四大類別，〔註 76〕並在條目下詳加說明，使讀者能備悉其中梗概。
當然陳文之發表，也引起諸多迴響。譬如錢學烈〈寒山子與寒山詩版本〉〔註 77〕
對清代以前常見宋刻本、朝鮮本、明刻本十餘種本子做分類與考訂工夫。另外

　　～98 頁。
〔註 71〕朱鳳玉發現法忍抄本與 S. 4277 實係同一寫卷斷裂而成兩部份，S. 4277 為前
　　　　半部，L. 1456 為後段，共增詩五十八首。請參朱鳳玉、陳慶浩：〈王梵志詩
　　　　之整理與研究〉，第 159～160 頁。
〔註 72〕項楚《王梵志詩校注》（上海古籍版社，1991 年）曾苦於無法寓目 L. 1456 號
　　　　寫卷內容，不能完整校注王梵志詩。其書「補記」曾曰：「由於兩位先生（陳
　　　　慶浩、朱鳳玉）的功績，人們所知見的王梵志詩，一下子增加了六十餘首！
　　　　我從香港返校後，即對這六十餘首加以校勘和注釋，編為《王梵志詩校注》
　　　　卷七，……所收梵詩共三九〇首，終於成為王梵志詩的真正『全輯本』。」，第
　　　　36 頁。
〔註 73〕陳耀東：〈唐代詩僧《寒山子詩集》傳本研究〉，《人文中國學報》第 6 期，1999
　　　　年 4 月，第 1～30 頁。
〔註 74〕根據錢學烈《寒山拾得校評》「前言」（天津：天津古籍出版社，1998 年 7 月）
　　　　第 11 頁）所言，陳氏所發表文章，除上述之外，另有〈全唐詩拾遺（續）〉（浙
　　　　江師範大學學報【社會科學版】第 1 期，1988 年）、〈寒山子詩集結新探——
　　　　《寒山詩集》版本研究之一〉（浙江師範大學學報【社會科學版】第 1 期，1997
　　　　年）、1997 年 3 月在香港召開「中國詩歌與宗教第二屆國際學術研討會」所提
　　　　交之《寒山詩集》版本源流總表〉。之後，陳耀東遂將曾發表之論文，與近
　　　　年搜得《寒山詩集》不同槧本資料，編理成《寒山詩集研究》一書，並於 2007
　　　　年 4 月交付北京世界知識出版社印行。
〔註 75〕陳耀東：〈《寒山詩集》傳本敘錄〉，《中國書目季刊》第 31 卷第 2 期，民國 86
　　　　年 9 月，第 29～48 頁。
〔註 76〕其主要是分一、宋刻本、二、國清寺本、三、寶祐本。此三系統下又細分多
　　　　種不同刊本、抄本等。可參考該文末所附源流總表，第 46～48 頁。
〔註 77〕該文原載《文學遺產》總 16 輯，頁 130～143；又見所著《寒山拾得校評》「前
　　　　言」第 30～46 頁。

鍾仕倫〈永樂大典本《寒山詩集》論考〉，對較少人注意之《永樂大典》輯本《寒山詩集》進行分析與比勘，得到「《永樂大典》本《寒山詩集》源於屬『山中舊本』的《三隱詩》，其刊者不詳，而『山中舊本』恐為一獨立系統，即有別於至今了解的另一『宋刻本』」〔註78〕新看法。而段曉春〈《寒山子詩集》版本匡補〉、〔註79〕李鍾美〈國清寺本系統《寒山詩》版本源流考〉、〔註80〕葉珠紅〈《寒山詩集》版本問題探究〉〔註81〕等篇分別對詩集版源考究提供新見與匡正。

相較下，龐居士詩偈版本較為簡略，據譚偉《龐居士研究》第三章介紹，可歸為三大系統：一、日本西門寺抄宋本，二、清末咸豐（1851）本，三、明版系本。〔註82〕整體而言，《語錄》版本研究似乎沒王、寒兩人熱絡，先前雖有入矢義高、石川力山〔註83〕二位奠定基礎，譚偉〈《龐居士語錄》的抄本與明刻本〉〔註84〕解說《語錄》版本來源，以及李皇誼《禪門龐蘊居士及其文學研究》第四章第一節總結三人成果，並繪出簡譜後，就無重大突破。不過《龐居士語錄》流傳廣泛，自《新唐書‧藝文志》始，歷代公私藏書目錄皆有著錄，顯示版本溯源研究應有很大進步空間。

（2）詩集校注

進行版本源流考證同時，亦幫助詩集內容校釋、輯佚工作之完成。所以詩歌彙校，是另一項研究重點。現今對王梵志詩進行全面整理大致有四家，分別最早法國戴密微《王梵志詩集附太公家教》（1982），其次張錫厚《王梵志詩校輯》（1983），〔註85〕臺灣朱鳳玉《王梵志詩研究》（1986～1987），〔註86〕最後

〔註78〕鍾仕倫：〈永樂大典本《寒山詩集》論考〉，《四川大學學報（哲學社會科學版）》第5期，2000年9月，第115頁。

〔註79〕段曉春：〈《寒山子詩集》版本研究匡補〉，《圖書館論壇》第1期1996年，第62～64頁。

〔註80〕李鍾美：〈國清寺本系統《寒山詩》版本源流考〉，載《中國俗文化研究》第3輯，2005年12月，第148～164頁。

〔註81〕葉珠紅：〈《寒山詩集》版本問題探究〉，《興大人文學報》第36期，2006年3月，第405～418頁。

〔註82〕有明萬曆（1573～1620）程慧通刻本、明世燈（1637）重梓本、日本和刻（寬永）無刊記本、和刻承應（1652）本、《續藏經》本。

〔註83〕石川力山：〈宋版《龐居士語錄》について——西明寺所藏《龐居士語錄》の紹介とその及其資料價值〉，《禪文化研究所紀要——入矢義高教授喜壽紀念論集》第15號，1988年12月，第347～411頁。

〔註84〕譚偉：〈《龐居士語錄》的抄本與明刻本〉，《文獻季刊》第4期，2002年10月，第139～146頁。

〔註85〕張錫厚：《王梵志詩詩校輯》（北京：中華書局出版，1983年10月）。

項楚《王梵志詩校注》（1991）。此四家優劣各具，以張本後之注本較佳。

　　張錫厚《王梵志詩校輯》共收三百三十六首（未含附載「梵志體」禪詩十二首），涉及二十八個寫本，凡分六卷。正編分卷是依據敦煌原卷編次順序，進行分首、標題、標號、點校等工作，並對詩句中唐人俗語、佛家語彙加以考釋。附編部份則有「敦煌寫卷王梵志詩著錄簡況及解說」、「王梵志詩評摘輯」、及撰者之〈敦煌寫本王梵志詩考辨〉、〈唐初民間詩人王梵志考略〉論文。該著堪稱爲當時輯校王詩之「足本」，〔註87〕也成爲日後詩集校注之模本。

　　朱鳳玉對王梵志研究頗具貢獻，《王梵志詩研究》原是博士論文，凡兩冊，上冊爲研究篇，下冊則是詩集校注。研究篇主要著重詩人生平年代考究、詩集版本問題與作品內容思想等議題，爲今日研究王梵志最佳論作。另詩集校注方面，共輯詩三百九十首。朱氏較當時張錫厚多輯錄日本寧樂館所藏寫卷，並將張本輯誤之處予以增補、釐改，建樹頗多。

　　至於項楚《王梵志詩校注》是最具功力者，其書可謂校注王梵志詩集之精善本。〔註88〕《校注》主要根據敦煌寫本原卷照片、影本及唐、宋詩話筆記、禪宗語錄所輯詩歌原文，做校勘與注釋之工作。全書凡分七卷，前五卷編次略同戴氏《王梵志詩集附太公家教》與張氏《王梵志詩校輯》，唯分首與二書略異。卷七則增補列寧格勒一四五六「法忍抄本《王梵志詩集卷》」（原一百一十首，今存六十九首）共六十餘首新見王梵志詩，經整理、刪除重複詩作，總計收詩三百九十首。項書除搜詩完備、注解詳贍優點外，書末附錄「釋亡名與敦煌學」點出王梵志詩歌與周僧釋亡名淵源關係；「但存方寸地，留與子孫耕」考證此句作者與王氏之關聯；及「王梵志詩十一首辨僞」、「敦煌遺書中有關王梵志三條

〔註86〕　朱鳳玉《王梵志詩研究》上（研究篇）、下（校注篇）分別於 1986 年 8 月、1987 年 11 月由臺灣學生書局出版。

〔註87〕　任半塘〈序〉曾論及：「就王梵志詩的整理來看，早在一九二五年，劉復《敦煌掇拾》逐錄三個本子（內只一本題寫《王梵志》）。其後，鄭振鐸也只校錄《王梵志詩一卷》和佚詩十六首。而在國際敦煌學界，王梵志詩的確曾吸引很多研究者的興趣，產生不少研究成果，可是，遠未能輯錄成集。法國漢學家保羅・戴密微先後研究多種王梵志詩寫本，力冀成書，生未如願。《王梵志詩校輯》……，從整理古籍，昌明祖國文化遺產方面去考核，就該算是認眞嚴肅的了。」任〈序〉載張錫厚校輯：《王梵志詩校輯》，第 2～3 頁。

〔註88〕　此校注之精善，盧其美〈王梵志及其詩研究〉亦有相同之佳評，曰：「該書校錄的王梵志詩總數達三九○首之多，成了《王梵志詩集》自流散域外以來眞正的『全輯本』。……全書皇皇八十萬字，成爲目前《王梵志詩集》」校訂與釋注的集大成之作。」（山東師範大學中文系碩士論文，2007 年），第 12～13 頁。

材料的校訂與解說」、「列 1456 號王梵志詩殘卷補校後記」分別校攷詩句、行實文獻訛誤外，另「王梵志詩論著目錄」蒐集近百篇研究王梵志著作條目，使欲蒐羅王氏相關資料以作研究者，坐收事半功倍之效益。

此外，另有多篇論文對詩集校本進行校補，項楚〈王梵志詩釋詞〉〔註89〕是據張氏《校輯》中十四個俗詞重新校釋；段觀宋〈王梵志詩校議〉〔註90〕亦做相同工作，對《校輯》未補正，錯校之處，予以平議；朱炯遠〈《王梵志詩校注》商補〉〔註91〕、張生漢〈《王梵志詩校注》拾遺〉〔註92〕則分別對項楚《校注》提出中肯之意見。

寒山注本刊行，主要有徐光大《寒山子詩校注‧附拾得詩》〔註93〕、李誼《禪家寒山詩注‧附拾得詩》〔註94〕、錢學烈《寒山拾得詩校評》與項楚《寒山詩注‧附拾得詩》。其中以錢、項二本尤佳。《校評》是錢氏據其六年前出版之《寒山詩校注》〔註95〕（廣東高等教育出版社，1991 年）改訂而來，共收寒山詩三百一十三首，拾得詩五十五首，及佚詩共十首（寒山八首，拾得二首）。書中前言囊括不少著者研治寒山、拾得之成果。最難能可貴者，乃對寒山、拾得作品之聯綿詞、疊音詞編製索引，提供時人有關探討寒、拾詩

〔註89〕 項楚：〈王梵志詩釋詞〉，載《中國語文》第 4 期（總 193 期），1986 年，第 281～287。

〔註90〕 段觀宋：〈王梵志詩校議〉，載《中國韻文學刊》第 2 期，1995 年，第 15～18 頁。

〔註91〕 朱炯遠：〈《王梵志詩校注》商補〉，載《華東師範大學學報（哲學社會科學版）》第 3 期，1997 年，第 93～96 頁；該續文又刊載《上海大學學報（社會科學版）》第 6 卷第 5 期，1999 年 10 月，第 27～31 頁。

〔註92〕 張生漢：〈《王梵志詩校注》拾遺〉，載《河南大學學報（社會科學版）》第 38 卷第 5 期，1998 年 9 月，第 1～3 頁。

〔註93〕 徐光大：《寒山子詩校注‧附拾得詩》（西安：陝西人民出版社，1991 年 10 月）。

〔註94〕 李誼注釋：《禪家寒山詩注‧附拾得詩》（臺北：正中書局，民國 81 年）。

〔註95〕 羅時進《唐詩演進論》對於該注本曾介紹：「錢學烈的《寒山詩校注》是在其碩士論文《寒山詩語言研究》的基礎上，進一步擴充、提高而行成的成果。此著的特點是：(1) 利用版本比較全面，校勘用力較勤。對於國內版本，作者收集了其中十一種，在此基礎上考鏡源流，校訂異同。(2) 注釋較詳。對詩中語典及涉及內典處，注解較為切當，引證較廣，不少注解能見功力。(3) 附錄資料。書後附錄了有關事蹟、典故校勘、王安石擬寒山詩、歷代評論、版本題跋五類資料，這些雖然只是歷代寒山研究資料中的極少一部份，但畢竟在此著之前尚很少有人作較為系統的整理，故仍可資利用，可作津梁。此著底本採用的是元朝鮮刻本《寒山詩》（影印本），實未可稱最善。」，第 101 頁。

歌用語之可用材料。

項楚《寒山詩注》，〔註96〕仍承襲前書校注功力，不僅廣蒐海內外所存寒山詩集善本，進行全面校勘與注釋，共校注寒山詩三百一十三首，佚詩十二首，拾得五十七首，佚詩六首，允稱現今搜羅、校注寒山、拾得詩最完整之定本。書末附錄補充資料，舉凡事迹、傳記、序跋、敘錄等，洪纖畢錄，備受學人推崇。〔註97〕

研治較弱之龐居士，其語錄整理就不如王、寒，除前述日人入矢、石久二本著作外，目前對龐詩彙理有功者，當屬譚偉《龐居士研究》。譚書分上下兩編。上編為研究理論；下編則是《龐居士語錄》之校理。《語錄》又分「語錄」與「詩偈」兩大部分，〔註98〕譚氏對「語錄」之彙理，有利於瞭解龐蘊之禪機與公案，甚至梳理生平文獻，亦具實質助益。其「詩偈」部份，共校理詩二百餘首，對解析龐詩功效不小，但所作釋詞或注典似乎過簡，有增訂之必要。

詩集校注本相繼刊行，對詩歌保存與瞭解有所裨益，並可顯示詩作是否受到矚目，如龐蘊詩校本不多，根本原因是研究尚屬起步。另一方面，其詩集版本問題未如王梵志、寒山複雜，詩歌增補有限，進而降低校注者之興趣。

2. 作品內容形式探析

作品形成要素，不外乎內涵與結構。通俗詩內容多以闡揚佛教哲理，勸人為善；形式手法則大量使用口語入詩，此二者正是白話詩歌最大表徵，亦為學術界討論較夥者。

（1）內容題材

王、寒、龐詩歌題材頗為相近，但又有不同。王梵志詩內容大致分兩類：一是「選修勸善」之家訓、世訓、佛戒等格言詩，另一類是「不浪虛談」反

〔註96〕　項楚：《寒山詩注、附拾得詩》（北京：中華書局，2000 年 3 月。）

〔註97〕　例如羅時進《唐詩演進論》第六章第四節「評項楚《寒山詩注》」評道：「如果說當年胡適撰著《白話文學史》、余嘉錫發表《四庫提要辨證‧寒山詩集二卷附豐干拾得詩一卷》為現代寒山研究奠基，其功厥偉，那麼應當肯定項楚先生的《寒山詩注》為寒山研究的學術建構起到了更為重要的作用。它使研究的基礎更為紮實，局面更為迥闊，將寒山之學提升到一個全新的層次。」，第 129 頁。而徐俊亦譽該書：「《寒山詩注》勝意紛陳，不誇張地說，隨便翻開一頁讀任何一條校注，你都會有意想不到的收益。」〈《寒山詩注（附拾得詩注)》書評〉載《唐研究》第七卷，2001 年 12 月，第 505～506 頁。

〔註98〕　《龐居士語錄》共三卷，分上、中、下。卷上全為語錄：卷中、下則是詩偈。

應社會現實之作品。格言詩評價不高，而後者則多數研究者皆表現極大興趣。例如楊青〈詩僧王梵志的通俗詩〉文中揭櫫「他的詩真實而形象地反映隋末唐初的社會生活，……和一百多年後著名現實主義詩人的『朱門酒肉臭，路有凍死骨』具有同樣深刻的社會意義，較之杜甫，王梵志詩的表現得更為具體而生動」，〔註99〕大大讚揚其詩寫實特質。高國藩〈論王梵志的藝術性〉則將王詩這類詩作敘述對象並歸納統計，強調該等詩重點為「他描寫的是芸芸眾生，所以創作宗旨是直言時事，不尚虛談」。〔註100〕

寒山詩題材內容則較王梵志豐富。項楚認為「大體說來，寒山的化俗詩，多用白描和議論的手法，而以俚俗的語言出之。他的隱逸詩，則較多風景描寫，力求創造禪的意境」。〔註101〕寒山作品可貴處在於禪理展現，因此對其禪理詩歌之探討為數頗多。錢學烈〈寒山子禪悅詩淺析〉〔註102〕將寒氏佛禪詩分作勸戒詩與禪悅詩兩類，其中禪悅詩又分禪典、禪理、禪悟、禪境等者，系統類化寒山禪作風格；陳慧劍《寒山子研究》也對相關禪詩進行鑑賞，說明該詩之勝處。

龐居士作品沒有王梵志「不浪虛談」反映社會現實特點，亦無寒山禪悅思想之作。因為其為禪宗居士，其詩偈宣揚禪學為多，其中又分勸諭、禪理悟證二種，而探討焦點以後者為多。如譚偉〈龐居士三偈之禪悟境界〉〔註103〕將其「心空」、「日用」、「空諸所有」三偈所顯現禪悟境地，說明其如何達至此三種不同修持境界與成就。陳麗珍〈龐蘊居士之研究〉〔註104〕從禪學流變、居士佛教啟興，試圖解析龐詩蘊含之禪宗思想與思維。鄭昭明〈論龐蘊的禪宗美學風格與實踐〉〔註105〕乃將其機鋒交遊公案、詩偈展現「渾跡」、「卓越」禪宗美學風格等進行分析。

其次，有不少學術篇章改採比較研究方式，將詩作風格或精神做對比歸納工夫。例陸永峰〈王梵志詩、寒山詩比較研究，〉認為王詩與寒山作品雖同「俗」，卻有淺俗與廣深、質直與雋永等差別。〔註106〕譚偉〈論寒山與龐居

〔註99〕 楊青：〈詩僧王梵志的通俗詩〉，《敦煌研究》第3期，1994年，第149頁。
〔註100〕 高國藩：〈論王梵志的藝術性〉，《江蘇社會科學》第5期，1995年，第131頁。
〔註101〕 項楚：《寒山詩注》「前言」，第14頁。
〔註102〕 錢學烈：〈寒山子禪悅詩淺析〉，《中國人民大學學報》第3期，1998年。
〔註103〕 譚偉：〈龐居士三偈之禪悟境界〉，《宗教學研究》第1期，2003年。
〔註104〕 陳麗珍：〈龐蘊居士之研究〉，《人文及管理學報》第2期，2005年11月。
〔註105〕 鄭昭明：〈論龐蘊的禪宗美學風格與實踐〉，《漢雲學刊》第12期，2005年6月。
〔註106〕 陸永峰：〈王梵志詩、寒山詩比較研究〉，《四川大學學報（哲學社會科學版）》

士詩歌中的濟世情懷〉，則彙理龐居士與寒山詩中濟世情懷，總結出二人身分雖屬居士、隱士，卻仍時刻關注社會人民生活；〔註107〕金英鎭〈試論王梵志詩與寒山詩之異同〉〔註108〕是以陸永峰文爲初基，針對詩歌之世俗性與宗教性內容、藝術形式，分析其間異同，並據此撰就〈唐代白話詩研究——以王梵志和寒山爲中心〉〔註109〕之博士論文。查明昊〈翻著襪法與寒山體〉〔註110〕則分別陳述王梵志「翻著襪法」與寒山「寒山體」眞實義涵，並以相關文獻加強說明、分析二詩體例之差異。另朱炯遠〈王梵志、寒山佛理勸善詩的異同〉比較王、寒佛理勸善詩得到「無論從內容上還是從藝術上看，王梵志似乎更接近於平民化，寒山卻主要顯示出文人化傾向」之結論。〔註111〕由此可證，原先學界多單獨探索一人詩歌之內容，逐漸乃轉成以宏觀角度作比較研究。不過，綜觀前人考察對象，仍多停留於王梵志、寒山二人，鮮見以三人作對比研究之文章，此亦應爲時賢必須投入更多心力之所在。

除比較作品異同，另有幾篇針對通俗詩對後世影響之作品。例如曹汛〈寒山詩的宋代知音——兼論寒山詩在宋代的流布和影響〉推翻日人入矢義高〈寒山詩管窺〉「寒山詩在宋代詩人中幾乎沒有知音」之看法，並臚列唐後有關擬、評、刊印寒山詩作之文獻證據，做出「寒山詩宋代詩人甚多，而且傾心甚深，黃庭堅有『觀寒山之詩』、『不暇寢飯』那兩句話，頗具代表性，也就足夠耐人尋味的了」之結語。〔註112〕此外，匡扶〈王梵志詩與宋詩的散文化、議論化〉〔註123〕、黃新亮〈試論王梵志的通俗詩對歷代僧詩的開拓和發展〉〔註124〕、

第 1 期，1999 年。

〔註107〕譚偉：〈論寒山與龐居士詩歌中的濟世情懷〉，《西昌師範高等專科學校學報》第 2 期，2000 年 6 月。

〔註108〕金英鎭：〈試論王梵志詩與寒山詩之異同〉，載《宗教學研究》，第 3 期，2000年。

〔註109〕金英鎭：〈唐代白話詩研究——以王梵志和寒山詩爲中心〉，四川大學中文系博士論文，2000 年 10 月。

〔註110〕查明昊：〈翻著襪法與寒山體〉，《敦煌研究》第 3 期 2003 年。

〔註111〕朱炯遠：〈王梵志、寒山佛理勸善詩的異同〉，《上海大學學報（社會科學版）》第 12 卷第 1 期，2005 年 1 月，第 45 頁。

〔註112〕曹汛：〈寒山詩的宋代知音——兼論寒山詩在宋代的流布和影響〉，《中國典籍與文化論叢》第 4 輯，1997 年 12 月。

〔註123〕匡扶：〈王梵志詩與宋詩的散文化、議論化〉，收張錫厚輯《王梵志詩研究彙錄》（上海：上海古籍，1990 年 8 月），第 118～123 頁。

〔註124〕此文篇目轉引李君偉〈敦煌文書中的王梵志詩研究評述〉，《中國社會科學院研究生院學報》，2002 年，第 102 頁之載錄。

許總〈王梵志及其影響下的僧人詩〉〔註125〕分別考察王梵志詩對後代之影響。匡文通過列舉王維、寒山、杜甫、韓愈、王安石、蘇軾、黃庭堅等人詩作，論證王梵志詩的確影響後世至深，並進一步認為其詩乃宋詩散文化、議論化之本源；許文脈絡則與匡文無異，但著眼於王梵志與寒山、拾得、豐干傳承關係之介紹。至於金英鎭〈論寒山對韓國詩人與文人的影響〉，是〔註126〕從韓國禪家《燈錄》、文人詩歌創作等方面，探究寒山詩對韓國詩學之影響。

（2）用語形式

白話詩派表現手法，即口語俚詞靈活運用，此種淺近之俚語俗諺，也為後世研究唐代白話文學保存大量寶貴方言素材，所以語言特色、詩韻分析成為當前詩集形式研究主要發展。

若凡發表〈寒山子詩韻（附拾得詩韻）〉，〔註127〕是從音韻學角度，歸納、整理寒山和拾得兩家詩韻，並考察兩人用韻特點及所反映當時實際語音之情況。曹小雲〈王梵志詩語法成分初探〉〔註128〕一文對王梵志詩所見連詞、助詞、介詞、人稱代詞、副詞等語詞要素做統計說明，藉以瞭解使用情形。不過其所據詩本為張錫厚校理之《王梵志詩校輯》，搜詩數量明顯不足。至張能甫〈論王梵志詩中的俗語詞〉〔註129〕從王詩中選取七十多個俗語詞予以類化解釋，但所據詩本亦與曹文相同，尚有須補苴增益之處。另苗昱《王梵志詩、寒山詩（附拾得詩）用韻比較研究》，〔註130〕文中脈絡主要有二：一是重新整理王梵志與寒山詩（附拾得詩）韻譜，二則對兩者用韻情況加以對比分析，從中發現王梵志與寒山詩韻變化及異同。而朱鳳玉〈王梵志、寒山與龐蘊——論唐代佛教白話詩的特色〉以王梵志、寒山與龐蘊三人詩歌用語手法，分俗語俚詞、佛教用語、時代用語三點論述，歸納出白話詩派詩歌語言「是大量採用俚俗的語言及當時白話口語入詩，另外則是大量的引用佛教語彙，……及採取白描、敘述及議論的方式，形成佛教通俗白話詩『質樸』、『辛辣』的

〔註125〕許總：〈王梵志及其影響下的僧人詩〉，《古典文學知識》第 2 期，1994 年。

〔註126〕金英鎭：〈論寒山對韓國詩人與文人的影響〉，《宗教學研究》第 4 期，2002 年。

〔註127〕若凡：〈寒山子詩韻（附拾得詩韻）〉，《語言學論叢》第 5 輯，民國 52 年 1 月。

〔註128〕曹小雲：〈王梵志詩語法成分初探〉，《安徽師大學報》第 22 卷第 3 期，1994 年。

〔註129〕張能甫：〈論王梵志詩中的俗語詞〉，《西昌師範高等專科學校學報》第 3 期，2000 年 9 月。

〔註130〕苗昱：〈王梵志詩、寒山詩（附拾得詩）用韻比較研究〉，蘇州大學漢語言文字學碩士論文，2002 年。

共同特色」之看法。〔註 131〕

　　以上為當前學界對王梵志、寒山、龐蘊研究之概述，於斯可見，對三人其人其作之研究，成果纍纍。然雖如此，仍有未盡圓滿之處，譬如詩人生平問題有待釐清、又龐蘊詩集校釋，韻譜彙整等，還有俟後人繼續探究。另外，不難發覺今日研究面向多環繞王、寒二者，而對龐居士之探討卻相對薄弱，尤其以比較研究方面最為顯著。故所撰三人詩歌比較之論題，除能運用上述相關成果，釐清懸宕未解決之問題外，另一方面亦希能增補現今研究成果之不足處。

四、本論文章節安排

　　本文以「王梵志、寒山、龐蘊通俗詩之比較研究」為題，其主軸是取唐通俗詩派代表人物——王梵志、寒山、龐蘊作品為探究對象，並依詩歌歷史淵源、詩人生平、詩集版本、作品比較及對後世影響等次第，進行深入而有系統之研究，共分陸章，其章節安排如下：

　　全文凡六章：第壹章、緒論；第貳章、唐代通俗詩之歷史背景與淵源；第參章、通俗詩人生平與詩集流傳；第肆章、王梵志、寒山、龐蘊詩作之比較；第伍章、王梵志、寒山、龐蘊作品之評價與影響；第陸章、結論。

　　第壹章、緒論：

　　乃論文之發端，其章節內容有：一、研究動機；二、研究方法、三、相關文獻檢討與分析；四、論文章節安排。首先，揭櫫撰寫動機及研究對象、比較議題之取捨。接續為梳理前人研治成果，並加分類評述，俾悉其槩況，末節則敘說各章組織結構。

　　第貳章、唐代通俗詩派之歷史背景與淵源：

　　本章旨在考述王梵志所屬通俗詩派沿革過程與實質內涵部分，分三節鋪陳。首節「唐代通俗詩派興起之歷史背景」，乃探討通俗詩為何興盛之原因，其中詩歌為唐代文學代表與禪宗血緣關係二者，前人已有所揭示。至「政經政策與文化弊端」一節，是據詩作顯現「貧富不均、門閥觀念及府兵、科舉制度」等時代社會特質而擬定並作探討。

　　次節「通俗詩派之淵源」，主要梳理通俗詩作之淵源——民間歌謠、佛教

〔註 131〕朱鳳玉：〈王梵志、寒山與龐蘊——論唐代佛教白話詩的特色〉載劉楚華主編《唐代文學與宗教》（香港：中華書局，2004 年 5 月），第 233 頁。

偈頌演化等。再者，由於詩派撰者身分多是僧侶，因此考察「詩僧歷史」，洵有必要性。其中除明示詩僧發軔於東晉外，對唐詩僧群體兩大類型「清雅詩僧」、「化俗詩僧」之分別，亦有所闡發，指出皎然、靈一等清雅詩僧與王梵志、寒山化俗詩僧二者之不同。

至於「通俗詩之特質」，則嘗試對「通俗詩主要特徵」──「反映人民社會問題之寫實屬性」、「富含佛教哲理之意識形態」、「佛教用語與社會俗語之語言形式」三項特質予以申說。

第參章、詩人生平與詩集流傳：

此章分爲「詩家生平問題」與「詩集文本整理」兩大主軸。王梵志、寒山、龐蘊生平問題爲研究熱門課題，今雖無法全然解開其中謎團，但目前學界對詩人行實考察已具卓識。故本節首依詩人年代先後，分別爬梳說明王梵志、寒山、龐居士當前研究成果，並嘗試解決三人生平事蹟中相關疑問，而寒山子年表撰作，則參稽何善蒙《隱逸詩人──寒山傳》〔註132〕末所附「寒山大事年表」，及增補所得成果，俾年表更臻完備。至於「詩集流傳與前人整理」，是依據王梵志、寒山、龐蘊詩集版源、作品搜佚、董理等前人研治成績，作全面而有系統之介紹。

第肆章、王梵志、寒山、龐蘊詩作之比較：

本章爲論文核心章節，主要依據詩歌內容所顯特質，分「題材風格」、「寫作方法」、「表現特徵」三進路比較分析：其一、「題材風格」爲「世俗性詩歌」、「宗教性詩歌」兩者之比較。可歸納出三人「世俗詩歌」依次是「狂狷」、「隱逸」、「救世」之特點；而「宗教性詩歌」特質則是「意象化」、「意境化」、「說理化」之示現。

再者「寫作手法」，接續對詩歌修辭方法運用，如用語風格、套式形制進行細緻比較，藉以詳究其中之差異。末節「共同創作精神與表現特徵」則從詩人作品特質予以歸納，並以「具備傳統性與獨創性之詩歌創作」、「展現白描與新奇之構思手法」作爲申說之論題。

第伍章、王梵志、寒山、龐蘊作品評價與影響：

王、寒、龐之通俗詩對後世僧、俗詩作影響匪淺，舉凡中國佛門禪林、文人墨客、民間文學，以至國外宗教、文學皆見三者影響之蹤跡。故本章特對其影響情形，進行梳理與闡釋，從中瞭解三人影響廣度與地位價值。首先

〔註132〕何善蒙：《隱逸詩人──寒山傳》（杭州：浙江人民出版社），2006 年 12 月。

步驟引錄有關之筆記詩話，以明後人評述王梵志、寒山、龐蘊詩作優劣之媒介。

其次，介紹詩作對後世之影響，計分「民間宗教信仰」、「後世文人文藝創作」及「對日、韓之影響」三大類別。其中與宋詩白話化傾向之交涉，乃本章節重要探索之焦點。

第陸章、結論：

總結王梵志、寒山、龐蘊通俗詩於中國俗文學史上之地位，並依據各章所得結果與本文仍可發展方向逐一說明。

第貳章　唐代通俗詩派之歷史背景與淵源

　　文學作品乃時代產物，所謂「歌謠文理，與世推移」，〔註 1〕任何文學創作產生並非偶然自成，必有其影響發展過程與興盛因由。王梵志、寒山、龐蘊同爲唐通俗詩派代表詩人，不僅對當時文人詩歌有深刻影響，更對後世通俗詩作演進，具有承先啓後作用。因此，剖析詩派歷史背景與生成淵源，是首要理解之課題。以下就「唐代通俗詩派興起之歷史背景」、「唐代通俗詩派之淵源」、「唐代通俗詩特質」三大旨題，析述唐季通俗詩派歷史背景與淵源。

第一節　唐代通俗詩派興起之歷史背景

　　劉勰《文心雕龍・時序》嘗道：「時運交移，質文代變……文變染乎世情，興廢繫乎時序。」〔註 2〕不同時期政治制度與社會潮流，關係文學作品風格嬗變，牽引其興衰發展。以王梵志、寒山、龐居士爲據之通俗詩派，絕非孤立文學現象，必與當時政經背景、社會文化息息相關。而今背景歷史探討，多從「詩歌繁興」及「禪宗盛行」因由著手；然從王、寒詩作顯現時代政經問題、文化弊端，亦能發覺此亦詩派演化過程之一環。故本節除採納前人看法，另擬定「政經政策與文化弊端」一節，藉以釐清詩派背後生成因素。

一、詩歌爲李唐文學主流

　　李唐厥爲詩歌之黃金時期，無論古體、律絕，五言、七言皆完備於時。

〔註 1〕　見劉勰《文心雕龍・時序》，引自王利器《文心雕龍校注》（臺北：明文書局，民國 74 年 10 月），第 271 頁。
〔註 2〕　前揭書，第 271～274 頁。

詩歌爲唐朝代表文學，不僅詩家輩出，巨匠迭現，所遺存詩作總量更達五萬餘首。〔註3〕然而，詩歌非唐時士人專屬品，其乃普遍文學形式。白居易〈與元九書〉嘗謂：

> 自長安抵江西，三四千里，凡鄉校、佛寺、逆旅、行舟之中，往往有題僕詩者；士庶、僧徒、孀婦、處女之口，每每有詠僕詩者。
>
> 〔註4〕

道出當時庶民百姓皆能吟詠之盛況。又明・胡應麟《詩藪・外編》亦云：

> 甚矣！詩之盛也。其體則三、四、五言，六、七雜言，樂府、歌行、近體、絕句，靡不備矣；其格則高卑、遠近、濃淡、淺深、巨細、精粗、巧拙、強弱，靡弗具矣；其調則飄逸、渾雄、沉深、博大、綺麗、幽閑、新奇、猥瑣，靡弗詣矣；其人則帝王、將相、朝士、布衣、童子、婦人、緇流、羽客，靡弗預矣。〔註5〕

詩歌不愧爲李唐文學之主流，芸芸詩眾，遍布各階層。當時君臣文士、執戟武人、漁樵隱者、歌妓商賈、僧侶道士、尼姑女冠等皆能吟詩酬唱，詩儼然形成唐時人民普遍言語，貫穿整個社會生活層面。

吟詩既爲唐朝社會風尚，促成原因必然紛繁，依據前人歸納，大致有五項：一、帝王倡導與取士；二、政治環境之清明；三、思想體系之開放；四、詩歌形式之發展；五、中外文化之交流。〔註6〕此五者，可謂唐時詩歌興盛要

〔註3〕 有關唐詩存世統計，沈松勤等著《唐詩研究》第一章「唐詩繁榮的標誌」有斯介紹：「從保存下來的有限的唐詩來看，其數量也是非常可觀的。清代康熙年間，彭定時、楊中訥等人據明代胡震亨的《唐音癸籤》、清初季振宜的《唐詩》等文獻，編成《全唐詩》，共 900 卷，收錄唐詩 48900 多首，詩人 2200 多家；20 世紀 80 年代出版的由王重民、孫望、童養年、陳尚君等人編輯的《全唐詩補編》，又補收了 4300 首，共計 53000 多首。」（杭州：浙江大學，2006年1月），第1頁。

〔註4〕 唐・白居易：〈與元九書〉，《白氏長慶集》卷二十八，引王雲五編《四部叢刊正編》（臺北：臺灣商務印書館，民國68年11月），第316頁。

〔註5〕 明・胡應麟：《詩藪・外編三（唐上）》二（臺北：廣文書局，民國62年9月初版），第479頁。

〔註6〕 有關唐詩興榮原因，各研究專著有不同看法，例如尹雪曼《中國文學概論》（臺北：三民，民國80年8月）歸納有：唐爲兼容並蓄之時代；帝王提倡與詩取士；詩歌至唐發展備至。而喬象鍾《唐代文學史》重點則爲：詩歌各方面發展成熟；繁榮昌盛之社會；自由之政治思想環境；三教調和；中外文化交流；帝王之喜好。另劉大杰《中國文學發展史》則是：一、詩人地位的轉移。二、政治背景。三、詩歌形式的發展三要素；至於沈松勤等著《唐詩研究》列有

因。但至要關鍵在於帝王倡導與重視。元‧辛文房《唐才子傳》有載：

> 以太宗天縱，玄廟聰明，憲、德、文、僖，睿姿繼挺，俱以萬機之
> 暇，特駐吟情。奎壁騰輝，袞龍浮彩；寵延臣下，每錫贈酬。故「上
> 有好者，下必有甚焉」者矣。〔註7〕

明‧胡震亨《唐音癸籤》曰：

> 有唐吟業之盛，導源有自。文皇英姿間出，表麗縟於先程；玄宗材
> 藝兼該，通風婉於時格。是用古體再變，律調一新；朝野景從，謠
> 習寖廣。重以德、宣諸主，天藻並工，賡歌時繼；上好下甚，風偃
> 化移，固宜于喁徧於羣倫，爽籟襲於異代矣。〔註8〕

李唐諸帝莫不重視詩歌創作，能爲詩者亦夥，由《全唐詩》前四卷所收是輩
作品，殆能覘悉。然在「上有好者，下必效之」風氣影響下，唐王朝瀰漫吟
詩氛圍，臣子遊宴侍從，奉詔應制，無不吟詠應對。其次，統治者用人準則，
如德宗召韓翃知制誥，憲宗擢白居易爲翰林學士，穆宗拔元稹爲祠部郎中、
知制誥等，均因賞識其詩而獲擢用，無怪乎「自公卿以至韋布，童卯以至白
首，無不朝夕講求，以求合於古之作者」，〔註9〕歌詩洵爲唐代不可或缺之文
學作品。

　　由是之故，生於詩國度之王、寒、龐等人，必然受斯氛圍影響。其雖無
白樂天、元微之因詩而仕宦，但運用詩歌文學體裁，融合獨特宗教語言，創
作出似詩似偈之寫實作品，不僅開創獨樹詩壇之通俗詩派，豐富唐音之園圃，
更爲中國詩歌史撰下不朽之一頁。

二、與禪宗關係密切

　　通俗詩派成因背景除詩歌爲主流文學外，另關係緊密者，乃中國著名佛
教宗派——禪宗。項楚《唐代白話詩派‧緒論》已指出「它（白話詩派）和

　　　　四項：一、以詩賦取士的科舉制度。二、相對清明的政治環境。三、較爲開
　　放的思想體系。四、中外文化的廣泛交流。所見各趣，差異匪遙，大致不離
　　政治、社會、思想、詩歌體制發展等範疇。
〔註7〕元‧辛文房撰《唐才子傳‧六帝》，引周本淳《唐才子傳校正》（臺北：文津，
　　民國77年3月），第3頁。
〔註8〕明‧胡震亨：《唐音癸籤》卷二十七〈談叢三〉，楊家駱編：《中國文學名著第
　　三集‧22》（臺北：世界書局，民國53年9月），第234頁。
〔註9〕此句原出張玉書《御定全唐詩錄後序》，今轉引陳伯海主編：《唐詩彙評》（浙
　　江：浙江教育，1996年5月），第3149頁。

禪學及禪宗保持著某種同步關係」。〔註 10〕然就項氏所言，詩派與禪宗之交涉，可從兩方面觀察：一、詩人與禪宗法統之關係；二、以詩明禪之手法。

（一）詩人與禪宗法統之關係

隋唐時期，佛教大興，宗派林立。其中影響至深，流傳最廣，莫過於禪宗。中國禪宗，乃初祖菩提達摩（？～534）於梁武帝普通元年（520）（一説南朝劉宋末年），從海路至廣州番禺，以「二入四行」〔註11〕爲禪修綱領，四卷《楞伽經》授徒，弘揚「直指人心」、「見性成佛」心法，創立禪宗，又名「達摩宗」、「佛心宗」。禪宗始創達摩，後傳慧可（487～539），再傳僧璨（？～606），璨傳道信（580～651），信傳弘忍（601～674），忍傳六祖慧能（638～713），此乃禪宗定祖大略也。

禪宗唐時大放異采，從成立至廣泛傳播，約分爲四歷程。〔註 12〕其中唐高宗儀鳳元年（676）六祖慧能於廣州開啓南宗一脈，與神秀一系抗衡；至玄宗天寶四載（745），弟子神會（684～758）北上洛陽荷澤寺弘揚教法，南宗遂盛行天下，成爲禪門正統宗脈。禪宗標榜「不立文字，教外別傳」，西土諸祖直至菩提達摩及中土列祖之法，祖祖相授，以心傳心，嫡傳付法，是爲禪門法脈延續之憑依。唐末五代，五宗迭興，〔註 13〕傳承世系，益分雜瑣，爲

〔註10〕項楚：《唐代白話詩派研究》，第 2 頁。

〔註11〕二入四行，乃達摩禪法基本要求，主張修行者從禪觀和實踐兩方面達至覺悟解脫。二入即理入、行入；行爲「報怨」、「隨緣」、「無所求」、「稱法」四行。理入爲綱，行入是目，綱舉目張，二者相輔相成也。請參閱印順：《中國禪宗史》（南昌：江西人民出版，2007 年 1 月 3 版），第 5～8 頁。

〔註12〕有關唐時禪宗發展歷程，楊曾文《唐五代禪宗史・序言》曰：「從禪宗的正式成立到較大範圍傳播，經歷了幾個階段：最初的階段是唐朝的道信、弘忍上承北魏菩提達摩以來的禪法，在黃梅傳『東山法門』，標誌中國禪宗的正式形成；第二階段是慧能從弘忍受法南歸在韶州（治今韶關）曹溪傳法，神秀與弟子普寂等人在以東西兩京爲中心的北方廣大地區傳法，慧能弟子神會北上與北宗爭禪門正統，其他弟子到各地傳法，形成南北宗並立的局面；第三階段是在『安史之亂』之後經朝廷裁定，南宗成爲禪門正統，北宗走向衰微，南宗獨盛；第四個階段是武宗滅佛之後的唐末和五代時期，形成禪門五宗。經歷這四個階段，禪宗廣泛傳播到各地，並且逐漸成爲中國佛教的主流派。」（北京：中國社會科學出版社，2006 年 11 月），第 5 頁。

〔註13〕即禪宗歷史「一花五葉」發展過程。茲迻錄楊曾文《唐五代禪宗史》內容（第345 頁），俾供參考：「禪宗南宗在唐朝後期傳播迅速，並發展成爲禪宗的主流，到唐末五代時期，從中產生五個流派，即從南岳懷讓的法系形成臨濟宗、潙仰宗；從青原行思的法系形成曹洞宗、雲門宗和法眼宗。此即『禪門五宗』，或稱『禪門五家』」。

求歷代禪師得能立傳，以各世系法統爲經，諸師機緣法語爲緯之「燈史」、「燈錄」便應運而生，成爲日後探究禪者法統來源之最佳考察工具。

今徧覽有關燈史、禪籍，王梵志並未列正式法統。其身分之討論，歷來研究者眾說紛紜，有認爲「胡僧」、「遊化僧」、「化俗法師」之類人物，〔註14〕但缺乏有力史料證明，最後將其定調爲「菩薩示化」之「通俗詩僧」。雖說梵志與禪門關係較疏，卻仍保持一定之關係。舉如詩集多屬佛教思想哲理之作，常被僧徒引爲開悟羣迷之教材。唐・范攄《雲谿友議・蜀僧喻》曰：

　　或有愚士昧學之流，欲其開悟，別吟以王梵志詩。〔註15〕

另中唐學僧宗密（780～841）《禪源諸詮集都序》卷四亦言：

　　彼諸家所教之禪，所述之理，非代代可師通方之常道。……或降其

　　跡而適性，一時間警策羣迷，志公、傅大士、王梵志之類。〔註16〕

顯現品類與齊、梁時期志公（即寶誌，418～514）、傅大士（即傅翕，497～569）匹儔，〔註17〕且相關書目錄如宋・鄭樵《通志・藝文略》亦將詩集歸入「釋家・頌贊類」，在在明示梵志與禪門之相連性。王氏或許未能稱上禪家者流，主要原因可能與當時南禪未興有關。〔註18〕不過，從詩作具備談禪傾向，〔註19〕及後世釋徒對其重視，王梵志仍可稱爲「禪門葭莩」，牽連雖遙，不妨

〔註14〕相關各家說法與考證，請參閱朱鳳玉：《王梵志詩研究・上冊》，「研究篇」第一章第一節。

〔註15〕唐・范攄：《雲谿友議》卷下，《四部叢刊續編・五四》（上海：上海書店，1984年12月），第22頁。

〔註16〕唐・宗密：《禪源諸詮集都序》卷四，收《卍續藏經》第103冊（臺北：中國佛教會影印卍續藏經委員會印行，民國56年），第320頁。

〔註17〕對此，張錫厚《王梵志詩校輯》後附〈唐初民間詩人王梵志考略〉表達相同看法：「這裏把王梵志同志公、傅大士并列，既出於他們有著某種相同的意趣和品行。」，第341頁。

〔註18〕由於王梵志所處時代較早，本身雖具強烈佛教僧侶特質，卻無太多南宗禪色彩，造成原因，如同項楚揭櫫：「王梵志詩的佛教色彩雖然很強烈，但基本上沒有表現慧能以來的禪宗思想，這是因爲最具代表性的三卷本王梵志詩大體產生在初唐時期，其實禪宗南宗尚未大行緣故。」《唐代白話詩派研究・緒論》，第13頁。

〔註19〕王梵志作品思想駁雜，不過仍以佛理禪詩爲主，張錫厚《王梵志詩校輯・前言》（第13頁）嘗謂：「王梵志的禪機哲理詩，一般來說寫得比較深刻，表現出詩人哲學思想上某種積極傾向。」；又項楚〈王梵志詩論〉（第652頁）亦云：「散見王梵志詩（即《校輯》卷六所收作品），……中較早的作品，如《歷代法寶記》所載《惠眼近空心》（《校輯》二九四首作《慧心近空心》），此詩爲無住禪師所引，表現出禪宗南宗的機趣。」同表王氏作品之禪宗色彩。

視爲帶有些許「禪味」之詩僧輩也。

　　至於寒山禪僧色彩，則較梵志明確。寒山與梵志相似，作品有儒、道、釋三種思想之呈現，但以佛教詩居多。寒山活動於中晚唐，爲梵志詩之繼承者。此時，適逢南禪鼎盛，寒詩處處可見南宗禪學薰陶痕跡，如〈吾心似秋月〉（五一）、〈閑自訪高僧〉（一六六）〔註20〕等禪理作品深獲後人推譽，〔註21〕甚至認定其乃禪師流亞。〔註22〕然觀寒山一生，時運不濟，而立之時嘗嘆道：「曾經四五選，囊裏無青蚨，篋中有黃卷。行到食店前，不敢暫迴面。（〈箇是何措大〉一二〇）」，〔註23〕因屢仕不第，窮困潦倒，遂遊歷他方，最終「一住寒山萬事休，更無雜念挂心頭。（〈一住寒山萬事休〉一八二）」，〔註24〕隱遯天臺山寒嚴，初期「仙書一兩卷，樹下讀喃喃（〈家住綠嚴下〉一六）」〔註25〕修道崇仙，晚歲才「時訪豐干道，仍來看拾公（〈慣居幽隱處〉四〇）」〔註26〕與國清寺豐干禪師、僧拾得結識，成爲佛門子弟。但因寒山言行，不同一般出家僧眾，「寒山子者，世謂爲貧子風狂之士，弗可恒度推之」，〔註27〕「時人見寒山，各謂是風顛。貌不起人目，身唯布裘纏。我語他不會，他語我不言」，〔註28〕常有風狂之舉，造成角色、形貌多變，成爲學界另一關注焦點。今人孫昌武《詩與禪》揭示：

〔註20〕　〈吾心似秋月〉：「吾心似秋月，碧潭清皎潔。無物堪比倫，教我如何說。」；
　　　　　〈閑自訪高僧〉：「閑自訪高僧，煙山萬萬層。師親指歸路，月掛一輪燈。」
　　　　　所引寒山詩與題次皆據自項楚《寒山詩注》本，下引亦同。

〔註21〕　正如項楚所評：「寒山筆下的碧潭秋月，不沾纖塵，猶如心性大放光明，不沾
　　　　　絲毫的煩惱雜念，這是禪宗追求的最高境界，也能淨化讀者的心靈，引起無
　　　　　限的沉思遐想。」《寒山詩注‧前言》，第 13 頁；另錢學烈《寒山拾得詩校評‧
　　　　　前言》曰：「三百多首寒山詩，真是內容豐富，……賦參禪悟道則洞徹玄微，
　　　　　比興疊出，神韻悠揚。……其高遠空靈的禪境禪趣詩與王維、孟浩然詩相比，
　　　　　都絕不遜色。」，第 93 頁。

〔註22〕　例如張伯偉《禪與詩學》嘗曰：「他（寒山）是一個禪師，他的詩也常常表露
　　　　　一種禪境。寒山入道修習的可能是《金剛經》，詩中有『不念《金剛經》，卻
　　　　　令菩薩』之句。在禪宗史上，五祖弘忍始以《金剛經》授徒，六祖惠能也以
　　　　　《金剛經》悟道。寒山詩有許多主張與禪宗大師相同。他是通過漸修功夫獲
　　　　　得開悟的。」（杭州：浙江人民，1992 年 9 月），第 235～236 頁。

〔註23〕　項楚：《寒山詩注》，第 314 頁。
〔註24〕　同上，第 474 頁。
〔註25〕　同上，第 53 頁。
〔註26〕　同上，第 110 頁。
〔註27〕　宋‧贊寧、范祥雍點校：《宋高僧傳》卷十九〈唐天臺山封干師傳〉（北京：
　　　　　中華書局，1997 年 10 月），第 484 頁。
〔註28〕　〈時人見寒山〉（二二一），《寒山詩注》，第 566 頁。

在杜光庭看來，寒山是道教中的神仙人物。……直到後來，大約到
了北宋初，偽閭丘〈序〉出現了，寒山、拾得傳說的面貌初步形成
了。寒山被改造成了一個具有神異色彩的佛門中人。〔註29〕

崔小敬進一步指稱：

由於曾入天臺修道的地緣關係，杜光庭得以較早聞知寒山事迹，由
其記載的寒山形象亦是典型的隱居修道之士。不過，隨著寒山詩的
流傳，寒山名氣越來越大，而天臺在當時不僅是著名的道教聖地，
也是享有盛譽的佛教中心，面對寒山這樣一位本地「名流」，佛教徒
自然也不甘示弱，希望能將之收歸麾下以壯聲勢。〔註30〕

由於寒山形象多重，世人喜愛，導致道、佛二教欲拉此人爲其代言。然其身
分爭奪，至唐末五代，釋子地位大致奠定，逐漸擺離修仙煉藥隱者形象，宋
時益加穩固。〔註31〕

寒山佛教徒身分確立後，與禪門關係更趨親密。舉如釋贊寧所撰《宋高
僧傳》將寒山、拾得、豐干視作「降跡化現」之高僧；而釋道元《景德傳燈
錄》亦以「禪門達者雖不出世有名於時」類目，歸列爲寶誌、善慧、慧思、
智顗、僧伽等著名禪僧之流；此外，釋普濟《五燈會元》記載不少寒山禪門
公案；明成祖朱棣采輯《神僧傳》更以「神僧者，神化萬變而超乎其類者」
〔註32〕看待其禪門形象。由此可見，寒山雖未正列禪宗任何法系，卻因後人
喜其詩，愛其人，樂將當作「神迹化現」之修禪僧人，至其禪宗法統是否存
正問題，似乎無須再爭辯。

詩派另一重要人物——龐蘊，淵源又較王、寒二人深遠。龐氏乃禪宗著名
居士，與中國佛教史另一位大士善慧（傅翕）齊名。蘊原是儒者，赴京求選時，
初識丹霞，乃同侶入京，適遇行腳僧勸其「選官不如選佛」，遂至江西參馬祖道

〔註29〕孫昌武：《詩與禪》，（臺北：東大圖書，83 年 8 月），第 229 頁。

〔註30〕崔小敬〈寒山：重構中的傳說影像〉，載《文學遺產》第 5 期，2006 年，第
　　　　37 頁。

〔註31〕有關寒山佛教身分確立時間，崔小敬〈佛道爭鋒與寒山形象的演變〉一文有
　　　　考：「南宋呂本中的記載，他曾觀賞過一幅已『傳百年』的『唐畫』，畫的是
　　　　維摩、寒山、拾得三人。由此可見：一、至遲到唐末五代，在有些人心目中
　　　　寒山拾得已被視爲佛教中人；二、寒山拾得在佛教中已名位甚隆，竟可與大
　　　　名鼎鼎的維摩分庭抗禮。」（載《宗教學研究》第 4 期 2006 年），第 106 頁。

〔註32〕語見〈御製神僧傳序〉，明・朱棣撰《神僧傳》（揚州：江蘇廣陵古籍刻印社，
　　　　1997 年 3 月），第 1 頁。

一禪師（709～788），〔註33〕以「心空及第歸」偈，〔註34〕蒙付印可後，又參石頭希遷（700～790），享譽禪林，有「毗耶淨名（維摩詰）」之稱名。龐蘊依次參謁兩位「往來憧憧，不見二大士為無知矣」。〔註35〕地位僅次六祖慧能之馬祖道一與石頭希遷大師後，「自是諸方末可禦矣」，便久參禪林，留下諸多機鋒公案，〔註36〕難怪日人忽滑谷快天會有「達磨東來以後，白衣居士中第一人」之讚語。〔註37〕其聲譽之隆，絕非虛名，除有關燈史將其列於馬祖禪師法脈外，〔註38〕另從中國首部禪籍《祖堂集》僅為三位在家信徒立傳，首位便見龐居士，及《景德傳燈錄》只為七位在家眾列傳，稱居士者惟有向居士與龐蘊，不難想見禪史撰者對之推崇，不亞於著名禪者。龐氏雖非出家，卻有深厚禪學根基，可稱「在家修禪者第一人」，更是詩派首位以居士身分聞名之詩人。

　　綜上所述，禪宗與通俗詩派詩人的確淵源深遠，有不可割裂之血緣關係，且隨禪宗發展日盛，詩人身分似乎益趨禪僧色彩之傾向，范文瀾《中國通史》曾指出：「禪宗主要在南方流行，因此詩僧多是禪僧」。〔註39〕雖說王、寒、龐三人全非正宗禪師，且僅有寒、龐氏分列禪譜旁系或法嗣，但身分與禪家

〔註33〕此事見南唐・靜、筠禪僧編《祖堂集卷四・丹霞和尚》其載：「初與龐居士同侶入京求選，因在漢南寄宿次，忽夜夢日光滿室。有鑑者云：『此是解空之祥也。』又逢行腳僧，與吃茶次，僧云：『秀才去何處？』對曰：『求選官去。』僧云：『可惜許功夫，何不選佛去？』秀才曰：『佛當何處選？』其僧提起茶碗曰：『會麼？』秀才曰：『未測高旨。』僧曰：『若然者，江西馬祖今現住世說法，悟道者不可勝記。彼是真選佛之處。』二人宿根猛利，遂返秦游，而造大寂。」今引張華點校，（鄭州：中州古籍出版，2001年10月），第144頁。

〔註34〕龐蘊參馬祖有悟乃禪門著名公案，《祖堂集卷十五・龐居士》記及：「因問馬大師：『不與萬法為侶者，是什麼人？』馬師云：『待居士一口吸盡西江水，我則為你說。』居士便大悟。便去庫頭借筆硯，造偈曰：『十方同一會，各各學無為。此是選佛處，心空及第歸。』」同上書，第527頁。

〔註35〕《宋高僧傳》卷九〈唐南嶽石頭山希遷傳〉，第209頁。

〔註36〕請參閱譚偉《龐居士研究》第二章第二小節「龐居士之禪學活動」之說明，第40～46頁。

〔註37〕忽滑谷快天撰、朱謙之譯：《中國禪學思想史》第三編第十二章「龐蘊之參禪與白居易之念佛」（上海：上海古籍，2002年4月），第183頁。

〔註38〕譬如《祖堂集卷十五・龐居士》條載：「龐居士嗣馬大師」，第527頁；釋道元《景德傳燈錄》卷八則將「襄州居士龐蘊」條列於「懷讓禪師第二世五十六人」下，並註記：「五十六人下，元明有馬祖法嗣四字」，第121頁；釋普濟亦將「龐蘊居士」歸於「南岳下二世・江西道一禪師」條後，見張恩富等編譯《五燈會元》（重慶：重慶出版，2008年1月）。

〔註39〕引自黃新亮：《漢唐僧詩發展述略》，載《廣西師院學報（哲學社會科學版）》第1期，1995年，第27頁。

連結，仍不離如項楚所示「和禪宗保持著某種同步關係」之基調。

（二）以詩明禪之手法

　　承上所言，除詩人與禪宗法統親近外，因李唐詩學興盛，又逢禪宗發跡嶺南，釋子以詩明禪，文人以禪入詩，詩、禪便結下不解之緣。李之儀〈與李去言〉云：「說禪作詩，本無差別。」〔註40〕元好問亦曰：「詩爲禪客添花錦，禪是詩家切玉刀。」〔註41〕說明詩禪交融，已成唐時禪家普遍使用宣教手法之一。

　　以詩明禪並非唐時才有，湯用彤《漢魏兩晉南北朝佛教史》指出：「佛教傳入中土，影響於中華學術者約有二端，一爲玄理之契合，一爲文字之表現。」就佛教層面觀之，東晉時就出現不少能文善詩之僧人。其爲求「咏歌至道」，或「降其迹而適性，一時間警策羣迷」，如晉時支遁、慧遠所撰禪理作品，均屬「以詩明禪」之先驅。是時之作，詩仍是詩，禪亦歸禪，以詩宣禪，僅是「禪以詩爲形式」，是藉詩意象表現理解禪境而已，爲詩是爲表現佛理之手段。〔註42〕至唐，禪宗出現，詩、禪關係產生變化，鎔爐一境，藉詩明禪不再純然爲釋禪之用，而轉爲詩家日常生活中對禪之體悟。

　　詩、禪交融之後其具體表現，今人孫昌武認爲有二類：一是承襲以往禪理詩作，以宣揚禪學理論爲主；二爲文學藝術性高，詩人禪趣妙悟自然表現於中。〔註43〕由於禪宗標榜「不立文字」，喜好利用象徵、比喻語言表現禪理，因此唐代不少禪子改良佛典偈頌形式，吟咏不少表現禪思哲理之詩偈。例如永嘉玄覺〈證道歌〉、丹霞〈翫珠吟〉等，然斯類詩歌多屬自身理解禪學之作，說理傾向濃厚情味，風格與晉時禪作相近。另一類則藝術價值較高，或有套用當時詩歌聲律，將禪宗任運隨緣、無所罣礙思想寄寓詩中，如道吾〈樂道歌〉、棲蟾〈牧童〉、寒山〈登陟寒山道〉〔註44〕等，往往因心造境，借境說理，無純然偈頌之枯燥晦澀，即「不著一字，盡得風流」，〔註45〕字裡行間，

〔註40〕宋・李之儀《姑溪居士前集》卷二十九，《景印文淵閣四庫全書（一○六）》（臺北：臺灣商務印書館，民國75年7月），第529頁。

〔註41〕金・元好問〈嵩和尚頌序〉，《遺山先生文集》卷三十七，收王雲五編：《四部叢刊正編》（臺北：臺灣商務印書館，民國68年11月），第388頁。

〔註42〕語見孫昌武：《詩與禪》（臺北：東大圖書，民國83年8月），第47頁。

〔註43〕前揭書，第47～51頁。

〔註44〕〈登陟寒山道〉（二八）：「登陟寒山道，寒山路不窮。谿長石磊磊，澗闊草濛濛。苔滑非關雨，松鳴不假風。誰能超世累，共坐白雲中。」《寒山詩注》，第79頁。

〔註45〕唐・司空圖：《二十四詩品・含蓄》，收何文煥輯《歷代詩話》（北京：中華書

自然顯現詩人禪機理趣,為禪詩品位至高者。〔註46〕

　　既然通俗詩派與禪宗有深厚之情感,作品表現手法自然不離「以詩寓禪」。周裕鍇《中國禪宗與詩歌》曰:「詩與禪的溝通,特別是禪宗思維方式對詩歌創作的滲透,詩僧起了重要的催化過渡作用。」〔註47〕此類詩作,如王梵志〈法性本來常存〉:「法性本來常存,茫茫無有邊畔。安身取捨之中,被他二境迴換。斂念定想坐禪,攝意安心覺觀。木人機關修道,何時可到彼岸?忽悟諸法體空,欲似熱病得汗。無智人前莫說,打破君頭万段。」〔註48〕宣揚禪學踐履之要領;寒山〈寄語諸仁者〉:「寄語諸仁者,復以何為懷。達道見自性,自性即如來。天真元具足,修證轉差迴。棄本却逐末,只守一場獃。」〔註49〕及龐詩云:「無貪勝布施,無痴勝座禪。無瞋勝持戒,無念勝求緣。盡見凡夫事,夜來安樂眠。寒時向火坐,火本實無烟。不忌黑闇女,不求功德天。任運生方便,皆同般若船。若能如是學,功德實無邊。」〔註50〕無不利用詩歌或改良佛門偈頌,表達對禪學修行之重視與寓意,如此藉詩明禪用意與手段,可謂同出一轍。

　　由此可證,通俗詩派與禪宗關係的確密切,無論詩人身分、思維、詩作風格均見此教派之浸淫,此亦是為何項教授稱其是「或稱說是『禪』的詩派」原因所在。

三、政經政策與文化弊端

　　通俗詩派深受詩歌與禪宗影響,乃現時背景發展趨勢使然。從詩派作品內容析之,不難發覺除詩歌、宗教二因素外,對於所呈現唐時社經背景與文化弊端現況,是否考量亦為其興起歷史之一環?今觀通俗詩,除禪家佛理外,

---

局,2001 年 11 月),第 40 頁。

〔註46〕孫昌武認為寒山詩不少歌正是此類禪作最具代表者,其曰:「在寒山詩中,題材、風格是多種多樣的,但以這樣一類最有代表性。它們並不用禪語,但直抒本心,把超然自得的禪趣表現於意象之中。……到了晚唐以後,在詩僧中像寒山這樣的詩就少了,這是因為禪宗走向衰落,走向形式化,那種開闊自由的精神已不復在了。所以,如果統觀中國詩歌以詩明禪的諸型態,那種表現禪生活的作品詩品最高,也最有價值。」《詩與禪》,第 51 頁。

〔註47〕周裕鍇:《中國禪宗與詩歌》(高雄:麗文文化事業,1994 年 7 月),第 48 頁。

〔註48〕文中所見梵志詩,皆引自項楚《王梵志詩校注》,此詩為〈法性本來常存〉(三五七),第 833 頁。

〔註49〕〈寄語諸仁者〉(二三九),《寒山詩注》,第 615 頁。

〔註50〕〈無貪勝布施〉(一六),譚偉《龐居士研究》,第 435 頁。本文所引龐詩皆出譚書「《龐居士語錄》校理」部分。

亦以反映黎民生活與揭發時弊之世俗詩最常見。王梵志詩集〈序〉嘗云：「具言時事，不浪虛談」，〔註51〕道出此類詩作撰寫之用途。然斯意正與白居易標榜「文章合爲時而著，詩歌合爲事而作」〔註52〕理念相脗合。香山居士認爲文學作品須具備「補察時政，泄導人情」，重視反映實情之功用，而以梵志爲首之通俗詩派於此道乃不遑多讓，亦以譏諷、平易口吻，敢於批判某些不合理之社會政策與現象，創作出有別文人詩作之社會寫實詩。顯然，唐季現實面貌與文化氛圍，亦爲影響通俗詩派生成另一重要背景緣由。

　　整體而論，世俗詩僅見王梵志、寒山詩中，稍晚龐居士則屈指可數，著墨不多。原因或許是身爲禪門法嗣居士，弘揚禪法乃禪家本質原因有關。王、寒乃隋末至晚唐下層寒士代表，考察其社會寫實詩，對於瞭解隋末積習弊端與唐時社會黑暗現實錄，有一定歷史意義，甚至王詩被評爲具有「正史書之不當，補文獻之不及」之作用。〔註53〕當然，斯非詩人爲詩之主要目的，其重點乃在使「貪婪之吏，稍息侵漁；尸祿之官，自當廉謹」，〔註54〕針砭時弊，切責世病。以下就通俗詩派之社會詩內容，及參稽今人金英鎮歸納所得，〔註55〕陳述其時代問題與背後意義。

（一）經濟政策與貧富對立

　　唐初社會兩極分化、貧富不均情形頗爲嚴重，其中均田制度壞弛與租庸調徵役繁重是主要原因。隋末唐初經歷十餘載戰火摧殘，造成土地荒閒與嚴重戶口減耗，尤其北方，千里無人煙，城邑蕭條，「田地極寬，百姓太少」之

〔註51〕 〈王梵志詩集序〉，見項楚：《王梵志詩校注》，第 1 頁。
〔註52〕 白居易：〈與元九書〉，《白氏長慶集》卷二十八，王雲五編《四部叢刊正編》，第 315 頁。
〔註53〕 王梵志寫實詩向來爲人稱頌，如盧其美在其〈正史書之不當，補文獻之不及——論王梵志詩的史料價值〉（載《佛山科學技術學院學報【社會科學版】》第 24 卷第 6 期，2006 年 11 月，第 18 頁）結語曰：「王梵志詩提供了大量有關唐代社會的珍貴資料，深刻地反映了初唐社會的政治、經濟思想及宗教的真實情況，使我們透過史學家所標榜的『貞觀之治』、『開元盛世』看到了更爲真實的歷史。因此，可以說王梵志詩的史料價值在於：正史書之不當，補文獻之不及。」給予詩作極高肯定。
〔註54〕 〈王梵志詩集序〉，《王梵志詩校注》，第 1 頁。
〔註55〕 金英鎮〈唐代白話詩研究——以王梵志和寒山詩爲中心〉第二章「王梵志和寒山詩的內容與其社會、思想背景」歸納二人詩作呈現社會文化背景共四方面：一、經濟政策與貧富不均。二、戰爭和府兵制之弊端。三、門閥制度和婚姻風俗。四、科舉制度和選官之弊端。第 42～58 頁。

情形相當普遍。唐高祖李淵，爲求安置百姓，恢復農產，於武德七年（624）頒行均田令，實施均田制，〔註56〕使戰時失地而流亡之農民，重新墾闢荒地，致力生產，國家經濟得以步上正軌。均田制乃北魏孝文帝採用李安世建議始創，於太和九年（485）十月下詔，正式施行，歷經北魏、北齊、北周、隋、唐五朝，前後達二百七十年之久。

由於均田制之落實，社會逐漸安定，農耕者日增。當時情形，王、寒詩作多有述及，梵志詩〈吾有十畝田〉云：

> 吾有十畝田，種在南山坡，青松四五樹，綠豆兩三窠。
>
> 熱即池中浴，涼便岸上歌。遨遊自取足，誰能奈我何。〔註57〕

寒詩亦曰：

> 茅棟野人居，門前車馬踈。林幽偏聚鳥，谿闊本藏魚。
>
> 山果攜兒摘，皋田共婦鋤。家中何所有，唯有一牀書。〔註58〕

顯示唐時統治者均田制度實行之成功。不過，均田制乃授民以田，賜民利益，但政府亦有取償於民者，即「租庸調」之頒行。「租傭調」乃高祖武德二年（619）制定，爲德宗建中元年（780）頒行「兩稅法」前所行賦役制度。其主要以身丁爲徵收準則，規定「凡授田者，丁歲輸粟二斛，稻三斛，謂之租。丁隨鄉所出，歲輸絹二匹，綾、絁二丈，布加五之一，綿三兩，麻三斤，非蠶鄉則輸銀十四兩，謂之調。用人之力，歲二十日，閏加二日，不役者爲絹三尺，謂之庸。」〔註59〕但唐初雖行均田制度，卻有分田不足之現象產生，張國剛《隋唐宋史》有曰：

> 唐朝初期一般百姓受田不足的現象，已經程度不同地存在。尤其是
> 關輔一帶，人口密集，耕地緊缺，『丁壯受田，罕能充足』。貞觀十
> 八年（644），太宗幸靈口，問及民戶受田情況，『丁三十畝』。即使

〔註56〕 有關均田制度意義，張國剛編《隋唐宋史》云：「均田制是封建國家對土地占有進行控制的一種手段。但是，即使在均田制剛剛創立的北魏時期，封建國家也不曾眞正達到其全部目的。實際上，均田制只是對國家所掌握的無主荒田進行有限的調劑，同時規定土地占有的最高限額，另一方面緩和土地荒蕪與農民土地不足並存的矛盾，穩定農業生產，保證國家稅收；另一方面則防止土地過分集中，以利於社會穩定。」（臺北：五南圖書，2002年6月），第95頁。

〔註57〕 〈吾有十畝田〉（一三三），《王梵志詩校注》，第410頁。

〔註58〕 〈茅棟野人居〉（二七），《寒山詩注》，第78頁。

〔註59〕 宋‧歐陽修、宋祁撰：《新唐書‧食貨志一》（北京：中華書局，2003年7月），第1342～1343頁。

按照狹鄉受田口分減寬鄉之半計算，每丁已受田的數額也只相當於應受田的 1/2。從現有文獻記載來看，這種情況絕非只在靈口一地存在。高宗以後，農民土地不足的現象更為嚴重。〔註60〕

分田不均關係，加上須負擔沉重之賦役制度，導致無餘錢免除差科徭役之貧困農民，僅能「供官徭役，道路相繼，兄去弟還，首尾不絕，遠者往來五六千里，春秋冬夏，略無休時」，〔註61〕疲於奔命。對於「任是深山最深處，也應無計避征徭」〔註62〕之社會慘況，王詩曾數度言及：

戶役差科來，牽挽我夫婦。妻即無褐被，夫體無褌袴；〔註63〕

早死無差科，不愁怕里長。行人展腳臥，永絕呼征防；〔註64〕

工匠莫學巧，巧即他人使。身是自來奴，妻亦官人婢。〔註65〕

訴盡初唐徭役嚴苛與庶民被迫屈服現實之無奈。

再者，唐時雖行均田制度，但經高宗、武后之政局動盪，玄宗時早已面目全非，遭受嚴重破壞。天寶十一載（752）玄宗詔書曾載：

如聞王公、百官及富豪之家，比置莊田，恣行吞并，莫懼章程。借荒者皆有熟田，因之侵奪；置牧者唯指山谷，不限多少。爰及口分、永業，違法買賣，或改籍書，或云典貼，致令百姓無處安置。乃別停客戶，使其佃食。〔註66〕

唐初均田制原就存在分配不均問題，晚期又因貴族官僚、豪商勢力膨脹，「比置莊田，恣行吞并，莫懼章程」，違法買賣、典貼土地及使用「借荒」、「置牧」等兼併手段，花樣多翻，不一而足，因此「富者田連阡佰，貧子亡立錐之地」，〔註67〕造就一批「地癖」、〔註68〕「多田翁」〔註69〕官僚與「珍奇寶物侔於御

〔註60〕張國剛：《隋唐宋史》，第 107 頁。

〔註61〕唐・吳兢：《貞觀政要》卷六，〈論奢縱〉，收《四部叢刊續編（一三）》（上海：上海書店，1984 年 7 月），第 27 頁。

〔註62〕杜荀鶴〈山中寡婦〉，《全唐詩》卷六九二，（北京：中華書局增訂重印本，2008 年 2 月），第 8023 頁。

〔註63〕〈夫婦生五男〉（二六四），《王梵志詩校注》，第 630 頁。

〔註64〕〈不見念佛聲〉（二四七），同上，第 583 頁。

〔註65〕〈工匠莫學巧〉（五五），同上，第 203 頁。

〔註66〕宋・王欽若等撰：《冊府元龜》卷四百九十五〈邦計部・田制〉，《景印文淵閣四庫全書（九一○）》（臺北：臺灣商務印書館，民國 75 年 7 月），第 617 頁。

〔註67〕漢・班固撰、顏師古注：《漢書・食貨志》，《叢書集成初編》（北京：中華書局，1985 年），第 57 頁。

府」,「田園遍於近甸膏腴」〔註70〕之貴族。

就因均田制之傾毀,加上租賦稅殘酷剝削,唐時百姓「貧者益貧,富者益富」情形日益劇烈,加深貧富對立鴻溝。對此,梵志寫道:

> 貧窮田舍漢,菴子極孤恓。兩共前生種,今世作夫妻。
> 婦即客舂擣,夫即客扶犁。黃昏到家裏,無米復無柴。
> 男女空餓肚,狀似一食齋。里正追庸調,村頭共相催。
> 幞頭巾子露,衫破肚皮開。體上無褌袴,足下復無鞋。
> 醜婦來惡罵,啾唧搦頭灰。里正被腳蹴,村頭被拳搓。
> 駈將見明府,打脊趁迴來。租調無處去,還須里正倍。
> 門前見債主,入戶見貧妻。舍漏兒啼哭,重重逢苦災。
> 如此硬窮漢,村村一兩枚。〔註71〕

> 富饒田舍兒,論情實好事。廣種如屯田,宅舍青煙起。
> 槽上飼肥馬,仍更買奴婢。牛羊共成羣,滿圈養肭子。
> 窖內多埋穀,尋常願米貴。里正追役來,坐著南廳裏。
> 廣設好飲食,多酒勸遣醉。追車即与車,須馬即与馬。
> 須錢便与錢,和市亦不避。索麵驢馱送,續後更有雉。
> 官人應須物,當家皆具備。縣官與恩澤,曹司一家事。
> 縱有重差科,有錢不怕你。〔註72〕

而寒山亦言:

> 富兒多鞅掌,觸事難祇承。倉米已赫赤,不貸人斗升。
> 轉懷鉤距意,買絹先撿綾。若至臨終日,弔客有蒼蠅。〔註73〕

將貧、富人家生活強烈對比,烘托政府制度之不平等。詩中並見撰者對窮者流露同情之心,與譏諷富人驕奢淫逸,卻未得善終之筆觸。

〔註68〕 後晉・劉昫等撰:《舊唐書》卷一八七〈李憕傳〉載:「憕豐於產業,伊川膏腴,水陸上田,脩竹茂樹,自城及闕口,別業相望,與吏部侍郎李彭年皆有地癖。」(北京:中華書局,2002 年 12 月),第 4889 頁。

〔註69〕 《新唐書》卷一二九〈盧從愿傳〉載:「御史中丞宇文融方用事,將以括田戶功為上下考,從愿不許,融恨之,乃密曰『從愿盛殖產,占良田數百頃』,帝自此薄之,目為多田翁。」,第 4479 頁。

〔註70〕 《舊唐書》卷一八三〈太平公主傳〉,第 4738～4740 頁。

〔註71〕 〈貧窮田舍漢〉(二七○),《王梵志詩校注》,第 651 頁。

〔註72〕 〈富饒田舍兒〉(二六九),同上,第 645 頁。

〔註73〕 〈富兒多鞅掌〉(三七),《寒山詩注》,第 100 頁。

顯見，通俗詩人對唐時社會經濟不均現象，厭惡甚深，同時還能感受其對得勢富者之不滿，而欲替底層窮苦人民發出不平之鳴聲。

（二）府兵制度之頹圮

經濟政策造成貧富不均問題外，詩人對唐初統治者為求鞏固政權，實施之府兵制度，另有呵責與批判。

府兵制，源起西魏、後周，完備於隋，唐興因之。唐時府兵制盛行，太宗貞觀十年（636）設折衝府，府分上、中、下三等，兵千二百為上府，千人為中府，八百人為下府，各府皆有名號。其規定「凡年二十為兵，六十而免」，〔註74〕「居無事時耕於野，其番上者，宿衛京師而已。若四方有事，則命將以出，事解輒罷，兵散于府，將歸於朝」。〔註75〕由於充府兵者，「人具弓一，矢三十，胡祿、橫刀、礪石、大觿，氈帽、氈袋、行縢皆一，麥飯九斗，米二斗，皆自備。」〔註76〕須自籌部分兵甲、服裝、資糧，每年尚要長途番上宿衛，致使人民不堪其苦。尚鉞《中國歷史綱要》嘗謂：

> 貞觀中，西北屯戍之役已甚繁重，史載：「歲調山東丁男為戍卒……
> 大軍萬人，小軍千人，烽戍邏卒，萬里相繼。」〔註77〕

文中「烽戍邏卒，萬里相繼」，道盡當時充任府兵乃之苦痛。此情形王、寒多表不滿，詩曰：

> 你道生勝死，我道死勝生。生即苦戰死，死即無人征。
> 十六作夫役，二十充府兵。磧裏向前走，衣鉀困須擎。
> 白日趁食地，每夜悉知更。鐵鉢淹乾飯，同火共分諍。
> 長頭飢欲死，肚似破窮坑。遣兒我受苦，慈母不須生。〔註78〕

寒山云：

> 我見一癡漢，仍居三兩婦。養得八九兒，總是隨宜手。
> 丁防是新差，資財非舊有。黃蘗作驢鞦，始知苦在後。〔註79〕

將府兵征役視為生不如死之業，「養得八九兒，總是隨宜手」，兒孫任人役使，難怪王氏會有「遣兒我受苦，慈母不須生」之嗟歎。

〔註74〕《新唐書》卷五十〈兵志〉，第 1325 頁。
〔註75〕同上，第 1328 頁。
〔註76〕同上，第 1325 頁。
〔註77〕尚鉞：《中國歷史綱要》（北京：人民出版社，1955 年 7 月三刷），第 133 頁。
〔註78〕〈你道生勝死〉（二六二），《王梵志詩校注》，第 622 頁。
〔註79〕〈我見一癡漢〉（一二五），《寒山詩注》，第 327 頁。

　　然而，高宗以末，府兵制度遂行圮毀，徵兵已無公平可言，但戰事頻仍，政府依舊大量徵用人民，「時邊防軍額更增，屯戍年限亦久，農民避免兵役，或自殘肢體，或被迫逃亡」，〔註80〕致使貧困農民，為規避服役，只好自殘，或流徙異鄉，成為「浮逃子」。王詩曰：

　　　　天下浮逃人，不啻多一半。南北擲蹤藏，誑他暫歸貫。

　　　　遊遊自覓活，不愁應戶役。無心念二親，有意隨惡伴。

　　　　強處出頭來，不須曹主喚。聞苦即深藏，尋常擬相筭。

　　　　欲似鳥作群，驚即當頭散。〔註81〕

本詩道盡唐人僅能消極抵抗，視府兵如畏途之淒慘情貌。此亦是王氏為何將府兵列為「天下惡官職」〔註82〕首位之理由所在。

（三）門閥制度與婚嫁禮俗

　　為表達對社會大環境不滿外，詩人揭露高門世族買賣婚姻陋習，與民間婚嫁風俗不合禮節行為，其抨擊亦不遺餘力。

　　隋末農民起義，重創南北朝高門著姓，士族門閥不再位居社會頂端。李氏建立王朝後，士族雖步入衰微，卻仍具一定影響力。唐初士族門第，仍尊崔、盧、李、鄭四山東名姓，《宋朝事實類苑》卷五八〈氏族〉云：「其後遷易紛爭，莫能堅定，遂取前世仕籍，定以博陵崔、范陽盧、隴西李、滎陽鄭為甲族。」〔註83〕但因族勢不如往昔，始與一般姓氏通婚，卻「好自矜夸，雖復累葉陵遲，猶恃其舊地，女適他族，必多求聘財」。〔註84〕藉此販賣族聲，牟取財富。而此變調婚姻現象，當朝達官顯貴又樂與結親，甚至引以為榮，連太宗時魏徵、房玄齡、李勣等著名大臣均在競逐之流。

　　販賣婚姻歪風蔚行，雖不致撼動李家政權，卻極損新朝門面與威信。有鑑於此，太宗貞觀十二年（638）詔高士廉等刊正姓氏，「普責天下之譜諜，仍憑據史傳考其真偽，忠賢者褒進，悖逆者貶黜」，修撰《氏族志》，重置望族次第。但高儉未諳太宗之意，仍以傳統等第排序，將崔姓列為首等。太宗

〔註80〕同注77。

〔註81〕〈天下浮逃人〉（二七八），《王梵志詩校注》，第686頁。

〔註82〕此語見王詩〈天下惡官職〉（四八）：「天下惡官職，不過是府兵。四面有賊動，當日即須行。有緣重相見，業薄即隔生。逢賊被打煞，五品無人諍。」同上，第186頁。

〔註83〕引錄項楚《王梵志詩校注》〈索婦須好婦〉詩下注語，第346頁。

〔註84〕《舊唐書》卷六十五〈高士廉傳〉，第2443頁。

因此大表不悅，其謂：

> 「我與山東崔、盧、李、鄭，舊既無嫌，爲其世代衰微，全無冠蓋，
> 猶自云士大夫，婚姻之間則多邀錢幣。才識凡下，而偃仰自高，販
> 鬻松價，依託富貴。我不解人間何爲重之？祇緣齊家惟據河北，梁、
> 陳僻在江南，當時雖有人物，偏僻小國，不足可貴，至今猶以崔、
> 盧、王、謝爲重。我平定四海，天下一家，凡在朝士，皆功效顯著，
> 或忠孝可稱，或學藝通博，所以擢用。見居三品以上，欲共衰代舊
> 門爲親，縱多輸錢帛，猶被偃仰。我今特定族姓者，欲崇重今朝冠
> 冕，何因崔幹猶爲第一等？惜漢高祖止是山東一匹夫，以其平定天
> 下，主尊臣貴。卿等讀書，見其行迹，至今以爲美談，心懷敬重。
> 卿等不貴我官爵耶？不須論數世以前，止取今日官爵高下作等級。」
> 遂以崔幹爲第三等。〔註85〕

是則，太宗意屬用「官爵高下」爲劃分門第準則，以代傳統血緣歸第舊習，
故重置「崔幹爲第三等」。此舉無疑是爲提升李氏皇族門第地位，樹立王朝威
信之用。另一方面則藉此悛革高門舊族「販鬻松價，依託富貴」不良風氣之
衍行。

　　對「納錢五百萬，將女易官」〔註86〕鬻婚偏象，梵志作品多有詰難，云：

> 索婦須好婦，自到更須求。面似三顆作，心知一代休。
>
> 遮莫你崔盧，遮莫你鄭劉。若無主子物，誰家死骨頭。〔註87〕
>
> 古人數下澤，今我少高門。錢少婢不嫁，財多奴共婚。
>
> 各各販父祖，家家賣子孫。自言鬻姓望，聲盡不可論。〔註88〕

從詩句「若無主子物，誰家死骨頭」、〔註89〕「各各販父祖，家家賣子孫」諸
語推判，詩人對「高門販婚」行爲，無法苟同，認爲「自言鬻姓望，聲盡不

〔註85〕同前書，第 2443～2444 頁。

〔註86〕唐·劉肅：《大唐新語》卷三〈公直〉，《叢書集成初編》（北京：中華書局，
　　　　1985 年），第 29 頁。

〔註87〕〈索婦須好婦〉（一一三），《王梵志詩校注》，第 345 頁。

〔註88〕〈古人數下澤〉（一一七），同上，第 362 頁。

〔註89〕此語之意涵，項楚注曰：「唐代上層社會婚姻，最重門第，崔盧等名族尤爲追
　　　　求對象。……梵志詩有異於此，惡婦縱然出身崔、盧、鄭、劉等名門，亦斥
　　　　爲『若無主子物，誰家死苦頭！』應當視爲敝屨，不足顧惜。這雖是斥責惡
　　　　婦之言，並非專爲崔、盧等世家而發，亦表現了對門第婚姻的某種蔑視。」
　　　　同上，第 348 頁。

可論」，鄙惡之情，不言而喻。

其次，王梵志揭發民間婚嫁陋俗，及婚後家庭等問題，亦有不少詩作，舉如〈天下惡風俗〉：「天下惡風俗，臨喪命犢車。男婚傅香粉，女嫁著釵花。屍櫬陰地臥，知堵是誰家？」〔註90〕指出居喪期間婚嫁，乃儒家禮教不容，為唐法明令禁止；〈兄弟義居活〉：「兄弟義居活，一種有男女。兒小教讀書，女小教針補。兒大與娶妻，女大須嫁去。當房作私產，共語覓嗔處。好貪競盛喫，無心奉父母。外姓能蛆姤，啾唧由女婦。一日三場鬥，自分不由父。」〔註91〕敘述封建家庭內部矛盾激化；與〈心恒更願取〉、〈老翁取少婦〉、〈柳郎八十二〉探討再婚、老少配之不合理現象。〔註92〕歷歷如繪，對民間俗人婚嫁弊端，加以無情詬詈。

（四）科舉與選官之弊端

李唐科舉選官弊病，亦成詩人另一關注焦點。科舉制度發軔於隋，而成熟於唐。因考試每年舉行，又曰「常科」。唐朝實行科舉制度，不僅為「寒峻之士」提供入仕途徑，有利國家選拔經邦治國之英才，同時提升封建體制下之官員素質。不過，再完善體制仍有疏漏，科舉病端，金英鎮提出兩點看法，曰：

> 唐朝科舉制度本身也有潛在問題。一是科舉應試者資格要求沒有那麼嚴格，除商人，奴婢等以外，一般出身的人均可以參加，所以應考者太多，有的時後有幾千人應考，但及第者才幾十人，而且這些及第者也只是獲得「出身」，並不能馬上釋褐授官，還須經過吏部博學宏詞或書判拔粹等考試；二是唐代科舉考試不全取決於一張試卷，相當程度上要靠平時的令譽，由此衍生出一種行卷的風習，即應舉者將自己平時精心撰作的詩文，雜著等彙編成卷，投獻於達官名流，請他們為自己延譽。〔註93〕

〔註90〕〈天下惡風俗〉（一一六），同上，第 357 頁。

〔註91〕〈兄弟義居活〉（七七），同上，第 252 頁。

〔註92〕對此，金英鎮《唐代白話詩研究——以王梵志和寒山詩為中心》有言：「唐代夫死再嫁、妻死再娶，在當時基本上是被認可的。再婚從皇家到民間都是普遍的現象。但如果再婚遇到不合適的配偶，其家庭只會越來越糟糕。……在王梵志和寒山詩中，也有反映。如〈心恒更願取〉、〈老翁取少婦〉、〈柳郎八十二〉。這幾首詩反映的是老妻少夫或老夫少妻的問題，說明當時這種現象是較為普遍的。詩人還指出，這種年齡相差懸殊的婚姻，大多會帶來悲慘的結局，並且詩人對這種婚姻顯然是不贊成的。」第 53～54 頁。

〔註93〕前揭書，第 56 頁。

據上所言，唐科舉選制並非縝密無間，尚有諸多詬病之處。尤其當時盛行行卷與請託風氣，〔註94〕常使考生易因主考官個人喜惡，而有遺珠之憾。此外，考取仕途除科舉考試外，富家子弟多尋「門蔭得官」、「流外入流」等任宦管道，〔註95〕佔據諸多名額，更使原本狹隘入仕門檻，更增難度。對此，同是寒第出身，久試不中之寒山，感同身受，詩云：

　　　聞道愁難遣，斯言謂不眞。昨朝曾趁却，今日又纏身。

　　　月盡愁難盡，年新愁更新。誰知席帽下，元是昔愁人。〔註96〕

　　　書判非全弱，嫌身不得官。銓曹被拗折，洗垢覓瘡瘢。

　　　必也關天命，今冬更試看。盲兒射雀目，偶中亦非難。〔註97〕

　　　雍容美少年，博覽諸經史。盡號曰先生，皆稱爲學士。

　　　未能得官職，不解秉耒耜。冬披破布衫，蓋是書誤己。〔註98〕

對士子懷才不遇，時不我予之困境，深表同情。所見之詩，用語精煉，描摹眞切，更見詩人發出抗議之呼聲，可爲當政者制定考試規則之諍言。

　　綜上所言，由上詩中所顯示諸多時代問題，可悉當時社會弊病，確實左右通俗詩人創作靈感，爲社會詩寫作主要素材。誠如今人吳明賢《唐人的詩歌理論》揭櫫：

〔註94〕行卷與請託乃唐代科舉二大特色。請託之風，始於武則天，後愈加愈烈。至於行卷，主要通過書信及所獻辭章投於著名文人及主考官，一旦得到被行卷者賞識與提攜，即可身價大進。王定保：《唐摭言》卷八〈遭遇〉（《景印文淵閣四庫全書（一〇三五）》【臺北：商務印書館，民國75年7月】，第754頁）所記：「貞元二年，牛錫庶、謝登，蕭少保下及第。……二子久屈場籍，其年計偕來；主文頗以耕鑿爲急，無何並馳人事，因迴避朝客，誤入昕第。……初未知誰也，潛訪於闇吏，吏曰：『蕭尚書也。』因各以常行一軸面贄，大蒙稱賞。……既而上列繼至，二子隱於屏後。或曰：『二十四年載主文柄，國朝盛事，所未曾有。』……朝士既去，二子辭；昕面告之，復許以高第，竟如所諾。」中舉落第，全憑主考官個人喜惡。

〔註95〕「門蔭得官」、「流外入流」乃唐時選官另二途徑，張國剛《隋唐宋史》曰：「唐代選拔政府官員途徑有三：一是科舉入仕，二是門蔭得官，三是流外和雜色入流。中央國子學和地方學校的學生畢業考是合格後，就被推薦去參加科舉考試。科考不第或者不願參加科舉考試的高級官員子弟，可以通過門蔭獲得做官資格。至於各級各類技術學校的學生，屬於流外職掌，可以通過流外入流的辦法，獲一官半職。」第74～75頁。

〔註96〕〈聞道愁難遣〉（三三），《寒山詩注》，第90頁。

〔註97〕〈書判非全弱〉（一一三），同上，第298頁。

〔註98〕〈雍容美少年〉（一二九），同上，第334頁。

時代政治與社會生活影響並制約著詩歌創作，……歸根結底，詩歌
創作畢竟是詩人通過自己的頭腦對社會生活的反映和表現，而任何
詩人都具體生活在特定社會，特定時代之中。所以就詩人主體因素
而言，必然會打上時代的社會烙印；就詩歌作品表現內容而言，也
會程度不同地受到時代的制約。所有的這些方面都決定了詩歌創作
的時代性。〔註99〕

詩歌創作必然不離時代之印記，通俗詩派作品具有反映史實之特質，其興起
必然與所處社會政治、風俗民情產生一定連結，也因此造就詩篇多寫實、重
警世之風貌，進而深受民間百姓愛戴，廣泛吟誦，而有別於文人通俗詩作。

第二節　唐代通俗詩派之淵源

王梵志、寒山、龐蘊等通俗詩人，以新巧潑辣筆調、平實易懂語言，擺
脫歌詩原本點綴昇平、歌功頌德之貴族文學形象，為唐代詩苑開拓一條口語
化、真實化之通俗詩創作蹊徑。而詩作之所以通俗，具有說理之傾向，其淵
源主要被民間歌謠陶冶與佛典偈頌影響。

一、民間歌謠啓迪與陶冶

胡適《白話文學史》介紹「唐初白話詩」來源〔註100〕時，即開宗明義曰：
白話詩有種種來源。第一個來源是民歌，這是不用細說的。一切兒
歌、民歌，都是白話的。〔註101〕
顯見胡適認為民間歌謠乃唐初白話詩之濫觴，是其影響源頭。

的確，通俗詩平易質實之風格，喜好以日常口語入詩，與中國最早詩歌
總集《詩經》，所演化至後之民間歌謠作品，有密不可分之關係。張錫厚曰：
唐代通俗詩的興起同民間歌謠的陶冶和啓迪，也有著深刻的淵源關
係。遠如《詩經》裏民歌色彩較多的〈國風〉，已經開始吸收民間語
言入詩，經過長時期的演進，漢代通俗體民歌民謠也在潛滋暗長。
如漢高祖死後出現的帶有民歌意味的〈戚夫人歌〉：「子為王，母為

〔註99〕吳明賢：《唐人的詩歌理論》，第3頁。
〔註100〕胡適提出初唐白話詩四種來源為：一、民歌；二、打油詩；三、歌妓；四、
　　　　宗教與哲理。
〔註101〕胡適：《白話文學史》，第155頁。

虜，終日舂薄暮，常與死爲伍。相離三千里，當誰使告汝。」漢成
帝時〈黃爵謠〉：「邪徑敗良田，讒口亂害人。桂樹華不實，黃爵巢
其顛。昔爲人所羨，今爲人所憐。」前者雖然雜有三言句，但已基
本採用五言詩句直抒胸臆；後者純粹以五言敍寫譏諷實政，涵義深
刻，這是五言通俗詩的早期形式。〔註102〕

張氏指出漢時流傳民間詩歌，已採用質直素樸、淺切易曉之詩句，且具有適
應社會歷史發展與反映民眾現實之特質，是爲通俗詩之雛型。然經歷各代之
演進，民間歌謠發展日漸成熟。隋唐之際，由於政局紛擾，民不聊生，與民
歌相同具備反映史實之通俗詩，於是獲得滋養並且茁壯。對此，張文表示：

隋唐詩壇儘管承襲六朝雕飾浮艷的文風，而流行民間的歌謠仍以通俗
的五言體爲主，如隋大業間〈長白山謠〉：「長白山前知世郎，純著紅
羅錦背襠。長稍侵天半，輪刀耀日光。上山吃獐鹿，下山吃牛羊。忽
聞官軍至，提刀向前蕩。譬如死遼東，斬頭何所傷。」又如隋煬帝時
〈挽船夫歌〉：「我兄征遼東，餓死青山下。今我挽龍舟，又困隋堤道。
方今天下飢，路糧無些小。前去三千程，此身安可保。」都以明白如
話的詩句，直接反映隋代窮兵黷武、濫用民力，激起人民反抗的社會
現實，既有深刻的內容，也比較注重藝術表現形式。說明隋唐之際來
自民間土壤的詩歌愈來愈被用於反映現實生活和人民鬥爭，大膽抒發
自己的不滿和憤懣，從而爲通俗詩的發展注入新的血液，這也是唐代
通俗詩能夠逐漸興起和廣泛流傳的關鍵所在。〔註103〕

據此，五言通俗詩乃民間詩歌主要形式，隋後內容更重寫實功用，著重反映
現實生活與傾訴人民苦難，遂使以王梵志爲代表之通俗詩派，乃積極汲取和
運用其表現手法，大膽抒發己見，揭示社會潛伏危機，開闢一條獨特之新寫
實文學創作途徑。

二、佛教偈頌

　　通俗詩派作品，形式不求格律，似詩似偈，內容多闡揚佛教哲理，其原因
在於受到佛教偈頌之影響。前文提及，胡適論述白話詩四種來源，其末項「宗

〔註102〕張錫厚〈論唐代通俗詩的興起及其歷史地位〉，載《唐代文學論叢》總第 9
　　　　輯，1987 年，第 4 頁。
〔註103〕前揭文，第 6～7 頁。

教與哲理」曾揭櫫：「宗教要傳布的遠，說理要說的明白清楚，都不能不靠白話。散文固是重要，詩歌也有重要作用。詩歌可以歌唱，便於記憶，易於流傳，皆勝於散作品。佛教來自印度，本身就有許多韻文的偈頌。這個風氣自然有人仿效。於是也有做無韻偈的，也有做有韻偈的；無韻偈是模仿，有韻偈便是偈體的中國化了。」〔註104〕即點明佛教偈頌與通俗詩作之關係與淵源。

偈，乃梵語 Gāthā 音譯之簡略，全譯作「伽陀」，漢譯爲「頌」。《大唐西域記》卷三有曰：「舊曰偈，梵文略也。或曰偈陀，梵音訛也。今從正音，宜云伽陀者，唐言頌。」〔註105〕在印度，偈爲一種押韻文體，〔註106〕其內容多讚頌功德，與中國《詩經》中六義之「頌」相仿，故又稱「頌」或「偈頌」。

佛教東傳後，傳播方式可分爲兩類：一爲僧團傳教活動，二是靠佛典傳譯與流通。當時翻譯高僧爲求方便人民理解與讀誦，放棄梵文講求辭藻與韻律，利用中國詩歌或韻散結合之文學體式，以通俗淺近之口語，創造一種非文非詩之「新譯經文體」。迨及唐朝，適逢佛教、詩歌大興因素，此種文體便演化爲與詩歌篇制相近之佛教詩歌，又稱「詩偈」。〔註107〕

一般而言，偈頌並無固定格律，亦不講究平仄對仗，形式多爲四句，字數以五言爲主、亦有四言、七言、六言等。〔註108〕此種具有自然樸實，形式自由，寄寓哲理之通俗詩偈，在寒山、龐蘊詩中，處處可見。寒山曾對自身作品評道：

　　有人笑我詩，我詩合典雅。不煩鄭氏箋。豈用毛公解。

　　不恨會人稀，只爲知音寡。若遣趁宮商，余病莫能罷。

〔註104〕胡適：《白話文學史》，第 156 頁。

〔註105〕唐・釋玄奘：《大唐西域記》卷三，王雲五編：《四部叢刊正編（一六）》（臺北：臺灣商務印書館，民國 68 年 11 月），第 29 頁。

〔註106〕佛典中有所謂「十二分教」，又云「十二部經」，是體例劃分上之十二類。其中有兩類是韻文，即「祇夜」和「伽陀」。「祇夜」又稱重頌、應頌，在韻散結合的經文中爲重宣長行（修多羅）的內容；「伽陀」又稱諷頌、孤起，是宣揚佛理之獨立韻文。

〔註107〕中唐以後，偈的體制產生變化，出現像五律與七律一樣對仗工整的詩歌體，促成偈之文學化與世俗化。陳尚君《全唐詩補編》有言：「釋氏偈頌，至唐時一變，中唐以降，日趨詩律化，最終與詩歌合流。」（北京：中華書局，1992 年 10 月），第 1 頁。

〔註108〕據項楚《寒山詩注》中所言：「偈有兩種，一者通偈，二者別偈。言別偈者，言四言、五言、六言、七言，皆以四句而成，目之爲偈，謂別偈也。二者通偈，謂首盧偈，原是胡人數經法也，莫問長行與偈，但令三十二字滿，即便名偈，謂通偈也。」，第 844 頁。

忽遇明眼人，即自流天下。〔註109〕

直言詩作「不煩鄭氏箋。豈用毛公解」，不擔憂「會人稀」，他日「忽遇明眼人，即自流天下」，對己身所創之詩偈，十分自覺與深具信心。龐居士亦改良早期詩偈拙樸缺失，創作符合詩律之宣理作品，如〈世人重珍寶〉：

世人重珍寶，我貴刹那靜。金多亂人心，靜見眞如性。

性空法亦空，十八絕行蹤。但自心無礙，何愁神不通。〔註110〕

可見，通俗詩派與佛教偈頌淵源一脈相承。正如拾得所言：「我詩也是詩，有人喚作偈。詩偈總一般，讀時須子細。」〔註111〕善用詩偈形式創作手法，成爲詩派外在表現，又如孫昌武歸結：「偈頌翻譯用了中國詩歌的形式，主要是五言，也有四言、七言、六言的。……但這又是一種拙樸通俗的文字。這除了受到譯者文化水平和翻譯文體的限制之外，主要是由於這是宗教宣傳品，必須面向大眾；僧侶傳播經典時又主要靠口頭宣講，應當明白易解。所以如果把偈頌看成是詩，那是一種接近口語的通俗詩。……這種新韻文體首先佛教徒在創作中借鑒。著名的如唐初的王梵志，中唐的寒山、拾得以及中晚唐詩僧們的大量創作。他們有意識地以偈爲詩，取偈頌的通俗來改造詩的表達方式。……佛典的偈頌歸根結底是爲了宣揚佛理的。……中國能詩文的僧侶進行創作同時，必然要在詩中表現對佛教教義的認識與理解。這樣，就要在詩中大量說理。」〔註112〕詩歌具有口語化、好宣理傾向均受偈頌影響所至。

三、詩僧歷史概述

考察通俗詩派根源同時，發覺民歌與偈頌確爲二項重要依據。但從詩人具備僧侶與詩者雙重身分「詩僧」觀之，其歷史演繹過程，與詩派發展亦有牽涉，而有探究之必要。以下就詩僧演進歷程，說明詩派衍生進路另一至要關鍵。

（一）詩僧之濫觴

王梵志、寒山詩僧角色，爲世人公認，但作爲中國詩禪文化史上之特殊人物，其歷史最早可溯至東晉時期。王夫之《薑齋詩話》曰：「衲子者（詩），

〔註109〕〈有人笑我詩〉（三〇五），《寒山詩注》，第785頁。
〔註110〕〈世人重珍寶〉（〇九九），譚偉：《龐居士研究》，第460頁
〔註111〕〈我詩也是詩〉（〇九），《寒山詩注》，第844頁。
〔註112〕孫昌武：《佛教與中國文學》（上海：上海人民，2007年6月），第189～192頁。

其源自東晉來」〔註113〕載明詩僧起源時代；另逯欽立《先秦漢晉魏南北朝詩》「晉詩」條，凡列東晉釋氏康僧淵、佛圖澄、支遁、鳩羅摩什、道安、慧遠、……等十四名，始證晉時乃有僧詩傳世。

有關詩僧肇始東晉說法，今有不少研究專著探及，其中覃召文《禪月詩魂：中國詩僧縱橫談》有以下闡釋：「東晉時期，由於時尚的玄學把儒、道、佛三教糅合在一起，興起了高踏清淡之風，促進僧侶與文士交往，加速了梵華文化藝術的交流，造就詩僧形成的溫床，中國第一代詩僧（康僧淵、支遁和慧遠）便在這樣的歷史條件下產生。」〔註114〕覃氏所言甚是，「詩僧」萌芽東晉，乃當時玄佛兩股思想潮流聚合，及士僧交往頻繁所致。試就相關材料，分點說明詩僧源起之因。

1. 玄佛融通增進僧士交流

東漢佛教傳入，初以民俗信仰面貌傳播下層人民間，因此無法充分發展。至魏晉時期，佛經翻譯日多，但佛經教義流傳有限，當時士大夫亦無法明其究竟。成為文人接受佛教之契機，乃是魏晉時期興起之玄學。「玄學」，顧名思義為談玄之學。其肇端東漢，南遷後更趨鼎盛，內容是以《周易》、《老子》、《莊子》為論議中心。玄學發展至向秀、郭象已是頂峰，極需新成分刺激，而大乘佛學經論恰與老、莊旨意有其契合之處，造就二者融合條件，湯用彤《漢魏兩晉南北朝佛教史》指稱：「夫《般若》理趣，同符《老》、《莊》。而名僧風格，酷肖清流，宜佛教玄風，大振於華夏也。」〔註115〕「以玄格義」成為當時僧徒之新文思風潮。

然在佛家《般若經》之「空無」思想，及老莊「虛無」觀念融通引領之下，〔註116〕僧侶行事風格，研談書卷，述說理論，無不與清談家一致，甚至

〔註113〕王夫之：《薑齋詩話》收入丁福保輯《清詩話》，（上海：上海古籍，1999 年 6月），第 20 頁。

〔註114〕覃召文著：《禪月詩魂：中國詩僧縱橫談》（北京：生活・讀書・新知三聯書店，1994 年 11 月），第 36 頁。

〔註115〕湯用彤：《漢魏兩晉南北朝佛教史》（臺北：臺灣商務，1991 年 9 月），第 153頁。

〔註116〕關於當時「般若學」與「玄學」交會情形，郭朋《中國佛教史》曾考：「所謂『般若』學說，就是由《般若》類經典所宣揚的「一切皆空」的學說，……這一思想，同魏晉玄學，可說是親密的近鄰、好友，它們之間很容易聲氣相通。」另有一派學者則不認同，認為此是一種誤解，是有意與玄學攀親。請參閱普慧：《南朝佛教與文學》（北京：中華書局，2002 年 2 月），第 4 頁下注語。

有意模仿相同生活模式，導致東晉佛教僧團和知識階層互動頻繁，吟詩唱和時有所聞。此融洽氛圍西晉早見端倪，如竺法護譯經時，屢獲當時聶承遠父子、諫士倫、孫伯虎、虞世雅等文士之協助。東晉佛道二者往返之例，更是不勝枚舉，據《世說新語》記載與名士交遊名僧有：支遁、竺法深、支愍度、竺法汰、康僧淵、於法開、帛尸梨蜜多羅（即高座道人）、竺道壹、康法暢、僧伽提婆、慧遠等，而與名僧交往之名士則有：王導、王洽、庾亮、郗超、王濛、謝安、謝朗、殷浩、簡文帝（司馬昱）、王羲之、許詢、孫綽等。〔註117〕顯示東晉釋子不再被視為化外之徒，〔註118〕反成為士大夫喜好酬唱對象，其中以晉初支遁及稍晚慧遠為代表人物。

　　支遁乃開中國釋僧與詩人交遊之先例。〔註119〕支遁，字道林，俗姓關，陳留（今河南省開封市南）人。生於西晉愍帝建興元年（313），卒於東晉廢帝太和元年（366）善文學，有詩才。初至京師，王濛盛讚「造微之功，不減輔嗣」，將其與著名玄學家王弼比況，顯見深沐玄學，深獲當代文臣賞譽。道林與名流過從甚密，如王洽、殷浩、許詢、郗超、孫綽、桓彥表、王敬仁、何次道等皆互引為知音。

　　慧遠（334～416）為東晉佛教界占有舉足輕重地位之高僧。俗姓賈，山西雁門人氏。出生官宦家，十三歲遊學許昌、洛陽，精習儒、道典籍。投佛教大師道安門下，曾南遷傳教，居廬山東林寺，與名士、高僧劉遺民、雷次宗，周續之、宗炳等結白蓮社，建齋立誓，使廬山成為當時南方佛教重鎮。慧遠除為佛門名僧，其學識涵養不遜當時士人，釋慧皎《高僧傳》卷六載其「博綜六經，尤善《莊》、《老》。性度弘博，風覽朗拔，雖宿儒英達，莫不服其深致。……嘗有客聽講，難實相義，往復移時，彌增疑昧。遠乃引《莊子》義為連類，於是惑者曉然。」〔註120〕因此，不少博學鴻儒願與往來。

　　由此可知，在釋子、士子共流背景氣氛下，僧侶樂參清談，名士喜與唱和，兩者同調，甚至同趣，促成「詩僧」萌芽有利條件。於是佛門僧者，開始創作大量佛教詩歌，正如黃新亮所道：「僧人只有在與詩人密切交往中，識

〔註117〕語見張伯偉《禪與詩學》（杭州：浙江人民，1992年9月），第135頁。
〔註118〕東晉前僧人因多為胡僧，本身不通漢語，且習俗與華夏差異大，雖說與文士有所往來，但整體關係並如當時融洽。
〔註119〕語見賴永海：《佛道詩禪》（高雄：佛光出版社，民國81年3月），第222頁。
〔註120〕梁、釋慧皎撰、湯用彤校注：《高僧傳》卷六，〈晉廬山釋慧遠〉（北京：中華書局，1997年10月），第211～212頁。

趣趨於一致的情況下，受到詩人的感染、激發，才敢沖破『外學』的束縛，感奮起臨場吟詠、以詩贈酬的興味。」〔註 121〕

2. 格義表現手法之影響

除玄學影響及僧士交往外，詩僧產生另一因素，在於佛教譯經已非首要之務。漢時佛教傳入中國，漫長歲月卻無詩僧產生？原因在於晉室南渡前，佛教尚屬傳入階段，釋僧多專注於譯經、講經、造寺等活動。例如當時翻經有成之竺法護，因感深經蘊藏西域，乃不以萬里為遠，隨師遊歷外域各國，搜羅大量胡本佛經，從晉武帝泰始二年，至懷帝永嘉二年（266～308）往返洛陽、長安、敦煌之間。沿途傳譯，未曾稍輟。其傳譯之經典，後據釋道安統計多達一百五十部以上。一生成就，梁‧釋僧祐《出三藏記集‧竺法護傳》嘗言：「經法所以廣流中華者，護之力也。」〔註 122〕可見南渡前，釋子對弘傳佛法，投入相當大之精力，其間即使有所吟詠，亦屬轉譯之作，與之後僧徒所撰佛教詩歌有所不同。

至司馬睿建康（今南京）即位，東晉始稱佛教傳播已漸普及，譯經工作非弘教唯一目標，僧侶除續翻佛典經卷外，義理闡釋是為第二階段工作。然而，要將外來宗教思想介紹於人民，如無特殊方法，必定窒礙難行，於是依附教外之學以解佛理——「格義」，遂誕生於斯。所謂「格義」乃「量度經文，正明義理」為佛法傳入漢地初期，時人講解佛典之手段。其特色是將佛學名相與儒、道兩家哲學之概念加以比附，如「無為」解釋「涅槃」，「五常」擬配「五戒」等，使人易於接受，而不產生排斥作用。《高僧傳‧竺法雅傳》有載：「時依門徒，並世典有功，未善佛理，雅乃與康法朗等，以經中事數，擬配外書，為生解之例，謂之格義。」〔註 123〕「格義」產生，有必然性，亦有必要性。眾所周知，佛門將學問分為內、外之學，稱本教為內教，佛藏為內典，其餘教派、學說則為外道、外學。東晉時，僧人為求傳教事務推展順利，勤奮援用「以老、莊術語解經」之格義佛學，在「外學來宣揚佛理」理念下，詩歌亦成宣傳工具之一，於是造成善於文翰之高僧，藉由詩歌藝術特質張揚內學現象產生。

〔註 121〕黃新亮：〈漢唐僧詩發展述略〉，第 23 頁。
〔註 122〕梁‧釋僧祐：《出三藏記集傳上卷‧竺法護傳》，《續修四庫全書（一二八八）》
　　　　　（上海：上海古籍，2002 年），第 325 頁。
〔註 123〕《高僧傳》卷四〈晉高邑竺法雅〉，第 152 頁。

3. 玄言詩興盛之啟發

晉時文壇玄風熾盛，展現在詩歌創作就是玄言詩之興起。劉勰《文心雕龍》云：「自中朝貴玄，江左稱盛，因談餘氣，流成文體。是以世極迍邅，而辭意夷泰，詩必柱下之旨歸，賦乃漆園之義疏。」〔註124〕東晉朝野好談三玄，而文人所撰作品多屬「辭意夷泰」之玄言詩。

玄言詩乃「以玄學思想為旨歸的文人言志詩」。〔註125〕王羲之、孫綽、許詢等皆為著名玄言詩人。而在玄詩興盛當時，因佛理與玄學融匯，及士子、緇流往來密切助長下，具備濃厚佛教色彩之「佛理詩」便應運而生。佛理詩，是以闡釋佛理為要旨；玄言詩，則以老、莊玄學為憑依。二者特色均抒情意味淡薄，說理性質瀰漫，有別於中國傳統詩歌以抒情為基調。佛理詩創作，是由玄言詩激發而生，也因如此，釋子所作佛理詩，帶有濃厚玄學色彩，與隋唐時期佛理僧作差異甚大。〔註126〕不過，可稱是僧詩草創代表，有莫大影響作用。

晉時僧人寫詩無非是藉文學方式來傳教，以達弘揚教旨之最終目的。慧遠〈與隱士劉遺民等書〉曰：

> 若染翰綴文，可託興於此。雖言生於不足，然非言無以暢一詣之感。
> 〔註127〕

文學之美，可使心中寄託之理蘊含於詩中，以收興寄之效。但詩乃言志、抒情之文學體裁，為佛教宗派所不允。惟當時玄言詩作大行，名士談理更勝抒情現況下，恰能迎合佛教教義規範，於是善弄文舞墨之僧者，便利用詩歌文體，談佛述理，創作出眾多宗教文學作品。

總之，東晉詩僧如支遁、慧遠等，實為隋、唐時王梵志等詩僧之先驅，當時僧人因格義學影響、文士交遊頻繁、玄言詩啟發等環境因素衝擊下，乃援筆作詩。雖所作未能稱為佳構，且內容具玄意佛理，駁雜不純。不過，其出現「意味著域外文化在中國詩歌史上首次唱出的聲音，或許這聲音還是那麼微弱、那麼稚嫩，甚至還摻雜著濃厚的中土之聲，但它畢竟是一個新生命

〔註124〕劉勰《文心雕龍・時序篇》，王利器《文心雕龍校注》，第273頁。
〔註125〕王澍：《魏晉玄學與玄言詩研究》（北京：中國社會科學，2007年12月），第4頁。
〔註126〕晉時佛理詩非現今認知佛理作品，基本上仍帶玄學色彩。王澍表示：「魏晉一些文僧如東晉支遁的很多所謂的佛理詩其實是玄言詩。道士詩、佛理詩經六朝玄言化階段到隋唐以後才真正形成自己的特色。」同上書，第3頁。
〔註127〕唐・釋道宣：《廣弘明集》卷二十七（上）（臺北：新文豐，民國75年10月），第404頁。

的第一聲歌唱，而且這歌聲在此後的一千五百餘年中一直迴蕩在中國廣袤的詩壇上」。〔註128〕對後世詩僧歷史之發展，具有不可抹煞之地位。〔註129〕

（二）唐代詩僧群體

李唐詩僧輩出，燦若群星，詩作數量大幅超越前代，從清聖祖御制《全唐詩》中收詩僧一百一十四人，作品三千一百二十七首，與逯欽立《先秦漢晉魏南北朝詩》輯錄晉康僧淵至隋末近三百年間，共得僧人四十二名，詩九十四首相較之下，優劣立判。唐朝乃詩之國度，亦是培育詩僧之搖籃。劉禹錫〈秋日過鴻舉法師院便送歸江陵并引〉云：「自近古而降，釋子以詩聞於世者相踵焉。」〔註130〕黃宗羲〈平陽鐵夫詩題辭〉曰：「唐人之詩，大略多為僧詠。……故可與言詩，多在僧也。」〔註131〕詩僧，乃唐季詩壇特殊族群，不僅為數眾多，得名者亦不亞當朝詩家。其興盛因由，為學界注意，如程裕禎〈唐代的詩僧和僧詩〉〔註132〕、丁敏〈論唐代詩僧產生的原因〉〔註133〕、陸永峰〈唐代詩僧概論〉〔註134〕、等文皆有翔實之分析，但興繁緣由，辛文房《唐才子傳》卷三〈道人靈　〉有斯記載：

> 至唐累朝，雅道大振，古風再作，率皆崇衷像教，駐念津梁，龍象相望，金碧交映。雖寂寥之山河，實威儀之淵藪。寵光優渥，無逾此時。故有顛頓文場之人，憔悴江海之客，往往裂冠裳，撥贈繳，杳然高邁，雲集蕭齋。一食自甘，方袍便足，靈臺澄皎，無事相干。

〔註128〕陳順智：《東晉玄言詩派研究》（武漢：武漢大學，2003 年 11 月），第 199～200 頁。

〔註129〕誠如覃召文《禪月詩魂：中國詩僧縱橫談》言道：「由東晉至南北朝這一時期，雖說沒有『詩僧』之名，但已有了詩僧之實。這不僅表現在僧侶有了真正的詩，而且這詩也是眾體皆備，趣向各異的。因此，在中國僧詩的發展史上，東晉至南北朝可稱為發端時期，而康僧淵、支遁、慧遠等作為一代宗師也便成了詩僧之祖，他們的歷史影響實在是不可低估的。」，第 44 頁。

〔註130〕劉禹錫：《劉賓客文集》卷二十九，《叢書集成初編》（北京：中華書局，1985 年），第 244 頁。

〔註131〕清·黃宗羲：《南雷文定三集》卷一，《四部備要（五二四）》（臺北：臺灣中華書局，民國 70 年 6 月），第 9～10 頁。

〔註132〕程裕禎〈唐代的詩僧和僧詩〉，《南京大學學報（哲學社會科學）》第 1 期，1984 年，第 34～41 頁。

〔註133〕丁敏〈論唐代詩僧產生的原因〉，《獅子吼》第 24 卷第 1 期，民國 74 年 1 月，第 18～21 頁。

〔註134〕陸永峰〈唐代僧詩概論〉，載《淮陽師範學院學報（哲學社會科學版）》第 24 卷，2002 年 3 月，第 368～378 頁。

三餘有簡牘之期，六時分吟諷之際。青峰瞰門，綠水周舍，長廊步
屧，幽徑尋真。景變序遷，蕩入冥思。凡此數者，皆達人雅士，夙
所欽懷，雖則心侔迹殊，所趣無間。〔註 135〕

可見詩僧激增原因大致為：佛教之興盛；失意文士遁入空門；緇徒生活薰染。
當然，其他如詩歌繁榮、僧人與文士交往、山林生活對詩情培釀、禪學浸淫
等亦是影響重要因素。不過，歸根結柢，詩僧繁榮之因，主要還是「詩歌體
制成熟」與「佛教興盛」兩大文化背景使然。

　　嚴格而論，詩僧大興於中唐之後，覃召文統計道：「在這個時期，僧侶作
詩無論就人數之眾，還是就作品之多來說都大大超過了以往。《全唐詩》錄詩
僧一百一五人，僧詩二八○○餘首。而靈一以下的中、晚唐詩僧就將近百人，
有詩約二四○○餘首。」〔註 136〕而宋・葉夢得《石林詩話》卷中亦言：「唐詩
僧，自中葉以後，其名字班班為當時所稱者甚多。」〔註 137〕中唐時期，儼然
是詩僧發源核心，此時湧現之寒山、拾得、靈一、皎然、清江、靈澈、無可、
貫休、齊己等，均有詩作著稱於世，且「詩僧」一詞還是首見於當時詩人作
品中。〔註 138〕不過，唐代詩僧並非全然同調，若依作品藝術風格，又可細劃
為兩大流派──清雅派、通俗派。

1. 清雅派詩僧

　　所謂「清雅派」，是以清麗雅致詩風取勝之詩派，乃唐僧詩主體，如靈一、
皎然、無可、貫休、齊己等皆屬之。「清雅派」詩僧眾多，社會地位較高，與
世俗文士往返密切，故取材、風格多受文人詩風影響。又因自身特質，共同
宗教信仰，屢於詩中流露禪房習氣、山林志趣，營造出不同文人詩作之精神
內涵與審美特徵。

　　清雅派作品多呈現空明清幽之境，以閑淡雅致見長。歷來詩論家喜以
「清」，為評論重點。如黃梨洲曰：「詩為至清之物，僧中之詩，人境俱奪，

〔註 135〕周本淳：《唐才子傳校正》，第 76 頁。
〔註 136〕中唐乃詩僧成熟騰達時期，覃召文有曰：「在這個時期，僧侶作詩無論就人數
　　　　　之眾，還是就作品之多來說都大大超過了以往。《全唐詩》錄詩僧 115 人，僧
　　　　　詩 2800 餘首。而靈一以下的中、晚唐詩僧就將近百人，有詩約 2400 餘首。」
　　　　　《禪月詩魂：中國詩僧縱橫談》，第 57～58 頁。
〔註 137〕宋・葉夢得：《石林詩話》，收何文煥輯《歷代詩話》，第 425 頁。
〔註 138〕關於「詩僧」詞源考證，楊芬霞〈中唐詩僧研究〉（陝西師範大學中文系博士
　　　　　論文，2006 年）文中註語有言：「據日本人市原亨吉〈中唐初期江左的詩僧〉
　　　　　一文考證，『詩僧』一詞最早見於皎然〈別襄陽詩僧少微〉詩。」，第 16 頁。

能得其至清者。」〔註139〕胡震亨譽皎然詩：「清機逸響，閑澹自如，讀之覺別
有異味。」〔註140〕此「清」既指意象之清風逸韻、靜謐空靈，亦是語言清淡
明朗表現之說明。然此風格之塑成，劉賓客有云：

> 梵言沙門，猶華言去欲也。能離欲，則方寸地虛，虛而萬景入，入
> 必有所泄，乃形乎詞。詞妙而深者，必依於聲律。故自近古而降，
> 釋子以詩聞於世者相踵焉。因定而得境，故倏然以清；由慧而遣詞，
> 故粹然以麗。信禪林之蕚萼，而識河之珠璣耳。〔註141〕

夢得文意大致說明清雅詩僧清空成因，與精神修煉之因果關係。釋子多因內
在心定神閑，以靜觀照萬物，「道自閑機長，詩從靜境生」。〔註142〕進而營造
出空明氣清之詩境。

其次，清雅派清爽風貌，亦與禪悟體驗、山林生活息息相關。對此，陸
永峰表示：「這一派詩僧所寫多為清靜悠閑、淡泊自在的山林禪房生活；所
展示的也是自己樂山樂水，悟道悅禪的圓融無得、悠然自得之心。詩中取景
則多為清新自然、幽深可喜之景；為文則多清麗流暢、平淡韻長之語。詩中
山情水態和禪趣道味相交融，於清妙空靈之境中透出其玄遠寧靜之志，這是
清境（雅）派清幽閑淡藝術特徵的內涵所在。」〔註143〕試引皎然〈聞鐘〉，
其曰：

> 古寺寒山上，遠鐘揚好風。
> 聲餘月樹動，響盡霜天空。
> 永夜一禪子，泠然心境中。〔註144〕

古剎鐘聲，迴縈闃寂月夜中，餘音裊裊，無不顯化禪客寧靜空明之心境，乃「以
聲表靜」是也。全詩鐘聲月色，靈境禪心，渾然一體。又靈一〈題僧院〉曰：

> 虎溪閑月引相過，帶雪松枝挂薜蘿。
> 無限青山行欲盡，白雲深處老僧多。〔註145〕

〔註139〕黃宗羲〈平陽鐵夫詩題辭〉，《南雷文定三集》卷一，收《四部備要》，第 10
　　　　頁。
〔註140〕胡震亨：《唐音癸籤》卷八〈評彙四〉，收楊家駱編《中國文學名著第三集》，
　　　　第 69 頁。
〔註141〕劉禹錫〈秋日過鴻舉法師寺院便送歸江陵并引〉，《劉賓客文集》卷二十九，《叢
　　　　書集成初編》，第 244 頁。
〔註142〕齊己〈寄酬高輦推官〉，《全唐詩》卷八四二，第 9574 頁。
〔註143〕陸永峰〈唐代僧詩概論〉，第 376 頁。
〔註144〕皎然〈聞鐘〉，《全唐詩》卷八二〇，第 9332 頁。

詩家藉虎溪、閑月、雪松、薜蘿、青山、白雲之山水風物，烘托老僧翛然閑適山居生活，其歌詠之清新脫俗，亦奔流出僧家清空飄渺之靈氣。

總之，清雅派詩僧與王梵志、寒山之通俗派，乃不同詩風之派流，其就如「披著袈裟的士大夫」，〔註146〕以「更接近唐詩正統的、傳統的審美特徵，語言典雅，格律精嚴，詩風清幽淡遠，注意意境的創作」〔註147〕手法為詩，「奠定了中國僧詩的基調。自此之後，清雅詩僧這一派雖說不上是一枝獨秀，但起碼也稱得上是佔盡風流。接踵而來的，從北宋『九僧』到南宋『三僧』，從元代『三隱』到明代『三僧』，還有唐代以後的著名詩僧如道潛、慧洪、仲殊、志南、清珙、來復、讀徹、澹歸、敬安、曼殊等，都基本上承繼著這派詩風。」〔註148〕貢獻之鉅，影響之遠，乃無庸置喙矣。

2. 通俗派詩僧

相較於清雅詩派之主導地位，另一標識通俗風格之通俗詩派，就顯得卓立不群。通俗詩派又名「化俗詩派」，其特質前文略有引介，主要為「有明確的創作思想和審美風格，成員多是來自社會下層的佛教信徒，其詩是民間話語和佛教意識形態相結合的產物，語言通俗直白，不合典雅」。〔註149〕俗語入詩，不求格律，信手拈來等表徵，為其最大資產，是與清雅派相對應之詩僧群體。

通俗詩派以王梵志為首，下而寒山、拾得、龐居士，乃至五代敦煌詩僧皆屬之。其以獨特發展進路，白話般詩偈雄踞唐音一方。此派淵源除已論晉僧外，影響顯著，莫過於齊梁時期之寶誌、傅大士、衛元嵩、亡名等僧侶。項楚《唐代白話詩派》第二章「唐前白話詩人」，提出下列看法：

> 宗密《禪源諸詮集都序》卷四說：「或降其跡而適性，一時間警策群迷」夾注：「誌公、傅大士、王梵志之類。」宗密此言，不僅道出唐代白話詩人王梵志詩歌淵源，也說明梵志白話詩在「警策群迷」的化俗目的上與南朝寶誌、傅大士等人創作的佛教詩歌之間的關係和一致性。〔註150〕

〔註145〕靈一〈題僧院〉，《全唐詩》卷八○九，第9209頁。
〔註146〕周裕鍇：《中國禪宗與詩歌》，第47頁。
〔註147〕同上注。
〔註148〕覃召文：《禪月詩魂：中國詩僧縱橫談》，第67~68頁。
〔註149〕楊芬霞：〈中唐詩僧研究〉，第38頁。
〔註150〕項楚：《唐代白話詩派研究》，第17頁。

可見王梵志通俗詩，與寶誌、傅大士之承襲關係。至其啓發影響，項教授又云：

> 寶誌、傅大士、衛元嵩、亡名等的佛教詩歌，在兩方面對唐代以王梵志爲首的白話詩人以啓示，一是以人間爲佛事的精神，二是對佛教義理的探求。前者使王梵志等關注人間，「具言時事」，不守經典，創作了爲數不少的世俗詩歌，並取得運用俗語的典範性成就；後者則使王梵志等將詩作爲宣傳「佛教道法」、開悟群迷的化俗工具，以佛教徒身分創作了佛教内容的詩──佛教哲理詩。〔註151〕

是則，詩派既受齊梁寶誌、傅大士之啓示，詩作必然具備「具言時事」、「以詩爲佛事」兩大特色，姑且引王梵志〈百姓被欺屈〉爲例：

> 百姓被欺屈，三官須爲申。朝朝團坐入，漸漸曲精新。
>
> 斷榆翻作柳，判鬼却爲人。天子抱冤屈，他揚陌上塵。〔註152〕

此詩乃言武后時，〔註153〕司法紊亂，酷吏橫行，百姓暗無天日之慘況。「斷榆翻作柳，判鬼却爲人」，乃寫酷吏是非顛倒、黑白混淆之跋扈姿態，縱使「天子抱冤屈」，昏官仍「他揚陌上塵」，顯赫得意，暗諷意味濃厚。此作訴盡當時司法之黑暗，更見王氏對社會民情關懷之深。

再觀寒山〈豬吃死人肉〉，曰：

> 豬喫死人肉，人喫死豬腸。豬不嫌人臭，人返道豬香。
>
> 豬死抛水内，人死掘土藏。彼此莫相噉，蓮花生沸湯。〔註154〕

以人畜輪迴相食爲喻，奉勸止殺，言語驚世骸俗，使人印象深刻。又龐蘊〈睡來展脚睡〉云：

> 睡來展脚睡，悟理起題詩。詩中無別意，唯勸破貪痴。
>
> 貪瞋痴若盡，便是世尊兒。無煩問師匠，心王應自如。〔註155〕

詩旨乃在規勸世人精進修行，盡除三毒，圮絕緇塵，早日見道成佛。全作充滿釋家勸修口吻，藉詩言佛，顯而易知。

〔註151〕同上，第106頁。

〔註152〕〈百姓被欺屈〉（一二七），《王梵志詩校注》，第390頁。

〔註153〕此詩背景時代，項楚有下按語：「此首，……極言司法紊亂，酷吏橫行，暗無天日。倘與武則天時期政局對觀，……則此詩當作於武則天時期矣。」同上，第393頁。

〔註154〕〈豬喫死人肉〉（七〇），《寒山詩注》，第192頁。

〔註155〕〈睡來展脚睡〉（一〇七），《龐居士研究》，第464頁

由上可見，通俗詩派「世俗性」作品，具備反映史實及諷諭作用；而「佛理詩」則以宗教選修勸善爲目的，即「先以詩句牽，後令入佛智」，〔註156〕是促成詩派不同風貌與豐富内容之二大根源。通俗詩派向來爲人輕忽，聲勢亦無清雅派壯大。然而，其出現必有一定歷史意義與作用，正如陸永峰文中所言：「儘管通俗詩派詩僧的作品並不代表唐代僧詩的主導性格，歷來被忽略，但其重要性是明顯的。其存在表明著唐代佛教在底層的存在狀態，其獨特品格則在正統文學之外樹立了通俗文學形象。從王梵志到寒山詩，再到晚唐五代敦煌僧詩，有著清晰的白話詩歌的發展脈絡，元稹、白居易等的淺俗詩風也應受其影響，處於其中。」〔註157〕實應重新予以定位與正視。

第三節　唐代通俗詩之特質

唐代通俗詩派爲帶有佛教色彩之派別，由一群游離於統治階層外，具有獨立人格與自由意識之佛教徒組成。其特徵是以佛教思想形態爲媒介，適時傳達百姓之社會心聲；形式上則刻意摒棄傳統詩教規範，采取民間俗語、宗教語彙，使詩歌重返社會底層，體現下層人民寫實感受，對李唐宗教文學及通俗詩歌創作具有極大影響作用。

通俗詩派既有獨特生成背景，作品必有獨特之處，依據詩歌特色，其表現特徵有以下三端：

一、反映人民社會問題之寫實屬性

通俗詩派作者多生身於社會底層，因此對當時現實社會不平等現象，往往透過簡煉言語，適當藝術表現，給予統治者最嚴屬之規諫。劉昭、張越〈淺議唐代通俗詩的特點〉曰：

> 其（通俗詩）作者既不屬於農民階級，也不屬於統治階級其附屬的知識階層。在唐代具有這樣一種身份的人，主要是下層僧侶或流浪於民間的知識份子。他們具有較好的文化修養，但又擺脫了依附攀緣於等級制度的利益關係，與統治階級不存在任何利害共享，因此可以採取與統治集團内部的知識份子完全不同的社會批判立場，往

〔註156〕項楚：《唐代白話詩派研究》，第106頁。
〔註157〕陸永峰〈唐代僧詩概論〉，第377頁。

往成為民間輿論和是非觀念的代表。〔註158〕

是則，通俗詩人因來自社會底層，對民間生活點滴，觀察入微，感受深刻，乃成反映人民問題之最佳代言者。然此具有為底層鳴聲之詩歌，其造就原因，或如張錫厚介紹梵志詩時之分析：

> 王梵志和唐初某些詩人不同的地方，就在於他是一位扎根在現實土壤的詩人，經歷了難以想像的悲苦辛酸，生活把他推向人民一邊，與窮愁困苦的人民有著比較多的接觸，自然也會產生和下層人民相近的思想情感，並在詩歌創作中以通俗的民間語言，比較深刻地揭示唐初社會潛伏著的時代危機，傾訴人民的苦難和個人的不幸遭遇，從而反映初唐繁榮景象掩蓋下的的一些社會矛盾，這類詩篇富有較強的現實意義。正如《王梵志詩集・原序》所云：「選修勸善，戒罪非違……直言時事，不浪虛談。王梵志之貴文，習丁、郭之要義。不守經典，皆陳俗語。」〔註159〕

顯然，通俗詩因詩人親身「經歷了難以想像的悲苦辛酸」，「產生和下層人民相近的思想情感」，因而表達一種「反正統的『異態語彙』，與居於中心地位的傳統文人詩歌及其背後的政治和意識形態力量相對抗」〔註160〕之吶喊，並且多採用理性說教方式，「直言時事，不浪虛談」，向統治核心展示人民不滿之情緒。而此種強烈轉達民間疾苦特徵，不僅為通俗詩營造不同風貌，更成詩人創作精神之指標。

二、富含佛教哲理之意識形態

既然寫實作用，為詩派重要擎柱，而其另一表徵，乃為佛教意識形態之展現。前文言及，通俗詩派又稱「佛教詩派」，因此詩歌圍繞濃厚佛教氛圍，至所難免，此與詩人本身條件攸關。當然，僧侶撰詩無非是為勸化世人，或許常會流於「說教」傾向，令人深感枯澀。通俗詩派亦難避免，多少會有此一瑕纇，但其宗教作品，不同之處在於並非全著眼於教義之宣說，而是藉佛教警世功用，傳達詩人對社會之終極關懷。謝思煒有曰：

〔註158〕劉昭、張越：〈淺議唐代通俗詩的特點〉，《黑龍江教育學院學報》第21卷第4期，2002年7月，第63頁。
〔註159〕張錫厚：《王梵志詩校輯・前言》，第8～9頁。
〔註160〕劉昭、張越：〈淺議唐代通俗詩的特點〉，第63頁。

> 這一特徵（佛教意識形態）往往被看成是它的一種基本的「侷限」，
> 似乎只有去掉這件意識形態外套才能挖掘出它的有價值的内涵。其
> 實，與佛教思想的關係恰恰是決定通俗詩内容乃至形式特徵的一個首
> 要因素，而由這種關係帶來的影響絕不僅僅是消極的，我們在接觸通
> 俗詩的平等觀念時已察覺到了一點。退一步說，即使通俗詩將說教規
> 定爲自己的基本任務，但這種說教並不只是認識性有關教義的解說，
> 而是全面體現了宗教所發揮的社會影響及其作用於社會生活的方
> 式。〔註161〕

通俗詩歌除表達其宗教屬性外，重點是超越煩瑣推論與各種不必要預設，直
接選擇宗教、民眾意識吻合部分，用寫實方式、質樸語言，而非玄虛理論、
枯燥戒條，以達到奉勸人民棄惡揚善之目的。對此，謝文進一步指道：

> 通俗詩是一種特殊的文學形式，在通過宗教語言表達群眾的社會意識
> 時，它既依賴於佛教的基本思想，又非常自然地越過期煩瑣的推論和
> 各種不要的預設；直接選擇它與民眾意識相吻合的若干結論，用感受
> 的方式和直接的生活語言而不是玄虛的理論或枯燥的戒條來喚醒起
> 宗教情緒。人們幾乎不需要什麼「譯解」或「轉讀」，就可以直接理
> 解其中所表現的群眾的各種具體的生活觀念。這也正是通俗詩選擇宗
> 教意識形態而又不同於一般宗教學說或傳道說法形式的特點。〔註162〕

可悉，王梵志等撰佛教作品，是與其他僧詩有所分別，富含佛教哲理僅是加
深世人接受其規勸所用，並非要人民一定要皈依佛門，出家苦修，好似王氏
自言：「家有梵志詩，生死免入獄。不論有益事，且得耳根熟。白紙書屏風，
客來即與讀。空飯手捻鹽，亦勝設酒肉。」；〔註163〕寒山詩亦曰：「家有寒山
詩，勝汝看經卷。書放屏風上，時時看一徧。」〔註164〕讀詩勝看經，「藉佛勸
善」才是詩人最終旨趣。

三、佛教用語與社會俗語之語言形式

通俗作品用言特殊向來爲人印象深刻，且因部分詩作保存大量珍貴唐人

〔註161〕謝思煒〈唐代通俗詩研究〉，載《中國社會科學》第 2 期，1995 年，第 158
頁。
〔註162〕同上文，第 158 頁。
〔註163〕〈家有梵志詩〉（三一六），《王梵志詩校注》，第 754 頁。
〔註164〕〈家有寒山詩〉（三一三），《寒山詩注》，第 794 頁。

語言，吸引不少學者們注意力。而獨特用語，除成爲學界研究焦點外，亦是中國詩歌史首見反修辭之文學現象。〈唐代通俗詩研究〉云：

> 通俗詩是中國傳統文學中第一次出現的反修辭文學。中國詩歌發展
> 中的一種常見現象是，由文人對來自民間的詩歌形式不斷施以潤色
> 和修辭加工，最終在修辭上達到完美程度。而通俗詩的情況卻恰好
> 相反，由一批從文人中降落的份子對業已在文人手中成熟的五言詩
> 形式（王梵志詩和寒山詩均以五言爲主，亦含有少量七言或雜言詩）
> 作「反修辭」處理。這是文學基本取向上的一次反叛和倒轉，其影
> 響和意義不可低估。〔註165〕

誠如所言，由於通俗詩不同傳統詩學而走向「反叛和倒轉」，因而更顯其特殊性。然除上文所提手法外，通俗詩歌語彙之使用，乃一反叛表現。其分類有二：一、佛教用語；二、社會俗語。佛教辭語化用，易使詩歌呈現「蔬筍」之氣，往往使人感到索然乏味；〔註166〕而俚語入詩，更爲詩歌大忌。宋・崔德符云：「凡作詩，工拙所未論，大要忌俗而已。」〔註167〕嚴羽《滄浪詩話》〈詩法〉曰：「學詩先除五俗：一曰俗體，二曰俗意，三曰俗句，四曰俗字，五曰俗韻。」〔註168〕通俗詩恰具二大禁忌，難怪不爲當時詩壇所接受。不過，二者既是用語特徵，應予以瞭解，俾悉其言語特色。

1. 佛教用語

通俗詩中有關佛教用語不勝枚舉，詩人之意是透過佛教語彙表達，使人易於體悟人生無常、因果輪迴與報應不爽。同時更藉地獄幽森恐怖之描繪，而致讀者心生畏懼，進而依歸佛法，求取解脫。

例如王梵志詩稱人體之臭穢，乃用：膿血、破皮袋、尿屎袋；說人愚癡、

〔註165〕謝思煒〈唐代通俗詩研究〉，第163頁。
〔註166〕「蔬筍氣」或稱「酸餡氣」，乃世人對僧詩評判之語，周裕鍇曰：「由於詩僧具有共同的宗教信仰、類似的思維方式、相近的生活環境與審美趣味，相對受社會政治變化、時代風尚轉移的影響要少一些，所以歷代的僧詩具有大體一致的藝術風格，這就是被人戲謔和譏諷的『蔬筍氣』或『酸餡氣』。僧徒素食蔬筍、酸餡，因此用來比喻出家人本色，也用蔬筍氣和酸餡氣來嘲笑僧人作詩特有的腔調和習氣。」《中國禪宗與詩歌》，第49頁。
〔註167〕宋・徐度：《却掃編》，《叢書集成新編》第84冊（臺北：新文豐出版，民國78年），第710頁。
〔註168〕宋・嚴羽著、郭紹虞校釋：《滄浪詩話校釋》（臺北：里仁書局，民國76年4月），第108頁。

無明：癡皮、愚癡鬼、倒見賊、無明窟；曰人生之短暫虛幻，用：有限身、一聚塵、水上泡；論因果輪迴則為：果報緣、前身、業報、業道、三惡道、福田等。至於寫幽冥鬼界則有：奈河水、無常界、阿鼻、無間地、夜叉；以及皈依守戒、佛家術語：忍辱、布施、禮七、薰修、百日齋、非非相、二鼠、六時、三車、五陰城等。

　　寒山則有：無名鬼、黑暗獄、六道，功德林、菩薩道、無盡燈、觀空、無明羅刹窟、癡頑、惡趣、法中王、五逆、十惡、須彌、菩薩病、癡肉團、三界子等；另龐居士亦見：無相、七寶、十二因緣、無念、三業、四諦、色蘊、法體、色身、火宅、婆娑、圓明等名相、法數之專有佛家用語。

　　由此顯示，通俗詩作者們毫無忌諱地引用佛家術語，使作品充滿濃厚宗教氣氛，雖歷來文人以佛教語彙入詩亦大有人在，如王維、白樂天等。但似王氏等廣泛而集中使用，則不多見，此為二者最大不同之處，亦是文人宗教詩難及其所在。

2. 社會俗語

　　俗語俚語乃通俗詩重要資本，內容多為人、事、物之描寫，其中包含名詞、動詞、形容詞等，善用俗詞，可使讀者產生親近貼切感受，活潑詩歌情境，增添生動，保存唐時珍貴語音材料，更成民間口語文化之最佳寫照。

　　此類語詞，俯拾即是，例如梵志詩有：孃子、村頭、田舍漢、出家兒、三煞頭、七尺影、土饅頭、方孔兄、窮茶、食手、一丈坑、弄師子、肥特肚、肥統統等；寒詩則見：聚頭、靷掌、土牛、蝦物、語破確、可可；龐蘊有：到頭、取次、當來、遮莫、騰騰等俗詞之運用，均屬當時民間所用口語，甚至反映某些地方之用言習慣。〔註169〕

　　由於通俗詩家靈活運用俗語辭彙，使作品產生淺俗易懂、平實近人之風格，以致能深入民間，成為尋常百姓吟詠之讀物。

〔註169〕譬如李鮮熙對寒山俚俗語運用情形，有如是介紹：「寒山詩中，其使用的口語俚詞觸目可見，如『午時庵內坐，始覺日頭暾』，所用的『日頭暾』一詞，就是吳語所謂太陽之意。又『儂家暫下山，入到城隍裡』之『儂家』一詞，就是江南之民謠中常用的一人稱代名詞，是吳人自稱之地方言。」〈寒山其人及其詩研究〉（東吳大學中文所博士論文，民國81年6月），第245頁。

第參章　詩人生平與詩集流傳

　　通俗詩派代表人物王梵志、寒山、龐蘊，無論生平考察，抑或詩集版本考訂、作品輯佚等工作，在學者們長期努力下，已有相當成績，不僅對往後研治者助益匪淺，無形中也推進通俗詩派研究之進程。本論文旨在作品比較，但在進行主題研究前，對於詩人行誼交遊，乃至詩集版本傳刻、裒集過程，都應有清楚之掌握。故本章將據前人研究所得，重加梳理，按撰者年代先後，分節介紹此等活動時期之動態與其詩歌整理之概況。

第一節　詩人生平考述

　　研治任何文學作品前，首先必須清楚作家生時軼聞。海寧王國維〈玉溪生詩年譜會箋序〉有云：

> 善哉，孟子之言《詩》也，曰：「說《詩》者不以文害辭，不以辭害志；以意逆志，是為得之。」顧意逆在我，志在古人，果何修而能使我之所意不失古人之志乎？此其術，孟子亦言之曰：「誦其詩，讀其書，不知其人，可乎？是以論其世也。」是故由其世以知其人，由其人以逆其志，則古詩雖有不能解者寡矣。〔註1〕

「知人論世」乃古今文學研究之基本方法與態度。論世乃知人，知人須逆志，知人而逆其志，則「古詩雖有不能解者寡矣」。相同地，今探究王梵志、寒山、龐蘊三人行實，曉悉其身世背景，則對於詩歌創作初衷之解析，亦有不少幫

〔註1〕　王國維：《觀堂集林》卷十九〈綴林一・玉溪生詩年譜會箋序〉（臺北：藝文，民國45年1月初版），第247頁。

助。茲試就學界對三人生平考察成果析述如下：

一、王梵志年代問題

由於王梵志時代沒有詳細史實記載，無從精確考知其生卒年月，導致學者們意見紛紜，迄今仍無定論。而歸納學界討論重點，可分成其人存在及推判活動時期兩大進路。此二者，不僅涵蓋王氏身世有關議題，亦是瞭解整體研究情形所在。首就人物存在問題說明之：

（一）其人存在之真實性

今日學者考究王梵志生平依據，主要為《桂苑叢談》、《太平廣記》、《歷代法寶記》、〈王道祭楊筠文〉等，以及王詩相關內證。其中《桂苑叢談》與《太平廣記》所載王氏事蹟雖似屬神話傳說，卻是探討時代之基礎文獻，各家論點也由此推衍。晚唐馮翊子《桂苑叢談・史遺》載：

> 王梵志，衛州黎陽人也。黎陽城東十五里有王德祖者，當隋之時，家有林檎樹，生癭大如斗。經三年，其癭朽爛。德祖見之，乃撤其皮，遂見一孩兒，抱胎而出，因收養之。至七歲，能語，問曰：「誰能育我？」及問姓名，德祖具以實告：「因林木而生，曰梵天（後改曰志）」；「我家長育，可姓王也。」作詩諷人，甚有義旨，蓋菩薩示化也。〔註2〕

宋・李昉等編《太平廣記》卷八十二「王梵志」條曰：

> 王梵志，衛州黎陽人也。黎陽城東十五里有王德祖，當隋文帝時，家有林檎樹，生癭大如斗。經三年朽爛，德祖見之，乃剖其皮，遂見一孩兒，抱胎而德祖收養之。至七歲，能語，曰：「誰能育我？複何姓名？」德祖具以實語之。因名曰：「林木梵天。」後改曰梵志。曰：「王家育我，可姓王也。」梵志乃作詩示人，甚有義旨。〔註3〕

二書所記內容大約相同，僅文字略異。不過，恍恍迷離，導致不少學者提出疑慮，甚至否定其人之真實性。日人入矢義高〈論王梵志〉云：

> 我們注意到的是對「梵志」這個名字的附會和作偽。因為是從林檎

〔註2〕 唐・馮翊子：《桂苑叢談・史遺》，《景印文淵閣四庫全書》第 1042 冊，第 656 頁。

〔註3〕 宋・李昉編：《太平廣記》卷八十二〈異人二・王梵志〉，收《叢書集成三編》第 69 冊，（臺北：新文豐，民國 88 年 2 月），第 366 頁。

樹上生下來的，所以起名叫「林木梵天」，並改爲「梵志」，使這個
「梵」字在字形上就明白地寓有出生的原因，然而這個附會，本身
並不具有能象徵王梵志這個人的個性特徵，這只是傳說上的把偉人
或神人的出生給神秘化的一種類型（其中最有名的是伊尹出生於空
桑的傳說）。「梵志」這個名字與其說是固有名詞，不如說是普通名
詞，它原是梵文的譯語，一般解爲「求志梵天的行人」，《阿含經》
上有許多具有各種傳說的叫做××梵志的人，是眾所周知的。……對
於王梵志這個人物的眞實性，我並不是一味地相信的。〔註4〕

金岡照光〈敦煌的民眾——其生活與思想〉抱持相同看法：

關於王梵志的面目，還不太清楚。說起來是否實際存在的人物，也
不太明確。在《太平廣記》卷八二有引自《史遺》的一段記載（略），
不過雖說文中有寫河南黎陽，隋文帝等地點和時代，但毫無疑問這
並不能稱之爲事實。……不管怎樣，所謂王梵志這一人物的存在是
非常神秘的，不妨認爲其名字大概也是假的。〔註5〕

而游佐昇〈關於《王梵志詩集》一卷〉同樣提到：

本來就沒有斷言王梵志或某一特定人物肯定存在的依據，所以，以名
爲王梵志的一位詩人的存在作爲前提的本身就是毫無道理的。〔註6〕

的確，王梵志生平文獻過於不切實際，又語焉不詳，才會產生上述否定之語。
不過此觀點，不久爲潘重規教授所推翻，斷定其爲記載一位棄嬰收養之經過。
〈王梵出生時代的新觀察——解答《全唐詩》不收王梵志詩之謎〉有言：

據我看來，《叢談》只是如實敘述：王德祖家有一棵林檎樹，生了斗
大的癭，經過三年，樹癭腐爛了，德祖剝開樹皮一看，發現了一個
嬰兒，就抱胎兒出來，把他收養成長。到了七歲能說話的時候，就
詢問他出生的經過和姓名。王德祖據實告訴他，是從林檎樹朽癭中
抱出來，不知他出生的來歷；是他王家撫養的，所以就叫他梵天。
記載並沒有絲毫神異的色彩。據我的了解，王德祖只是發現了一個
遺棄在樹癭掩蔽中的嬰兒，抱來撫養成人。心裏想這個嬰兒定然是
被生身父母所遺棄。不過他沒有對王梵志說出他心裏的想法罷了。

〔註4〕 引自張錫厚《王梵志詩校輯》附編「王梵志詩評摘輯」，第270、273頁。
〔註5〕 同上，第283頁。
〔註6〕 同上，第290～291頁。

〔註7〕

經石禪教授考證,王梵志之來歷已無問題獲得解答。之後,項楚更據所論,引用元虞集《道園學古錄》卷三四〈高昌王世家神道碑〉、宋馬純《陶朱新錄》等樹瘿生嬰相關文獻加深棄嬰論點,做出中肯結論:

> 我們不必因此而一定否認王梵志其人的存在。在關於他的神話中,也有某些具體可信的內容。《桂苑叢談·史遺》說他的奇特出生是「當隋之時」,《太平廣記》卷八二引《史遺》(明鈔本作《逸史》)也說是「隋文帝時」。關於他的籍貫,《桂苑叢談》和《太平廣記》都說是衛州黎陽人,……這些我們不妨都看作是實有其事。總之,王梵志其人在唐代民間是十分出名的,所以纔有關於他的神話流行。〔註8〕

自此以後,王梵志之虛構說,為學界推翻,多將此人視作真實存在。〔註9〕

(二)活動時代之各家說法

除考證人物真假問題外,不少研究者對王氏活動時代提出自身看法,所得結論卻因缺乏史料直接證實,目前仍無法斷言何人所說為屬「定論」。至於說法,可分三派主張:

1. 隋末唐初

提出此說學者為數頗多,是現今梵志生活時期重要觀點,依次有:

(1)胡 適

胡適《白話文學史》允稱通俗詩派研究之先驅,書中諸多看法對後世學者啟迪良多。關於王梵志年代,其據《太平廣記》推判:「此雖說是神話,然可以考見三事:一、為梵志生於衛州黎陽,即今河南濬縣。一為他生當隋文帝時,約六世紀之末。三可以使我們知道唐朝已有關於梵志的神話,因此又以想見王梵志的詩在唐朝很風行,民間才有這種神話起來。我們可以推定王

〔註7〕 引自朱鳳玉:《王梵志詩研究》「附錄一」,第309頁。
〔註8〕 項楚等著《唐代白話詩派研究》,第113~114頁。
〔註9〕 如張海沙在《初唐佛教禪學與詩歌研究》中表示:「關於王梵志出生的神話,晚唐既已有記載,它的形成自然更早。我們有理由相信王梵志與王德祖關於王梵志出生的那一番對話確曾有過,也即王梵志自己曾親耳聽到過關於他出生的神異故事。他本人是否相信他出生於林瘿呢?小時或許相信過,但長大成人後,他從這則神異故事中卻明白了被掩蓋的事實——他是個棄兒。」(北京:中國社會科學,2001年1月),第81頁。

梵志的年代約當 590 年代到 660 年代。」〔註 10〕

（2）任半塘

任半塘於〈《王梵志詩校輯》序〉則曰：「他的詩產生在初唐時期。大曆年間，王梵志詩的手抄本寫本已流傳到西部邊陲，敦煌遺書內還殘存『大曆六年的一百一十首本』。可惜的是這個寫本原卷已被劫藏列寧格勒博物館，從蘇編《敦煌手稿總目》附圖上，可清晰地看到原卷題記『大曆六年五月□日抄王梵志詩一百一十首沙門法忍寫之記。』依此推知，王梵志不可能是『大曆貞元年間的人』，他的詩也不會作於中唐。如果再就敦煌寫本〈王道祭楊筠文〉（伯四九七八）所載：『維大唐開元二十七年歲在癸丑二月，東朔方黎陽故通玄學士王梵志直下孫王道，謹清酌白醪之奠，敬祭沒逗留風狂子、朱沙染癡兒弘農楊筠之靈……』，這裏留下了鐵證，它表明開元二十七年，王梵志早已下世，他的兒孫已能為楊筠作祭文，就是說，王梵志的時代至遲也要早於開元。這就同《桂苑叢談》、《太平廣記》卷八二記載的材料大體相近。總之，就時代而言，王梵志詩產生在初唐時期，還是可以信的。」〔註 11〕

（3）矢吹慶輝

日本學者矢吹慶輝是以未傳禪籍《歷代法寶記》之資料，判定梵志詩集乃大曆前撰就。其云：「《歷代法寶記》（敦煌本），『無住禪師條』又引王梵志詩云：『惠眼應作【慧心】近空心，非開應作【關】髑髏孔。對面說不識，饒你母姓董。』無住是唐德宗（案：應作代宗）大曆九年（774）六月三日去世的，死時六十一歲。由此可知，本詩集至少也是大曆以前撰集的。」〔註 12〕

（4）趙和平、鄧文寬

1980 年趙和平、鄧文寬於《北京大學學報》第 6 期發表〈敦煌寫本王梵志詩校注〉是從詩歌反映之社會現實著手，如「中男年齡」、「府兵制度」、「開元通寶錢幣史實」及唐中央政權與吐番之衝突，提出以下結論：「這些詩反映的社會歷史現象，起於唐初武德四年，止於開元二十六年。詩人王梵志也必然活動於這個時期。」〔註 13〕

（5）張錫厚

〔註 10〕 胡適：《白話文學史》，第 165 頁。

〔註 11〕 任半塘〈《王梵志詩校輯》序〉，收於《王梵志研究彙錄》，第 52～53 頁。

〔註 12〕 矢吹慶輝〈鳴沙餘韻解說〉，引自《王梵志詩校輯》，第 264 頁。

〔註 13〕 趙和平、鄧文寬〈敦煌寫本王梵志詩校注〉，收《王梵志詩研究彙錄》，第 208 頁。

張氏〈唐初民間詩人王梵志考略〉（收於《王梵志詩校輯》附編），依據《叢談》、《廣記》所載之事，以及相關間接材料，分成「王梵志是不是晚唐五代人」、「王梵志不是天寶、大曆間的人」、「王梵志是初唐時代的民間詩人」三論軸，依次考證說明，得到：「《桂苑叢談》和《太平廣記》說他育於『林檎樹癭』，因屬荒誕，固不可信；然記其生年在隋代，亦未可厚非，王梵志應是初唐時代的民間詩人，是寒山、拾得等通俗詩派的先驅。」〔註14〕之結語。

（6）潘重規

潘教授〈王梵志出生時代新觀察〉，除釐清王氏棄嬰之謎，對其生時年代亦有闡發：「我們用平常心對《桂苑叢談》做如實的了解，王梵志只是隋代出生的一個被人收養的嬰兒，長大後寫成許多動人的詩篇，在民間廣泛流傳，終於得到大眾稱許為偉大詩人而已。近數十年來，敦煌石室發現了許多關於王梵志詩的資料，《桂苑叢談》王梵志出生隋代的記載，更加獲得充分有力的證據。如巴黎藏伯二一二五、倫敦藏斯五一六敦煌卷子《歷代法寶記》，內中有無住禪師引用王梵志的『惠（慧）心近空心，非關髑髏孔，對面說不識，饒你母姓董』一首詩。無住禪師是玄宗初年人物，可見王梵志的詩歌，在盛唐已經為高僧引用。又如列寧格勒藏敦煌卷子一四五六號，卷尾有題記云：『大曆六年五月□日抄王梵志一百一十首，沙門法忍寫之。』一部詩集從整編到流行傳鈔，是需要相當長久的時間的，大曆六年（771）已有王梵志詩集的鈔本流傳到敦煌地區，可見王梵志詩集面世之早。還有友人吳其昱博士發現了有關王梵志生年極重要的巴黎伯四九八七號卷子（王道祭楊筠文），……總之，王梵志出生時期，最遲在隋代晚年，甚至可能在隋文帝初年。」〔註15〕

（7）朱鳳玉

朱氏《王梵志詩研究》上冊「研究篇」，羅列梵志時代諸家看法，經檢視分析後，又據十三條旁證材料及七條內證，歸納出「王梵志生於隋朝，而活動於初唐」〔註16〕之看法。

（8）徐俊波

徐氏〈王梵志生活年代考〉乃後期研究文章，觀其所考，論證有據，令人信服。文中首先推翻劉瑞明 1989 年發表〈王梵志年代新擬〉「王梵志生於

〔註14〕張錫厚〈唐初民間詩人王梵志考略〉，收於《王梵志詩校輯》，第 342 頁
〔註15〕引朱鳳玉：《王梵志詩研究》「附錄一」，第 312～314 頁。
〔註16〕同上注，第 97 頁。

593 年」之主張，並據王詩中反映社會史實，逐一探考、印證，認爲王氏生活年代約爲公元 617 年至 697 年。〔註 17〕

（9）鐘繼彬

鐘繼彬〈王梵志詩及王梵志其人事跡鉤沉〉基本上認同初唐之說，其「王梵志實爲初唐時代人之依據」條下曰：「近有識者據梵志詩『行年五十餘，始學悟道理』而推定梵志『大概五十歲以後，生活即發生逆轉』（首都師大《中國文學史》），此斷甚爲可信，若以胡適所推生卒年爲準，則梵志五十歲時正是初唐貞觀十四年（640）前後。……王梵志五十歲以後信奉佛教，應當是在初唐，而不是在中唐，……王梵志生活在初唐時代之說，是正確的。」〔註 18〕

綜上所見，隋末初唐爲現今王梵志生活年代公認學說。不過，從引述結果得知，研究者大都無法詳確考出其確實時間，僅能從相關線索，逐漸縮小考察範圍，此或許是梵志生平文獻闕如有關。當然，學界所作努力仍具一定貢獻，爲求釐定王氏生年問題，不妨暫以胡適所提 590 年及徐氏 617 年爲其生年上下限，俾進行下一議題討論時所用。

2. 盛、中唐時

此說乃法國著名敦煌學者戴密微首倡，之後卻無贊成者，可能與其不認同《桂苑》、《廣記》、〈王道祭楊筠文〉記載有關。戴氏《王梵志詩附太公家教・引言》曰：「通俗文學史研究的偉大提倡胡適想把王梵志的時代上推到隋朝，認爲他約在 590 至 660 之間生存。但是，他所依據的證據是不能成立的，該證據是一段引文，引自 978 年到 981 年編輯的《太平廣記》卷八十二，《太平廣記》又轉引自一本名爲《史遺》的書，《史遺》的作者與時代完全不爲人所知。……我也不認爲可以利用敦煌卷子的一個手抄卷證明此日期，此一敦煌手抄卷是吳其昱在《通報》四六期，397～401 頁所指出的。這是一段文字，他占了 P4978 號卷子正面的一半，這段文字似乎比反面的文字寫定的日期稍晚，反面的文字寫定的時間在七四二至七五七之間。在這篇奇怪的文章中，有一位叫做王道的人，他自稱是王梵志的『直下孫』，而王梵志被說成是東朔方黎陽人，又被稱爲『通玄學士』，王道謂他「謹……清酌白醪之奠，敬祭逗留風狂子朱沙染……」兒弘農楊筠之靈」，而不是祭他的祖父。祭文的作者描

〔註17〕請參閱徐俊波〈王梵志生活年代考〉，載《敦煌研究》第 4 期，2001 年，第 145～151 頁。

〔註18〕鐘繼彬〈王梵志詩及王梵志其人事跡鉤沉〉，第 104 頁。

述一位小丑般的人物，而對他所講的話，也是滑稽而難以理解的，此祭文注明的日期是開元元年（713～714）、二月（癸丑年，文中的二七年明顯是元年之譌）這是一種滑稽模仿的文學作品。……在王梵志的詩中，有婁師德勸告他的弟弟對別人的侵犯不予抵抗的出名故事，如果有人吐唾在他的面上，不要把唾液抹去，讓他自乾！婁師德在 630 年至 699 年生存，那麼，王梵志詩集的第三卷不會早於八世紀，因為要到當事人死後，他的傳記才會出版，人家看到他的傳記才會把他的故事流傳，該詩的作者王梵志不可能在 713 年有一位孫子……倒是王梵志可能的生存時代是八世紀。」〔註 19〕

　　據上，戴密微以「唾面自乾」典故推敲梵志時代，提出活動於八世紀之看法。但觀所考，只言王氏為何時人，卻無其它論述，不免流於疏略，令人難以信服。對此，朱鳳玉《王梵志詩研究》考辨：「戴氏的論點，可大致歸納為三點：（一）《太平廣記》、《桂苑叢談》中有關王梵志的記載，不足採信。（二）P 四九七八〈王道祭楊筠文〉是一篇滑稽的遊戲文學作品，又加以祭文中的疑點頗多，所以這篇祭文也不足採信。（三）根據『唾面自乾』的典故，而認為王梵志的時代晚於婁師德。其實《太平廣記》、《桂苑叢談》二書中的記載，雖然參雜有神話，但仍保留著幾分史實，是不可全然抹煞的。至於〈王道祭楊筠文〉，從內容觀之，根本不像遊戲文學，也沒有滑稽的意味，況且作者也沒有模仿作偽的必要。即使此篇祭文是一種滑稽模仿的遊戲文章，我們從這亦可想見在開元元年以前，王梵志當是相當知名。否則王梵志之名怎麼在遊戲文章中出現。至於『自乾』說，任二北在《敦煌歌辭集總編》（稿本）中即嘗表示過，或許『梵志與師德，同襲民間，非在一時』，所以王梵志的時代，不必定在婁師德卒年之後。」〔註 20〕朱氏一一駁正戴文謬處，顯然戴說難為學界接納，必然有其不合理之處。

3. 隋末至晚唐五代

　　由於王詩卷次呈現不同思想面貌，因此有學者提出詩集纂成時間由隋末至五代，且非一人一時所輯之新見。

（1）菊池英夫

　　菊池在〈王梵志詩集和山上憶良《貧窮問答歌》之研究〉，將所見王梵志詩集分類述說，並認為各輯編纂時間不同，其曰：「每一詩輯原卷的名稱都是

〔註 19〕引朱鳳玉：《王梵志詩研究》，第 57～59 頁。
〔註 20〕同上注，第 59 頁。

王梵志詩集，但其編纂時間卻不同。也許是產生於唐、宋之間，當時人們喜好將不同詩選中的詩或歌謠以及警語冠上相同的名稱，而假託王梵志的名字來出版。因此我們不可能找出一個特定的人做爲用同一名稱發行的各種詩輯中所有詩、歌謠的作者。」〔註21〕

（2）項　楚

繼菊池之後，一九八七年項楚〈王梵志詩論〉提出相同論述：「從王梵志詩中有關佛教的作品舉出一些例證，相信對於『王梵志詩』絕非一人所作之論斷，應該不再有疑問了。曾經有研究者從王梵志詩中摘取若干詩句，加以串聯排比，勾勒出王梵志一生的經歷事蹟，認爲『可以初步揭開這個歷來被認爲【謎一般的】人物的真面目』，然而結論並不令人信服，其原因就在於把並非一人一時之作的『王梵志詩』，統統誤認爲王梵志一人的手筆了。儘管王梵志仍然是一個尚未完全猜透的謎，但我們既然知道『王梵志詩』是若干無名白話詩人作品的總稱，那麼實際上就已經摸索到解開這個謎的線索。從王梵志詩的全部內容來看，它們的作者應該主要是一些僧侶和民間的知識分子。……所謂『王梵志詩』實際上包括了從初唐（以及更早）直到宋初的很長時期裏，許多無名白話詩人的作品。不過其中數量最多、時代最早、內容最深刻、形式最多樣，因而價值最高、最能代表『王梵志詩』的特點和成就的，仍然是三卷本王梵志詩集。因而我們所討論的王梵志詩，主要地也是指三卷本詩集。在這個意義上，我們將『王梵志詩』劃入初唐文學的範圍，粗略地（而不是精確地）說，也是可以的。」〔註22〕

菊池英夫與項楚之詩集非一人一時主張，已逐漸爲學界認同，尤其項氏細膩考論，深獲朱鳳玉、李君偉採納，並持該論衍文立說，〔註23〕可悉現今研究觀點，已將梵志詩定位於非一人一時所作，而是龐雜複合文學作品。

總結各家考察結果，初步歸納爲幾項結論：一、王梵志確有其人；二、大致活動於隋末初唐；三、詩集非一人一時之作。若再釐清生年與享年問題，

〔註21〕引朱鳳玉：《王梵志詩研究》，第 59～60 頁。
〔註22〕項楚〈王梵志詩論〉，第 645、660 頁。
〔註23〕朱鳳玉在〈王梵志、寒山與龐蘊——論唐代佛教白話詩的特色〉曾曰：「實際上，所謂『王梵志詩』，是一個龐雜的集合體。」；李君偉〈敦煌文書中的王梵志詩研究述評〉（載《中國社會科學院研究生學報》，2002 年增刊，第 102 頁）更具體說道：「項楚〈王梵志詩論〉：『王梵志確有其人，但其作品非一人一時之作。』這種說法似已漸爲人們所接受。」可見斯論點早已深植研究者之心中。

即能推測王梵志活動時間。

（三）生年與享年再觀察

1. 生　年

上文介紹年代問題時，嘗將王氏生年討論範疇暫定 590 年至 617 年，此乃方便後論述續行，與所引諸說初步歸納。基本上，王梵志生年沒法明確考出，即使首發者胡適也如此。不過由於日後文獻滋增，後賢陸續細考、修正，有關王氏生年考察，已得重大突破，其中顧浙秦〈王梵志生地生年考辨〉是一篇值得參考文章，試將此文略引介紹。〔註24〕

顧文主要考辨王梵志出生地與生年內在連結關係，並從中推論其生年，全文推述有層，理證有據，對王氏生年問題考述，更接近事實、具體化。首先，其就籍貫記載「王梵志，衛州黎陽人」中「衛州」歷史沿革予以考察：

> 從衛州設改史看出，王梵志如果是衛州人，他只能生在隋開皇三年到隋大業初年之間、唐武德元年到天寶元年之間、乾元元年以後這三個時間區間上。說來也巧，這三個時間區間，正好符合歷輩學者對王梵志生年的擬定。隋大業初年前，符合胡適提出，鄭振鐸認定的生年；唐武德元年到天寶元年，正好包含趙和平、鄧文寬〈敦煌寫本王梵志詩校注〉得出的「起於唐初武德四年，止於開元二十六年」的擬定；乾元元年以後，也包含了摒棄「當隋文帝時」的資料，另謀新議的有代表性的日本入矢義高教授和法國戴密微教授的擬議，即或者是天寶、大曆年間人，或者是唐末五代人。由此可見，這三種擬定都是言之有據的。〔註25〕

顧氏指出諸學者考皆「言之有據」，非虛構言論。不過人言人有理，必然無從判斷王氏出生究在何時？為求縮小生年級距，其採以「黎陽」於《隋書》、《新唐書》年代稱名不同，與《桂苑叢談》、《太平廣記》中「黎陽城」等其他線索，得到初步看法：

> 王梵志只能生於開皇三年（583）直到開皇十六年（596）之間，或者

〔註24〕李君偉〈敦煌文書中的王梵志詩研究述評〉評道：「顧浙秦〈王梵志生地生年考〉中，除用了常見的材料外，主要從歷史沿革方面，考證『衛州』、『黎陽』從漢到唐不同時期建制名稱的不同，……提供了考證王梵志的又一個途徑。」，第 102 頁。

〔註25〕顧浙秦〈王梵志生地生年考辨〉，第 65 頁。

貞觀十七年（644）到天寶元年（742）之間。因爲這兩個時間區間裡
「衛州」，「黎陽（縣）」、「黎陽城（關）」三個地名同時存在。其他時
間，不是「衛州」改爲「汲郡」，就是「黎陽（縣）」置黎州。當然據
《新唐書·地理志》：「黎陽，……有白馬津一名黎陽關」，可見，唐
代黎陽關通常稱爲白馬津，這樣第二個時間區間的可能性就有了疑
問。再考唐詩僧皎然的《詩式》，把王梵志排在郭璞（267年～324）
之後，盧照鄰（約637～680年）賀知章（654～744）之前，那麼第
二個時間區的可能性就更小了。……據劉瑞明〈王梵志年代新擬〉對
敦煌寫本〈王道祭楊筠文〉提供的時間和「直下孫」的考辨，完全可
以排除王梵志生年在貞觀十七年到天寶元年的可能性。〔註26〕

顧浙秦再次印證王梵志一生確實活動於隋末唐初。當然，以地名申說生時時
代，論證仍嫌薄弱，還須更多旁證補強說明。於是又考覈〈王道祭楊筠文〉
中「東朔方」地名意義，推翻范攄《雲谿友議》所記「西域林木」衍生王梵
志爲西域人概念，認爲「朔方縣、朔方郡都在今陝西靖邊縣東北白城子，而
『黎陽』在今河南浚縣，兩者一個西，一個東，遙千里遠，……還有一個解
釋『朔方』不作地名講，而作『北方』講，那麼『東朔方』就成了『東北方』，
如果王道在洛陽或長安作此祭文，這個『東北方黎陽』的地理方位就完全沒
有問題。」；〔註27〕及聯結王詩〈奉使親監鑄〉中「奉使親監鑄，改故造新光。
開通萬里達，元寶出青黃。本姓使流傳，涓涓億兆陽。」武德四年（621）新
鑄開元通寶錢史事；〈道士頭側方〉詩句「无心禮拜佛，恒貴天尊堂。三教同
一體，徒自浪褒揚。一種霑賢聖，无弱亦无強。莫爲分別想，師僧自設長。
同尊佛道教，凡俗送衣裳。」爲唐初崇道抑佛歷史寫照等證據，歸納出：「通
過對王梵志出生地地望資料的研究和幾首詩的背景分析，進一步證實了王梵
志是生於公元583年到公元596年這十三年之間，創作於初唐的一位民間詩
人」之結論。

顧文將梵志生年定於「隋文帝開皇三年（583）～開皇十六年（596）間」
乃合理主張。不過，其仍無法解決王氏年代其他問題，因僅知生年，享世與
歿時卻一無所悉，結果也只是加深證明「王梵志爲隋末唐初人」觀點而已。
故爲進一步解開謎團，下節賡續探索王氏享年，冀求能釐清時代疑問。但爲

〔註26〕同上文，第66頁。
〔註27〕同上注。

使最終結論能吻合先前「隋末唐初」諸說，撰者將顧氏所考上限年代 583 與徐氏 617 年，當作討論王梵志生年之上、下界限。

2. 享　年

關於王梵志享年長久，迄今沒有明確文獻記錄。最早論及者莫過於胡適，其推斷王氏年代時曾云：

> 我們可以推定王梵志的年代約當 590 年代到 660 年代。〔註28〕

此說揭橥梵志年代，同時印證其壽約七十載。然而，胡氏作出推定後，即未加論說與交代所據來源，致使缺乏說服力，徒增往後研究者殊多疑問。

於是，張錫厚便重新檢視斯說，補上王詩幾條內證，使王梵志年壽事證更加具體，其曰：

> 王梵志究竟活多長時間？一時尚難考證出確切的歲數。胡適推斷為七十歲（590～660），但未進行必要的論證，缺乏說服力。就王梵志詩歌作品來看，詩人大約活到八十歲左右。……比如詩人反復運用「長命得八十」的詩句，他說：「長命得八十，漸漸無意志」（卷五）；「長命得八十，不解學修道」（卷二）；「長命得八十，恰同寄住客。暫在主人家，不久自分擘」；「虛霑一百年，八十最是老」（同前）。這些詩句對王梵志來說，已不是空泛的議論，它的真正含義是說明詩人已近八十歲的高齡，尚在撫今追昔，留戀欲逝的歲月，一字一句表現出詩人對垂暮之年的無限感嘆。〔註29〕

張文斯考頗具見地，其從詩作之跡證推衍王氏在世時間，而非胡適臆測方式，因而獲得學界公認、採用。〔註30〕若用張氏所考結果，加上先前所訂 583～617 之生年範疇，下推八十年，可得辭世時間約為 663～697 年，換言之，王梵志約生於隋文帝開皇三年至隋煬帝大業十三年，歿於唐高宗龍朔三年至武則天萬歲通天年之間。

二、寒山時代蠡測

寒山生平乃中國文學史上難解之謎團。其問題造成，一方面是詩人隱姓

〔註28〕胡適：《白話文學史》，第 165 頁。

〔註29〕張錫厚〈唐初民間詩人王梵志考略〉，收《王梵志詩校輯》，第 350～351 頁。

〔註30〕譬如朱鳳玉在其《王梵志詩研究》採用張氏說法，推論梵志時代及生平；徐俊波〈王梵志生活年代考〉亦持該論，推算出此人之卒年。

埋名，家世背景無從探索，晚歲豹隱天臺寒岩，而自號「寒山子」；二則行狀惟見一篇初唐閭丘胤所撰〈寒山子詩集序〉，〈序〉中卻未署何時撰成，加之內容乖謬離奇，難以盡信，導致眞實生活面貌，如雲遮霧障，撲朔迷離。所幸此人時代問題，爲學界熱衷討論，不少鴻篇巨製陸續發表，解決殊多疑點，也使詩人生平輪廓逐漸浮現。

（一）關於寒山活動時期諸說

　　一般而言，現知寒山身家背景主要是從詩歌整理而得。寒山原非浙江天臺人氏，而是出生於京都（長安）之郊咸陽（今陜西省咸陽市）。其詩曾載：「去年春鳥鳴，此時思弟兄。……哀哉百年內，腸斷憶咸京。（〈去年春鳥鳴〉一八〇）」〔註31〕咸京，即咸陽，唐人用以代指京城長安。〈尋思少年日〉云：「尋思少年日，遊獵向平陵。……聯翩騎白馬，喝兔放蒼鷹（一〇一）」〔註32〕「平陵」乃西漢「五陵」之一，當時每立陵墓，輒遷徙富豪外戚之家居於陵側，爲豪貴地區之代詞。杜甫〈秋興八首之三〉即謂：「同學少年多不賤，五陵衣馬自輕肥。」顯示寒山年少時乃長安之富家子弟。

　　此外寒山享壽，學術界亦以〈老病殘年百有餘〉詩「老病殘年百有餘，面黃頭白好山居。（一九七）」〔註33〕認其「年逾百歲」。不過卻也衍生兩派歧見，舉如余嘉錫《四庫提要辨證》云：「當其遇靈祐時蓋已百餘歲矣。釋道二氏，類多長年，寒山春秋雖高，尚未過上壽百二十之數，固亦事理所有。」〔註34〕主張寒山遇靈祐禪師，至少年過百載，該說獲得臺灣學者趙滋蕃、陳慧劍、大陸學者張伯偉、錢學烈等人認同；稍晚項楚〈寒山詩籀讀札記〉則提出另一種解讀：「倘若把『百有餘』理解爲百有餘歲，則是完全誤解了詩意。這個『百『字不是指數字一百，而是『凡百』、『一切』之義。」〔註35〕但附和者不多，顯然有待商榷，後節「相關文獻再審查」將有一進步解說。首先就學者探究寒山時代問題情形，梳理如次：

　　綜觀寒山生活年代探討，主要有「貞觀說」（627～649）、「先天說」（712～713）以及「大歷說」（766～799）三派說法。〔註36〕「貞觀說」以唐代貞

〔註31〕項楚：《寒山詩注》，第 472 頁。
〔註32〕同前書，第 274 頁。
〔註33〕同上，第 510 頁。
〔註34〕余嘉錫：《四庫提要辨證・集部》卷二十，第 1064 頁。
〔註35〕項楚〈寒山詩籀讀札記〉收於《柱馬屋存稿》（北京：商務印書館），第 130 頁。
〔註36〕此外尚有「貞元」、「元和」諸說，均由「大歷說」衍生而出。

觀年間臺州刺史閭丘胤所撰〈寒山詩集序〉為伊始，經南宋孝宗淳熙十六年
（1189）釋志南《天臺山國清禪寺三隱集》肯定。〔註 37〕後人如宋僧釋志磐
《佛祖統紀》、釋本覺《釋氏通鑑》、元僧釋熙仲《釋氏資鑑》、釋覺岸《釋氏
稽古略》皆持此派說法。〔註 38〕明清以降，不少辭書亦予援引。〔註 39〕今人
持貞觀說考證寒山生卒年代，計有趙滋蕃〈寒山子其人其詩〉、嚴振非〈寒山
子身世考〉〔註 40〕、李敬一〈寒山子和他的詩〉〔註 41〕、黃博仁《寒山及其
詩》等人。

趙滋蕃發表之〈寒山子其人其詩〉，曰：

> 關於寒山的行狀，見於同時代人的記載者，首推閭丘胤的《天臺三
> 聖 詩集序》（即〈寒山詩集序〉）。寒山拾得的詩，能夠不在竹林石
> 壁、村墅人家廳壁、或土地堂壁上湮沒，得以流傳後世，閭丘胤實
> 居首功。……這是歷史的目擊者所作的第一手紀錄與見證，其可信
> 的程度，不應等閒視之。〔註 42〕

〔註 37〕 釋志南：《天臺山國清禪寺三隱集》（收於《寒山詩集》，臺北：漢聲出版社，
民國 60 年 2 月）乃「貞觀說」之濫觴，其序有云：「豐干禪師，唐貞觀初，
居天臺國清寺，剪髮齊眉，衣布裘，人或問佛理，止答『隨時』二字。常唱
道乘虎出入，眾僧驚畏，無誰語。有寒山子、拾得者，亦不知其氏族，時謂
風狂子，獨與師相親。」，第 58 頁。

〔註 38〕 四書皆曰寒山為貞觀時代人，但詳細年代有異：
1. 貞觀七年（633）——宋僧釋志磐：《佛祖統紀》（作於 1256）。
2. 貞觀十六（642）——元僧釋熙仲：《釋氏資鑑》（作於 1336）。
3. 貞觀十七年（643）——宋僧釋本覺：《釋氏通鑑》（成於 1355）。
4. 貞觀十七年（643）——元僧釋覺岸：《釋氏稽古略》（成於 1355）。
轉引黃博仁：《寒山及其詩》（臺北：新文豐，民國 82 年 12 月），第 4 頁。

〔註 39〕 如《四庫全書簡明目錄》卷十五〈寒山子詩集一卷附豐干拾得詩一卷〉：「寒
山子、豐干、拾得，皆貞觀中臺州僧，世頗傳其異跡。是集乃臺州刺史閭丘
胤令寺僧道翹所蒐輯。」；《大漢和辭典》、《辭海》：「寒山，唐貞觀時高僧，
亦稱寒山子。居天臺始豐縣寒巖，與國清寺僧拾得友善，好吟詞偈」。

〔註 40〕 其以《北史》、《隋書》與寒山詩，通過歷史之印證，得到「約生於隋開皇三
年，卒於唐長安四年」結論。請參閱嚴氏〈寒山子身世考〉載《東南文化》
第 2 期，1994 年，第 217～218 頁。

〔註 41〕 李敬一〈寒山子和他的詩〉（載《江漢論壇》第 1 期，1980 年）則「通過對寒
山詩中所反映社會狀況的詳盡分析，同樣支持貞觀說。」語見王早娟：〈寒山
子研究綜述〉收釋妙峰主編《曹溪禪研究》（北京：中國社會科學出版社，2002
年 9 月），第 481 頁。

〔註 42〕 趙滋蕃〈寒山子其人其詩〉，載《中國詩季刊》第 4 卷第 1 期，民國 62 年 3
月，第 12 頁。

趙氏推斷寒山時代，大抵由貞觀中至開元、天寶間，約公元 642～742 年之間。不過，文中是以「這是歷史的目擊者所作的第一手紀錄與見證，其可信的程度，不應等閒視之」觀點推論，未免過於輕率。評論史料需多方面檢視與深入考究，才不至偏頗，所得結論也較嚴謹。趙文缺失，在於沒細檢作者閭丘胤本身問題，因此不能全然盡信。

至於黃博仁《寒山及其詩》認爲：

1. 閭氏集序雖是神話，然可以考見三件事：一爲寒山隱居天臺，與國清寺僧拾得友善。二爲閭丘胤曾遇寒山、拾得，閭氏爲貞觀年間臺州刺史，因此可以推定寒山、拾得生於唐初，約七世紀初葉。三可以使我們知道唐朝已有關於寒山的神話，因此又可以想見寒山的詩在當世已流行於民間，閭氏才令僧道翹加以搜集。

2. 根據《續高僧傳》卷二十五〈釋智巖傳〉證明閭氏已爲麗州刺史；又據陳耆卿《嘉定赤城志》卷八〈秩官表〉，正觀（即貞觀，避宋諱字）十六年至廿年臺州刺史正是閭丘胤。故閭丘胤爲貞觀臺州刺史，可以明矣。

3. 唐興縣設於上元二年，上元既是高宗的年號，又是肅宗的年號，《元和郡縣志》及《天臺山記》皆云肅宗上元二年（761），改始興縣爲唐興縣，而《新唐書·地理志》，則以爲高宗上元二年（675）改爲唐興縣，未知孰是？胡適據此，推定閭序不可能作於高宗以前，余嘉錫則更以此序爲後人僞作，不可相信。因唐興兩字加上寒山詩不可靠的內證，則斷定閭序爲杜撰事蹟惑人，未免過甚其詞，安知閭序非原用始興縣兩字，到南宋重刻《寒山詩》，遂改用今名唐興縣耶？〔註 43〕

黃文認爲寒山是初唐貞觀時人，而閭序所言應可採信，其雖事蹟不彰，但隱者類皆如此。然觀黃氏以爲後人於前人之書，常會因地異而更移書中之字，導致「始興縣」被後人竄改成「唐興縣」可能性說法，或許合理，但其與趙滋蕃均未考慮閭氏「朝議大夫使持節臺州諸軍事守刺史上柱國賜緋魚袋」銜之矛盾。據陳慧劍《寒山子研究》一書所考，「使持節」與「緋魚袋」應爲高宗（650）後才賜予及佩帶。〔註 44〕換言之，閭丘胤其人其事應發生於高宗之

〔註 43〕黃博仁：《寒山及其詩》，第 3～19 頁。
〔註 44〕另可參見下文介紹陳氏考寒山生平條。

後，絕非貞觀年間，黃言顯然有誤。

總之，認同貞觀說者，皆相信閭丘〈序〉記錄，並予衍生而成。但是「貞觀說」仍有眾多疑點，使人無法信從。直迄余嘉錫《四庫提要辨證》證實閭〈序〉為僞作後，〔註45〕斯派即被徹底推翻。

而「先天說」乃以宋釋贊寧所著《宋高僧傳》爲首倡。惟該說所據文獻基礎薄弱，推論尚待商榷，不足採信，〔註46〕歷來只有元僧曇噩作於惠宗至正二年（1366）《科分六學𩲸傳》及譚正璧《中國文學大辭典》持該說。

至於「大歷說」則以《太平廣記》卷五十五引唐末杜光庭（850～933）之《仙傳拾遺》（今佚）爲文獻根據。其載：

> 寒山子者，不知其名氏。大歷中隱居天臺翠屏山，其山深邃，當暑有雪，亦名寒岩，因自號爲寒山子。好爲詩，每得一篇一句，輒題於樹間石上，有好事者隨而錄之，凡三百餘首，多述山林幽隱之興，或譏諷時態，能警勵流俗。桐柏徵君徐靈府序而集之，分爲三卷，行於人間。十餘年忽不復見。〔註47〕

斯資料雖爲歷史風塵之吉光片羽，卻是志南〈序〉外所見第一手史料。其先經紀昀《四庫提要》提及，影響不大。後胡適於《白話文學史》表示：「後世關於寒山、拾得之傳說，多根據閭丘胤的一篇序。此序裡神話連篇，本不足信。閭丘胤事蹟已不可考；序中稱唐興縣，唐興縣之名起於高宗上元二年（675）。故此序至早不過在七世紀末年，也許在很晚的時期呢。此序並不說閭丘胤到臺州是在『貞觀初』；『貞觀初』的傳說起於南宋沙門志南的後序。……關於寒山的材料大概都不可靠，比較可信的只有兩件，第一件是五代時禪宗

〔註45〕 余嘉錫據宋陳耆卿《嘉定赤城志》卷八〈秩官表〉，確定貞觀十六年至二十年，臺州刺史爲閭丘胤；並以徐靈府《天臺山記》與李吉甫《元和郡縣圖志》，二書均言明唐肅宗上元二年（761）以後才有「唐興」縣名，證實〈寒山子詩集序〉中之「天臺唐興縣七十里」非初唐時有，時任臺州刺史之閭丘胤（642～646），是不可能知道唐興縣改名之事（唐興縣舊名爲始興縣），故閭丘序顯然非爲閭丘所撰，而是由後人撰作。請參閱余嘉錫《四庫提要辨證・集部》卷二十〈寒山子詩集二卷附豐干拾得詩一卷〉。

〔註46〕 其卷十九《唐天臺封干師傳》引唐代史學家韋述（？～757）撰之《兩京新記》所言，稱封干曾於先天年間行化於京兆，因此認爲寒山子也爲此時人，不過文中卻沒有進一步之說明，且「封干」是否爲「豐干」仍有出入，因余嘉錫已考出《兩京新記》中之「封干」非「豐干」禪師，而是另有其人。

〔註47〕 李昉：《太平廣記》卷五十五〈神仙五十五・寒山子〉，《叢書集成三編》，第314頁。

大師風穴延沼禪師引的寒山詩句。(延沼死於 973 年)《風穴語錄》有一條說：『上堂，舉寒山詩曰：「梵志死去來，魂識見閻老。讀盡百王書，未免受捶拷。一稱【南無佛】，皆以成佛道。」』……可見寒山的詩出於梵志之後。……第二件是《太平廣記》卷五十五的『寒山子』一條，……這是關於寒山子的最古記載。此條下半說到咸通十二年（871）道士李褐見仙人寒山子的事，可見此文作於唐末。……但此文說寒山子隱居天臺在大歷時，可見他生於八世紀初期，他的時代約當 700～780 年。」〔註48〕對「貞觀說」表示存疑，及余嘉錫〔註49〕、錢穆〔註50〕等著名學者續考證實，該觀點已深植人心，〔註51〕爲近世許多研治者採納並做出修正、肯定之工作，其中以王運熙、陳慧劍、錢學烈、連曉鳴、羅時進、葉珠紅、張天健、何善蒙等人爲代表。

王運熙、楊明撰〈寒山子詩歌的創作年代〉文，〔註52〕以寒山詩「蒸沙擬作飯，臨渴始掘井，用力磨瓦磚，那堪將作鏡。」中「用力磨瓦磚，那堪將作鏡」句，是化用《景德傳燈錄》卷六懷讓禪師和馬祖道一典源，進而判定寒山絕非初唐時人。〔註53〕其次，該文另將三百十一首寒詩體制進行細緻

〔註48〕 見胡適：《白話文學史》，第 174～177 頁。

〔註49〕 余嘉錫先對閭丘胤所撰〈寒山子詩集序〉考爲僞作後，認爲杜光庭《仙傳拾遺》關於徐靈府最早編纂《寒山詩集》記載乃可信之事也。接著以《宋高僧傳》卷十一大潙祐公遇寒山事，推測出貞元九年（793 年）爲寒山卒年，後並以《太平廣記》之「大歷中隱居天臺山翠屏山」與「徐靈府之序，十餘年忽不復見」相印證，得到寒山「遇靈祐時蓋巳百餘歲」之結論。

〔註50〕 錢穆〈讀書散記兩篇‧讀寒山詩〉（收《新亞書院學術年刊》第 1 期，民國 48 年 10 月，第 9～11 頁）所持立場，與余嘉錫相仿，惟一不同是將寒山卒年年定爲順宗、憲宗間，即 805 年～810 年。其據《太平廣記》、《宋高僧傳》推論道：「代宗年號大歷，凡十四年（766～780），縱謂寒山子以大歷元年卜隱寒山，上推三十年，應爲開元二十四年，惟據《宋高僧傳》卷十九，豐干於先天年中，在京兆行化，尚在睿宗時，猶應在此前二十四年。豐干行化於京兆，則其在天臺國清寺，猶應在前。若寒山於睿宗景雲年間在天臺國清寺晤及豐干，則由此再上推三十年，寒山之年，應在高宗之末葉矣（約 680）。由此再下數至德宗九年，靈祐遇寒山，其時寒山巳年過百歲，而趙州生大歷十一年，若其晤寒山，尚在靈祐後數年，則趙州方年三十左右，而寒山巳近一百二十歲。」可知錢穆認爲寒山子約生於高宗末葉（680～683 年），卒於順、憲之時（805～810 年），壽一百二十餘歲。

〔註51〕 另有任繼愈：《宗教辭典》、孫望、郁賢皓：《中國大百科全書：宗教卷》、任道斌：《佛教文化辭典》採用此說。

〔註52〕 王運熙、楊明：〈寒山子詩歌的創作年代〉，載《中華文史論叢》第 4 輯，1980 年，第 47～59 頁。

〔註53〕 「磨磚作鏡」乃南岳懷讓啓發馬祖道一悟道之禪宗著名公案。釋普濟輯：《五

分類，得到詩格律非貞觀間詩歌應有體制表現，證明其人必爲律詩普及之後。
〔註 54〕

　　至陳慧劍《寒山子研究》考證方式，別出機杼，爲前人未曾使用方式。其是從寒詩序中所謂「朝議大夫使持節臺州諸軍事守刺史上柱國賜緋魚袋閭丘胤撰」之「使持節」與「緋魚袋」判斷此人年代。陳書由《國史大綱》（錢穆著）與《歷代職官表》考得「使持節」制度始於晉代，唐時高宗永徽後才設置；另《唐書・車服志》、《唐會要》記載凡佩「緋魚袋」官員，爲高宗六五〇年以後，且官必五品，封疆官必督都、刺史方可佩帶，故縱有閭氏其人，亦屬公元六五〇年後之事。再者，陳氏稽考寒詩中「萬迴師」、「南院」、「吳道子」內證，及姚廣孝、元僧念常《佛祖歷代通記》、徐凝詩等外證，推出寒山年代約 710～820 年。〔註 55〕

　　錢學烈〈寒山子年代的再考證〉，則透過質疑閭〈序〉與大量寒山詩內證，修正胡適、余嘉錫、錢穆等觀點，〔註 56〕推翻先前所考寒山年代大致爲武則天天授年間至德宗貞元年間（約 691～793 年）之結論。〔註 57〕重新將年代定於唐玄宗開元年，約 725～730 年左右，卒於文宗寶歷、大和年間，約 825 年～830 年左右。

　　連曉鳴、周琦〈試論寒山子的生活年代〉主要參閱胡適《白話文學史》、

燈會元》卷三〈南岳懷讓禪師〉條載：「開元中沙門道一（即馬祖也），在衡岳山常習坐禪。師知是法器，往問曰：『大德坐禪圖什麼？』一曰：『圖作佛』。師乃取一磚，於彼庵前石上磨。一曰：『磨作什麼？』師曰：『磨作鏡』。一曰：『磨磚豈能成鏡邪？』師曰：『磨磚既不能成鏡，坐禪豈能成佛？』」；杜松柏《禪學與唐宋詩學》第四章（臺北：臺灣黎明有限公司，1976 年，第 318 頁）曾引此公案後有云：「懷讓圓寂於天寶三年(744 年)，馬祖入滅於貞元四年(788年)。據此則寒山與南岳一系，自有關係。且天臺南岳，相去甚遠，此一故事之流傳，當在馬祖弘法於江西之後。馬祖顯名於大歷（766～779 年）中，是則寒山作此詩之時代，當不能早於此時也」。
〔註 54〕王、楊二氏將寒山詩歌分類，發現有六十九首詩押平聲韻，單句詩之平仄基本協調，對偶工整，其中完全符合粘對則有五十四首，且透過翔實縝密地考察初唐律詩之創作特徵，得出「寒山作品不可能產生於初唐」結論。
〔註 55〕請參閱陳慧劍：《寒山子研究》，第 1～44 頁。
〔註 56〕錢文主要據陳慧劍主張徐凝曾與寒山相見之史實，推翻余嘉錫與錢穆「寒山百歲遇靈祐」之說。認爲寒山若於貞元九年（793）遇靈祐後，離開天臺，則應與生活於元和、長慶年間之徐凝無緣相見。故其將寒山卒年再往後延之。〈寒山子年代的再考證〉（深圳大學學報【人文社會科學版】第 15 卷第 2 期），第 101～107 頁。
〔註 57〕錢學烈：〈寒山子與寒山詩版本〉，《文學遺產增刊》總 16 輯，第 130～143 頁。

余嘉錫《四庫提要辨證》、施蟄存《唐詩百話》、鄭振鐸《插圖本中國文學史》、王運熙〈論寒山子詩歌的創作年代〉、王進珊〈說寒山話拾得〉、楊明〈張繼詩中寒山寺辨〉、陳慧劍《寒山子研究》、徐光大〈論寒山子思想和詩風〉等文章，考出〈閭丘序〉純係僞託，認爲寒山年代生於盛唐（713～766），卒於中唐（766～835）。〔註58〕

羅時進〈寒山生卒年新考〉從寒山詩中相關內證進行考索，認爲唐代肅宗至德一載（756）之遷移潮，爲寒山隱居之時。並據上推三十年，得到寒山生於開元十四年（726）。又以徐靈府（約761～843年）遷居桐柏方瀛，編纂《寒山詩集》時間（826）爲其卒年。〔註59〕

葉珠紅《寒山子資料考辨》〔註60〕碩士論文第三章第二節〈關於寒山交遊諸說之考查〉，根據陳慧劍從《全唐詩》覓得徐凝所作〈天臺獨夜〉、〈送寒巖歸士〉二詩再行考察，〔註61〕提出寒山卒年年限約於唐文宗大和元年（827）～唐武宗會昌四年（844）。

張天健〈略論寒山的生年辨異與身世〉重新稽查寒詩〈出生三十年〉「行江青草合，入塞紅塵起」中「入塞紅塵起」句，連結756年安祿山之亂史實，推定寒山生年「大概應在開、天時期726年前後」，並以百有餘歲數作出「他至少活到了唐文宗太和時期」之結語。〔註62〕

最後何善蒙〈寒山子考證〉〔註63〕肯定羅時進所考生年時間，與徐靈府纂集寒山詩時間，認爲其卒年約於830年。

〔註58〕 連曉鳴、周琦：〈試論寒山子的生活年代〉，《東南文化》第2期，1994年，第222頁。
〔註59〕 羅時進：《唐詩演進論》，第204～213頁。
〔註60〕 該論文已於2005年由臺北秀威資訊科技出版。
〔註61〕 葉珠紅於文中首先推翻陳慧劍所考「徐凝兩首詩，可能作於白居易在長慶二年至長慶四年（822～824），於杭州擔任刺史之前的元和年間，或更早些」之說法，另提出新見解：「徐凝這兩首有關寒山的詩，不會早於白居易在長慶四年卸任前，由此知長慶年間（821～824），寒山仍在世，此正與趙州（從諗禪師）最晚遇寒山（趙州四十九歲【827】年）時，相去不遠，可定爲寒山遇徐凝的上限；而雍陶〈送徐山人歸睦州舊隱〉一詩，作於會昌四年（844）前後，則可定爲寒山遇徐凝的下限，也正是寒山活至一百二十餘歲的卒年下限。」《寒山子資料考辨》，中興大學中文研究所在職專班碩士論文，民國92年，第56頁。
〔註62〕 張天健〈略論寒山的生年辨異與身世〉，載《成都大學學報（社科版）》第3期2004年，第43～44頁。
〔註63〕 何善蒙〈寒山子考證〉，載《文學遺產》第2期2007年，第121～123頁。

以上爲各家對寒山生卒年之考述，茲將彙成簡表：

發表者	所考生卒年代	出　處	發表年份
胡　適	700～780	《白話文學史》	1928 年
余嘉錫	691～795	《四庫提要辨證》	1958 年
錢　穆	680～810	〈讀書散記兩篇・讀寒山詩〉	1959 年
陳慧劍	710～820	《寒山子研究》	1984 年
連曉鳴 周　琦	713～766（生） 766～835（卒）	〈試論寒山子的生活年代〉	1994 年
錢學烈	725～830	〈寒山子年代的再考證〉	1998 年
羅時進	726～826	〈寒山生卒年新考〉	2001 年
葉珠紅	827～844（卒）	《寒山子資料考辨》	2003 年
張天建	726（生）	〈略論寒山的生年辨異與身世〉	2004 年
何善蒙	726～830	〈寒山子考證〉	2007 年

依上表所示，可初步歸納寒山生平年代範圍約爲680～844年，大致從高宗至武宗時期，橫跨近一百六十餘年。之所以如此，實與仍未有直接文獻佐證有關。然而，學問非滯徒不前，所謂「學有新知，論多改定」，隨新資料推陳出新，舊見難免會被更新。早期研究寒山子者如胡適、余嘉錫、錢穆等人，其篳路藍縷之勞績，不容小覷。但不可置否，後繼者往往有突破之處。換言之，後人在胡適等基礎上，挖掘新文獻，以更縝密論證方式，細定寒山生時年代，會較前賢更具說服力。因此，將以陳慧劍、錢學烈、連曉鳴、羅時進、葉珠紅、張天建、何善蒙所考結果，當作詩人生平最大約略值，即710～844年左右（約唐少帝唐隆元年至唐武宗會昌四年），後再透過相關文獻審查，考論其活動時期。

（二）相關文獻再審查

寒山行實除作品所知以外，不少佛教史籍亦載見，但皆未明示年代，且盡屬不合理敘述。因此，要明究其生平年代，必須留心相關跡證，進行更深入之考究。

1. 遇溈山靈祐禪師

在寒山相涉文獻中，有一則是載錄與溈山靈祐禪師相遇史實。此事於歷代有關記載中最具體確鑿，極富重要價值。其見於五代南唐保大十年（925）由泉州昭慶寺靜、筠二禪師編纂《祖堂集》卷十六〈溈山和尚傳〉，傳云：

潙山和尚嗣百丈，在譚州。師諱靈祐，福州長溪縣人也，姓趙。師
小乘略覽，大乘精閱。年二十三，乃一日嘆曰：「諸佛至論，雖則妙
理淵深，畢竟終未是吾棲神之地。」於是杖錫天臺，禮智者遺跡，
有數僧相隨。至唐興路上，遇一逸士，向前執師手，大笑而言：「余
生有緣，老而益光。逢潭則止，遇潙則住。」逸士者，便是寒山子
也。至國清寺，拾得唯喜重於一人。主者呵嘖偏黨，拾得曰：「此是
一千五百人善知識，不同常矣。」自爾尋游江西，禮百丈。〔註64〕

該文詳載靈祐禪師年廿三時，參百丈禪師於江西，嘗入天臺山謁見寒山、拾
得二人。顯然靈祐禪師與寒、拾同時代。又《宋高僧傳》卷十一〈唐大潙山
靈祐傳〉載：

釋靈祐，俗姓趙，祖父俱福州長溪人也。……冠年剃髮，三年具
戒。……及入天臺，遇寒山子於途中，乃謂祐曰：「千山萬水，遇潭
即止。獲無價寶，賑卹諸子。」祐順途而念，危坐以思，旋造國清
寺，遇異人拾得申繫前意，信若合符。遂詣泐潭謁大智師，頓了祖
意。……以大中癸酉歲正月九日盥漱畢，敷座瞑目而歸滅焉。享年
八十三，僧臘五十九。〔註65〕

文中「冠年剃髮，三年具戒」，即二十三歲之謂。大智師則爲百丈懷海〔註66〕
諡號。所指靈祐「冠年剃髮，三年具戒。及入天臺，遇寒山子於途中」正與
《祖堂集》所記事相同。若從《宋高僧傳》稱其「大中癸酉歲正月九日盥漱
畢，敷座瞑目而歸滅焉。享年八十三，僧臘五十九。」諸語推判，靈祐應生
於代宗大曆六年（771），卒於宣宗大中七年（853）。而遊江西遇寒山時間應
爲唐德宗貞元九年（793）。同理可證，寒山卒年勢必在貞元九年之後。既靈
祐於德宗貞元九年（793）曾遇寒山，雖無法判定眞實年齡爲何，但據前人考
訂寒山卒年線索研判，其當時年事不輕。〔註67〕

〔註64〕南唐・靜、筠禪僧編、張華點校：《祖堂集》，第 541 頁。
〔註65〕《宋高僧傳》，第 264 頁。
〔註66〕懷海（720～814）唐僧。福州長樂（今屬福建）王氏。幼時入道，三學該練。
　　　　會馬祖道一闡化江西，乃傾心依附，隨恃六載，卒得秘傳。後開法洪州新吳
　　　　百丈山，自立禪院，訂製清規，率眾參修，並事墾植，有「一日不作，一日
　　　　不食」之言，開農禪之風，爲佛門所重。寂後穆宗長慶中諡「大智禪師」。所
　　　　訂規約，世稱《百丈清規》，天下叢林無不奉行。《中國佛教人名大辭典》，第
　　　　110 頁。
〔註67〕余嘉錫認爲貞元九年爲寒山卒年之上限。其《四庫提要辨證》曾考：「從大歷

2. 趙州從諗禪師之參禪

除靈祐禪師外,相傳趙州從諗禪師〔註68〕亦曾行腳談禪時,參訪寒、拾
二人。宋・賾藏主編《古尊宿語錄》卷十四曰:

> 師(趙州從諗)因到天臺國清寺見寒山、拾得。師云:「久向寒山、
> 拾得,到來只見兩頭水牯牛。」寒山、拾得便作牛鬥。師云:「叱叱!」
> 寒山、拾得咬齒相看,師便歸堂。二人來堂問師:「適來因緣作麼生?」
> 師乃呵呵大笑。一日,二人問師:「什麼處去來?」師云:「禮拜五
> 百尊者來。」二人云:「五百頭水牯牛聻尊者。」師云:「爲什麼作
> 五百頭牛牯去?」寒山云:「蒼天!蒼天!」師呵呵大笑。〔註69〕

上文提及趙州禪師曾至國清寺拜訪寒山、拾得,但時間不詳。又南宋淳熙十
六年(1189)釋志南〈天臺山國清禪寺三隱集記〉亦記:

> 趙州到天臺,行見牛跡。寒曰:「上座還識牛麼?此是五百羅漢游山。」
> 州曰:「既是羅漢,爲什麼卻作牛去?」寒曰:「蒼天,蒼天!」州
> 呵呵大笑。寒曰:「笑作什麼?」州曰:「蒼天!蒼天!」寒曰:「這
> 小廝兒卻有大人之作。」〔註70〕

《古尊宿語錄》與〈三隱集記〉所記內容大致相仿,可認定二者同指一事。
然而,趙州遇寒山公案,贊寧《宋高僧傳》卷十一〈唐趙州東院從諗傳〉隻
字未提,且無資料佐證從諗參謁時間,導致有人對此則文獻產生疑慮。〔註71〕
不過,從諗禪師見寒山事,應非傳聞或爲人杜撰,因羅時進有言:

中下數十餘年,正當貞元間,與吾所考靈祐以貞元九年遇寒、拾者,適相吻
合。……蓋寒山即以此時出天臺,遂不復見。」而陳慧劍則認爲:「照公案推
算,他(靈祐)見寒山時二十三歲,是公元七九四年,寒山(710～815),比
他大一甲子,此時以八十多歲。」從上觀來,余氏與陳氏所考寒山卒年,顯
然有差異。姑且不論孰是孰非,可確定靈祐見寒山時,有一定歲壽。

〔註68〕從諗(778～897)曹州(山東縣西北)郝氏。幼於本州扈通院披薙。參池陽
南泉有悟。乃往嵩嶽琉璃壇受戒。仍返南泉,久之眾請往趙州觀音院,道化
大揚。其玄言法語遍布四方,時謂趙州門風。有趙州茶,狗子無佛性,庭前
柏樹子,四門三轉語等公案流傳叢林。寂謚眞際大師。《中國佛教人名大辭
典》,第655頁。

〔註69〕宋・賾藏主編集:《古尊宿語錄》(北京:中華書局,1994年5月),第247
頁。

〔註70〕釋志南:《天臺山國清禪寺三隱集記》,收《寒山詩集・附豐干、拾得、楚石、
石樹原詩》,第60頁。

〔註71〕如日本元祿十四年(1701)本內以愼《寒山子傳纂》與胡適《白話文學史》皆
提出質疑。請參見羅時進《唐詩演進論》第十章「唐代詩人實考」,第201頁。

本內以慎所據之《唐年譜》蓋與宋僧志磐的《佛祖統記》同一史源。《統記》載寒山、拾得見閭丘胤在貞觀七年。但這一說法係據托名閭丘胤所撰〈寒山子詩集序〉衍生而出。閭丘序已足證爲僞作，據此來疑潙山、趙州遇寒、拾事就毫無意義了。又，胡適撰寫《白話文學史》時，惜未能利用到《祖堂集》，如能發現《祖堂集》中的材料，考得貞元九年潙山遇寒山事，對趙州之事或有別論。誠然《趙州語錄》中或有虛妄的內容，但並不能說有關趙州諸事皆子虛烏有。〔註72〕

羅氏以爲趙州事具備參考價值，不該輕易捨離。倘若趙州從諗拜訪屬實，則陳慧劍所考誠然可信，其曰：

> 趙州比潙山小七歲，那麼公案時期，趙州只有十六歲，如果趙州到天臺山，則「趙州對寒山」的公案，當在七九四年以後。〔註73〕

由陳氏推論觀之，從諗禪師遇寒、拾爲見潙山靈祐後不久，即七九四年以後事。此言甚是，但論證微嫌疏略。對此，羅時進考曰：

> 從諗的卒年在《趙州語錄》所附〈行狀〉中記爲「戊子歲十一月十日」，但應該知道此處「戊子」乃「戊午」之誤。「戊午十一月」與《景德傳燈錄》卷十所記「乾寧四年（丁巳）十一月」只差一年，並不能說完全失據。無論其滅寂於丁巳（897）或戊午（898），在元和九年（814）百丈死時從諗已三十六、七歲，此當然可以「談禪行腳」。雖然我們尚無確切的材料證定趙州從諗與寒山相見的時間，不過從寒山說「這廝兒宛有大人之作」的口氣來看，顯然兩人年齡相差很大。稱「這廝兒」，似其時從諗在弱冠前後，以從諗生年（778）推之，寒山遇從諗當在798年前後，亦即靈祐遇寒山、拾得後不久幾年。〔註74〕

據是，羅氏以《景德傳燈錄》卷十所云：「從諗，唐乾寧四年十一月二十日，右脅而寂，壽一百二十。」乾寧四年丁巳紀年，諟正《趙州語錄》中〈行狀〉「戊子」乃「戊午」之誤。後再用寒山與從諗對答內容，判斷相見時間大約爲唐德宗貞元十四年（798）之後。若此說成立，余嘉錫言寒山於德宗貞元九年（793）後「遂不復見」觀點，必然無法圓說，須將卒年往後延之，才符合史實。

〔註72〕 同前書。
〔註73〕 陳慧劍：《寒山子研究》，第60頁。
〔註74〕 羅時進：《唐詩演進論》，第201～202頁。

既然貞元九年非寒山死時，依據陳星橋〈廣參苦行存典範，古柏千年播禪風——趙州和尚生平化跡與趙州禪得歷史影響〉文中統計，趙州從諗禪師一生行腳七省，遍參南、北二宗禪師，〔註75〕造訪國清寺亦應於此時。若以趙州有能力行腳，而寒山乃百歲耆者推測，則趙州遇其最早時間約三十六歲（百丈圓寂於憲宗元和九年，814），晚遲四十九歲（文宗太和元年，827），參南泉普願之後。〔註76〕

3. 享壽「百有餘」問題再商榷

學界對寒山壽逾期頤觀點，向來不疑，多數研究者亦以此推算生年時間。而項楚教授〈寒山詩籀讀札記〉針對寒山第一九七首〈老病殘年百有餘〉詩：「老病殘年百有餘，面黃頭白好山居。布裘擁質隨緣過，豈羨人間巧模樣。心神用盡為名利，百種貪婪進己軀。浮生幻化如燈燼，塚內埋身是有無。」〔註77〕首句「百有餘」，提出不同解釋：

> 關於寒山的生卒年代，涉及的問題很多，這裡無法詳論。僅就「老病殘年百有餘」一句來說，倘若把「百有餘」理解為百有餘歲，則是完全誤解了詩意。這個「百」字不是指數字一百，而是「凡百」、「一切」之義。如《詩·邶風·雄雉》：「百稱君子，不知德行。」朱熹集傳：「百，猶凡也。」王褒《僮約》：「奴當從百役使，不得有二言。」「百役使」即一切役使。寒山詩一三六首「云我百不憂」，謂百事不憂；一三八首「除此百無能」，謂百事無能；二三〇首「不如百不解」，謂百事不解。因此「百有餘」是說百事有餘，並不是說一百餘歲。「老病殘年百有餘」所抒發的正是詩人風燭殘年之際，百無聊賴、生趣索然的情緒。〔註78〕

項教授乃首位對寒享年提出新見者，不過斯論並未引起太多迴響，或許「百有餘」看法，經前幾位大學者如余嘉錫、陳慧劍等著述考證，往後研治者遂

〔註75〕陳星橋：〈廣參苦行存典範，古柏千年播禪風——趙州和尚生平化跡與趙州禪得歷史影響〉（載《法音》，2002 年第 8 期，總 216 期）轉引葉珠紅：《寒山子資料考辨》，第 54 頁。曾統計其行腳過山東、河北、江西、湖南、湖北、浙江、安徽；參訪過江西的百丈懷海、黃檗希運、雲居道膺、河北的寶壽沼和尚、臨濟義玄、湖南的道吾圓智、溈山靈祐、藥山惟儼、鹽官和尚、夾山善會、湖北的茱萸、浙江的大慈寰中、安徽的投子大同。

〔註76〕葉珠紅：《寒山子資料考辨》，第 54 頁。

〔註77〕項楚：《寒山詩注》，第 510 頁。

〔註78〕項楚〈寒山詩籀讀札記〉，收《柱馬屋存稿》，第 130 頁。

加附和有關。所謂「百有餘」即「享壽百歲有餘」之意，若依項氏解答似乎又將寒山生平謎團推回原點。然而今人許劍宇發表一篇名爲〈也說「百有餘」〉論文，重新檢視項說合理性，發覺該論點應該無法成立。首先，其分析「百有餘」之「百」與「有餘」二詞組合是否矛盾。文曰：

> 「百」有「表數目」和「泛指一切」兩個義項，前者爲數詞，後者爲代詞，本文分別稱之爲百1和百2。「有餘」也有兩個義項：有餘1表示「有零」，「常用於數詞或數量詞之後，可譯作『多』」，是表概數的慣用詞組；有餘2義爲「有剩餘；超過足夠的限度」，是動詞。
> 「百」＋「有餘」，四個義項間的排列組合就有以下四種可能的搭配：
> 甲、百1＋有餘1。意思是一百有零，「百」與「有餘」組合成爲數詞結構。
> 乙、百1＋有餘2。意思是「（一）百」「（相對於某一標準而言）是有剩餘的」，「百」與「有餘」間爲主謂關係。
> 丙、百2＋有餘1。這種搭配語法上不通，因爲有餘1是「常用於數詞或數量詞之後」，而百2是代詞，泛指一切，不表示具體的數目。
> 丁、百2＋有餘2。意思是「一切」「（相對於某一標準而言）是有剩餘的」，「百」與「間」爲主謂關係。
> 實際上，這四種搭配中只有第一種具有現實的可能性。乙和丁這兩種搭配形式，理論上是可行的，但必須創設特殊的語境才能成立，而現實生活中不太可能出現這樣的特殊語境，因而這兩種搭配其實也就不存在了。〔註79〕

據上言，「百有餘」詞組排列，惟第一類較合理，二、四者理論上可行，但須「創設特殊的語境方能成立」。項教授所謂「百」非指數字，而當「凡百」、「一切」解，是屬後二者組合，現實語法上鮮少見之。其次，撰者接續擘析項文「有餘」謬處，謂：

> 項先生在「百有餘」的注解中指出「百」泛稱一切，對「有餘」沒作解釋，而把「百有餘」整體理解爲「百無聊賴」。筆者推測項先生是認爲這裡的「有餘」就是「多餘」（引申有沒必要、無用意思），於是「百有餘」就成了「一切都是多餘的」（與「百無聊賴」的意思

〔註79〕 許劍宇：〈也説「百有餘」〉，《古漢語研究》第1期，2004年，第103頁。

較接近）。⋯⋯「有餘」不可能等同於表「不必要、無用」意思的「多餘」。本文僅舉數例以說明：

（14）忽無期別，沉冥恨有餘。長安雖不遠，無信可傳書。（《廣異記・李叔霄》）

（15）先天二年七月三日，楷以反逆誅，家口配流，可謂積惡之家殃有餘也。（《朝野僉載》卷二）

（16）化國之日舒以長，故其民閑暇而力有餘。（《後漢書・王符傳》）

（17）其強宗富室，家境有餘者，皆竟出私財，遞相賙贍。（《隋書・食貨志》）

例（14）中的「恨有餘」不是說「恨」是多餘的、沒有必要的，而是指「恨」超過了一定的限度。「恨有餘」還可變換為「有餘恨」。餘例類推，其中的「有餘」都不能解釋為表「不必要的、無用」意思的「多餘」。

許氏進一步指出項楚「百」與「有餘」之癥結，認為其「百無聊賴」說法，是不可能存在。最後，文末總結道：

為了批駁「一百多歲」派的觀點，項先生在這裡極力解釋「百有餘」為「百無聊賴」。實際上這樣一來，且撇開語言不說，單從詩意上講也是自我矛盾了，因為「詩人數十年幽居寒岩樂不知返」，「對佛教的信仰愈老愈篤」，怎麼會在「老病殘年」之時「精神無所依託，非常無聊」呢？就拿《老病殘年百有餘》這首詩來說，按照項先生《詩注》（案：《寒山詩注》）「前言」中的分法，是屬於「寒山後期山林隱逸詩——寒岩時期的詩作」，詩人在這首詩裡還表明了「好山居」「豈羨人間巧模樣」的生活態度，整首詩的格調是勸世化俗，一點也不像是「百無聊賴」。所以，實際情況並非如項先生所說「倘若把『百有餘』理解為百有餘歲，則是完全誤解了詩意」；而把「百有餘」解釋為「百無聊賴」，返倒有誤解詩意的嫌疑。〔註80〕

誠如所言，項教授「百有餘」之說或秕謬較多，難服膺於眾。不妨將問題簡視化，「百」乃數字之百，「有餘」則「有多」，「百有餘」即「百有多」。因寒山「百載有餘」亦無定說，「百有餘」究竟「餘」多少？今日仍是未解，學者們多探「百歲」或「百二十歲」為推算上、下限，孰是孰非，無從裁奪，只

〔註80〕同上文，第105頁。

能感歎寒山事蹟如墮五里霧，一時難辨釐明。

4. 歿年與滅地傳說

除享年探討，辭世問題也有不少著述，可分兩類：一是卒年時間探討；二為考證滅地傳聞。

（1）歿 年

寒山歿年人云亦云，若要考得死年，絕非易事，前曾歸納寒山生卒年約為唐少帝唐隆元年（710）至唐武宗會昌四年（844）左右，仍太過籠統，但只須掌握「《寒山詩集》集結時間」關鍵，謝世疑團就能迎刃而解。

有關《寒山詩集》蒐錄，學界多持杜氏《仙傳拾遺》載：「桐柏徵君徐靈府序而集之，分為三卷，行於人間」說法，認為徐靈府即寒詩首位裒集者，並依據徐氏集詩線索，演算離世約略時刻。舉如何善蒙考道：

> 寒山子卒年與詩結集時間密切關係，結集時間據通行本閭丘胤序，為貞觀年間，然前賢已經證偽。那麼，據晚唐杜光庭《仙傳拾遺》所言為徐靈府收集。徐靈府於元和十年（815）由衡岳移居天臺，長慶元年（821）定居方瀛，寶曆初年（825）撰《天臺山記》，其中並未提及寒山子及其詩，可見當時徐對寒山子為有所聞。隨後，徐開始籌畫桐柏宮重修事項，自大和元年（827）開始，至大和三年（829）完工，請浙東團練觀察使、越州刺史元稹書寫碑文，830年4月《修桐柏宮碑》宣告重修結束。會昌初，武宗詔徐靈府，徐辭而不出，後即「絕粒」、「凝寂而化」（陳葆光《三洞群仙錄》卷六《徐靈府傳》）。會昌初年（841）之後，徐靈府即寂化，故其收集《寒山詩集》的時間下限當在841年之前。

> 徐靈府撰《天臺山記》時，尚不知寒山子，至大和四年（830），忙於重修桐柏宮，必也無心收集《寒山詩集》。然羅時進先生將《寒山子詩集》結集時間上限定在寶曆二年（826），但徐靈府在完成桐柏宮重修事項之後，曾請越州刺史元稹撰寫碑文，而元亦是以詩見長，若此時徐靈府已收集《寒山子詩集》，以寒山詩之獨具一格，與元稹交涉當不會不以之相告。由此而論，上限則當晚於修桐柏宮事，亦即在830年之後，830年為其上限。〔註81〕

〔註81〕何善蒙〈寒山子考證〉，第121頁。

以徐靈府集寒詩之舉，研判詩人歿年時刻不失爲一好考究辦法。何文藉徐靈府「修桐柏宮」、「武宗徵聘」史實，得到寒山圓寂約略年代。不過，該論點尚有商討之處，即徐靈府可能非寒詩首位收集者。因《仙傳拾遺》描敘「徐靈府」事前，有段「有好事者隨而錄之，凡三百餘首」文字爲何氏忽略，導致文中誤解靈府爲最初彙理寒詩者。其實，徐序錄本前早有「好事者錄本」行世，〔註82〕該本或稍早靈府輯本，亦可能同時存在。然而，撰者以爲好事本成書時間，最晚不遲於會昌年間，因徐氏修宮後至辭武宗詔聘期間，或已參稽該著，重新董理寒詩，附上自序一篇，纂成「徐靈府序本」。故「好事本」應於修竣桐柏宮前（830）流傳於世，而寒山歿年下限亦當此時。倘若830爲其卒年，再溯推百餘年，可知其約生於唐玄宗開元十四年（726）～唐文宗大和四年（830），大致活動於中晚唐時期。

（2）滅地傳聞

當寒山生時年代探索已臻一定水平，有少部分學者另闢蹊徑，始對滅地與忌日產生研究興趣。有關寒山入滅之說，是見僞閭〈序〉末所記：

> 胤乃歸郡，遂製淨衣二對，香藥等，特別供養。時二人更不返寺，使乃就嚴送上，而見寒山子，乃高聲唱曰：「賊，賊！」退入嚴穴，乃云：「報汝諸人，各各努力。」入穴而去。其穴自合，莫可追之。
>
> 〔註83〕

此則閭氏與寒山面晤記載雖證實謠傳，但寒山隱居天臺，至垂暮之年未曾離開記錄，據錢學烈指出「寒山子是先居寒岩，後遷入明岩」，〔註84〕顯然其人生終點必爲寒石山之明岩。〔註85〕

〔註82〕請參閱次節「《寒山詩集》傳刻情形」之說明。

〔註83〕〈寒山子詩集序〉，收《四部叢刊初編‧集部》，〈寒山子詩‧附拾得詩〉（臺北：臺灣商務印書館，民國56年，臺2版），第1～2頁。

〔註84〕錢學烈：《寒山拾得詩校評》，第62頁。

〔註85〕有關寒岩與明岩實地情形，錢書有曰：「寒岩和明岩是寒石山中兩個巨大的天然岩洞，二者相距2～3公里。寒岩爲一獨立岩洞，座東朝西，洞口寬約20米，高僅5、6餘米，狹長的洞口隱蔽在半山腰處。洞內寬敞平坦如大廳，寬約80米，長約100米，高30～40米，可容納數百人。洞內有泉水井一口，至今清涼甘甜。洞前下坡有一條寬約40米的『岩前溪』汩汩流過，水量充沛，清澈見底。溪對岸是一片水稻田，一、二里處便是『岩前村』。明岩在寒岩東，比寒岩更深入山林，地勢也更崎嶇險要，由幾重山洞連環相接而成。洞與洞之間有露天的『天井』，洞內沒有寒岩寬敞，但通風且光線充足，日光、月光皆可照入，故謂『明岩』。岩洞外群峰聳立，怪石嶙峋，溪水潺潺。有一黑色巨石，

　　然而寒山圓寂舊址，陳熙、陳兵香〈關於寒山子墓塔的探討〉有相當具體考述：

> 《寒山子詩集》共錄其 314 首詩，除描寫寒山景物以抒情外，找不出一首寫其他地方的詩，從三十多歲至一百多歲長期隱居寒石山，故去世後其墓也應在寒石山，據明《天臺山方外志》記載：「寒山塔，在寒岩寺右洞側，寒山入滅，有梵僧仗錫黃金鎖子骨，或問，對曰：『吾拾菩薩舍利歸西天耳！』」亦證寒山子墓在斯地。
>
> 現考寒山子墓址，恰在寒石山明岩洞側的象峰頂頭上。這既符合於地方上口碑傳說的墓址，又有墓塔可據，復有千百年來流傳著寒山老佛墳與死忌的紀念日。〔註86〕

陳文指出寒山墳址應於寒山明岩洞旁象峰頂，一方面吻合當地流傳記載，又有墓塔遺址，更加確信寒山的確卒於明岩。當然，斯說不能依此爲據，至其理由，文曰：

1. 據寒山腳下張家桐村自明代嘉靖年間張姓遷居以來，一代復一代的流傳，均認爲農曆九月十七日是寒山逝世日子，每年設祭紀念，直至於今。如果寒山子不是死在明岩，焉知他的死忌呢？

2. 歷史上人們都稱「寒山文殊」，這就是說寒山猶如文殊。文殊菩薩最愛「象」，塑像胯下是「象」，寒山子歸宿於象鼻頭頂上，可能是其生前有意遺托。「象鼻」頭頂突出「朝陽洞」前，四面凌空，僅只一個古塚，上有一個小塔，塔上有「雍正」等字樣，其他字都漫漶不清。（按：雍正某年御封天臺山寒山、拾得爲「和合」二聖，塔當建於那時）。此塚歷代傳稱老佛墳，有的說是和尚王墳，有的說是唐墳，可能就是寒山之墳。墳對面的「月山」、「大旗山」腳下盡是和尚墳群，都是面向此墳，意在頂禮。

3. 墳內遺物甚少。1951 年大生產時，有人認爲和尚墳必有貴重遺物而掘之，結果內無一物，中間僅有一口藏骨之缸。寒山子在世時，從其詩句中，可以得知他窮到極盡地步，那裡還有隨葬遺物呢？「吁嗟貧復病，爲人絕友親。甕裏長無飯，甑中屢生塵。蓬庵不

　　高約 60 多米，寬約 20 米，挺拔秀麗，離洞口僅數十米。傳說此石即寒山詩中『庭際何所有，白雲抱幽石』（二〈重岩〉）中的幽石。」可供參考，同上注。

〔註86〕陳熙、陳兵香〈關於寒山子墓塔的探討〉，第 223 頁。

> 兔雨,漏檽劣客身。莫怪今憔悴,多愁定損人。」墓內無遺物,
> 恰是一個佐證。〔註87〕

陳氏以民間歷來對寒山死忌設祭行為,與詳勘塋地陳設等理由,印證寒山葬於象峰為屬實之事。雖說目前尚缺可靠文獻記載,但如何善蒙所說「這種世代相傳的論點至少具有某種程度上的合理性」,〔註88〕仍有合理相信之空間,故在新文獻未出土前,斯說法暫可採信與接納。

5. 其他相涉文獻之辨析

考得寒山生平年代後,文獻史料中有二條材料尚須明辨解說。

(1)豐干禪師先天年間行化問題

豐干先天年間行化文獻,見於贊寧《宋高僧傳》卷十九〈唐天臺山封干師傳(滇木師‧寒山子‧拾得)〉,傳曰:

> 釋封干師者,本居天臺國清寺也。剪髮齊眉,布裘擁質,身量可七
> 尺餘。……及終後,於先天年中在京兆行化,非恒人之常調,士庶
> 見之,無不傾禮。〔註89〕

文中提及封干在離開國清寺後,嘗於唐玄宗先天(712)年間於京師行化,明顯與本文所得寒山生年結論相悖。眾所周知,寒山與豐干禪師乃晚載卜隱天臺寒岩時相識,豐干絕非在其未出世時,就已經離開國清寺不知去蹤,此段記實顯明有誤。

其實,封干在京兆行化之癥結,贊寧早有疑慮,其云:

> 次有木滇師者,多遊邑京市鄽閈,亦類封干,人莫輕測。封、豐二
> 字,出沒不同。韋述吏官作封疆之封,閭丘〈序〉三賢,作豐稔之
> 豐,未知孰是?〔註90〕

於斯可知,贊寧對「豐干」是否為「封干」早產生不確定感,便於《傳》後補述:

> 按封干(即豐干)先天中遊遨京室,知閭丘、寒山、拾得俱睿宗朝
> 人也。奈何宣師《高僧傳》中(有脫文)。閭丘,武臣也,是唐初人。
> 閭丘序記三人,不言年代,使人悶焉。復賜緋,乃文資也。夫如是,

〔註87〕同上注。
〔註88〕何善蒙〈寒山子考證〉,第121頁。
〔註89〕贊寧:《宋高僧傳》,第483頁。
〔註90〕前揭書,第484頁。

乃有二同姓名閭丘也。又大潙公於憲宗朝遇寒山子，指其泐潭，仍逢拾得於國清寺，知三人是唐季時猶存。夫封干也，天臺沒而京兆出；寒、拾也，先天在而元和逢。爲年壽彌長耶？爲隱顯不恒耶？〔註91〕

贊寧之言，認爲在「封干」卒於「先天說」條件下，對於閭丘胤遇三賢事，及其與寒山、拾得三者間之時代關聯，似乎不盡合理。寧乃一代名僧，博學洽聞，著述嚴謹，其所置疑，不無道理。歸究主因，「封干」是否眞爲天臺國清寺之「豐干」禪師。對此，余嘉錫《四庫提要辨證》有考：

> 贊寧所述封干形態，及先天中行化之事，蓋采自韋述之《兩京新記》，……寧博學有史才，故雖左右采獲，然實深信韋述之書，不甚信僞序。〔註92〕

余氏認爲贊寧所述封干形態，與先天中行化事跡，主要受韋述所撰《兩京新記》記載影響，因而造成「豐干」曾於先天年中京兆行化之誤解。韋氏爲唐著名史官，〔註93〕所記「封干」不至出錯。其次，《寒山詩集》各版本中，只作「豐干」、而無「封干」。顯然，贊寧所謂的先天行年間，於京兆行化之「封干」，非豐干禪師，其大概是晚唐〈寒山子詩集序〉之杜撰者，利用與閭丘胤同時之「封干」和「豐干」二者音近關係，誤將閭氏與封干可能存在之交遊，附會至豐干、寒山、拾得身上，〔註94〕導致贊寧《宋高僧傳》之誤植。

（2）寒山遊歷蘇州寒山寺

解開豐干禪師先天年間矛盾記載後，另一則與寒山遊歷蘇州寒山寺軼聞有關。舊聞寒山、拾得嘗遊於姑蘇寒山禪寺，且該寺亦因本人造訪而名聞遐邇。此文獻是見明永樂十一年（1413）姚廣孝〈寒山寺重興記〉，記曰：

> 唐元和中（806～820），有寒山者，不測人也。冠樺皮冠，著木屐，被藍縷衣，掣風掣顚，笑歌自若，來此縛茆以居。……尋游天臺寒岩，與拾得、豐干爲友，終隱岩石而去。希遷禪師於此創建伽藍，

〔註91〕同上，第486頁。

〔註92〕余嘉錫：《四庫提要辨證》，第1062頁。

〔註93〕韋述（～757），京兆萬年（今陝西西安人）。自幼博覽群書，篤志文學。唐玄宗開元五年（717），爲櫟陽尉。秘書監馬懷素受詔編次圖書，續《七志》。累遷右補闕、集賢院直學士、起居舍人。十八年，兼知史官事。一生任史官二十年，以史才博識，蜚聲當代。參閱周勳謨主編：《中國文學家大辭典》，第77頁。

〔註94〕語見羅時進：《唐詩演進論》，第211頁。

遂額曰「寒山寺」。〔註95〕

另宣統年間《吳縣志》卷三十六上〈寺觀一〉「寒山禪寺」條亦載：

> 寒山禪寺在城西十里楓橋，故稱楓橋寺。起於梁天監間（502～519），
> 舊稱妙利普明塔院，……其稱寒山寺者，相傳寒山、拾得舊止此，
> 〔註96〕故名。然不可考。〔註97〕

姚氏指證歷歷寒山於唐元和中曾縛茆居寒山寺，且寺乃石頭希遷禪師建造，並
題匾名曰「寒山寺」；至《吳縣志》則稱寺因寒山、拾得造訪關係，而取名爲之。
二書所記之事，略有差異，卻使人無法苟同。按姚氏所言寒山寺由希遷禪師所
建，並命名爲「寒山寺」，但考《宋高僧傳》卷九〈唐南嶽石頭山希遷傳〉載：

> 釋希遷，姓陳氏，端州高要人也。母方懷孕，不喜葷血。及生岐嶷，
> 雖在孩提，不煩保母。天寶初，始造衡山南寺。寺之東有石狀如臺，
> 乃結庵其上，杼載絕岳，眾仰之，號曰「石頭和尚」焉。……廣德
> （764）二年，門人請人下於梁端。自江西主大寂，湖南主石頭，往
> 來憧憧，不見二大士爲無知矣。貞元六年（790）庚午歲十二月二十
> 五日順化，春秋九十一，僧臘六十三。〔註98〕

傳中未見任何希遷建寺記載。希遷與馬祖道一同時期人，卒年早於寒山，如
何在寒山尚存，作品未收集流傳，以其名而建寺？再據姚氏所言，寒山於唐
憲宗元和年間（806～820）落腳楓橋，希遷死年爲貞元六年（790），豈又能
用「寒山」名蓋寺？顯示姚廣孝所記，純屬無稽之談，不足憑信。而唐元和
中（806～820），寒山「縛茆以居」該寺，亦是證據薄弱，無法成立，目的只
爲遷就希遷建寺題匾之說。〔註99〕至《吳縣志》所言「拾得舊止此」事，應

〔註95〕 清・葉昌熾撰，張維明校補：《寒山寺志》（南京：江蘇古籍出版社，1999 年
8 月），第 142 頁。

〔註96〕 今寺將此二人繪像，供奉於廳中。唐浩〈江南古刹——寒山寺〉有言：「由山門
入，過林蔭小院，即爲大雄寶殿。大殿氣宇雄偉，殿內正中爲釋迦年尼像。在
右側殿的蓮花盤上供奉著寒山和拾得兩尊像。身著架裟，袒胸露乳，蓬頭赤腳，
一個站、一個蹲；一個手捧淨瓶，一個手執蓮花。這兩個和尚喜笑顏開，神態
輕鬆自如，令遊客到此駐足觀賞。傳說寒山、拾得在天臺國清寺爲僧，兩人友
善而齊名，被視爲二仙供奉。」載《中國地名》第 1 期，2002 年，第 44 頁。

〔註97〕 曹允源等纂：《吳縣志》（收《中國方志叢書》，臺北：成文出版社，民國 59
年），第 561 頁。

〔註98〕 贊寧：《宋高僧傳》，第 208～209 頁。

〔註99〕 對此，葉珠紅《寒山子資料考辨》嘗考：「姚廣孝此《記》錯誤不少，元和（806
～820）爲憲宗年號，此時的寒山已是個百歲翁，姚廣孝應是贊成寒山『百歲

是受寒山造訪影響，爲後人所附麗。

　　總之，寒山未遊歷寒山寺，寺亦非因其而改名，訛傳產生原因，乃後世人們喜其詩，愛其人，所造成結果。〔註100〕

（三）寒山之交遊

　　寒山原爲京畿之子弟，腹飽詩書，才學橫溢，然幾經人生驟變，遂隱姓埋名，入山避世，歿於寒山明岩。卜隱期間，結識天臺國清寺僧豐干、拾得，〔註101〕尤其與拾得相知相惜，更爲世人傳頌。然觀一生交遊，居指可數，除前提靈祐、從諗二禪師外，就屬豐干、拾得記載較多。下就三人往來史實，略陳詩人交遊情形。

1. 豐　干

　　相傳豐干爲寒山佛法領門師傅，並受其教導。王進珊〈談寒山話拾得〉有謂：

> 豐干，他是拾得的撫養人、保護人和師傅。寒山上山後是由私淑弟
> 子，進而承教受業的。豐干最瞭解他們，也很喜歡他們。他的年齡
> 比他們兩個都大，在國清寺是禪師或長老，是位有地位的和尚。國
> 清寺的僧眾都很尊重他。可是在氣質上，他又是寒山、拾得一流人
> 物，流傳的作品很少，傳說很多。他圓寂或雲遊後，寒山、拾得也
> 就離去了。〔註102〕

出天臺』之說，但與今所公認寒山隱居的正確時間——《仙傳拾遺》：『大歷
中（766～779），隱居天臺山翠屏山。……十餘年，忽不復見』以及各書所記
的寒山『遊天臺』的時間恰恰相反。……若如以余嘉錫所考貞元九年（794），
靈祐遇寒山後，其以百歲之齡開逛天臺，是不可能在元和年間再逛到該寺。
姚廣孝認爲寒山先到江蘇吳縣再到浙江天臺，目的是爲了符合拾頭希遷的題
匾說。」第59～60頁。

〔註100〕錢學烈云：「寒山禪寺雖不是因寒山子來此寓居而得名，與唐代隱居於天臺的
　　　　寒山子毫無瓜葛。但明清以來，由於寒山詩的流傳，人們喜愛其詩，尊崇其
　　　　人，在蘇州寒山寺爲之繪形塑像，供奉禮拜，使寒山寺成爲吳中勝地，名揚
　　　　海內外；吳中百姓把寒山、拾得奉爲『和合二聖』，看作幸福和睦的化身，幾
　　　　乎婦孺皆知。這已有數百年的歷史，是不可改變也無須改變的事實。」《寒山
　　　　拾得詩校評》，第30頁。

〔註101〕據何善蒙〈寒山子〉所載，寒山隱居天臺時，最初非至寒石山，而在翠屏山
　　　　度過一段農隱生活。晚期約唐德宗貞元六年（790），才遷居寒石山，並與豐
　　　　干、拾得往來。請參閱該文第122頁。

〔註102〕王進珊〈談寒山話拾得〉，載《中華文史論叢》第1輯，1984年3月，第99
　　　　～101頁。

豐干禪師可稱寒山後半生之人生導師，雖無文獻直涉寒山是否皈依門下，但可確定佛學必然受其浸淫，從而也結交至要知己——拾得。不過，豐干身為國清寺著名高僧，有關記載卻不盡真確，致使後人對其所知有限，無從深入瞭解二人互動關係。《四部叢刊》景宋本「豐干禪師錄」曰：

> 道者豐干，未窮根裔，古老見之，居于天臺國清寺。剪髮齊眉，氈裘擁質，緇素問鞠，乃云「隨時」。貌悴昂藏，恢端七尺。唯攻舂米供僧，夜則扃房，吟詠自樂。郡縣諳知，咸謂風僧。或發一言，異於常流。忽爾一日，騎虎松徑，來入國清寺，巡廊唱道。眾皆驚訝，怕懼惶然，並欽其德。昔京輦與胤救疾，到任丹丘，跡無追訪。〔註103〕

豐干事蹟如同寒山謎樣，加上有關傳聞雜揉閭丘偽序不實內容，造成此人是否與寒山同時代疑慮產生，錢學烈《寒山拾得詩校評》考云：

> 豐干年代無可考，余嘉錫《四庫提要辨證》卷二十載：「蓋閭丘胤及豐干禪師，雖實有其人，然閭丘生於隋唐之際，與先天間之豐（封）干本無交涉，至於貞元以後之寒、拾，尤不相干。」據本書前言考證，寒山子乃中唐時期開元至寶曆、大和間（約725～830年）人，與貞觀（627～649）或先天（712～713）時期之豐干，非同時代人。〔註104〕

是故，錢學烈首引余氏說法，接以先天年間之封干記載，主張豐干禪師應與寒山並無交涉，也因如此，錢氏注釋寒山〈慣居幽隱處〉之「時訪豐干道」句時，遂有以下注語：

> 《天祿》宋本、《四部叢刊》景宋本作「豐干道」，其他版本皆作「豐干老」。按：豐干年代無可考，寒山與豐干非同時代之人，何以相識相訪？「豐干老」即指豐干。「豐干道」可能指豐干曾經走過得松徑，乃入國清寺必經之路。〔註105〕

據是，錢氏因持豐干、寒山非同時期人看法，便稱寒詩句中用「豐干道」較妥當。然國清寺旁之松徑，頗具名氣，歷來不少文人墨客援入詩中。舉如李白詩：「天臺連四明，日入向國清。五峰轉月色，九里〔註106〕行松聲。」；張

〔註103〕《豐干禪師錄》收於《四部叢刊初編》集部《寒山子詩・附拾得詩》，第25頁。
〔註104〕錢學烈：《寒山拾得詩校評》，第150頁。
〔註105〕同上，第151頁。
〔註106〕百里，「百」應作「九」，據陳耆卿注改。

祜詩：「盤松國清道，九里天莫睹。」；賈島詩：「石澗雙流水，山門九里松。」，
〔註107〕均未見「豐干道」稱名。再者，寒山既不識豐干，又爲何以「豐干」
之名，稱寺旁松徑？想必有所相識，而非錢書所稱「寒山與豐干非同時代之
人，何以相識相訪」。誠如拾得〈寒山住寒山〉曰：「寒山住寒山，拾得自拾
得。凡愚豈見知，豐干卻相識。」，〔註108〕豐干亦有「寒山特相訪，拾得罕期
來」〔註109〕詩語，無庸置疑，三人確有交往之事實。

　　總言之，豐干誠爲寒山良師益友，且在其深厚佛學涵養與文學造詣〔註110〕
薰陶下，寒山吟偈作詩，虔心向佛，留下一首首風格獨幟之通俗詩篇。

2. 拾　得

　　有關拾得史實，是見署名閭丘胤所撰〈寒山子詩集序〉後附〈拾得錄〉，
其內容節錄如下：

> 豐干禪師、寒山、拾得者，在唐太宗貞觀年中，相次垂跡於國清寺。
> 拾得者，豐干禪師因遊松徑，徐步於赤城道路側，偶而聞啼，乃尋
> 其由，見一子可年十歲，初謂彼村牧牛之子，委問逗遛，云：「我無
> 舍無姓。」遂引至寺，付庫院，候人來認。數旬之間，絕其親鞠。
> 乃令事知庫僧靈熠。經于三祀，頗會人言，令知食堂香燈供養。忽
> 於一日，與像對坐，佛盤同餐。復于聖僧前云：「小果之位。」喃喃
> 呵俚，而言傷哉。熠謂老宿等：「此子心風，無令下供養。」乃令廚
> 内洗濾器物。每澄食滓，而以筒盛，寒山子來，負之而去。〔註111〕

據〈錄〉可知，拾得十歲時由豐干禪師於赤城道路側拾獲，〔註112〕便取名「拾
得」。後攜歸養於寺中，交付沙門靈熠攝受，令爲「知食堂香燈」，主責廚房
雜役事，此乃拾得生平之大略。

〔註107〕上引詩作是見宋・陳耆卿撰：《嘉定赤城志》卷四十，《景印文淵閣四庫全書》，
　　　　第 950 頁。
〔註108〕〈寒山住寒山〉（一五），項楚：《寒山詩注》，第 853 頁。
〔註109〕《豐干禪師錄》，第 25 頁。
〔註110〕豐干禪師出家前，乃官宦子弟。陳耆卿撰《赤城志》卷三十八〈天臺〉條云：
　　　　「唐豐尚書墓在縣東二里，豐家橋近有人穿土得之。墓記云：『尚書五子，最
　　　　幼者名干，爲僧，即豐干也。』」，第 939 頁。可見豐干文學造詣不差。
〔註111〕〈拾得錄〉見於《四部叢刊初編》集部《寒山子詩・附拾得詩》（臺北：臺灣
　　　　商務，民國 56 年，臺 2 版），第 25 頁。
〔註112〕今傳國清寺山門往西北三里之赤城山路上，有一山嶺，名爲「拾得嶺」，據說
　　　　乃爲拾得被拾之處。

而其與寒山結織往來，是在寒山隱居臺州翠屏山寒岩時期。期間寒山常至國清寺會晤拾得，「慣居幽居處，乍向國清寺。……仍來看拾公，獨迴上寒巖，無人話合同」。此時，拾得為寺中齋堂事務負責者，齋畢均會「貯餘殘菜渣餘竹筒內，寒山若來，即負而去」。〔註113〕二人感情厚醇，行事落拓不羈，常有驚人之語，寺僧多以訕語相對，卻不以為意。交誼過程，拾得屢次登山訪友，詩云：

閒入天臺洞，訪人人不知。寒山為伴侶，松下噉靈芝。

每談今古事，嗟見世愚癡。箇箇入地獄，早晚出頭時。〔註114〕

寒、拾往還甚頻，從詩中即能覘之一二。至其堅貞情誼，拾詩又曰：

從來是拾得，不是偶然稱。別無親眷屬，寒山是我兄。

兩人心相似，誰能徇俗情。若問年多少，黃河幾度清。〔註115〕

藉王嘉《拾遺記》卷一〈高辛〉「丹丘千年一燒，黃河千年一清」典實，〔註116〕用喻友誼之彌堅，顯示兩人友好關係，非常人所及之。斯或許寒、拾年紀相仿，無論思想理念、生活習慣，聲氣相投，交互影響，才會一起吟詩作偈，成為人人稱羨之莫逆交。且二人情誼深厚形象，歷來為人樂道，如後代佛教徒將其比喻為文殊（寒山）與普賢（拾得）菩薩之化身；清雍正皇帝十一年（1733 年）更冊封寒山子為「妙覺普度和聖寒山大士」，拾得是「圓覺慈度合聖拾得大士」，俗稱「和合二聖」，成為民間逢年過節、喜慶婚禮，所懸掛之圖像，用以祈求家庭和諧，合家歡樂。

（四）寒山生平簡表

寒山生平事蹟隱晦，即使前賢著墨甚多，仍無法完整拼湊全貌，更遑論有年譜之編成。然須就此捨棄，使此人其事湮沒於茫茫卷帙之中？其實不然，梁啓超《中國歷史研究法》表示：

假使有一種人有作年譜的必要而年代不能確定，無法做很整齊的年譜，就可以作變體的。如司馬遷很值得做年譜，而某年生、有幾十歲，絕對的考不出。只有些事迹還可考知是某年做的，某事在先，某事在後，雖然不能完全知道他的生平，記出來也比沒有較好。王

〔註113〕〈寒山子詩集序〉，《四部叢刊初編・集部》，〈寒山子詩・附拾得詩〉，第 1 頁。
〔註114〕〈閒入天臺洞〉（三一），項楚：《寒山詩注》，第 882 頁。
〔註115〕〈從來是拾得〉（一六），項楚：《寒山詩注》，第 854 頁。
〔註116〕錢學烈：《寒山拾得詩校評》，第 472 頁。

國維的《太史公繫年考略》便是如此。〔註117〕

任公所言極是，「無法做很整齊的年譜，可以作變體的」具體概念，確實可爲生平不彰寒山解套。

　　寒山繫年工作並非無人從事，今人何善蒙《隱逸詩人——寒山傳》末附「寒山大事年表」，已開先河，嘗試予以繫年。但該表頗爲枝蔓，諸多未涉情事均予編入，且條下內容未載明出處，〔註118〕使讀者不知所據何來？有鑒於此，本節擬用何表，去蕪存菁，增補所得，重新梳理寒山生平簡表如次：

寒山生平簡表

唐玄宗開元十四年丙寅（726）一歲

出生京兆咸陽。

寒山〈去年春鳥鳴〉（一八〇）：「去年春鳥鳴，此時思弟兄。今年秋菊爛，此時思發生，淥水千場咽，黃雲四面平。哀哉百年內，腸斷憶咸京。」

案：咸京，即咸陽，唐人代指京城長安。錢學烈〈寒山子與寒山詩版本〉：「關於寒山子的籍貫，在他的詩中也是有所反映。我們認爲他不是浙東天臺人，而是唐代首都長安人。」〔註119〕

唐玄宗開元二十八年庚辰（740）十五歲

八月，吏部置南院，爲吏部會試放榜、選官授官之處。寒山始參與科舉考試。

王溥《唐會要》卷七十四〈選部上・吏曹條例〉載：「（開元）二十八年八月，以考功貢院地，置吏部南院，以置選人文書，或謂之『選院』。」〔註120〕；何蒙善〈寒山大事年表〉「開元二十八年」條：「是年，寒山以州縣學生通過銓選，以俊士身分入四門學。」〔註121〕

〔註117〕梁啓超：《中國歷史研究法》，第231頁。
〔註118〕例如該書唐開元二十年（732），七歲：「法叡於浙江鄞縣建禪宗名刹天童寺。」；唐開元二十一年（733），八歲：「玄宗御注《道德經》。」內容均與寒山無涉，且未將所據文獻羅列於後，不僅不知其意爲何？閱讀更是不便。
〔註119〕錢學烈〈寒山子與寒山詩版本〉，第134頁。
〔註120〕宋・王溥：《唐會要》（上海：上海古籍，1991年1月），第1598頁。
〔註121〕何蒙善：《隱逸詩人——寒山傳》，第260頁。

唐玄宗天寶五載丙戌（746）二十一歲

正月，王中嗣大敗吐蕃及吐谷渾。是年，寒山欲報效國家，未果而返。

拾得〈少年學書劍〉（二九）：「少年學書劍，叱馭到荊州。聞伐匈奴盡，婆娑無處遊。歸來翠巖下，席草漱清流。壯士志未騁，獼猴騎土牛。」

案：此首乃寒山作品羼入拾得者。拙作《拾得及其作品研究》有下析語：「此首描寫詩人壯志未酬，後歸隱山林之事。從內容研判應非出自拾得手筆，反似寒山自敘詩中之表白。拾得自小生長於國清寺，後皈依佛門，專研佛法，何來『少年學書劍』、『叱馭到荊州』之經歷，更遑論會有『壯志未騁』之情懷。故此首爲寒山詩，非拾得。」〔註122〕另年代是據羅時進所考：「荊州，歷代兵家必爭之軍事重鎮，詩中以之代指唐代中期每用武之西北諸鎮。那麼『聞伐匈奴盡』是指哪一次邊域之戰呢？考唐代自武則天朝至肅宗朝，邊戰雖多，亦時有勝利，但眞正能極稱『聞伐匈奴盡』的，只有天寶五載王忠嗣對吐蕃及吐谷渾之戰。《舊唐書》卷一〇三〈王忠嗣傳〉云：『（天寶）五年正月，忠嗣佩四將印，控制萬里，勁兵重鎮，皆歸掌握，自國初以來，未之有也。』……此次邊戰大獲全勝，史家大書其事。《資治通鑑》卷二一五稱『虜其全部而歸』，《新唐書》卷一三三本傳云『虜則奔破』，『平其國』。寒山所謂『聞伐匈奴盡』即指俘虜甚眾，大勝吐蕃及吐谷渾，揚威邊域的天寶五載（746）之戰。」〔註123〕理出。

唐玄宗天寶十四載乙未（755）三十歲

十一月，安史之亂爆發。次月，叛軍攻陷洛陽。寒山因屢試不第，窮苦潦倒，又因戰亂，遊歷千里。

寒山〈箇是何措大〉（一二〇）：「箇是何措大，時來省南院。年可三十餘，曾經四五選，囊裏無青蚨，篋中有黃卷。行到食店前，不敢暫迴面。」；

〈出生三十年〉（三〇一）：「出生三十年，嘗遊千萬里。行江青草合，入塞紅塵起。鍊藥空求仙，讀書兼詠史。今日歸寒山，枕流兼洗耳。」

案：「入塞紅塵起」乃指「安史之亂」。張天建〈略論寒山的生年辨異與身世〉：『『行江青草合，入塞紅塵起』，當然，這不僅僅是漫遊行蹤的概括，『入塞紅塵起』，在文恬武戰的開、天之際，試問，這『入塞紅塵』當爲何指？

〔註122〕拙著《拾得及其作品研究》，第73～74頁。
〔註123〕羅時進：《唐詩演進論》，第206～207頁。

據查，安祿山本塞外胡人，巧黠仕唐至邊藩節度使，野心割據，『反於范陽，矯稱奉恩命以兵討逆賊楊國忠……天下承平日久，人不知戰，聞其兵起，朝廷震驚』（《舊唐書・安祿山傳》）。終至九重城闕煙塵生，大唐帝國飄搖傾圮。所以，這『入塞紅塵』當指 756 年安祿山之亂。」〔註124〕

唐肅宗乾元二年己亥（759）三十四歲

徐靈府出生於錢塘天目山。

周永慎《歷代真仙高道傳》「徐靈府」條：「唐代道士。號默希子，錢塘天目山人（今浙江）。……會昌元年（841），武宗詔浙東廉訪使來徵召入京，靈府以詩言志：「野性歌三樂，皇恩出九重。求傳紫宸命，免下白雲峰。多愧書傳鶴，深慚紙畫龍。將何佐明主？甘老在巖松。」廉訪使奏以衰槁免命，由此絕穀，久之凝寂而化，壽八十二歲。」〔註125〕

案：徐氏生年是據武宗會昌初年（841）辭詔後，靈府絕穀而化，上推八十二載而得結論。

唐代宗大曆元年丙午（766）四十一歲

寒山隱居天臺北翠屏山。

杜光庭《仙傳拾遺》：「寒山子者，不知其名氏。大曆中隱居天臺翠屏山。其山深邃，當暑有雪，亦名寒巖。」

案：寒山卜居天臺翠屏山史實，何善蒙有斯考辨：「杜光庭提到了翠屏山，也提到了寒巖，將翠屏山等同於寒巖。事實上，兩者是不同的，寒山子是先到翠屏山，後至寒石山。翠屏山在天臺有二：南翠屏和北翠屏。……南翠屏在今天臺縣南平鄉翠屏山。……北翠屏則在天臺桐柏宮西南。……那麼大曆年間寒山子所隱居的究竟是南翠屏還是北翠屏？我們認為當是北翠屏。理由有二：桐柏為道教金庭福地，繼司馬承禎之後更是聲名煊赫，慕名到桐柏宮修仙的人不在人數，寒山早年受道家思想以及當時社會風氣的影響，入天臺之初即去桐伯宮附近是可信的；就地理位置而言，北翠屏靠近縣城，寒山子入天臺之後，就近選擇居所，也是非常自然的。」〔註126〕

〔註124〕張天建〈略論寒山的生年辨異與身世〉，第 43～44 頁。
〔註125〕周永慎編：《歷代真仙高道傳》（北京：中國社會科學院，2003 年 7 月），第 91～92 頁。
〔註126〕何善蒙〈寒山子考證〉，第 122 頁。

唐代宗大曆六年辛亥（771）四十六歲

　　禪宗溈仰宗創始者溈山靈祐出生於福州長溪縣。

　　釋贊寧《宋高僧傳》卷十一〈唐大溈山靈祐傳〉：「釋靈祐，俗姓趙，祖父俱福州長溪人也。……以大中癸酉歲正月九日盥漱畢，敷座瞑目而歸滅焉。享年八十三，僧臘五十九。」〔註127〕

唐代宗大曆十二年丁巳（777）五十二歲

　　趙州從諗禪師出生曹州郝鄉。

　　釋道元《景德傳燈錄》卷十〈趙州觀音院從諗禪師〉：「曹州郝鄉人也。姓郝氏，……唐乾寧四年十一月二日右脅而寂，壽一百二十。」〔註128〕

　案：從諗籍貫，《宋高僧傳》另載：「青州臨淄人。」

唐德宗貞元六年庚午（790）六十五歲

　　寒山遷隱寒石山之寒岩，並往返國清寺，與豐干禪師、拾得結識相交。

　　何善蒙〈寒山大事年表〉「貞元六年」條：「寒山開始歸隱寒石山寒岩（今浙江天臺街頭鎮寒石山，山有寒、明二岩）修道以期長生。也就是從這一年開始，寒山開始同國清寺中豐干、拾得相交遊，寒山亦常往來於寒岩與國清寺之間。」〔註129〕

唐德宗貞元九年癸酉（793）六十八歲

　　靈祐禮百丈懷海，於國清寺途中偶遇寒山。

　　靜、筠禪僧編《祖堂集》卷十六〈溈山和尚〉：「溈山和尚嗣百丈，在譚州。師諱靈祐，福州長溪縣人也，姓趙。師小乘略覽，大乘精閱。年二十三，乃一日嘆曰：「諸佛至論，雖則妙理淵深，畢竟終未是吾棲神之地。」於是杖錫天臺，禮智者遺跡，有數僧相隨。至唐興路上，遇一逸士，向前執師手，大笑而言：「余生有緣，老而益光。逢潭則止，遇溈則住。」逸士者，便是寒山子也。」〔註130〕

唐憲宗元和九年甲午（814）八十九歲

〔註127〕《宋高僧傳》，第264頁。
〔註128〕釋道元：《景德傳燈錄》，第174頁。
〔註129〕何蒙善：《隱逸詩人──寒山傳》，第264頁。
〔註130〕靜、筠禪僧編：《祖堂集》，第541頁。

從諗禪師參謁寒山、拾得於國清寺。

宋・賾藏主編《古尊宿語錄》卷十四：「師（趙州從諗）因到天臺國清寺見寒山、拾得。師云：『久向寒山、拾得，到來只見兩頭水牯牛。』寒山、拾得便作牛鬥。師云：『叱！叱！』寒山、拾得咬齒相看，師便歸堂。二人來堂問師：『適來因緣作麼生？』師乃呵呵大笑。一日，二人問師：『什麼處去來？』師云：『禮拜五百尊者來。』二人云：『五百頭水牯牛饗尊者。』師云：『為什麼作五百頭牛牯去？』寒山云：『蒼天！蒼天！』師呵呵大笑。」〔註131〕

案：此條乃據葉珠紅《寒山子資料考辨》所考：「趙州遇寒、拾最早約為三十六歲（百丈圓寂於憲宗元和九年，814）」理出。

唐穆宗長慶四年甲辰（824）九十九歲

徐凝撰〈送寒巖歸士〉：「不挂絲纊衣，歸向寒巖棲。寒巖風雪夜，又過巖前溪。」〔註132〕贈與寒山。

案：徐凝此詩乃陳慧劍首先發現，其《寒山子研究》曰：「徐凝的〈送寒巖歸士〉裏的『寒巖』，極可能就是寒山子的『寒巖』；而詩中寒巖『歸士』，就是天臺縣西北寒石山上『貧士寒山子』。」〔註133〕羅時進亦云：「徐凝在浙東的活動則可證於元和至長慶年間。他長慶三年曾赴杭州謁白居易，約長慶四年正月，元稹在浙東觀察使任，徐與元交遊，有《奉酬元相公上元》詩，則徐凝送寒山『歸向寒巖棲』，亦可能作於元和中至長慶四年（824）正月間。」〔註134〕本條年代是依羅氏言二人相見時間下限編出。

唐文宗大和三年己酉（829）一〇四歲

徐靈府修竣桐柏觀，請浙東團練觀察使、越州刺史元稹撰寫碑文。是年，府始纂《寒山子詩集》，凡三卷，並為之序，其序今佚。

元稹〈重修桐柏觀記〉：「歲大和己酉，修桐柏觀訖事，道士徐靈府以其狀乞文於余。」〔註135〕；杜光庭《仙傳拾遺》：「桐柏徵君徐靈府序而集

〔註131〕賾藏主編集：《古尊宿語錄》，第247頁。
〔註132〕徐凝〈送寒巖歸士〉，《全唐詩》卷四七四，第5408頁。
〔註133〕陳慧劍：《寒山子研究》，第41頁。
〔註134〕羅時進：《唐詩演進論》，第205～206頁。
〔註135〕周相錄：《元稹年譜新編》（上海：上海古籍出版社，2004年11月），第263頁。

之，分為三卷，行於人間。十餘年忽不復見。」

唐文宗大和四年庚戌（830）一〇五歲

九月十七日，寒山圓寂，葬於明岩洞右側象鼻峰頂。今有《寒山子詩集》
傳世，共三百餘首。

此按陳熙、陳兵香〈關於寒山子墓塔的探討〉：「現考寒山子墓址，恰在寒石山
明岩洞側的象峰頂頭上。這既符合於地方上口碑傳說的墓址，又有墓塔可
據，……據寒山腳下張家桐村自明代嘉靖年間張姓遷居以來，一代復一代的流
傳，均認為農曆九月十七日是寒山逝世日子，每年設祭紀念，直至於今」編出。

三、禪門居士龐蘊生平事蹟探討

龐蘊，乃機峰迅捷之禪者，禪門居士第一人。今人聖嚴法師認為中國佛
教史上，惟兩位居士最受後人贊頌，一位善慧大士（傅翁），另一則是龐居士。
〔註136〕既然龐氏富享禪林雋譽，生平事蹟必為後人翔實載記。然而事非如此，
其一生充斥濃厚傳奇色彩，所見行實文獻如無名子〈龐居士語錄詩頌序〉、《祖
堂集》卷十五、《景德傳燈錄》卷八、《隆興編年通論》卷二十、《大光明藏》
卷中、《五燈會元》卷三、《居士分燈錄》卷上等，均未完整載敘，惟無名子
〈語錄序〉內容較簡潔、可信，是龐氏史料最初來源。即就生平相關論題，
析述如後。

（一）家世籍貫與傳聞問題等討論

龐氏家世籍貫及沉寶傳聞等議題，乃今學者討論較夥者，現分點敘述，
以詳崖略。

1. 家世籍貫

承上言，龐蘊身世內容，是見《語錄》前一篇署名無名子〈龐居士語錄
詩頌序〉，其道：

> 居士名蘊，字道玄，襄陽人也。父任衡陽太守，寓居城南，建菴修
> 行於宅西數年，全家得道，今悟空菴是也。後捨菴下舊宅為寺，今
> 能仁是也。唐貞元間，用船載家珍數萬斛於洞庭湘右，罄溺中流，
> 自是生涯惟一葉耳。居士有妻及一男一女，市鬻竹器，以度朝晡。

〔註136〕語見聖嚴法師：《拈花微笑》「中國的維摩詰——龐居士」，（上海：上海三聯
書店，2005年11月），第260頁。

唐貞元中，禪律大行，祖教相盛，分輝引蔓，觸所皆入。居士乃先
參石頭，頓融前境。後見馬祖，復印本心，舉事通玄，無非合道，
有妙德之洪辯，合滿字之真詮。其後倫厯諸方，較量至理。元和初，
方寓襄陽，樓止巖竇（今鹿門南二十里有居士嵓）。時太守于公頔，
擁旄廉問，采謠民間，得居士篇，尤加慕異。迺伺良便，躬就謁之，
一面周旋，如宿善友。既深契於情分，亦無間於往來。居士將入滅，
謂女靈照曰：「幻化無實，隨汝所緣，可出視日早晚，及午以報。」
靈照出戶，遽報曰：「日已中矣，而有蝕焉，可試暫觀。」居士曰：
「有之乎？」曰：「有之。」居士避席臨窗，靈照迺據榻趺坐，奄然
而逝。居士回見，笑曰：「吾女鋒捷矣！」乃拾薪營後事。經七日，
于公往問安，居士以手藉公之膝，流盼良久，曰：「但願空諸所有，
慎勿寔諸所無，好住！世間皆如影響。」言訖，異香滿室，端躬若
思。公亟追呼，已長往矣。〔註137〕

無〈序〉所記，大致呈現龐氏生平概況。不過，此段記載有三項問題為後人
討論：一、籍貫釐清、生父為誰；二、載珍沉湖地點；三、卒年時間考究。
斯三者，為龐氏事蹟考察進路。首先，籍貫與生父之探討。

（1）籍貫、生父

〈語錄序〉謂龐居士為襄陽人氏，有關典籍卻有不同載錄，如《祖堂集》
本傳曰：「居士生自衡陽」；〔註138〕《景德傳燈錄》亦云：「衡州衡陽縣人也。」
〔註139〕產生「襄陽」、「衡陽」兩派說法。「襄陽」，賈文毓、李引主編《中國
地名辭源》寫道：「湖北省北部、漢江中游、襄樊市區周圍，北鄰河南省。」；
〔註140〕而「衡陽縣」條則記：「湖南省衡陽市西北部、湘江中游蒸水流域。」
〔註141〕二地一北一南，分屬不同省分，有明辨之需要。然而，蘊籍貫究屬襄
陽或衡陽？譚偉《龐居士研究》有斯揭橥：

大概是因為居士的父親是衡陽太守，居士出生地在衡州衡陽，故稱
衡陽人；後移居襄陽并卒於斯，所以人稱襄陽龐居士，又稱作襄陽

〔註137〕《龐居士語錄》，（臺北：中華佛教居士會印，民國63年9月），第16～17頁。
〔註138〕《祖堂集》卷十五「龐居士」，第527頁。
〔註139〕《景德傳燈錄》卷八「襄州居士龐蘊」，第138頁。
〔註140〕賈文毓、李引主編：《中國地名辭源》（北京：華夏出版，2005年9月），第
146頁。
〔註141〕同上書，第146頁。

人。其實，在龐居士籍貫未明情況下，稱其爲襄陽人或衡陽人均無不可。〔註142〕

誠如所言，龐氏出生地爲衡陽，襄陽乃後遷之地，按理應稱衡陽人氏，而非襄陽。但目前無更新文獻證明，完全否定「襄陽」說，又過於輕率，因此言居士本籍「衡陽」或「襄陽」均可行也。

在考究籍貫同時，也牽涉龐父任衡陽太守問題，譚書曰：

檢兩《唐書》及《通鑑》等史料，未見有姓龐者爲衡陽太守，唐林寶《元和姓纂》卷一云龐姓：「周文王子畢公高之後，封於龐鄉，因氏焉。魏有龐涓，趙有龐煥。」主要分布在南安、京兆、代郡、河東、北海等地，未見有爲衡陽太守之姓龐者。明凌迪知撰《萬姓統譜》卷三錄有龐蘊「字道玄，衡陽人，來家襄陽，潔身修行，臨終，招刺史于頔，謂曰：『但願空諸所有，愼無實諸所無。』言訖，奄然而化。世號龐居士。」亦未有關於龐蘊家世的任何資料。〔註143〕

由於資料匱乏，譚氏無從考知蘊父究竟爲誰。龐父生平不詳，不僅未見正史載記，龐氏作品亦隻字未提，顯然要弄清斯論題，仍有相當之困難度。惟李皇誼〈禪門居士龐蘊及其文學研究〉嘗試做出以下假設：

唐衡州刺史是否實有龐父其人，今查唐代史料似尚未見。但有潭州刺史龐承鼎者，似乎提供了一些可能性。龐承鼎事見《舊唐書》本傳卷一八五〈呂諲傳〉、《新唐書》卷一四〇〈呂諲傳〉及卷一四五〈嚴郢傳〉，尚有《冊府元龜》卷五一五〈嚴郢傳〉，唐肅宗上元元年（760）呂諲鎮江陵府，以嚴郢爲判官，時方士申泰芝以道術得幸于肅宗，遨遊在湖、衡之間，以妖幻詭騙群蠻，奸臧鉅萬，潭州刺史龐承鼎依法按治申泰芝，肅宗卒殺承鼎，至代宗初（762 即位）始追還其官。考龐承鼎之死當在肅宗上元（761）一月至寶應元年（762）建卯月（二月）之間，若依入矢義高所考，龐蘊死於唐憲宗元和三年（808）七月一日，若承鼎果爲蘊父，在時間上並無扞格。其次，承鼎任所潭州，在衡州之北，兩州比鄰，同屬中州，皆隸江南西道、潭州中都督府所轄，兩州地緣相近，如衡山一縣，舊屬潭州，後屬衡州，兩州尚有湘水貫串，水運便利。龐承鼎依法按置申

〔註142〕譚偉：《龐居士研究》，第33頁。
〔註143〕同上，第31頁。

泰芝，無懼此方士得幸於肅宗及當權李輔國，而終至成仁，其正直
不阿的悲劇英雄形象，即可能爲潭州一地所稱道，並流傳至毗鄰的
衡州，而與龐蘊傳說相結合，而傳出龐蘊之父原任衡陽太守一說。
此外，唐代刺史亦有潭、衡二州先後轉任者，如陽濟（714～785）
者，兩唐書無傳，於代宗建中末（783）之前，嘗「出爲潭州刺史，
轉衡州刺史」，龐承鼎史料甚少，會否於潭州刺史前曾任衡州刺史，
而於衡州衡陽有地緣，此可能性並非沒有。〔註144〕

李氏整理兩《唐書》，提出「龐承鼎」爲龐父可能想法。不過斯尚屬揣測，猶
待印證，其認爲潭州與衡州二者地理毗鄰，於是「與龐蘊傳說相結合，而傳
出龐蘊之父原任衡陽太守一說」理由過於牽強，不足徵信。因承頂若爲蘊父，
其乃有名於譚州任內，爲何《語錄序》不直稱「譚州刺史」，反以「衡州」稱
之？況且爲結合龐蘊與「衡州」地緣關係，遂選該地名爲龐父任職所在，似
乎又不合邏輯。故龐父究竟爲何人，現無法考得，只能暫時存疑，俟日後新
文獻出土再行解答。

（2）沉寶傳聞

蘊沉寶一事，最早爲無名子〈語錄序〉揭示：「唐貞元間，用船載家珍數
萬麋於洞庭湘右，罄溺中流」。此事頗具傳奇性，有違常理，《祖堂集》、《景
得傳燈錄》、《隆興釋氏編年通論》、《五燈會元》多不撰錄。暫且不論真假，
龐居士「家計沉湖」之舉，爲後人津津樂道，如陶宗儀《南村輟耕錄》卷十
九有云：「世斥貪利之人，必曰：『汝便是龐居士矣。』蓋相傳以爲居士家資
巨萬，殊用勞神。竊自念曰：『若以與人，又恐人之我若，不如置諸無何有之
鄉。』因輦送大海中，舉家修道，總成證果。」，〔註145〕劉君錫更將此事編寫
成《龐居士誤放來生債》戲曲題材。種種跡象觀之，散財一說應非憑空捏造，
只是缺乏更實際文獻之佐證。〔註146〕

至於散財地點，譚偉提出五處可能所在：一、湘水洞庭；二、大海中；

〔註144〕李皇誼：〈禪門居士龐蘊及其文學研究〉，第13～14頁。

〔註145〕元・陶宗儀：《南村輟耕錄》卷十九「龐居士」（北京：中華書局，2004年4
月），第227頁。

〔註146〕沉寶之說，應非臆造，譚偉言：「〈語錄序〉及燈錄均說龐居士在衡陽時建庵
修行，又捨宅爲寺，嘉靖（1522～1567）《衡州府志》記龐居士說：『舊聞喜
施，予竊以爲郭元震、范仲淹之流。』可見龐居士是有家財的，而後期靠製
竹漉籬爲生，則沉寶之說不能說全無據。」《龐居士研究》，第52頁。

三、西江；四、漢水；五、襄陽龐居士湖。其中以湘水洞庭，較符合實際情形。因「龐居士在洪州住了較長一段時間，後又移居襄陽，都在衡陽之北。蓋龐居士舉家北移，乃沿湘江順流而下，再經洞庭湖，因某種原因而失去了家財，便有了沉寶湘水洞庭之傳說，故流傳較廣。後之沉寶於西江、大海或襄陽之龐居士湖，則是此傳說之演變。」〔註147〕

　　不論「運資沉湖」眞僞，無非是爲彰顯龐蘊「棄財求道」精神，身爲禪門聞名居士，必然秉持釋教以貧、虛空喻道之宗旨，其詩曾云：「世人重珍寶，我貴刹那靜。金多亂人心，靜見眞如性。」財富乃塵世之累，三毒根源之一，沉却家財，便「空無一物」，無所羈絆，龐氏沉財傳聞之衍生，或許是後人崇尚其人予以增添之傳奇話題。

（3）卒年探究

　　依據目前資料記載，龐居士生年、享壽皆不可考，惟死年分爲「貞元」、「元和」、「太和」三大說法，其中又以「元和」說爲多位學者採納，現說明如下：

　　A. 貞元說（785～805）

　　此說乃計有功《唐詩紀事》卷四十九「龐蘊」條記及：

　　　蘊字道元，衡陽人。嗜浮屠法，厭離貪俗，挈所有沉之洞庭，鬻竹
　　　器以爲生。後居襄陽，臨終召刺史于頔謂曰：「但願空諸所有，愼勿
　　　實諸所無，善住，世間皆知影響。」言訖，奄然而化。時正元間也，
　　　世號龐居士。〔註148〕

宋・王象之編《輿地紀勝》卷八十二亦以據引，不同是未標明年代。「正元」乃「貞元」之誤，《紀事》言龐氏卒於德宗貞元年間，卻未見其他說明，因此「貞元」說，向來乏人問津，僅屬載籍說法，一直未有研究者進行深入探察。

　　B. 元和說（806～820）

　　元和說爲學者主張較多者，中又細分三年（808）與十年（815）兩派：

　　斯說是據龐蘊民間友人于頔，於憲宗元和三年九月離開襄陽赴任宰相事推衍，持論者計有：入矢義高《龐居士語錄》、周祖譔《中國文學家大辭典》「隋唐五代部分」、楊曾文《唐五代禪宗史》等。〔註149〕三年說因有著名學者

〔註147〕同上，第54頁。
〔註148〕計有功：《唐詩紀事》，第144頁。
〔註149〕譚偉：《龐居士研究》，第60頁。

入矢義高等人肯定，不少研究者如張（勇）子開教授亦持該說。

至於稍晚十年看法，為法國漢學家馬伯樂《唐代幾種語錄中的白話》依據《語錄》記龐女靈照觀日蝕後七日蘊入滅線索，發現元和年間共出現三次日蝕，其中首次元和三年（808）七月，與居士六年（811）遊襄漢事不符，末次十三年（818）又和龐蘊臨終事召于頔（辛於十三年八月）衝突，因而斷定第二次元和十年出現日蝕後七日，乃龐氏卒時。認同此說有柳田聖山《禪與中國》、譚偉《龐居士研究》等。

C. 太和說（827～835）

該說主要由龐居士與馬祖再傳弟子，仰山慧寂、洛浦元安二禪師交誼情事而得。太和說先是比丘明復《中國佛學人名辭典》敘及，袁賓《中國禪宗語錄大觀》、《禪宗詞典》後從之。然而，仰山慧寂、洛浦元安應無與龐氏有所接觸，乃後人誤植，〔註150〕故明復曰蘊於文宗太和年間離世，顯然為錯誤說法。

嚴格而論，龐氏卒年三說並非能全然成立，因各說之間多少與史事有所矛盾，惟有「元和十年」衝突較少，且能自圓其說。如同譚偉考辨：『「元和十年」能較好解決各種矛盾。此說主要有三個問題，一是于頔元和三年離開了襄陽，龐居士死時，他是否可能在場？二是于頔回朝後守司空、同平章事，即宰相之職，而〈龐居士語錄序〉為什麼署其官職為刺史或節度使？三是龐居士與仰山、洛浦的對機都在元和十年以後。對這三個問題，我們可以如此解釋：『宋延壽（904～975）《宗鏡錄》卷二十二記靈照坐化後，龐居士【遂往于相公為喪主】。喪主及喪事的主持人，無論是世俗，還是禪林，一般都由地位較高者或有名望者充當，龐居士知道自己不久於人世，便派人請于頔為他主持喪事。于頔與龐居士關係密切，為在襄陽有影響的龐居士主持喪事，也能顯示其尊貴，而且于頔在朝中也一直鬱鬱不得志，因此他示可能到襄陽的。唐代雖然一直重京官，輕外職，但安史之亂後，在藩鎮割據的形勢下，外職更有作為，于頔之名聲即是因外職而起，署刺史或節度使亦或有此因。至於與仰山、洛浦之對機，當是後世以仰山為慧寂，洛浦為元安而誤。』」〔註151〕或可暫持譚氏所考，將龐居士死時年代訂為元和十年。

（二）交遊參禪

龐居士一生汲汲修行悟證，其交遊除〈語錄序〉提及世俗友人于頔，與

〔註150〕請參閱譚書第二章第二節「龐居士禪學活動」之「久參禪林」之說明。
〔註151〕同前書，第 62 頁。

禪門師傅馬祖道一、石頭希遷之外，從《龐居士語錄》卷上機峰對答觀之，
接觸者多屬馬祖、石頭禪師之門徒或徒孫。聖嚴法師有言：「他與當時禪門人
物之間交往情形，除馬祖與石頭相龐居士有師資之誼外，龐居士接觸過的，
尚有藥山惟儼、齊峰和尚、丹霞禪師、百靈和尚、大同普濟禪師、長髭禪師、
松山和尚、本谿和尚、大梅法常、芙蓉和尚、則川和尚、洛浦禪師、石林和
尚、仰山和尚、谷隱道者等十五位。」〔註152〕所謂交遊，不如稱是一位禪者
行腳參禪之紀實。今有關龐氏交遊討論，譚偉、李皇誼已有詳贍介紹，為避
免疊床架屋，細節不再覼縷，僅將二人研治成果，理成下表，藉相參照：

附表　龐蘊交遊簡表

【世俗友人】

對　　象	生　卒　年	傳　　記	交　遊　問　答
于　頔	？～818	兩《唐書・于頔傳》	1. 但願空諸所有

【禪門釋子】

1. 馬祖道一及其法嗣

對象	生卒年	法嗣	傳　　記	問答機緣	備　　註
馬祖道一	709～788	南嶽懷讓	《祖堂集》卷四、《宋高僧傳》卷十、《景德傳燈錄》卷六、《五燈會元》卷三、權德輿〈唐故洪州開元寺石門道一禪師塔銘并序〉	1. 不與萬法為侶 2. 水無筋骨 3. 不取本來人	龐居士為馬祖法嗣，應先見馬祖，〈語錄序〉謂：「先參石頭，後見馬祖。」乃撰者因地域關係而記。〔註153〕

〔註152〕聖嚴法師：《拈花微笑》（上海：上海三聯書局，2005年11月），第269頁。
〔註153〕關於龐蘊師承先後，譚偉考曰：「由於當時參禪之風盛行，禪師們的師承關係
十分複雜，一般以悟處為定。龐居士以此問（不與萬法為侶）參石頭後『有
省』或『大悟』，按禪宗慣例，先悟處為法嗣，則龐居士當為石頭之弟子而非
馬祖之弟子。而燈錄及燈史均以龐居士為馬祖弟子，則龐居士應該是先在馬
祖處得悟的。由此看來，龐居士參馬祖在前，參石頭在後，其參馬祖之時間
當在大曆末。之後，龐居士回衡陽，再參石頭，時或在貞元初。燈錄（如《景
德傳燈錄》）的作者為解決這些矛盾，刪除了丹霞傳中龐居士參馬祖的事迹。
蓋〈語錄序〉當是根據地域的遠近順序而記的，龐居士與石頭相近，故在前。
而『不與萬法為侶』又是龐居士之成名公案，故在石頭下亦記之，後之燈錄、
燈史等便沿襲之。」《龐居士研究》，第39～40頁。

齊峰和尚	約八世紀下半葉至九世紀上半葉在世	馬祖道一	《景德傳燈錄》卷八、《五燈會元》卷三	1. 箇俗人 2. 前行一步 3. 峰頂幾里 4. 不得堂堂道	
百靈和尚	不詳	馬祖道一	《景德傳燈錄》卷八、《五燈會元》卷三	1. 南嶽得力句 2. 道得道不得 3. 作麼生道 4. 這箇眼目	
松山和尚	約八世紀下半葉至九世紀上半葉在世	馬祖道一	《景德傳燈錄》卷八、《五燈會元》卷三	1. 道不得 2. 耕牛未知有 3. 攜杖子 4. 擇菜 5. 拈起尺子	
本谿和尚	不詳	馬祖道一	《景德傳燈錄》卷八、《五燈會元》卷三	1. 丹霞打侍者 2. 畫一圓相	「丹霞打侍者」，疑偽作。〔註154〕
大梅法常	752～839	馬祖道一	《祖堂集》卷十五、《宋高僧傳》卷十一、《景德傳燈錄》卷七、《五燈會元》卷三	1. 梅子熟也未	
芙蓉太毓	747～826	馬祖道一	《宋高僧傳》卷十一、《景德傳燈錄》卷七、《五燈會元》卷三	1. 行食 2. 著實為人	
則川和尚	約八世紀下半葉至九世紀上半葉在世	馬祖道一	《景德傳燈錄》卷八、《五燈會元》卷三	1. 初見石頭 2. 法界不容身 3. 垂下一足	
石林和尚	不詳	馬祖道一	《景德傳燈錄》卷八、《五燈會元》卷三	1. 不落丹霞機 2. 莫惜言句 3. 有口道不得	

〔註154〕李皇誼：〈禪門居士龐蘊及其文學研究〉，第86頁。

2. 石頭希遷及其法嗣

對象	生 卒 年	法嗣	傳　記	問答機緣	備　註
石頭希遷	700～790	青原行思	《祖堂集》卷四、《宋高僧傳》卷九、《景德傳燈錄》卷十四、《五燈會元》卷五	1. 不與萬法爲侶 2. 日用事	
藥山惟儼	745～828	石頭希遷	《祖堂集》卷四、《宋高僧傳》卷十七、《景德傳燈錄》卷十四、《五燈會元》卷五、唐伸〈澧州藥山故惟儼大師碑銘並序〉	1. 一乘法中	
丹霞天然	739～824	石頭希遷	《祖堂集》卷四、《宋高僧傳》卷十一、《景德傳燈錄》卷十四、《五燈會元》卷五	1. 靈照菜籃 2. 豎起拂子 3. 著箇宗眼 4. 叉手立 5. 作走勢 6. 見江水澄碧	
大同普濟	不詳	石頭希遷	《五燈會元》卷五	1. 箇言語 2. 拈起笊籬 3. 在母胎時 4. 掩卻門	
長髭曠	不詳	石頭希遷	《祖堂集》卷五、《景德傳燈錄》卷十四、《五燈會元》卷五	1. 各請自檢好	

3. 其　他

對　象	生卒年	法嗣	傳　記	問答機緣	備　註
仰山慧寂	807～833	潙山靈祐	《祖堂集》卷十八、《宋高僧傳卷十二、《景德傳燈錄》卷十一、《五燈會元》卷九	1. 是仰是覆	「是仰是覆」乃僞作。〔註155〕

〔註155〕譚偉考曰：「釋慧寂，俗姓葉，韶州湞昌人也。十七依南華寺通禪師下削染，先見耽源，後參大潙山靈祐（771～853）禪師。凡接機多示其相，謂之仰山門風。有《仰山法示成圖相》傳於世，爲馬祖下第二代弟子。從其入禪林之時間來看，當不可能與龐居士有往來。」《龐居士研究》，第42頁。

洛浦元安	834～898	夾山善會	《祖堂集》卷九、《宋高僧傳卷十二》、《景德傳燈錄》卷十六、《五燈會元》卷六	1. 寒熱時	「寒熱時」乃偽作。〔註156〕
谷隱道人	不詳			1. 豎起杖子	
全禪客	不詳			1. 片片不落別處	
無名僧	不詳			1. 看經	
化緣僧	不詳			1. 賣笊籬	
牧童	不詳			1. 路也不識	

　　總計交誼對象二十二位，四十六則問答公案，其中包括馬祖禪師及八位法嗣，二十六則；希遷與門下四位弟子十四則，其他六位，六則問答。

第二節　詩集流傳與前人整理

　　詩集乃詩家思想、風格展示來源，亦是研究者瞭解其中內涵主要依據。詩本整理、校注工作完備與否，攸關日後研治事務順利進行。今日通俗詩派作品探究風氣頗熾，無論詩集版刻釐清、箋注輯佚等，均見卓績，更不乏有成就者。當然成果非一蹴可幾，乃諸多前賢累積心血，持續開拓而至。此將梳理前人研究成績，依詩人年代先後，有系統介紹詩作整理概況。

壹、《王梵志詩集》寫卷

　　扃鐍敦煌石窟之王詩寫卷，其發現、集錄過程，與其他通俗詩人有所不同。王梵志之名，長期為人遺忘，其作亦不見《全唐詩》中，若無敦煌唐人手抄寫本之面世，其人其作現在依舊湮沒於漫漫歷史中。然隨王氏作品發覺，開啟世人研究熱潮，填補唐代通俗詩歌空白園地，同時也豐富唐詩演化之進程。

一、《王梵志詩集》輯錄過程

　　在王梵志研究早期，其輯錄經歷已有多篇鴻文敘及，舉如張錫厚《敦煌本唐集研究》、朱鳳玉《王梵志詩研究》、陳慶浩、朱鳳玉合撰〈王梵志詩之

〔註156〕譚著「洛浦元安禪師」條云：「嗣法夾山善會（805～881），上溯華亭船子德誠——藥山（751～834）——石頭，為石頭下第四代，龐居士當不可能與之有機鋒對答，或是來自洛浦的其他禪師。」《龐居士研究》，第44頁。

整理與研究〉、齊文榜〈王梵志詩集敘錄〉〔註157〕等。各文篇長不一，內容卻大同小異，為求節省文幅，此梳理張弓師主編《敦煌典籍與唐五代歷史文化》中第三節「敦煌本《王梵志詩集》整理簡況」內容，〔註158〕用以曉悉王詩搜錄大略經過。

梵志詩集現世之始，乃 1925 年劉復將巴黎三種伯希和編號王詩敦煌寫本，編入《敦煌掇瑣》算起。1927 年胡適《白話文學史》揭露通俗詩人王氏神秘面紗，並對其人其作盡行初步研究，開啓學界研治風潮。

1932 年日本始對王詩整理作出貢獻，其印行《大正新修大藏經》第八十五卷，將「S. 778 王梵志詩卷上并序」編入，接續矢吹慶輝《鳴沙餘韻解說》，針對 S. 778 進行詳實解說，掀起日人對王氏作品之重視。

1935 年，鄭振鐸根據 P. 2718、P. 3266 兩種王詩寫本，校錄爲《王梵志詩一卷》，隨後又據胡適引錄 P. 2914 詩五首及散見佚詩，編理成〈王梵志詩拾遺〉，發表於《世界文庫》第五冊。其詩歌分首、文字校讎方面均較劉氏《掇瑣》爲佳，取得重大突破。1937 年，向達發表〈記倫敦所藏的敦煌俗文學〉一文，著錄 S. 778、S. 2710、S. 3393、S. 5441 等四種梵志詩集寫本。隔兩年，又撰〈倫敦所藏敦煌卷子經眼目錄〉一文，補入 S. 5474、S. 5796 二集本。1957 年，劉銘恕《斯坦因劫經錄》，著錄王梵志十種詩集版本，反映英國國家博物館所藏王氏詩集寫卷情形。是時，詩歌整理已臻一定水平。

然而，今日王梵志詩能完整呈現，關鍵在於 1963 年前蘇聯出版《亞洲民族研究所敦煌特藏漢文寫本解說目錄》第四部分「文學作品」中，著錄 L. 1456 之王詩一百一十首本。此本與法、英二國厎藏寫卷分屬不同體系，增補不少新作。〔註159〕同時，有學者整理日本奈良寧樂美術館所藏「王梵志詩一卷」殘本（存詩八十二首），詩歌輯錄工作已達巔峰。

二十世紀八十年代以降，不少校注本先後出版，計有：一、法國戴密微《王梵志詩》，一九八二年巴黎出版；二、張錫厚《王梵志詩校輯》，一九八

〔註157〕 齊文榜〈王梵志詩集敘錄〉，載《河南大學學報（社會科學版）》第 45 卷第 4 期，2005 年 7 月，第 44～47 頁。
〔註158〕 張弓師主編：《敦煌典籍與唐五代歷史文化》，第 581～583 頁。
〔註159〕 對於該本情形，齊文榜〈王梵志詩集敘錄〉有下評述：「蘇 1456 原卷卷首殘損，卷末題記：『大曆六年（771）五月□日抄王梵志詩一百一十首沙門法忍寫之記。』這是迄今發現年代最早的王梵志詩寫卷，與斯坦因、伯希和所得王梵志寫卷的內容皆不同，文獻價值極爲重要。」，第 45 頁。

三年北京中華書局出版；三、朱鳳玉《王梵志詩研究》，上冊（研究部分），
一九八六年臺灣學生書局出版、翌年下冊（詩集校注）同出版社印行；四、
項楚《王梵志詩校注》，一九九一年上海古籍出版社出版。經由諸家各本整理，
王氏詩歌始真正傳布。

二、《王梵志詩集》寫本系統

　　現可查明梵志詩寫集共三十五種，得詩約三百九十首。不過上述僅是全
部王詩一部分，仍有零篇散句無從考出。據項楚《唐代白話詩派研究》歸納，
其寫卷系統大致有四類：

（一）三卷本

　　包括王梵志詩集卷上、卷中、卷第三等殘卷，及可能屬於斯系統之寫本，
詩二百零五首。其內容來源為：

　　（1）卷上（並序），包括 S. 778、S. 5796、S. 5474、S. 1399 四種寫卷，〈序〉
　　　　一篇，詩二十首。

　　（2）卷中，包括 S. 5441、S. 5641、P. 3211 三種寫卷，詩五十九首。

　　（3）卷第三，包含 P. 2914、P. 3833，L. 1487、L. 2871 寫卷，詩五十一首。

　　（4）別卷，即 P. 3418、P. 3724、S. 6032，L. 2825 寫卷，詩五十二首。

（二）一百一十首本

　　分別為 S. 4277、L. 1456 兩種寫卷，即「法忍抄本」。原屬同一寫本，因
斷裂分藏於倫敦與列寧格勒，詩六十九首。

（三）一卷本

　　計有 P. 2718、P. 3266、P. 3558、P. 3716、P. 3656、S. 2710、S. 3393、S. 5794、
S. 4669、P. 2842、P. 4094、P. 2607，與日本寧樂美術館藏本和 L. 1488，共十
四種寫卷，詩九十二首。

（四）零　篇

　　涵蓋 S. 516、P. 2125、P. 3876，及《詩式》、《雲溪友議》、《鑒戒錄》、《山
谷題跋》、《冷齋夜話》、《林間錄》、《梁谿漫志》、《苕溪漁隱叢話》、《詩話總
龜》、《唐詩紀事》、《感山雲臥記譚》、《庚溪詩話》、《類說》、《天聖廣燈錄》、
《說郛》等輯錄，理得詩二十六首，斷句兩組共三句。

　　上述寫卷系統，又以「三卷本」內容最豐富，數量亦多，允稱王詩核心
部分。項楚《王梵志詩校注・前言》曰：「三卷本《王梵志詩集》。是全部王

梵志詩中最主要的部分，因爲它們數量最多，內容最富有現實性，藝術形式最具特色，因而價值也最高。」〔註160〕

貳、《寒山詩集》

寒山詩集與王梵志敦煌寫卷，二者流傳過程與彙理方式有極大差別。王詩不僅《全唐詩》隻字未錄，還原其作，還須抄錄流散他國之敦煌卷本；寒山則不同，詩集流布悠久，現存刊本、抄本、注本可臻百餘種，《全唐詩》、《四庫全書》均見該作，兩岸圖書館更藏有不少宋時善本，取閱較易，故寒山詩歌整理工作，常有突破性發展，各方面成果均較王氏來得可觀。

一、《寒山詩集》傳刻情形

《寒山詩集》傳刻情形，主要分成唐、宋版本兩大脈絡，唐本乃寒詩發軔，爲詩本原始面貌；宋本則攸關刊本精善，影響校注時底本之選用，因此，瞭解二者即能掌握寒詩版本系統與傳刻經過，現述如次：

（一）唐　本

唐代所行《寒山詩集》均不復見，惟從相關文獻記載能推知梗概。

1. 寒山詩自編本

寒詩總集最初裒輯者，余嘉錫《四庫提要辨證》考曰：「輯寒山詩者，莫早於靈府」。〔註161〕靈府即徐靈府，號默希子。此觀點提出後，獲得甚多研究者迴響，並踵武考出「序而集之」年限爲寶歷至會昌（825～843）年間。〔註162〕當然亦有持反對意見者，如陳耀東言：

> 余氏此論，筆者獨不以爲然。根據種種跡象，疑寒山詩最早乃爲寒
> 山子自己所編錄。〔註163〕

陳氏主張徐本並非《詩集》最先編本，其源應溯及寒山自行編錄本。斯說爲今人葉珠紅認同，曰：

> 最早集寒山詩之人，就是寒山本人。〔註164〕

〔註160〕項楚：《王梵志詩校注》，第12～13頁。

〔註161〕余嘉錫：《四庫提要辨證》，第1070頁。

〔註162〕此乃錢學烈據余氏而得結論。請參閱〈寒山子與寒山詩版本〉，第135～136頁。

〔註163〕陳耀東〈寒山子詩結集新探——《寒山詩集》版本研究之一〉，第42～43頁。

〔註164〕語見葉珠紅《寒山詩集》版本問題探究》（收葉珠紅：《寒山詩集論叢》【臺北：秀威資訊科技，2006年9月】，第9頁）。

陳、葉二人所言無誤，因從寒詩內證，即能窺探此本之崖略。寒詩〈五言五百篇〉有云：

> 五言五百篇，七字七十九。三字二十一，都來六百首。
>
> 一例書岩石，自誇云好手。若能會我詩，真是如來母。〔註165〕

「一例」即一律，寒氏自謂詩作皆「書岩石」，與閭〈序〉記載：「唯於竹木石壁書詩，並村野人家廳壁上」、杜光庭《仙傳拾遺》：「每得一篇一句，輒題樹間石上」情形脗合；「都來六百首」，則見此集作品原總數。

又考詩一首，曰：

> 滿卷才子詩，溢壺聖人酒。行愛觀牛犢，坐不離左右。
>
> 霜露入茅簷，月華明甕牖，此時吸兩甌，吟詩三兩首。〔註166〕

末句「吟詩三兩首」，項楚注記：「【三兩】，原作【五百】」。〔註167〕顯然，在徐本之前，已有寒山自編之《詩集》，凡六百首，並有五言、七字及三字分別，與今所見三百首〔註168〕詩本不同。從中亦知，現傳寒山詩僅占原先之半而已。

至該集理成何時？陳耀東表示：

> 今傳《寒山子詩集》中有云：「去年春鳥鳴，此時思弟兄。今年秋菊爛，此時思發生。……哀哉百年內，腸斷憶咸京。」又云：「老病殘年百有餘，面黃頭白好山居。」記錄自己百餘歲的詩作亦編收在集中，說明其集最後編成於晚年。……又據余氏（嘉錫）等考證，趙州從諗禪師路遇寒山不得遲於德宗貞元九年。若與《仙傳拾遺》所載：「寒山子大歷中隱居天臺翠屏山，……十餘年忽不復見」聯繫起來考察，……可以斷言寒山子詩集最後編成不得遲於貞元九年（793）。〔註169〕

陳氏以為自編本纂成時間約寒山入滅前，並據《辨證》所考，訂其下限不逾過德宗貞元九年（793），所言有理。惟余嘉錫屬早期研治寒山詩學者，釐訂其年代雖早為學界公認，但其亡年迄今仍無定論，顯然詩本理成年代尚待商

〔註165〕〈五言五百篇〉（二七一），《寒山詩注》，第704頁。

〔註166〕〈滿卷才子詩〉（一○七），《寒山詩注》，第285頁。

〔註167〕「吟詩兩三首」句，錢學烈《寒山拾得詩校評》則有較詳注語：「"兩三首"《天祿》宋本、《全唐詩》、《四部叢刊》影宋本作"五百首"。」，第228頁。

〔註168〕據項楚統計，現見寒山詩，有五言詩二百八十六首，七言詩二十首，三言詩六首，雜言詩一首，共三百一十三首。

〔註169〕陳耀東〈寒山子詩結集新探——《寒山詩集》版本研究之一〉，第43～44頁。

權。既然前文考寒氏歿時約於 830 年，暫不妨將此書撰成下限，訂為文宗大和四年（830）年間。

2. 桐柏徵君徐靈府序集本

如前所述，學者多視靈府為集寒詩最初者，此說依據來源乃杜氏《仙傳拾遺》所記：「桐柏徵君徐靈府序而集之，分為三卷，行於人間。十餘年忽不復見。」惟文前有句「好事者隨而錄之」，余嘉錫等人多未予檢視。然從該語推判，當時流傳編本應非獨靈府一本，尚有他本在前。故探論徐本問題前，「好事者」必須納入考量。

3. 好事者錄本

《仙傳拾遺》中「有好事者隨而錄之，凡三百餘首」句，向為人忽略，今檢相關研究論著，唯獨陳耀東、葉珠紅二文論及。陳氏〈《寒山詩集》傳本敘錄〉曰：

> 天臺道士「桐柏徵君」徐靈府以「好事者」採編本為基礎，「序而集之」，重編為三卷，收詩凡三百餘首。〔註170〕

葉珠紅〈《寒山詩集》版本問題探究〉則云：

> 所謂「好事者」，應非指徐靈府，這就透露出在徐靈府之外，另有與徐靈府同時或稍前之人集寒山詩。〔註171〕

於斯可知，寒山自編本後，非僅徐本流傳，疑先前有「好事者錄本」流布，詩數總計三百餘首，與今傳本同。而由葉氏所言推敲，此本當不晚於徐本；至於「好事者」為誰，及靈府本是否據以成書，因缺乏文獻證實，只能暫時存疑。

4. 徐靈府序集本

徐氏集詩之舉，為學界公認。但其本乃好事者後，首次題序之三百篇寒詩集。徐靈府，唐著名道士，生平事蹟分見宋陳葆光《三洞羣仙錄》卷六、陳耆卿《嘉定赤城志》卷三十五等，今人周永慎編有《歷代真仙高道傳》，其「徐靈府」條所載甚詳，曰：

> 唐代道士。號默希子，錢塘天目山（今浙江）人。……通儒學，而無意於名利。隱修於天臺山雲蓋峰虎頭岩石室中，凡十餘年，門人建草堂請居之，不往。後自造廬於石層上，喬松修竹，森然在目，有環池方百餘步，中多怪石若島嶼，因名其居為「方瀛」。……會昌

〔註170〕陳耀東〈《寒山詩集》傳本敘錄〉，第30頁。
〔註171〕葉珠紅〈《寒山詩集》版本問題探究〉，《寒山詩集論叢》，第7頁。

元年（841），武宗詔浙東廉訪使來徵召入京，靈府以詩言志：「野性歌三樂，皇恩出九重。求傳紫宸命，免下白雲峰。多愧書傳鶴，深慚紙畫龍。將何佐明主？甘老在巖松。」廉訪使奏以衰槁免命，由此絕穀，久之凝寂而化，壽八十二歲。〔註172〕

靈府原籍錢塘天目山，〔註173〕後因修道，遷隱天臺山雲蓋峰，結廬名「方瀛」；武宗會昌初年嘗拒徵入朝，未幾辟穀而歿，享年八十有二。由於徐本已失，無從得悉編訖年代。因此研究者多著眼此人生平相關線索，用以判定集子年代。中又以「重修桐柏觀」與「拒武宗徵聘」二事尤具關鍵。

（1）重修桐柏觀

嚴格而論，徐氏卜居所在乃屬桐柏山範圍。就地理位置而言，天臺山與桐柏山接壤，自古為道教福地，兩山名稱亦常共用。考靈府自撰〈天臺山記〉曾言：「天臺與桐柏二山相接，而小異也。」〔註174〕顯示二者所處位置，無過大差異。至其定居桐柏何時？〈山記〉續道：

> 桐柏東北五里，有華林山居，水石清秀，靈寂之境也。自觀北上一峰，可五里，有方瀛山居，上有平地傾餘，前有池塘廣數畝歟。……
> 西接瓊臺，東近華林，即靈府長慶元年定室於此。〔註175〕

長慶，唐穆宗年號。徐氏定居桐柏，始於長慶元年（821），故後人喜在名前冠以「桐柏」二字，是為彰顯其隱居於此。

表面觀之，靈府遷居桐柏，似與集詩毫無扞格，但關鍵是期間嘗與道士葉藏質〔註176〕同葺「桐柏觀」，有學者即據斯事考證該本上限年代。

修觀之事，《嘉定赤城志》卷三十「天臺」有載：

> 桐柏崇道觀，在縣西北二十五里，舊名「桐柏」。唐景雲二年為司馬承禎建，……後皆蕪廢。大和、咸通中道士徐靈府、葉藏質新之。
> 〔註177〕

〔註172〕周永慎編：《歷代真仙高道傳》，第91～92頁。

〔註173〕天目山，位於浙江省西北，東北─西南走向，最高峰龍王山。請參閱賈文毓、李引主編：《中國地名辭源》「天目山」條，第382頁。

〔註174〕徐靈府：〈天臺山記〉，收《中國道觀志叢刊》（揚州：江蘇古籍出版社，2000年），第2頁。

〔註175〕同前書，第22頁。

〔註176〕葉質藏：括蒼人，字涵象。咸通初，創道齋玉霄峰，號石門山居。精於符籙，懿宗從其奏，以所居為玉霄峰，陳耆卿《嘉定赤城志》卷三十五有傳。

〔註177〕宋‧陳耆卿撰：《嘉定赤城志》卷三十〈天臺〉，《景印文淵閣四庫全書》486

崇道觀，舊名桐柏觀，唐睿宗景雲二年（711），爲司馬承禎所建。後因荒蕪，大和（文宗）迄咸通（懿宗）中，由徐、葉二人重新修繕。然而文中雖記修觀時間，卻未載何時完竣，只言「大和、咸通中」，但大和至咸通逾三十餘載，工時似乎過長，不合實理。茲試考元稹〈重修桐柏觀記〉，其曰：

歲大和己酉，修桐柏觀訖事，道士徐靈府以其狀乞文於余。〔註178〕

〈記〉言大和己酉爲桐柏觀竣工之時。己酉年，唐文宗大和三年（829）。換言之靈府重繕宮觀本大和間事，未迄懿宗，《赤城志》所記明顯有誤。〔註179〕惟徐氏長慶初年才定居桐柏，大和三年前又趨修觀之役，此間不可能有集詩之舉，故研判捃拾寒詩必是大和三年（829）之後事。再者，參閱〈山記〉篇末所記：

靈府以元和十年自衡嶽移居臺嶺，定室方瀛。至寶歷初歲，已逾再

閏。〔註180〕修眞之暇，聊採經誥，已述斯記，用彰靈焉。〔註181〕

唐憲宗元和十年（815）靈府移居臺嶺，至敬宗寶歷元年（825），近十載之久（三年一閏，逾再閏，爲超過五、六年），期間徐氏利用「修眞之暇，聊採經誥」，撰作〈天臺山記〉。惟寫成於寶歷初之〈山記〉，未見有關寒山事，亦無采摭詩作記錄。依此推斷，其編纂詩集應爲寶歷初年以後，而徐本上限應繫爲大和三年（829）之後，才符合上述情事。

（2）拒武宗徵聘

鏊清徐本編成上限後，另一重要文獻──「拒武宗徵聘」，即是編理下限年代。

如前述及，《仙傳拾遺》稱徐靈府爲「桐柏徵君」。「桐柏」已見前釋；而「徵君」則指徐氏不赴唐武宗（841～846）之徵召。此事《三洞羣仙錄》卷六〈靈府草堂〉，有載：

冊，第 850 頁。
〔註178〕周相錄：《元稹年譜新編》，第 263 頁。
〔註179〕由於《嘉定赤城志》年號錯舛，導致余嘉錫誤判靈府年代。於此，錢學烈有
考：「余嘉錫在《四庫提要辨證》卷二十說：『《嘉定赤城志》謂靈府……大中、
咸通中與道士葉藏質重修天臺桐柏崇道觀。』（筆者按：《嘉定赤城志・觀寺》
"桐柏崇道觀" 條載：『大和咸通中道士徐靈府、葉藏質新之。』余嘉錫之 "大
中" 乃 "大和" 之誤。）《赤城志》所載年號有誤，余氏據此推測徐靈府 "至
懿宗咸通間尚存"，將其卒年推遲二十多年，是缺乏根據的。」《寒山拾得詩
校評》，第 31 頁。
〔註180〕「再閏」二字，原文「再國」，余嘉錫改「再閏」，今據改。
〔註181〕〈天臺山記〉，第 35～36 頁。

會昌初，武宗詔浙東廉使以起之，辭，不復出見廉使，獻詩言志。……

廉使表以衰槁免命，由此絕粒，久凝寂而化。〔註182〕

「徵君」，乃稱朝廷徵聘之名。清趙翼《陔餘叢考》卷三十六「徵君徵士」條解道：「有學行之士，經詔書徵召而不仕者，曰：『徵士』，尊稱之則曰：『徵君』。」〔註183〕靈府於唐武宗會昌元年（841）辭徵不仕，杜賓聖遂有「徵君」稱名。另從拒詔即行辟穀推判，卒年不致逾越會昌年間。〔註184〕換言之，武宗會昌初年後，徐氏則聲聞斷絕，不可能有錄詩之舉，集本必於武宗徵聘事前編就。

總之，徐靈府所序、輯《寒山詩集》，並非三百首詩本之權輿，其人也非當時唯一搜訪寒詩者。但在流傳過程中，斯集可謂最先「有序」之本，分三卷，約纂成於文宗大和三年（829）～武宗會昌初年（841）之間。

5. 曹山本寂《對寒山子詩》

上述諸作，咸屬《寒山詩集》集錄本，泛流而下，本寂禪師《對寒山子詩》七卷，則為《詩集》注本之發端。此著亦是宋時目錄始記錄者。舉如宋仁宗翰林學士張觀、王堯臣等奉敕編《崇文總目》卷四「釋書類」載錄：「《寒山子詩》七卷」；〔註185〕稍晚《新唐書・藝文志》「道家類」：「《對寒山子詩》七卷，並注：天臺隱士。臺州刺史閭丘胤序，僧道翹集。寒山子隱居唐興縣寒山巖，於國清寺與隱者拾得往還。」〔註186〕均具體載明此本卷數與題名。〔註187〕

惟從《唐志》注語「臺州刺史閭丘胤序，僧道翹集」觀之，釋道翹亦參

〔註182〕宋・陳葆光：《三洞羣仙錄》卷六，收於《四庫全書存目叢書・子部二五八》（臺南：莊嚴文化，1995年9月），第496頁。

〔註183〕清・趙翼：《陔餘叢考》（臺北：華世出版社，民國64年10月），第423頁。

〔註184〕徐靈府卒年歷來有三說，一、元・趙道一《歷世真仙體道通鑑》卷四十，記享年八十四，將卒年，訂為會昌五年（845）；二、《天臺山方外志》卷九，載享年八十二，會昌三年為歿時；三、民國《臺州府志・方外》言辛於大中初年（847）。語見葉珠紅：《寒山資料考辨》，第39頁。

〔註185〕此條書目尚有注語：「錫乧按：《唐志》作釋智升《對寒山子詩》。」（收《叢書集成新編》第1冊，臺北：新文豐，民國75年元月，頁591）。此條所記有誤，余嘉錫考辨為：「蓋因《唐志》上文有智昇所撰三書而誤。」《四庫提要辨證》，第1066頁。

〔註186〕宋・歐陽修、宋祁撰：《新唐書》〈志第四十九・藝文三〉，第1531頁。

〔註187〕《崇文總目》題名略異《唐志》，余嘉錫認為是受"《唐志》作釋智升《對寒山子詩》"語影響，而誤去「對」字，《四庫提要辨證》，第1066頁。

與集詩之役。道翹可謂早靈府集詩另一知名人物，但隨閭〈序〉證實後人偽造，集詩之舉自然不足憑信。不過，既有假託之實，或有被偽造之本，即冒名釋道翹所集之詩本。其乃考述寂本前，首要釐清之疑點。

6. 偽託道翹本

關於僧道翹舊聞，閭丘〈序〉、《宋高僧傳》卷十九、《景德傳燈錄》卷二十七、《天臺山國清禪寺三隱集記》等均見載。據《四部叢刊景宋本》〈寒山子詩集序〉後曰：

> 僧道翹尋其（寒山）往日行狀，唯於竹木石壁書詩，並村野人家廳上所書文句三百餘首，及拾得於土地堂壁上書言偈，並纂集成卷。
> 〔註188〕

文中所言道翹事，眾所周知，然其是否「纂集成卷」者？《四庫提要辨證》嘗考：

> 所謂僧道翹者，子虛烏有之人也，安得輯寒山之詩。〔註189〕

余氏考閭丘胤事乃屬誣妄後，另逕將道翹其人及集寒、拾詩事一併否決。但所下「所謂僧道翹者，子虛烏有之人也」斷語，過於果斷，有深考之必要。因日人入矢義高〈關於寒山〉一文中，〔註190〕已考得唐代李邕〈國清寺碑〉並序中，曾提及道翹本人。〔註191〕既然此人存在，以李邕（678～747）時代推算，其於玄宗天寶六載（747）前尚存，時寒山尚未入滅，集詩之說，不攻自破。由此推知，道翹乃後人捏構閭丘胤訪寒山、拾得事時，另虛設之真實人物。

然道翹未集詩，不等同集本不存在，應分開視之。撰者以為既有佯託道翹輯錄之事，必有為其假依之詩集。該本雖無文獻佐證，但從其內容已有偽閭序、拾得詩，與陳耀東〈《寒山詩集》傳本敘錄〉置於徐本後、寂注本前〔註192〕研判，疑斯集為首附閭丘序、拾詩之傳本，約於徐靈府序本後，曹山本寂注本前理成。

〔註188〕《四部叢刊初編‧集部》「寒山子詩附拾得詩」，第 2 頁。

〔註189〕《四庫提要辨證》，第 1070 頁。

〔註190〕該文為入矢義高《寒山》卷首，（東京：岩波書店，1984 年 2 月出版），語見羅時進《唐詩演進論》，第 119 頁。

〔註191〕李邕碑文今存《全唐文》卷二百六十二，其序曰：「寺主道翹，都維那首那法師法忍等，三歸法空，一處心淨，景式諸子，大濟群生。」轉引葉珠紅《寒山詩集論叢》「〈寒山詩集〉版本問題探究」，第 9 頁。

〔註192〕請參考陳耀東〈《寒山詩集》傳本敘錄〉後附「版本源流總表」，第 46 頁。

7. 曹山本寂注本

余氏考辨閭序為訛作後，便憑《宋高僧傳》內容，判定晚唐曹洞宗本寂禪師《對寒山子詩》為寒詩首注本。首先有關本寂生平與注詩記載，贊寧《宋高僧傳》卷十三〈梁撫州曹山本寂傳〉：

> 釋本寂，姓氏黃，泉州莆田人也。其邑唐季多衣冠士子僑寓，儒風振起，號小稷下焉。……年惟二十九，二親始聽出家。……年二十五，登於戒足，凡諸舉措，若老芟蒌。咸通之初，禪宗興盛，風起於大溈也。……後被請往臨川曹山，參問之者，堂盈室滿。其所訓對，激射匪停……復注《對寒山子詩》，流行寓內，蓋以寂素修舉業之優也。文辭遒麗，號富有法才焉。尋示疾，終於山，春秋六十二，僧臘三十七。〔註193〕

同書卷十九〈唐天臺山封干師傳（濆木師・寒山子・拾得）〉曰：

> 後曹山寂禪師注解，謂之《對寒山子詩》。〔註194〕

據是，本寂禪師因「富有法才」，「文辭遒麗」，遂能注解寒詩，撰成《對寒山子詩》，余氏所言無誤。然本寂昭宗天復辛酉年間（901）告寂，〔註195〕詩注本最遲亦當於此時。

至《對寒山子詩》為何言「對」，余季豫解釋道：

> 《對寒山子詩者》，本寂注解之名也。寂蓋以其頗含玄理，懼人不解，遂敷衍其義，與原詩相應答，如〈天問〉之有〈天對〉，故謂之對。〔註196〕

「對」乃「敷衍其義，與原詩相應答」，如同葉昌熾所釋「謂之『對』者，當是以詩為問，而設詞以答之。……正如向子期之注《莊》、張處度之注《列》，但以微言頗析名理，不必如詁經之隨文箋釋也。」，〔註197〕蓋《對寒山子詩》之「對」字即「注」解，乃設詞衍繹寒詩義理也。本寂言「對」，用意於此。

而本寂注本來源與撰閭序問題，《辨證》有斯考辨：

> 寂之所注，當即根據徐本，……據《宋高僧傳・拾得傳》，本寂所

〔註193〕釋贊寧：《宋高僧傳》卷十三〈梁撫州曹山本寂傳〉，第308頁。

〔註194〕前揭書，第485頁。

〔註195〕《宋高僧傳》在「終於山」條有注記：「《五燈會元》謂歿在天復辛酉六月十六日，《僧寶傳》同」，第322頁。

〔註196〕《四庫提要辨證》，第1066頁。

〔註197〕葉昌熾撰：《寒山寺志》卷三，第135頁。

注，

> 實兼有拾得詩，不知寂何從得之，豈本寂所自搜求附入歟？……
> 《唐志》所載《對寒山子詩》，有閭丘胤序而無靈府之序，疑本寂
> 得靈府所編寒山詩，喜其多言佛理，足爲彼教張目，惡靈府之序
> 去之，依託閭丘，別作一序以冠其首，謬言集爲道翹所輯，爲之
> 作注，於是閭丘遇三僧之說盛傳於世，不知何時其注爲人所削，
> 而寒、拾之詩倖存，宋之俗僧又僞撰豐干詩附入其中。〔註198〕

可知余氏對寂本主張凡三：其一、采擷靈府本而成，其二、所得拾詩，可能
是「本寂自搜附入」，其三、託名閭丘胤爲《寒山詩集》作序。

以上三點有必要一一辨明。首先，注據徐本，並非不可能，因徐靈府序
集寒詩早於本寂禪師，更何況徐前已有好事者錄本行世。但《辨證》僅曰「當
據徐本」，卻未見任何證據。對此，黃博仁提出懷疑，其謂：

> 如本寂注據徐本，杜光庭何不言之，以光大道士之功耶？誠令人費
> 解？……要者，本寂之《對寒山子》或另有所據，不一定據徐本。
>
> 〔註199〕

所言甚是，《對寒山子詩》非必采徐本，亦可據它本。撰者以爲除靈府本外，
其或許依前述之「僞託道翹本」注釋而成。

其次，拾得詩偈來源，余氏疑謂「本寂自搜附入」，卻未解釋原因。若本
寂禪師眞是輯錄拾詩者，爲何曹洞禪籍隻字未提？且贊寧也只言注詩，未曰
集詩。如此論斷，頗爲疏陋，無法令人信服。因寂本若據「僞託道翹本」注
解，拾詩來源便可交代。

再者，本寂是否爲僞〈序〉之撰者，應該也不能成立。曹山本寂乃洞山
良價首席弟子，曹洞宗之大師，無須爲「彼教張目」，惡「靈府之序」，另「作
一序以冠其首」。故閭丘序應非本寂杜撰，或出自某一晚唐人之手。〔註200〕

簡言之，曹山本寂《對寒山子詩》，允稱《詩集》唯一注本，其據何本注成，
仍無法獲得證實。但可確信其人並未輯錄拾得詩偈與僞造閭序。至於注本終竟

〔註198〕《四庫提要辨證》，第 1070～1071 頁。
〔註199〕黃博仁：《寒山及其詩》，第 15 頁。
〔註200〕學人蒲立本曾對閭丘序文末讚辭音韻進行分析，發覺其與寒山用韻特微相
　　　　仿，皆屬晚唐時期產物。語見貫晉華〈傳世《寒山詩集》中禪詩作者考辨〉，
　　　　載《中國文哲研究集刊》第 22 期，2003 年 3 月，第 85 頁。

何時，迄今未有明論，姑且持前人之說，將本寂圓寂年代（901）〔註 201〕為注書最後期限。

　　歸納上述，《寒山詩集》唐時傳本，約分五種：「寒山自編本」、「好事者錄本」、「徐靈府序集本」、「偽託道翹本」、「曹山本寂注本」。自編本據撰者作品內證得知；好事本從《仙傳拾遺》文獻獲悉；道翹本則據閭序推判；而徐、寂本均有具體文獻載錄。其中靈府本可謂有序本之始，本寂則是《詩集》首注本。而各本特質與流傳過程如表所示：

表一　集本特質

版本名稱	編就年代	集　序	卷數	詩　數	編　次	附　錄
寒山自編本	文宗大和四年（830）			六百首	五言、七字、三字	
好事者錄本	稍早於徐靈府本或同時			三百首		
徐靈府序集本	文宗大和三年（829）～武宗會昌初年（841）	徐序	三卷	三百首		始序本
偽託道翹本	徐靈府序集本後，本寂注本前	閭丘胤序		三百首		首附〈閭丘胤序〉與拾得詩
曹山本寂注本	昭宗天復辛酉年間（901）	閭丘胤序	七卷	三百首		首注本

〔註 201〕陳耀東〈《寒山子詩結集結新探》〉將此本訂於「昭宗天復辛酉年間（901）前」，第 44 頁。

表二　唐本流傳圖

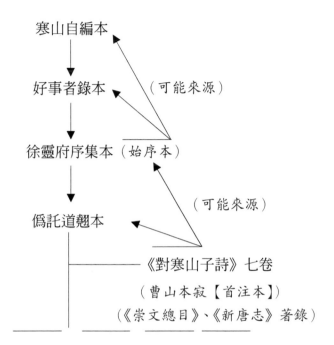

寒山自編本

↓

好事者錄本　　　　　（可能來源）

↓

徐靈府序集本（始序本）

↓　　　　　　　　　　（可能來源）

僞託道翹本

└────────《對寒山子詩》七卷

（曹山本寂【首注本】）

（《崇文總目》、《新唐志》著錄）

（二）宋刊本及以後版本

1. 宋　代

　　宋代爲中國刻書興盛時期，此時，寒山詩集轉刻多次，版源系統益增繁複，據前人整理主要分成宋刻本、國清寺本、寶祐本三大系統。

（1）宋刻本

　　約於南宋孝至光宗年間印行，題名爲《〈寒山子詩〉一卷·〈豐干拾得詩〉一卷》。爲志南國清寺本前之宋本，原由明代毛晉收藏，後歸皇家天祿琳琅珍藏，後又流落民間爲周暹（字叔弢，1891～1984）收藏，現藏北京圖書館善本部，即所謂「天祿宋本」。其版制特色：一函一冊，每半頁 11 行，行 18 字，白口，左右雙闌，單黑魚尾，板心題「寒山子詩」、頁數。首載閭丘胤〈序〉，次寒山詩；次「豐干禪師錄」及其詩；次「拾得錄」及其詩。寒山詩五七言雜錄，凡 303 首，「三字詩」6 首，「拾遺」新添 2 首，總 311 首。錄豐干詩 2 首，拾得詩 54 首（内含別本增入一首）。前無「朱晦庵與南老帖」、「陸放翁

與明老帖」，後無「沙門志南《三隱集記》」。〔註202〕

（2）國清寺本

　　題名《寒山子詩集》一卷，又稱《三隱詩集》。乃宋孝宗淳熙十六年（1189）天臺山國清寺僧志南編刻，世稱「國清寺本」。原刻本已佚，但南宋以後多種刊本皆以此版爲藍本，或增補付刻，或贗和重梓，數量與分流爲宋本之冠，其下又分爲：東皋寺、無我慧身二本。國清寺本原貌據元明重刊本可知：首有閭丘胤〈序〉，次「朱晦庵與南老帖」，次寒山詩，五七言不分，總307首，楚辭「有人坐山榴」一首未經改動。次豐干錄，詩2首。次拾得錄，詩49首；其中〈雲林最幽棲〉一首「怡然居憩地，日」以下缺。卷後有志南《天臺山國清禪寺三隱集記》。版心一題《三隱集》。〔註203〕

（3）東皋寺本

　　「東皋寺本」與「無我慧身本」均屬國清寺本旁支。陳耀東曰：「在宋代，以國清寺爲底本而翻刻、重刻改版者有二：一刻于宋紹定二年東皋寺本；再刻于宋無我慧身本。雖然兩刻與原刻本在內容上有所增損和多寡之分別，並且各自又形成自家獨立的系統，但正本清源，則皆出於國清寺本也。」〔註204〕斯本乃南宋理宗紹定二年己丑（1229）寺僧無隱據志南本覆刻，可明讎校並跋，題名《寒山詩集》一卷（一作《三隱詩集》），其卷末有釋可明〈跋〉，「陸放翁與明老帖」及中附寒山按陸游改訂「有人兮山徑」楚辭一首，原梓本尚未見存。

（4）無我慧身本

　　題名《寒山詩》一卷，爲國清寺增補本。其版制陳耀東嘗引清繆荃孫《寒山詩集一卷跋》曰：「前有閭丘胤序，後有淳熙十六年歲次於己酉沙門志南記，又有己酉屠維赤奮若可明跋。附『朱晦庵與南老帖』，『陸放翁與明老帖』。志南即南公，可明即明公，朱子與放翁所往還者。而前又有寒山序詩，觀音比丘無我慧身所補刻。是此書宋時一刻於淳熙己酉，曰國清寺本；再刻於紹定己丑，曰東皋寺本；此則三刻，又在東皋寺本之後。然不分七言於五言之外，不以拾得加豐干之上，仍其舊第。」〔註205〕現由日本宮內省圖書寮慶福院珍藏。

〔註202〕引自陳耀東：《寒山詩集版本研究》第二章「《寒山子詩集》傳本研究」，第13頁。
〔註203〕同前書，第16頁。
〔註204〕同上注。
〔註205〕同前書，第18頁。

（5）寶祐本

是本乃宋理宗寶祐乙卯三年（1255），行果就江東漕司重刻本，簡稱「寶祐本」，為復寒山子自編本分體之舊，題為《寒山詩》不分卷（一卷）。版制陳耀東有此介紹：「日本島田翰《刻宋版寒山詩集序》在闡述國清寺本、東皋無隱本、無我慧身本之後說：『又有寶祐乙卯行果就江東漕司本所重刻者，至茲始分七言於五言之外，又以拾得加於豐干之上。』指明寶祐本與前宋槧之三刻本最大的區別是：1. 分七言於五言之外；2. 拾得加於豐干之上。……前有閭丘胤序，次寒山詩，分體編次：『五言』280 首，『七字』20 首，『三字』7 首（實為 6 首），總 306 首。」〔註206〕寶祐本寒山詩始分五、七言，拾得詩亦在豐干之前，分五、七言，共 48 首，加上寒山「有人坐山楹」楚辭未更改，諸此事據印證該本不同於上述之版刊。

綜上寒山詩集宋版簡介，其特徵、年代、刊者可繪成下簡表：

版　　名	版本特徵	刊者	刊刻年代	備　　註
宋刻本	1. 首有閭丘胤〈序〉，次〈豐干錄〉，再次〈拾得錄〉 2. 無志南《三隱集記》 3. 寒山楚辭一首未更正 4. 寒詩 313 首，五七言雜錄，豐干詩置於拾得前，豐 2 首，拾 54 首	不詳	國清寺本前，詳細年代無從考究	原本由明代毛晉收藏，後歸皇家天祿琳琅珍藏，後又為周暹收藏，現藏北京圖書館善本部。
國清寺本	1. 首有閭丘胤〈序〉，「朱晦庵與南老帖」 2. 寒詩，307 首，五七言不分，楚辭「有人坐山楹」一首未經改動。豐干詩 2 首，拾得詩 49 首 3. 卷後有志南《天臺山國清禪寺三隱集記》，版心一題《三隱集》	天臺山國清寺僧志南	宋孝宗淳熙十六年（1189）	南宋以後多種刊本皆以為藍本，增補付刻
東皋寺本	1. 卷末有釋可明〈跋〉，「陸放翁與明老帖」 2. 寒山按陸游改訂「有人兮山徑」楚辭一首 3. 其餘同國清寺本	東皋寺僧無隱	南宋理宗紹定二年己丑（1229）	國清寺嫡本之一

〔註206〕同前書，第 21～22 頁。

無我慧身本	1. 前有寒山序詩一首 2. 後有觀音比丘無我慧身補刻說明 3. 其餘同東皋寺本	觀音比丘無我慧身	爲東皋寺本後，具體年代無法考得	國清寺嫡本之一，日本宮內省圖書寮慶福院有藏本
寶祐本	1. 寒詩 306 首，分五、七言，五言 280 首，七言 20 首，三言 6 首 2. 拾得詩於豐干之前，分五、七言，計 48 首 3. 寒山「有人坐山楹」楚辭未更改	行果	宋理宗寶祐乙卯三年（1255）	覆寒山子自編本分體之舊

2. 元　代

元朝時寶祐本傳入高麗，並屢次翻刻。〔註207〕錢學烈有云：「元朝鮮刻本影印：《寒山詩》一冊不分卷。北京大學圖書館善本室藏。前有閭丘胤序，寒山詩 310 首，分五七言，五言 284 首，七言 20 首，三言 6 首。詩後有『寒山詩終』字樣。後有『杭州錢塘門里東橋南大街郭宅紙鋪印行』，字迹十分清晰。接著是『豐干禪師錄』和『拾得錄』，拾得詩 57 首，亦分五七言，五言 51 首，七言 6 首，豐干詩 2 首。後有沙門志南〈天臺山國清寺三隱集記〉。接著是『慈受曳懷深』於建炎四年（1130）二月望日所作〈慈受深和尚擬寒山詩序〉一篇。……島田翰在日本重刊寒山詩集序中說：『元時有高麗復宋本，蓋據宋東皋寺本所改上梓』……島田翰所說：『據宋東皋寺本所改上梓』，大概有誤，應爲『據南宋寶祐本所改上梓』。」〔註208〕寒山集本自始遠播東洋鄰國。

3. 明　代

明代寒山詩集刊本大量湧現，有多種版本流行，例明成祖永樂六年（1408）《永樂大典》本〔註209〕、永樂十四年丙申（1416）釋淨戒輯錄本〔註210〕、武宗正德十一年丙子（1516）福建建陽劉氏弘毅書坊愼獨齋刻本、世宗嘉靖四年（1525）國清寺僧道會刊本〔註211〕、神宗萬曆七年己卯（1579）計謙亨刻

〔註207〕有關朝鮮版本系統，可參閱李鐘美〈朝鮮系統《寒山詩》版本源流考〉，載《文獻》第 1 期，2005 年 1 月，第 46～63 頁。
〔註208〕錢學烈：《寒山拾得詩校評》，第 39～40 頁。
〔註209〕僅題「《寒山詩集》」。
〔註210〕「《三聖詩集》不分卷，附楚石梵琦和詩」，今藏上海圖書館。
〔註211〕「《寒山詩集一卷》《豐干拾得詩》附一冊」，原本藏臺北中央研究院傅斯年圖

本〔註212〕、萬曆二十七年（1599）釋普文刊本〔註213〕、萬曆三十八年庚戌（1610）釋明吾據嘉靖四年國清寺重刊本〔註214〕、萬曆間甘爾翼據計謙亨翻刻本〔註215〕、廣州海幢寺重梓本〔註216〕、明刊白口八行本〔註217〕、明末吳明春刻本〔註218〕等。

4. 清　代

滿清時期，寒山作品已經廣眾周知，且受到統治者青睞，舉如清世宗雍正皇選編《御選寒山拾得詩》，〔註219〕並冊封寒、拾二人爲「和合二聖」。此外，尚有聖祖康熙四十五年(1706)《全唐詩》本〔註220〕、高宗乾隆十八年（1753）淨心道人抄本〔註221〕、乾隆四十六年（1781）《四庫全書》本〔註222〕、德宗光緒九年癸未（1883）甬上釋超群重刊本〔註223〕、日本明治三十八年（1905）民友社鉛印本〔註224〕、宣統二年（1910）蘇州程氏德全思賢堂據釋超群重印本〔註225〕等。

5. 近　代

寒山詩至宋以降已有不少刊本、鈔本，近代亦有多類印本行世，有 1924 年建德周氏（叔弢）影宋本〔註226〕、1926 年《擇是居叢書》影宋鈔重雕本〔註227〕、日本昭和三年（1928）東京審美書院影宋刻本〔註228〕、1931 年

書館。
〔註212〕「《寒山子詩集》一卷《拾得詩》一卷」，藏北京圖書館。
〔註213〕「《寒山子詩集》一卷」，臺北國家圖書館分館有藏。
〔註214〕「《寒山子詩》一冊，附《拾得大士詩》，今藏北京大學圖書館。
〔註215〕「《寒山子詩集》一卷」，北京圖書館所藏爲殘卷，臺灣魏子雲、李葉霜各有一私藏本。
〔註216〕「《寒山子詩集》不分卷」，今藏中國人民大學圖書館。
〔註217〕「《寒山子詩集》一卷附拾得及豐干詩一冊」，藏臺北國家圖書館。
〔註218〕「《天臺山國清禪寺三隱集記》」，藏上海圖書館、蘇州大學圖書館。
〔註219〕雍正十一年癸丑（1733）刊本，藏浙江臨海市博物館。
〔註220〕「《寒山詩一卷》《拾得詩一卷》」。
〔註221〕「《寒山子詩集》一卷」有蟄庵居士〈跋〉，藏山東圖書館。
〔註222〕乃據「明新安吳明春所校刻本」錄入，題名「《寒山子詩集》一卷附《豐干拾得詩》一卷」。
〔註223〕「《寒山子詩集》不分卷一冊」，藏廈門大學圖書館。
〔註224〕「《宋大字本寒山詩集》」，藏臺灣大學圖書館。
〔註225〕題曰「《寒山子詩集》」。
〔註226〕「《景宋本寒山子詩》」，原刻本藏北京圖書館善本部。
〔註227〕「《寒山子詩集一卷》」。
〔註228〕「《影印宋槧寒山詩集》一卷」，藏臺灣大學圖書館。

漢聲出版社影印上海法藏寺比丘興慈刊本〔註 229〕、民初上海有正書局影印本〔註 230〕、1947 年上海佛學書局據有正再印本〔註 231〕等。

綜上觀之，寒山詩集傳衍過程相當繁瑣，不難想見，其詩受到世人廣大愛戴，上迄有宋，乃至今日均有擁護者，斯亦是八、九十年代，爲何掀起「寒山學」要因之一。

二、《寒山詩集》補闕與箋注

寒山詩本傳刻數量甚夥，其補闕、箋注工作有不少學者努力從事，歷來對寒詩輯佚情形大致如下：

1. **陳尚君輯校《全唐詩補編》**〔註 232〕
   （1）童養年《全唐詩續補遺》卷二「寒山」，輯錄「無嗔即是戒」雜詩一首。〔註 233〕

案：童養年據《萬首唐人絕句補》卷十收爲寒山詩；陳尚君則依《宗鏡錄》卷二十四、《五燈會元》卷二歸爲拾得詩。

　　（2）陳尚君《全唐詩續拾》卷十四「寒山」，錄得「梵志死去來」、「井底生紅塵」詩二首。〔註 234〕

2. **陳耀東〈寒山、拾得佚詩拾遺〉**

分別補入「人是黑頭蟲」、「急急忙忙苦追求」、「少年懶讀書」，與二首寒山詩補校。〔註 235〕

3. **項楚〈寒山拾得佚詩考〉**

輯考「梵志死去來」、「井底生紅塵」、「人是黑頭蟲」、「我聞釋迦佛」、「胭脂畫面嬌千樣」、「雀啄鴉餐皮肉盡」、「百骸潰散雜塵泥」、「半作幡身半作腳」、

〔註 229〕書名爲「《寒山詩集》附豐干、拾得、楚石、石樹原詩」。

〔註 230〕「《寒山詩集》不分卷」，藏臺北國家圖書館善本部。

〔註 231〕題名改爲「《寒山拾得詩》」。

〔註 232〕收見陳尚君輯校《全唐詩補編》（北京：中華書局出版，1992 年 10 月第 1 版）。該書分爲《全唐詩外編》和《全唐詩續拾》兩部分。《外編》是 1982 年之修訂本，包括王重民《補全唐詩》、《補全唐詩拾遺》、孫望《全唐詩補逸》、童養年《全唐詩續補遺》；《續拾》爲陳尚君新輯，凡六十餘卷，收唐逸詩四千三百餘首，作者逾千人。

〔註 233〕童養年：《全唐詩續補遺》，見《全唐詩補編》上冊，第 348 頁。

〔註 234〕陳尚君：《全唐詩續拾》，見《全唐詩補編》中冊，第 870 頁。

〔註 235〕陳耀東〈寒山、拾得佚詩拾遺〉，載《文學遺產》第 5 期，1995 年，第 115～116 頁。

「無嗔即是戒」、「少年懶讀書」、「人言是牡丹」、「急急忙忙苦追求」十二首詩歌。〔註236〕

　　案：該文所考內容，嗣後又鎔鑄於撰者校注《寒山詩注》中。

4. 錢學烈《寒山拾得詩校評》

　　錄有「梵志死去來」、「人是黑頭蟲」、「少年懶讀書」、「井底生紅塵」、「人言是牡丹」、「我聞釋迦佛」、「半作幡身半作腳」、「急急忙忙苦追求」八首。

5. 陳耀東〈寒山、拾得佚詩考釋〉

　　將以往搜詩成果重新理彙，但不出項文範疇，僅一首新見。其是「梵志死去來」、「井底生紅塵」、「人是黑頭蟲」、「急急忙忙苦追求」、「少年懶讀書」、「千山萬水」、「我聞釋迦佛」、「半作幡身半作腳」、「人言是牡丹」、「胭脂畫面嬌千樣」、「雀啄鴉餐皮肉盡」、「百骸潰散離塵泥」共十二首。〔註237〕

　　案：文後另附舊文〈寒山、拾得佚詩拾遺〉二首寒山詩補校；新見「千山萬水」乃作者一九九七年據贊寧《宋高僧傳》卷十一〈唐大潙山靈祐傳〉輯出，內容爲「千山萬水，遇潭即止。獲無價寶，賑恤諸子」。

　　總計寒山佚詩共十三首，分別是「梵志死去來」、「井底生紅塵」、「人是黑頭蟲」、「我聞釋迦佛」、「胭脂畫面嬌千樣」、「雀啄鴉餐皮肉盡」、「百骸潰散雜塵泥」、「半作幡身半作腳」、「無嗔即是戒」、「少年懶讀書」、「人言是牡丹」、「急急忙忙苦追求」、「千山萬水」。

　　至於現行箋注本計有：黃山軒《寒山詩箋注》1970 年臺灣善言文摘社出版、曾普信《寒山詩解》臺灣光華書局 1971 年出版、李誼《禪家寒山詩注》臺灣正中書局 1972 年出版、陳慧劍〈寒山詩重組並注〉（附於《寒山子研究》）臺灣東大圖書 1974 年初版、徐光大《寒山子詩校注》陝西人民出版社 1991 年出版、錢學烈《寒山詩校注》〔註238〕廣東高等教育出版社 1991 年出版、郭鵬《寒山詩注釋》長春出版社 1995 年出版、項楚《寒山詩注》北京中華書局 2000 年初版等。之中以陳慧劍、錢學烈、項楚較具影響，尤其項本資料豐碩、論證精深，爲當今研究者公認最佳注本。也由於上述諸本之助益，後人對寒

〔註236〕該文原載《周紹良先生欣開九秩慶壽文集》（北京：中華書局，1997 年，第333～342 頁），後收入撰者《柱馬屋存稿》，第 153～156 頁。

〔註237〕陳耀東〈寒山、拾得佚詩考釋〉，載《中國典籍與文化論叢》第八輯，2005 年 1 月，161～169 頁。

〔註238〕其後經撰者增補、改訂編就爲《寒山拾得詩校評》。

詩研治日益增多，幾佔唐代通俗詩派之魁首，甚至不亞王梵志，顯示其獲重視程度，乃諸多唐人詩家難望項背矣。

參、《龐居士語錄》

　　龐居士《語錄》體制編次與王、寒不同，主要爲《語錄》、《詩偈》兩大部分構成，歷代書目多歸納於「釋家類」，〔註239〕將其視爲子部釋流之作，而非文人詩集之儔。致使唐選本幾乎不選龐蘊詩歌，僅有計有功《唐詩紀事》卷四十九錄有詩七首，《全唐詩》隨之收入，就無他例。龐氏詩歌流傳不廣，知其者亦著重於所留禪門公案（語錄部分）和作者禪學修養，鮮對詩歌有深刻認知。無論如何，至少詩偈隨語錄完整保存下來，今日才能悉其原貌，此或許如譚偉所言：「龐居士的詩歌便也有其幸與不幸之命運，其不幸者，因其在後世流傳不廣也；其所幸者，在於原貌能被較好的保留下來。」〔註240〕

一、《龐居士語錄》版源系統

　　《龐居士語錄》爲襄州刺史于頔編錄，該本可謂龐集最初本。〈語錄頌序〉謂：「今姑以所聞成編，釐爲二卷，永示將來，庶警後學。」〔註241〕然此集已亡佚，宋槧本亦未存世，據譚偉所考，今見知最古版本，乃明時抄本，另有刻本多種。換言之，現知居士作品版本系統主要分抄本、刻本兩類，而其特質、版源如下所述：

（一）抄　本

　　即日本西明寺宋抄本（簡稱西明寺本），僅存一種。日本文明十八年（1486，約明憲宗成化二十二年）逆翁宗順抄宋本，今庋藏日本愛知縣豐川市西明寺，禪籍俗語言研究會所編《俗語言研究》創刊號（1993 年 12 月出刊），收有複印本，乃目前所見《龐居士語錄》最早之集本。

　　其文本構成：前有「無名子」之〈龐居士語錄詩頌序〉一篇，次爲「龐居士語錄」，下題「刺史于頔編」，收有居士機緣問答 50 則；再次「龐居士詩卷上」，詩 74 首；「龐居士詩卷下」，詩 117 首。卷後附《歷代贊文并諸方拈古》

〔註239〕有關書目著錄情形，請參閱譚偉：《龐居士研究》第三章第一節，第 75～79頁；亦可參考項楚：《唐代白話詩派研究》第五章第二節，第 226～230 頁。
〔註240〕項楚等撰：《唐代白話詩派研究》，第 227 頁。
〔註241〕無名子〈龐居士語錄詩頌序〉收《龐居士語錄》（中華佛教居士會印），第 18頁。

6 首，續有嘉定十四年（1221）紹祈 0〈跋〉、宗順（1433～1488）文明十八
年題記。

（二）刻　本

其版衍較多，凡七種：

1. 明神宗萬曆（1573～1620）程通慧刻本

此本爲《中國善本書目·子部·釋家類》著錄，題「唐于頓輯」，《龐居
士語錄》一卷，《詩》二卷。爲所見最早刻本，屬明版系統。中國科學院圖書
館、中國社會科學院文學研究所有藏本。

2. 明思宗崇禎十年（1637）刻本

明刻本，由石川力山〈宋版《龐居士語錄》について——西明寺所藏《龐
居士語錄》の紹介とその及其資料價值〉披露斯集本。今藏於日本內閣文庫、
花園大學等。

文本特徵爲：前有無名子〈語錄頌序〉，後分上、中、下三卷，分次與西
明寺略異，卷上爲「龐居士語錄」；卷中爲龐詩，有 74 首；卷下詩 114 首，後
附《歷代贊文并諸方拈古》6 則，末有「崇禎丁丑春泉州羅山栖隱院識」刊記。
案：崇禎丁丑，即崇禎十年（1637）。

3. 日本和刻（無刊記）本

據石川力山〈宋版《龐居士語錄》について——西明寺所藏《龐居士語
錄》の紹介とその及其資料價值〉介紹，凡三卷，刻於日本寬永年間，爲崇
禎本複刻本，今藏日本駒澤大學、大谷大學等地。

4. 和刻本，應承二年（1652）中野是誰刊本

爲石川力山一文述及，崇禎本複刻本，凡三卷，版式與崇禎本幾乎一致，
日本花園大學、京都大學有藏本。

5. 清咸豐文宗元年（1851）刻本

共三卷，依宋版刻，但不同西明寺版源。卷次分合與西明寺、崇禎本有
差異外，詩數及排序則相同。陳尙君《全唐詩續拾》卷二十、二十一，錄有
此本詩歌二卷。卷首有清咸豐元年歲次辛亥冬月，姑蘇虎丘普度寺海岸沙門
乘戒定慧槃譚所撰〈重刻龐居士語錄緣起〉。中華佛教居士會所印《龐居士語
錄》，即據該版複印。〔註242〕

〔註242〕其〈跋〉云：「本會成立之初，即擬刊印，未獲善本，稽延迄今。守如居士章
　　　　克範告謂，從書市偶得清代木刻本，中有無名子序，文辭古樸，較卍字續藏

6. 《續藏經》本

為《續藏經》所錄，凡三卷，為崇禎覆刻本。〔註243〕《佛光大藏經‧禪藏‧語錄部》所收《龐居士語錄》，即據《續藏》本印行。

7. 金陵刻經處本

卷次、版制皆不詳，為《中國文學家大辭典‧隋唐五代部分》陳尚君所撰「龐蘊」條言及。

茲將上述內容理成下表，俾供參研：

版系	版　名	特　　徵	備　　註
唐本	于頓編錄本	1. 共二卷，有無名子〈語錄頌序〉	已佚
宋本	日本西明寺宋抄本（西明寺本，1486 年）	1. 無名子〈序〉，附《歷代贊文并諸方拈古》6 首，嘉定十四年紹祈〈跋〉 2. 編次為語錄，詩上、下卷 3. 機緣問答 50 則、詩 74 首（上）、117 首（下）	1. 現見最早集本 2. 唯一抄本 3. 藏日本愛知縣 豐川市西明寺
	清咸豐文宗元年（1851）刻本	1. 三卷，卷次分合與西明寺、崇禎本些微差異，詩數及排序皆相同 2. 卷首姑蘇虎丘普度寺海岸沙門乘戒定慧槃譚所撰〈重刻龐居士語錄緣起〉	1. 與西明寺分屬不同宋版系統 2. 中華佛教居士《龐居士語錄》據此本複印
明版	明神宗萬曆（1573～1620）程通慧刻本	1.《中國善本書目‧子部‧釋家類》著錄，題「唐于頓輯」2. 共三卷，語錄一卷，詩二卷	1. 為所見最早刻本 2. 中國科學院圖書館、中國社會科學院文學研究所有藏本
	明思宗崇禎十年（1637）刻本	1. 前無名子〈序〉後分上、中、下三卷，卷上「語錄」；卷中下為詩，分別為 74 、114 首，後附《歷代贊文并拈古》6 則，有「崇禎丁丑春泉州羅山栖隱院識」刊記	1. 藏日本內閣文庫、花園大學
	日本和刻（無刊記）本	1. 三卷，與崇禎本雷同，刻於日本寬永年間	1. 藏日本駒澤大學、大谷大學 2. 崇禎翻刻本

中所見為佳勝，乃決予影印。」，《龐居士語錄》，第 136 頁。

〔註243〕　《佛光大藏經‧龐居士語錄‧題解》曰：「本書為唐代龐蘊居士一代語錄，由節度使于頓編集而成。明崇禎十年（1637）重刊，今收錄於《卍續藏》。」（高雄：佛光出版社，民國 83 年 12 月），第 229 頁。

	和刻本，應承二年（1652）中野是誰刊本	1. 三卷，版式與崇禎本幾乎一致	1. 日本花園大學京都大學有藏本 2. 崇禎複刻本
	《續藏經》本	1. 三卷	1.《佛光大藏經·禪藏·龐居士語錄》，即據此本印行 2. 崇禎覆刻本
其他	金陵刻經處本	1. 卷次、版制不詳	1.《中國文學家大辭典·隋唐五代部分》陳尚君「龐蘊」條言及

二、龐蘊作品匡補

歷來龐蘊詩歌拾遺、辨譌工作，並無過多人力投入，先前雖有日人入矢義高、石川力山等人導夫先路，揭露日本重要抄本，因無中文譯本，影響有限。迨譚偉《龐居士研究》之出版，無論研究篇或是詩歌校理，皆見撰者深厚功力，搜詩亦齊備，為目前箋注龐居士較佳者。現就譚著所得，略陳龐詩輯佚情形。

（一）佚　詩

關於佚詩之輯錄，譚氏是從《語錄》、《宗鏡錄》、《祖堂集》、《萬善同歸集》、《五燈會元》等禪籍，理得「焰水無魚下底鉤」、「須彌頹」、「居士元無病」、「心如境亦如」、「世上說佛國」、「護身須是殺」、「劫火燃天天不熱」七首，並略考辨以釐清真偽。

（二）雜　句

除佚詩稽考外，譚著又收錄「毛頭含寶月，徹底見真源」、「一朝蛇入布褌襠，試問宗師甚麼節？」、「山海坦然平，敲冰來煮茶」殘詩三首。總計譚偉《龐居士研究》「校理」部分，共收詩197首，佚詩7首，3殘句。換言之，今見龐詩總數為204首，3殘句，乃目前箋校龐詩數量最多者。

雖言龐詩搜遺譚著已奠下良基，但仍有增益空間，須後人持續掇拾補訂。由於學界對龐氏關注本不多，若與寒山比況，猶如爝火日月，差距恆遙，然既有譚偉先理注，相信日後定有更多繼武者戮力行之，以為龐氏之功臣。

第肆章　王梵志、寒山、龐蘊詩作之比較

　　王梵志三人詩歌，表現共同特徵在「俗」，即大量採用俗語俚詞，直寫白描，暢達己論。然除此共性外，三人之作卻又各具勝處，風格獨示。為明其中差異，擬用「題材風格」、「寫作手法」、「創作表徵」擘析其間之異同。

第一節　題材風格之特色

　　王梵志等詩作，於題材風貌方面，可區分成「世俗性」、「宗教性」，陸永峰〈王梵志詩、寒山詩比較研究〉提到：「王詩與寒山詩最大相似處是為『俗』……，『俗』即描摹人情世態，諭世宣佛」〔註1〕文中「描摹人情世態」、「諭世宣佛」，乃所稱「世俗」、「宗教」狹義分法。〔註2〕既然王、寒詩歌具備相同特質，身為詩派一分子龐蘊亦必如斯，茲就二類，縷述王、寒、龐詩之題材特色與差別。

一、世俗性詩歌──狂狷、隱逸、救世之差異

　　若要論誰為通俗詩派「世俗性」詩歌之翹楚，當非王梵志莫屬。其集〈序〉謂：「具言時事，不浪虛談」，就已明揭其詩獨特性。然斯種「惟歌生民病」〔註3〕寫實詩旨，使王氏世俗詩歌整呈現「狂狷」〔註4〕之風貌。

〔註1〕　陸永峰〈王梵志詩、寒山詩比較研究〉，第110頁。
〔註2〕　此稱狹義乃因「世俗詩」除包括人情世態外，應該也涵蓋山水田園、自述詩等。
〔註3〕　白居易〈寄唐生〉，《全唐詩》卷四二四，第7冊，第4675頁。
〔註4〕　斯觀點乃參酌金英鎮〈試論王梵志與寒山詩之異同〉文而得。

　　眾所周知，王梵志詩歌多描寫社會底層貧苦百姓，反映社會現實情況，更對貪官汙吏醜態：「飲饗不知足，貪婪得動手。每懷劫賊心，恒張餓狼口。枷鏁忽然至，飯蓋遭毒手。」〔註5〕（〈天子與你官〉）；或僧尼道士：「憨癡求身肥，每日服石藥。生佛不拜禮，財色偏染著。」〔註6〕（〈童子得出家〉）荒淫離道生活，甚至社會視金如命歪風：「心裏無平等，尺寸不分明。名霑是百姓，不肯遠征行。不是人強了，良由方孔兄。」〔註7〕（〈兩兩相劫奪〉）、富豪吞田併地：「多置莊田廣修宅，四鄰買盡猶嫌窄。雕牆峻宇無歇時，幾日能爲宅中客？」（〈多置莊田廣修宅〉）〔註8〕豪奪強取等人世卑陋情治予以無情批判，表露出一副「能奈我何」狂妄姿態，如此毫無忌憚詬斥行徑，不僅顯現王氏詩歌風格，更獲得任半塘「辛辣」之評價：

> 王梵志詩的「辣」，主要由詩人「直言時事，不浪虛談（原序）」，重視詩歌懲惡勸善的社會功用來決定的。他有不少詩敢於揭露某些不合理社會現象，和人們靈魂中粗俗卑惡的一面，無論是挪揄嘲諷，諧謔調侃，還是無情鞭撻，勸世導俗，逐漸形成一種潑辣犀利的詩風，起到針砭頑俗、補弊救偏的作用，散發出強烈的「辣」味。〔註9〕

然而，「潑辣犀利」詩風營造王詩「狂」之特色，另一方卻也散發「有所不爲」狷者一面，項楚析道：

> 王梵志詩的諷刺對象，從統治階級的腐敗，擴展到人們的種種心理痼疾，同時也袒示了作者的某些心理病態。〈吾家昔富有〉（二九三首）：「吾家昔富有，你身窮欲死。你今初有錢，與我昔相似。吾今乍無初，還同昔日你。可惜好靴牙，翻作破皮底。」作者似乎是在諷刺一個暴發戶的洋洋得意，實際上卻表白自己的破落戶心理。這使我想起了魯迅筆下阿 Q 的一句名言：「我們先前——比你闊的多啦！你算是什麼東西！」……總之，王梵志詩展現了他所描寫人物的精神世界，也展現了作者自己的精神世界。〔註10〕

王梵志詩歌因身處社會下層，與杜甫文人寫實詩作「由上而下地俯視勞動人民

〔註5〕　項楚：《王梵志詩校注》，第 388 頁。
〔註6〕　同前書，第 672 頁。
〔註7〕　同前書，第 196～197 頁。
〔註8〕　同前書，第 748 頁。
〔註9〕　任半塘《〈王梵志詩校輯〉序》，見《王梵志詩研究彙錄》，第 54 頁。
〔註10〕　項楚：《王梵志詩校注‧前言》，第 26～27 頁。

的生活」〔註11〕觀察角度有所差別，其從「社會底層的內部觀察人民的生活，並作爲人民一員來唱出自己的痛苦」，〔註12〕使得「這些批判顯得尤爲辛辣尖刻，故也造成其詩中常洋溢著牢騷抱怨、憤懣不平的『狷者之音』」。〔註13〕

　　王氏世俗之作所顯露「狂狷」之音，使其成爲當時民間苦難「發聲者」，但也因直接批判作風，捨離傳統詩家「溫柔敦厚」用詩手段，毫不避諱，直言抨擊，使詩篇具有「投槍與匕首」刺世作用。〔註14〕相形之下，寒山世俗詩篇就迥然不同，其雖有與王梵志相同評論史實詩歌，不過力道、筆調均無王氏強悍，反以一種自憐軟性手法，細訴撰者旨意，舉如王詩告誡富家人：「有錢莫掣擽，不得事奢華。鄉里人憎惡，差科必破家。」；〔註15〕寒山詩則云：「富兒會高堂，華燈何煒煌。此時無燭者，心願處其傍。不意遭排遣，還歸暗處藏。」〔註16〕前詩言語既白如練，並以實際事例，眞切表達詩人強烈警告意味，使人心生懼畏，不敢爲之。後者則用貧者弱勢一面，暗諷富人家華燈煒煌，不知民間疾苦。二者語氣孰強孰弱，當下立判，如此「或顯或隱的自傷自憐手法，既哀怨，卻又怨而不怒」，〔註17〕與王梵志狂狷風格不啻有別。

　　另一方面，寒山寫實詩篇，有不少詩篇描繪田園山水內容，〔註18〕使俗世之作，散發一股高逸典雅之韻致，猶如文人「隱逸」之氣，爲梵志所不及。前所見之王詩曰：

　　　　吾有十畝田，種在南山坡，青松四五樹，綠豆兩三窠。

　　　　熱即池中浴，涼便岸上歌。遨遊自取足，誰能奈我何。〔註19〕

〔註11〕同前書，第25頁。

〔註12〕同上注。

〔註13〕金英鎭：〈唐代白話詩研究——以王梵志和寒山詩爲中心〉，第139頁。

〔註14〕李振中乃言：「梵志詩……對人情世態作了探微燭幽的洞察，在反映現實生活時，多用譏諷嘲戲手法，使詩歌充滿濃濃辣味甚至怪味，毫不掩飾地顯露出刺世嫉邪鋒芒。它有著強烈的自覺批判意識，刺世時含棄儒家主張的『溫柔敦厚』一面，使詩歌具有投槍和匕首之功用。」〈略論王梵志詩翻著襪創作特點〉，載《商丘師範學院學報》第22卷第6期，2006年12月，第45頁。

〔註15〕〈有錢莫掣擽〉（二○七），《王梵志詩校注》，第518頁。

〔註16〕〈富兒會高堂〉（一○四），《寒山詩注》，第281頁。

〔註17〕金英鎭：〈唐代白話詩研究——以王梵志和寒山詩爲中心〉，第141頁。

〔註18〕寒山山水詩數量頗多，約八十餘首，幾佔全詩集三分之一，而王梵志卻只有十餘首，可見寒山世俗詩作，山水田園爲其主要創作題材。

〔註19〕《王梵志詩校注》，第410頁。

又〈我家在何處〉：

> 我家在何處？結宇對山阿。院側狐狸窟，門前烏鵲窠。
>
> 聞鶯便下種，聽雁即收禾。悶遣奴吹笛，閑令婢唱歌。
>
> 兒即教誦賦，女即學調梭，寄語天公道：寧能那我何？〔註20〕

寒山則有：

> 田家避暑月，斗酒共誰歡。雜雜排山果，疎疎圍酒樽。
>
> 蘆莒將代席，葉蕉且充盤。醉後搕頤坐，須彌小彈丸。〔註21〕
>
> 自在白雲閑，從來非買山。下危須策杖，上險捉藤攀。
>
> 澗底松長翠，谿邊石自斑。友朋雖阻絕，春至鳥喈喈。〔註22〕

兩相比較，旨趣雖相似，卻見不同呈現手法。前者仍不脫諷世批判一貫習性，從其結尾處「誰能奈我何」、「寧能那我何」強勢語調，即能觀得；後作則流瀉詩人追求恬然安適，清閑靜謐之情，所繪情景，更是令人心生嚮往。如此採用柔軟筆觸，非一味標幟詩歌寫實作用，「或俗或雅，涉筆成趣」，〔註23〕正是寒山世俗詩具有「隱逸」特徵主要原因，就如金英鎮表示：「寒山多選用『寒山』、『白雲』、『松風』、『幽泉』、『鳥語』等意象，其詩境也多悠閑安詳、清幽靜謐之趣。甚至在其諷世化俗類詩歌中，這種隱逸文士之氣也依然不時流露出來。其次，王梵志詩的寫實性和現實性較強，其田園詩中常有一些不忘現實的生活處境的詩作，……兩家雖然都共有『俗』的一面，但王梵志詩在內容和表達上皆『俗』得較徹底，而寒山詩則在『俗』之外，還能不時流露一些士子的學養氣質和士人詩的審美趣味。」說明二人差異之處。

至於龐蘊世俗詩篇又是另一種體現。不過，觀詩偈題材，並無王梵志反映社會底層特性，寒山子山園情趣，惟單純發揮居士本能，宣揚釋理，勸諭世人，使其作盈斥濃烈「救世」情懷。譚偉評道：「龐居士有強烈的救世精神，他的詩偈在表達自己禪悟的同時，更多的是向人們宣傳禪理，……將禪理悟境通俗性的開講，通過將佛教之名解術語融入到本土語言之中的方式，把佛教思想精華融入本土文化之中，將抽象禪理融入日常生活之中。」〔註24〕；其又曰：「龐居

〔註20〕〈我家在何處〉（一二四），《王梵志詩校注》，第 382～383 頁。

〔註21〕〈田家避暑月〉（一一九），《寒山詩注》，第 313 頁。

〔註22〕〈自在白雲閑〉（二二二），《寒山詩注》，第 567 頁。

〔註23〕項楚：《寒山詩注》，第 14 頁。

〔註24〕譚偉：《龐居士研究》，第 198 頁。

士的詩偈較爲系統而全面地反映了他那個時代禪的觀念、修行方式以及民間宗教信仰，在對僧、俗修行中存在的弊端予以深入批判的同時，又給予具體的指導，其救世之情歷歷可見。」〔註25〕清楚揭櫫龐氏詩篇獨特風格。

　　蘊既喜以宗教勸說口吻警示民眾，又好將釋教名相化入詩中，令世俗詩更似宗教詩，實爲開導芸芸眾生而作。詩云：

　　　　世上蠢蠢者，相見祇論錢。張三五百貫，李四有幾千。

　　　　趙大折却本，王六大迤遭。口常談三業，心中欲火然。

　　　　癡狼咬肚熱，貪鬼撮頭牽。有脚復又足，開眼常睡眠。

　　　　羅刹同心腹，何日見青天。青天不可見，地獄結因緣。〔註26〕

詩中嚴厲指責當時民眾慳貪之狀，並用「羅刹」、「地獄」佛家觀念，加深警示效果，冀盼人們能早日向佛修業，脫離苦境。此種帶有勸民修行「世俗」詩歌，反倒成爲龐蘊爲詩著力點，進一步大肆闡揚「修行」之重要，其曰：

　　　　世間最上事，唯有修道強。若悟無生理，三界自消亡。

　　　　蘊空妙德現，無念是清涼。此即彌陀土，何處覓西方。〔註27〕

　　　　日輪漸漸短，光陰一何促。身如水上沫，命似當風燭。

　　　　常須慎四蛇，持心捨三毒。相見論修道，更莫著婬欲。

　　　　婬欲暫時情，長劫入地獄。縱令得出來，异形人不識。

　　　　或時成四足，或是總無足。可惜好人身，變作醜頭畜。

　　　　今日預報知，行行須努力。〔註28〕

類似「勸修向善」之作，龐集不勝枚舉。當然斯非龐作獨具，王、寒山亦有所聞，例〈杌杌貪生業〉〔註29〕、〈生前大愚癡〉〔註30〕等。但如龐氏大量且刻意專寫，卻是二人無從相較。〔註31〕也因如此，造成龐居士世俗詩篇取材

〔註25〕項楚：《唐代白話詩派研究》，第306。

〔註26〕〈世上蠢蠢者〉（○○九），《龐居士研究》，第432頁。

〔註27〕〈世間最上事〉（○九七），同前書，第460頁。

〔註28〕〈日輪漸漸短〉（○○三），同前書，第427頁。

〔註29〕〈杌杌貪生業〉（○三五）：「杌杌貪生業，憨人合腦癡。漫作千年調，活得沒多時。急手求三寶。願入涅槃期。杓柄依僧次，巡到厭摩師。」《王梵志詩校注》，第144頁。

〔註30〕〈生前大愚癡〉（○四一）：「生前大愚癡，不爲今日悟。今日如許貧，總是前生作。今日又不修，來生還如故。兩岸各無船，渺渺難濟渡。」《寒山詩注》，第113頁。

〔註31〕據撰者統計，二百餘首龐詩中涉及闡釋佛法、修證等宗教詩歌，幾佔全集全

狹隘，變化呆板，無怪乎譚氏將其詩與寒山比況曾言：「雖然寒山與龐居士的詩歌風格極為相似，但二者之間還是有區別。這主要表現在題材上，與寒山詩相比，龐居士詩之題材範圍要狹窄得多，相當於寒山的宗教詩。」〔註32〕斯或許為蘊詩未被青睞緣故之一。

二、宗教性詩歌──意象化、意境化、說理化之分別

「藉佛諭世」乃通俗詩家為詩主要目的，此類詩篇多宣揚基礎佛理，說理濃厚，意境不高。但王梵志卻能善用「生活中常見的事象去作喻體，既形象化，又饒奇趣，使讀者在審美愉悅之中，不自覺地接受了佛理的薰染」。〔註33〕詩云：

　　　　身如內架堂，命似堂中燭。風急吹燭滅，即是空堂屋。〔註34〕

此首是言身命關係之作。「內架堂」喻身，「堂中燭」喻命，「風急吹燭滅」言命終，尾句「空堂屋」則指徒具軀骸。全詩鋪陳平實，喻像明確，非晦澀難明之佛理作品。此外，其另有運用佛典意象之詩篇，曰：

　　　　人去像還去，人來像以明。像有投鏡意，人無合像情。

　　　　鏡像俱磨滅，何處有眾生？〔註35〕

　　　　一身元本別，四大聚會同。直似風吹火，還如火逐風。

　　　　火強風熾疾，風疾火愈烘。火風俱氣盡，星散總成空。〔註36〕

所引兩首乃論佛教大乘空宗般若十喻觀念，項楚注道：「〈摩訶般若波羅蜜經序品〉：『解了諸法，如幻，如焰，如水中月，如虛空，如響，如犍婆城，如夢，如夢，如影，如鏡中像，如化。』此即般若十喻」。〔註37〕前為「如鏡之喻」，後則是「如焰之喻」。全詩以「白描的手法將喻體作『意象化』，而空宗精微的般若義理也就在這生動的白描中顯示出了它的意蘊」。〔註38〕用語不涉繁瑣，並將晦涉艱深佛理具象表達，形成王梵志宗教詩篇之基調。〔註39〕不

　　　　部，此現象為另兩家作品所少見。
〔註32〕《龐居士研究》，第212～213頁。
〔註33〕金英鎮：〈唐代白話詩研究──以王梵志和寒山詩為中心〉，第145頁。
〔註34〕〈身如內架堂〉（○六三），《王梵志詩校注》，第222頁。
〔註35〕〈人去像還去〉（○八○），同前書，第359頁。
〔註36〕〈一身元本別〉（○八一），同前書，第261頁。
〔註37〕同前書，第260頁。
〔註38〕金英鎮：〈唐代白話詩研究──以王梵志和寒山詩為中心〉，第147頁。
〔註39〕對此，金英鎮提到：「王梵志詩注重利用佛典的以喻明理的文體特點，將佛理融於一連串形象的比喻中，讓讀者在形象思維中去明了佛理。」同前注。

過，「意象化」雖有助世人曉悉所言佛法，卻也顯示「其詩並不直接說理而是富於生動的形象性，但它們終究還是有較明確的義理指向，在風格上顯得單一質樸，且境實意露而少遠韻」〔註40〕之缺失。

後繼者寒山則有不同展現，其因重詩歌「意境」之營造，使作品「意境融徹，出音聲之外」〔註41〕更添文學價值，金文曰：

> 寒山當然也有這樣的白描意象詩，如〈余家有一宅〉即是其例，但他更擅於以山水景物喻禪，寫空靈閑靜的禪詩，……既有魏晉山水遊仙詩的高逸雋永、唐代田園山水詩的閑遠清朗，更饒富禪宗悟境的玄妙空靈。〔註42〕

寒山對於意境創造，確有過人之處，所寫山水禪詩，渾然天成，充滿理趣，予以人深刻啟迪及悠長之意味。詩云：

> 眾星羅列夜明珠，山巖點孤燈月未沉。圓滿光華不磨瑩，挂在青天是我心。〔註43〕

> 盤陀石上坐，谿澗冷淒淒。靜翫偏嘉麗，虛巖蒙霧迷。恬然憩歇處，日斜樹影低。我自觀心地，蓮花出淤泥。〔註44〕

以光輝朗照「明月」，喻自心契入幽玄，靈明獨見；或用「盤石」、「溪澗」、「虛巖」道出悟得之禪機，構築一片幽遠閑寂之意境。如此「以多個山水自然中的意象，和諧地點染出一個意境」，〔註45〕並透過「坐忘、喪我，與物齊一，達到與天地萬物渾沌一體之境界，從而在與物不分的狀態中，悟出道之真髓」，〔註46〕此種「用事琢句，妙在言其用，不言其名耳」，〔註47〕乃寒山佛教詩歌特點與引人入勝所在。〔註48〕

〔註40〕同上注。
〔註41〕明・朱承爵：《存餘堂詩話》，收《叢書集成新編》第79冊，第236頁。
〔註42〕同37注。
〔註43〕《寒山詩注》，第519頁。
〔註44〕前揭書，第520頁。
〔註45〕金英鎮：〈唐代白話詩研究——以王梵志和寒山詩為中心〉，第148頁。
〔註46〕語見吳建民：《中國古代詩學原理》，第61頁。
〔註47〕宋・釋惠洪：《冷齋夜話》卷四〈詩言其用不言其名〉，收李保民校點：《宋元筆記小說大觀》（上海：上海古籍，2007年3月），第2189頁。
〔註48〕誠如周海燕〈詩僧寒山禪詩研究〉（東北師範大學碩士論文，2006年5月，第14頁）所講：「寒山效法於王梵志詩，但是絕對不是簡單地繼承而是有所發展，他選擇了一條中間道路來抒情寫意，勸世宣佛，最突出的一點便是他在對山居生活的描寫中滲入佛道禪意，寒山的這類詩可以說具有很高的價值。」；陳

　　相對之下，龐居士詩歌因強烈「說理」傾向，與王詩同樣具備「境實意露而少遠韻」之缺點。項楚嘗謂：

> 龐居士的詩偈在總風格上，和王梵志詩比較接近，都是用說理、敘事和白描的手段來創作，龐居士的說理色彩更濃厚一些。……王梵志詩的內容更豐富，除了佛教題材以外，還有大量描寫人情世態的詩作，龐居士則基本上圇於佛教的範圍之內。〔註49〕

龐蘊乃禪門居士代表，對修禪證悟又有極高體會，在此氛圍下，詩句無不表現禪理之精神，〔註50〕使詩歌呈現一股濃郁「說理」氣象。詩曰：

> 耳聞他罵詈，心知口莫對。惡亦不須嫌，好亦不須愛。
> 豁達無關津，虛空無罣礙。此真不動佛，亦名觀自在。〔註51〕

> 昔日在有時，常被有人欺。一相生分別，見聞多是非。
> 已後入無時，又被無人欺。一向看心坐，冥冥無所知。
> 有無俱是執，何處是無爲。有無同一體，諸相盡皆離。
> 心同虛空故，虛空是我師。若論無相理，爲我父王知。〔註52〕

「自在」即無礙，謂自由自在，無罣無礙；「觀自在」，乃「以智能觀照真如之鏡，出入自由，圓融無礙」。〔註53〕詩旨乃籲世人不執著，使「心如虛空，一切皆無挂礙」，便能契入佛理。後者則引述《大般涅槃經》卷一四載：「一切有爲，皆是無常，虛空無爲，是故名常。佛性無爲，是故爲常。虛空者即是佛性，佛性者即是如來，如來者即是無爲，無爲者即是常。」之要義，〔註54〕一切無礙如虛空，即是佛性，故蘊言：「心同虛空故，虛空是我師」說明所修持之境界。全詩以「傳達個人了悟的境地感受，同時也作爲度化眾生的殷殷囑咐與指導」，〔註55〕展現詩人十足「說理」之性格。

　　慧劍亦說：「西方知識分子沉浸在寒山的世界，如果說是採納他的詩作的奇特，不如說是接納他那猶如『美學』般的佛理意境。」《寒山子研究》，第135頁，均對同類詩作產生興趣。

〔註49〕同前書，第13頁。

〔註50〕譚偉介紹龐詩禪理作品主要有一、空、空空、虛空。二、無相、無念、無住。三、無心、無生。四、隨緣任運四類特點。

〔註51〕〈耳聞他罵詈〉（○八九），《龐居士研究》，第458頁。

〔註52〕譚偉：《龐居士研究》，第432～433頁。

〔註53〕同上書，第162頁。

〔註54〕語見譚偉：《龐居士研究》，第162～163頁。

〔註55〕李皇誼：〈禪門居士龐蘊及其文學研究〉，第174頁。

　　再者，若將龐氏禪理作品與寒山禪境詩對比，可發覺二人揚禪立意實無差異，惟表達手法與意境不同而已，誠如項楚揭櫫：

> 寒山詩和龐居士詩都表現了禪的精神，但表達的方式大不相同。寒山詩的一體其實仍然保留了文人氣質，而又超越了文人的氣質，他筆下的寒巖超凡脫俗，夐絕人世，純潔而又寧靜，成為『禪』的化身，淨化了人們的心靈。寒山用他創造的『禪』的意境去感悟讀者，啟迪人心。龐居士卻是用議論來宣傳禪理，教化眾生。這裏自然有高下之分，不過單就用詩歌說理而言，龐居士詩完全做到了得心應手、隨心所欲，豐富了中國詩歌的表現手段。〔註56〕

論文學造詣、造禪境手法，乃龐氏不及寒山，如純以「說理」角度衡量，其已臻「得心應手、隨心所欲」之化境，成為議論禪理之能手。

三、小　結

　　綜上言，王氏三人詩作題材風貌，主要是以世俗、宗教類為據。世俗性方面，王梵志詩歌具有反映史實，為民發音之作用，且亦好使用狂妄、嘲諷言語方式，使詩篇呈現「狂狷」風格；寒山雖亦有針砭時弊、刺世疾邪之作，卻無前者尖酸、辛辣，反以委婉手法顯現，而其幽居高隱之詩，表現其他詩人所缺乏素材，使寒山作品「俗中有雅」，添增不少文人氣息；至龐詩展現佛家「救世化眾」特質，無論詩歌題材、風貌均無前者多樣化。其次，宗教詩篇部分，王、龐二人表現平分秋色，與一般宣揚佛理之作無異，說理意向強烈，不同在前者擅長「比喻」意象手法，龐蘊則意在禪理之闡明。寒山則在化境造禪有十分突出表現，所謂「機趣橫溢，韻度自高」，〔註57〕如此高成就之取得，除與自身經歷〔註58〕關係密切外，詩人審美維度亦是重要影響因素，如同崔小敬所講：「在寒山詩中，自然不是靜態的，而是動態的；不是單一的，而是變化的；不是死氣沉沉的，而是生動勃勃的；不是喧囂騷動的，而是清寂活潑的。……這種藝術成就的取得一方面是由於詩人文學和語言修養的深厚，能夠灑脫自如地遣詞用句，表情達意。而另一個更重要的

〔註56〕項楚：《唐代白話詩派研究》，第13～14頁。
〔註57〕語見島田翰〈刻宋本寒山詩集序〉（日本明治三十八年刊本《宋大字本寒山詩集》卷首），引錄項楚：《寒山詩注・附錄二》，第953頁。
〔註58〕寒山詩篇飽富文人氣質，主要是其出身士族之家，後又遁居山林，修佛悟道，二者交融之下，才會有如士人般學養之山水禪作產生。

方面，則取決於詩人的審美心態，正如畫論家郭熙《林泉高致》所云：『看山水也有價，以林泉之心覽之價高，以驕侈之目覽之則價低。』詩人不僅是以『林泉之心』來看待自己周圍的一切自然景物，更是把自己完全融化在了景物之中，達到物我同化、天人合一的境界。」〔註59〕此乃其他作者難望項背之因由。

第二節　詩歌寫作方法運用

由於王、寒、龐通俗詩不講究格律，形式自由，在詩歌寫作手法各有獨到運用情形，茲就相關議題比較如下。

一、寫作方法運用

平心而論，王梵志、寒山、龐蘊詩歌造詣，並未逾越文人詩家水準，其作品文藝表現，多屬常見技巧，無特別之處。不過，其既屬唐音特別詩派，必有特殊造就原因，若能細辨其中特質，或可詳究三人作品價值所在，現分「用語風格」、「套語形式」進行說明。

（一）用語風格

從詩歌語言風格可悉文學作品另一藝術表象，今人竺家寧表示：「每個人都有驅遣語言、運用語言的一套方式和習慣，發音的調、措辭的偏好、造句的特色、或有意或無意的，都會表現出個人的風格特徵。」〔註60〕的確，不同作者都有屬於自己用語風格。通俗詩派最大語言特徵在於俚俗語與佛家語之使用，此乃整體表現，仍有個別不同之區分。因此本節將參酌竺氏《語言風格與文學韻律》中「詞彙角度觀看作品風格」所提「疊詞之運用」、「詞彙情感色彩」、「新詞創造力」方法，〔註61〕作為觀察、類比王梵志三人語言風格。

1. 疊詞之運用

疊詞即疊字，乃漢語構詞一項特色。亦稱「重言」，古時又云「複字」、「雙

〔註59〕崔小敬：〈寒山及其詩研究〉（復旦大學中國語文學系博士論文，2004年），第116～117頁。
〔註60〕竺家寧：《語言風格與文學韻律》，第4頁。
〔註61〕該章節共提出十二種審視面向，但非每項適用，僅從中挑選有關者作為對比之用。

字」。關於疊字起源和修辭功用，《文心雕龍·物色篇》著錄：

> 是以詩人感物，聯類不窮。流連萬象之際，沉吟視聽之區；寫氣圖
> 貌，既隨物以宛轉；屬采附聲，亦與心而徘徊。故「灼灼」狀桃花
> 之鮮，「依依」盡楊柳之貌，「杲杲」為出日之容，「瀌瀌」擬雨雪之
> 狀，「喈喈」逐黃鳥之聲，「喓喓」學草蟲之韻；皎日嘒星，一言窮
> 理；參差沃若，兩字連形。並以少總多，情貌無遺矣。雖復思經千
> 載，將何易奪。〔註62〕

此段話不僅對疊字起源、功用，評述詳盡，對其能產詩神奇美妙效果，亦高
度讚頌。疊字既雙聲，又疊韻；用於修辭言語文字，能真實表達思想感情，
反映事物具體形象，亦可促進音調鏗鏘，增強音韻美感、藝術價值，產生深
化印象，提昇趣味之效用。

　　王梵志、寒山、龐居士選用疊字修辭，乃普遍情形，因疊語形式本民間
文學常用手法，其目的是為「突出其思想意義或某種特殊的韻味，或者也使
之更辨便於記憶」。〔註63〕不過，依功用性質約略可分「描摹事物聲音」、「表
示概括性與強調意味」、「加重表答語氣」三類。〔註64〕斯三者上述詩人作品
並非全然具備，有些未能見得，首先「描摹事物聲音」方面：

（1）描摹事物聲音

　　即「疊音詞」。「疊音詞」是指「借用兩個相同的字構詞，以描摹某一種聲
音，或形容某一種狀態。和字的本來意義無關，這時的『字』只是一個聲音的
符號而已。疊音詞雖然有兩個音節，卻只能算一個『詞彙』單位。」〔註65〕其
目的在於描摹自然界事物各種聲音，以收如聞其聲之修辭妙用。

　　然此詞使用，僅寒山見之，另二人無此項技巧。〔註66〕其為：

> 城中娥眉女，佩珠珂珊珊。（珊珊，象聲詞）〔註67〕
>
> 仙書一兩卷，樹下讀喃喃。（喃喃，口念出聲貌）〔註68〕

〔註62〕王利器校注：《文心雕龍校注》，第278頁。
〔註63〕李鮮熙：〈寒山其人及其詩研究〉，第241頁。
〔註64〕參見高平平：〈疊字的修辭功用〉，載《中國語文》第498期，民國87年12
　　　　月，第47～51頁。
〔註65〕竺家寧：《漢語詞彙學》（臺北：五南圖書出版社，民國88年），第280頁。
〔註66〕有關王梵志、龐蘊描摹事物形態或聲音疊字例子相當罕見，其類型多屬後兩
　　　　者。
〔註67〕〈城中娥眉女〉（○一四），《寒山詩注》，第47頁。
〔註68〕〈家住綠巖下〉（○一六），同上，第52頁。

友朋雖阻絕，春至鳥喧喧。（喧喧，鳥鳴聲）〔註69〕

幽澗常瀝瀝，高松風颼颼。（瀝瀝，水滴落之聲；颼颼，風吹聲）

〔註70〕

猿來樹嫋嫋，鳥入林啾啾。（啾啾，鳥叫聲）〔註71〕

用重疊字詞，描摹事物及自然景物之聲音，活化讀者聽覺感觸，乃寒山擅長之語言技巧。

　　除此之外，寒山亦善用「聽覺」以外感官重詞，如「視覺」方面有：「層層山水秀、谿長石磊磊、澗闊草濛濛、水清澄澄瑩、雜雜排山果」；「視覺、聽覺」之並列：「月照水澄澄，風吹草獵獵；山腰雲縵縵，谷口風颼颼」等，

〔註72〕顯示其言語修辭之多樣性，卓越遣詞能力，爲其他二人所不及。

（2）表示概括性與強調意味

　　疊字另有作爲「概括性、強調意味」用途，乃三人詩作中常見之形式，其主要爲名詞或數量詞重疊後，解釋有「任一」、「每一」之意者。分別爲：

王梵志

兩腳行衣架，步步入阿鼻。（步步，每步）〔註73〕

年年相續罪根重，月月增長肉身肥。（年年，每年；月月，每月）

〔註74〕

各各保愛膿血袋，一聚白骨帶頑皮。（各各，每位）〔註75〕

朝朝步虛讚，道聲數千般。（朝朝，每早）〔註76〕

寒　山

昔日極貧苦，夜夜數他寶。（夜夜，每晚）〔註77〕

不識主人公，隨客處處轉。（處處，到處）〔註78〕

箇箇惜妻兒，爺孃不供養。（箇箇，每一箇）〔註79〕

〔註69〕〈自在白雲閑〉（二二二），同上，第567頁。

〔註70〕〈有一餐霞子〉（○二二），同上，第67頁。

〔註71〕〈獨坐常忽忽〉（一四七），同上，第371頁。

〔註72〕詳細內容亦可參見李鮮熙〈寒山其人及其詩研究〉之說明，第240～245頁。

〔註73〕〈百歲乃有一〉（○一三），《王梵志詩校注》，第61頁。

〔註74〕〈傍看數箇大憨癡〉（○一九），同上，第78頁。

〔註75〕〈各各保愛膿血袋〉（○二○），同上，第82頁。

〔註76〕〈觀內有婦人〉（○二四），同上，第96頁。

〔註77〕〈昔日極貧苦〉（二四五），《寒山詩注》，第638頁。

〔註78〕〈世有一般人〉（二四○），同上，第619頁。

龐居士

　　生事日日減，有所不能作。（日日，每日）〔註80〕

　　佛教本無妄，句句須論實。（句句，每一句）〔註81〕

　　生生獲得有爲果，墮在三界無出期。（生生，每一生）〔註82〕

均藉單音節字之相疊，形成獨立意義之新複合詞，其最大優點可使語調鏗鏗
有聲，用詞更爲洗鍊，屬於易見組合型態。

（3）加重表達語氣

　　此疊字形式乃借重字義反覆效果，加深所要表達語氣。相關詩例頗繁，
僅用「冥冥」作爲示範。

王梵志

　　掇頭入苦海，冥冥不省覺。〔註83〕

　　獨守深泉下，冥冥長夜飢。〔註84〕

　　冥冥黑闇眠，永別明燈燭。〔註85〕

　　兀兀身死後，冥冥不自知。〔註86〕

寒　山

　　唯有黃泉客，冥冥去不迴。〔註87〕

　　冥冥泉臺路，被業相拘絆。〔註88〕

　　惡趣甚茫茫，冥冥無日光。〔註89〕

龐　蘊

　　一向看心坐，冥冥無所知。〔註90〕

　　實是可憐許，冥冥不見日。〔註91〕

〔註79〕〈我見世間人〉（一五九），同上，第 400 頁。

〔註80〕〈古時不異今〉（○○八），《龐居士研究》，第 431 頁。

〔註81〕〈佛教本無妄〉（○三○），同上，第 441 頁。

〔註82〕〈十二部經兼戒律〉（一七○），同上，第 478 頁。

〔註83〕〈富者辦棺木〉（○一一），《王梵志詩校注》，第 56 頁。

〔註84〕〈有錢惜不喫〉（○五四），同上，第 201 頁。

〔註85〕〈生坐四合舍〉（○六八），同上，第 230 頁。

〔註86〕〈兀兀身後死〉（一○六），同上，第 319 頁。

〔註87〕〈四時無止息〉（○一七），《寒山詩注》，第 55 頁。

〔註88〕〈寒山出此語〉（二三七），同上，第 609 頁。

〔註89〕〈惡趣甚茫茫〉（○九○），同上，第 243 頁。

〔註90〕〈昔日在有時〉（○一一），《龐居士研究》，第 432 頁。

冥，有幽暗、昏愚之意。覆疊以後則有強化「幽森」與「昏憒」語意功效。王梵志等人運用斯法，無非是爲助長語勢力道，深化所要形容人物形貌或事物狀態，不過因無特殊技巧，成爲三人作品中另一多見之疊字用法。

綜上歸納，王梵志等對於疊字修辭，可謂有志道合，同出一轍，如此偏好該修辭，不僅顯示對此表現手法之嫻熟，同時也窺知寒山詩歌音律造化優於王、龐二者。

2. 詞彙情感色彩

除上述疊字使用，透過詞彙情感色彩判斷，能發覺三人用詞感情有極大對比，尤其在描寫世俗民眾最爲鮮明，如王梵志：

> 見有愚癡君，甚富無男女。〔註92〕「愚癡君」，貪婪輩。
> 貪暴無用漢，資財爲他守。〔註93〕「無用漢」，無用之人。
> 一羣怕死漢，何異叩頭蟲。〔註94〕「怕死漢」，畏死者。
> 傍看數箇大憨癡，造舍擬作万年期。〔註95〕「大憨癡」，憨傻之人。

寒山爲：

> 或有衒行人，才藝過周孔。〔註96〕「衒行人」，自我炫耀德行者。
> 自有慳惜人，我非慳惜輩。〔註97〕「慳惜人」，吝嗇者。
> 世有多事人，廣學諸知見。〔註98〕「多事人」，此指煩惱多者。〔註99〕

龐居士則見：

> 如此惡男子，緣事不了手。〔註100〕「惡男子」，行爲爲惡之男。
> 學道迷路人，實是可憐許。〔註101〕「學道迷路人」，修行不得要領者。

可見王氏用語多屬譏誚批判之激情詞彙，不僅帶有指責、藐視意味，更以露

〔註91〕〈富兒空手行〉（○○七），同上，第431頁。
〔註92〕〈見有愚癡君〉（○六六），《王梵志詩校注》，第227頁。
〔註93〕〈貪暴無用漢〉（○九七），同上，第295頁。
〔註94〕〈觀此身意相〉（○九六），同上，294頁。
〔註95〕同注91。
〔註96〕〈或有衒行人〉（一一○），《寒山詩注》，第290頁。
〔註97〕〈自有慳惜人〉（一四二），同上，第359頁。
〔註98〕〈世有多事人〉（一六八），同上，第436頁。
〔註99〕多事人，項著注道：「按禪家提倡省事，反對多事，以多事之人煩惱亦多也。」乃指煩惱多者。同上注。
〔註100〕〈痴兒無智能〉（○二二），《龐居士研究》，第439頁。
〔註101〕〈學道迷路人〉（○五○），同上，第448頁。

白口語，直述而出，其諧謔率直個性，乃表露無遺。而寒山評議之辭，則顯得委婉許多，似文人儒者，盡量減低語言衝擊力道，令聽聞者更能接納、改盡。至於龐蘊詞彙色系，可能因身為名禪流之後，目的在於宣揚教義，勸人向善，抨擊愚俗非其本意，造成稱語多為「描述」性質之中性用語。

3. 新詞創造力

在新詞創造力上，則以王梵志、寒山表現較傑出，龐氏稍遜一籌，無明顯特質。〔註102〕譬如「墳墓」一詞之形容，王詩描述詞彙，種類豐富，且帶有濃厚方言色調：

> 壯年凡幾日，死去入土菴。〔註103〕
> 縱得百年活，還入土孔籠。〔註104〕
> 心中一種懼，唯怕土菴廬。〔註105〕
> 城外土饅頭，餡草在城裏。〔註106〕

「土菴」、「土孔籠」「土菴廬」、「土饅頭」均指「墳塚」。所用之詞多突兀新穎，近似當時人民口頭用詞，進而有一種鮮明貼切之感，此正是王氏「民間詩語」之專有手法。

相同寒山亦有：

> 高低舊雉堞，大小古墳塋。〔註107〕
> 移向東岱居，配守北邙宅。〔註108〕

「墳塋」為通用語，無特殊之處。「北邙宅」，宅，墳墓也。《儀禮·士喪禮》：「筮宅，塚人營之」鄭注：「宅，葬居也。」北邙，即北邙山，位於洛陽城外，自漢魏迄唐代，官僚貴族多葬於此，為墳地代稱，陶淵明〈擬古九首之四〉有：「古時功名士，慷慨爭此場。一旦百歲後，相與還北邙。」〔註109〕之語。寒山與王梵志差異在於前者多用鄉野形容文辭創新，而寒山好改化歷史典

〔註102〕由於龐居士詩歌旨在宣佛說理，其詞彙不是佛教專門之語，就屬一般常見白話語句，故詩歌在新詞創造方面並無太多可言之處。

〔註103〕〈壯年凡幾日〉（三六九），《王梵志詩校注》，第852頁。

〔註104〕〈暫出門前觀〉（○七一），同上，第234頁。

〔註105〕〈不慮天堂遠〉（三六七），同上，第850頁。

〔註106〕〈城外土饅頭〉（三一八），同上，第758頁。

〔註107〕〈驅馬度荒城〉（○一一），《寒山詩注》，第42頁。

〔註108〕〈少年何所愁〉（○三二），第87頁。

〔註109〕晉·陶潛著·袁行霈箋注：《陶淵明集箋住》（北京：中華書局，2003年4月），第326頁。

故，因此多一分雅味。

總之，王梵志、寒山、龐蘊詩歌言語風格大致相仿，惟不同在疊字修辭方面，寒山形式多樣，豐富詩歌音律變化；而詞彙情感色調，王梵志傾向採用尖銳刺世色系，表達自身旨意，寒山、龐蘊分別以委婉、理性詞彙，柔性對世眾訴說；至新詞創造力部分，王、寒展現各自文字掌控能力，分別寫出貼近民間口語，或改自史實隸事之創新語辭。

（二）套式用法

王梵志、寒山、龐居士詩與唐代格律詩體有所不同，乃揉合詩歌與偈頌之佛教詩歌，又稱「詩偈」。「詩偈」有一定使用特殊慣例，名爲「套式」。關於「套式」爲何，王小盾、孫尚勇〈唐代佛教詩歌的套式及其來源〉，〔註110〕有以下解釋：「詩偈爲獨立文體，具有一重要表徵，即擁有一批不同於當時流行詩歌之套式。套式是文學傳播過程中產生的一個普遍現象，通常指文學作品中因承襲與模仿而造成的語言、修辭手段、結構方式以至文體規範的模式。其中因承襲語言而形成的套式可謂『套語』，因承襲結構、修辭、文體而形成的套式則可稱『修辭套式』、『結構套式』和『體裁套式』。這些套式在唐代詩偈中均有表現。」〔註111〕既然三人作品必有使用套式情形，若依上文所分類目，探析其中內涵，亦不失爲審察其作藝術特質一辦法。

1. 套 語

主要有：1. 表情套語 2. 祈使套語 3. 否定套語 4. 敘事套語四類。

（1）表情套語

所謂表情套語功用，是強調敘述者本人之存在，藉以傳達情感和願望，以第一人稱爲標誌，如我、余、吾。總計三人運用情形，如下表所示：

撰　者	我	余	吾
王梵志	94	3	31
寒　山	98	15	7
龐　蘊	38	12	2

〔註110〕該文原宣讀於 2002 年 5 月香港浸會大學中文系主辦「唐代文學與宗教」學術研討會，後收於香港中華書局出版之《唐代文學與宗教》，2004 年 5 月，第 417～447 頁。

〔註111〕前揭文，第 422 頁。

可悉，王氏等人詩作，以「我」字為多，證實其作確實有鮮明口語化之傾向。〔註112〕而斯種偏好口語表情套語，寒山另見不同型態，如〈妾在邯鄲住〉詩：「妾在邯鄲住，歌聲亦抑揚，賴我安居處，此曲舊長來。」〔註113〕、〈儂家暫下山〉：「儂家暫下山，入到城隍裏。逢見一羣女，端正容貌美。」〔註114〕為具備說唱風格之表情套語。

（2）祈使套語

其作用與表情套語相近，但把情感和願望訴諸聽眾之方式，並強調敘述者本人之存在，其表現特徵為第二人稱代詞之使用。計有：

撰　　者	你	汝	爾
王梵志	47	4	0
寒　山	18	27	2
龐　蘊	12	9	1

在祈使套語部分，王氏與龐氏「你」字出現頻率皆超過「汝」字，而寒山則相反，「汝」多於「你」。據宋玲艷指出：「『你』的寫法是南北朝後期就已經出現，隋唐之際已經相當通行，到了修史的文人或謄寫的鈔胥敢於錄用的程度。」〔註115〕「你」字才是李唐時期第二人稱代詞慣用形式，寒詩情形的確特殊。不過，對於原因探討，王、孫一文認為：「在唐代口語中，『你』已取代『爾』而成為最流行的第二人稱代詞；至於北宋後期則進一步取代『汝』字，成為口語第二人稱代詞的唯一形式。但佛教文獻中的口語代詞仍以『汝』為多，例如《六祖壇經》使用『汝』字85次、『你』字1次，《神會和尚語錄》使用『汝』字7次、『你』0次，《祖堂集》使用『汝』字742、『你』字361次。」〔註116〕換言之，寒山詩喜用「汝」字，可能與唐五代僧侶用字習慣有關，而王梵志、龐蘊則因偏好民間常用「你」字關係，才造成上列統

〔註112〕據王、孫文中（第445頁）所引吳福祥《敦煌變文語法研究》中說明：「唐五代口語中的第一人稱代詞已完全統一於『我』，『吾』則是保留了文言影響的代詞。」從中可見王梵志等人偏好使用當時口語。

〔註113〕〈妾在邯鄲住〉（〇二三），《寒山詩注》，第69頁。

〔註114〕〈儂家暫下山〉（一七〇），前揭書，第444頁。

〔註115〕宋玲艷《〈全唐詩〉人稱代詞「你」初探》，《成都教育學院學報》第19卷第1期，2005年1月，第38頁。

〔註116〕同注111。

計數字之差異。

（3）否定套語

否定套語旨在透過否定來加強語氣肯定。其語彙大致有：不見、不須、不得、莫作、遮莫、莫道等。詩例如王梵志：「只見母憐兒，不見兒憐母。」〈只見母憐兒〉（〇四三）、「我不畏惡名，惡名不須畏。」〈我不畏惡名〉（三七六）；寒山：「六時學客春，晝夜不得臥。」〈與你出家輩〉（二七六）、「不如早覺悟，莫作黑暗獄。」〈我見凡愚人〉（二三三）；龐居士：「遮莫是天王，饒君宰相侄。」〈佛教本無妄〉（〇三〇）、「莫道怕落空，得空亦不惡。」〈識樂眾生樂〉（〇四七）三人相關詩例不少，均為勸人說理時之用。

（4）敘事套語

敘事套語即用講故事習慣口吻陳述事實，內容多與撰者事蹟相涉，是建構詩人生平原貌重要來源，其關鍵詞有昔日、憶得、昔有、自身名字等回憶意味之字眼。舉如王梵志〈梵志與王生〉（三四九）：「梵志與王生，密敦膠柒友。共喜歌三樂，同欣詠五柳。適意敘詩書，清談盃淥酒。莫恠頻追逐，只為相知久。」〔註117〕寒山〈昔日經行處〉（二九六）：「昔日經行處，今復七十年。故人無往來，埋在古冢間。余今頭已白，猶守片雲山。為報後來子，何不讀古言。」〔註118〕、〈憶得二十年〉（二七五）：「憶得二十年，徐步國清歸。國清寺中人，盡道寒山癡。癡人何用疑，疑不解尋思。我尚不自識，是伊爭得知。」〔註119〕而龐詩則未尋獲有關敘事套語作品，撰者推測可能與輯錄者詩集分卷有關，因上卷語錄部分載錄不少龐氏禪門公案，是其行誼資料主要收藏之處，詩偈僅是居士示化世俗之傳媒，因此才會缺乏這類套語之出現。

2. 修辭套式

善用詩歌修辭技巧，能提昇言語表達效用，豐潤作品藝術特質。王梵志等人為詩，屏絕藻繢，旨遠意真，無論描摹世態人情、山水景物及諭世宣佛，皆準確詳實、鮮明生動，可謂發乎性情，含蓄天成。而此「自然渾成」之詩歌，所用修辭套式，大致有重複、對比二項。

（1）重複式

即「反覆」。反覆是指同一說法，重複出現，是民間文學常見修辭技巧。

〔註117〕《王梵志詩校注》，第 812 頁。
〔註118〕《寒山詩注》，第 768 頁。
〔註119〕同上書，第 717 頁。

反覆的目的，通常爲強調思想主題或是某種特殊韻味，具有方便記憶之功能。例如王梵志詩：「偷盜吾不作，邪淫吾不當。不解讒朝廷，不解佞君王。」〔註120〕、「得官何須喜，失職何須憂。不可將財覓，不可智力求。儻來不可拒，突去不可留。」；〔註121〕寒山：「無衣自訪覓，莫共狐謀裘。無食自采取，莫共羊謀羞。」；〔註122〕龐蘊：「如來愍諸子，平等無高下。諸子自愚痴，所以難教化。」〔註123〕均藉反覆強化詩意，使作者思想得以全面發揮。此外，尚有一種反覆形制，爲寒、龐詩中所屢見，即「頂眞」法運用。「頂眞」是指同一詞彙分別出現相連二句之前句尾與後句首，爲樂府、古詩等民間文學作品常用修辭方法。其又分兩類：一是聯珠格，通常用於同段語文中，連續或不連續之句子，運用此種修辭法。另一連環體，則運用於段與段之間。〔註124〕兩者僅「句」、「段」大小差別。而二者出現之「頂眞」法，皆屬聯珠格，連環體則未見。其例如下：

> 寒詩：時人尋雲路，雲路杳無蹤。
>
> 　　　本志慕道倫，道倫常獲親。
>
> 　　　達道見自性，自性即如來。
>
> 龐詩：聞道得天人，天人生滅福。
>
> 　　　金山照毛頭，毛頭百億寬。
>
> 　　　出家捨煩惱，煩惱還同住。

均爲前句尾銜接下句首之聯珠格頂眞用法，其功能在於強調主題與方便讀者記誦，同而有上遞下接之趣味效果。

（2）對比式

　　「對比」，即「映襯」。乃指兩相對立、矛盾之觀念或事實，以對照方法敘述，使其形象和特徵相互襯托，從而使語意增強，意義明顯之修辭技巧。王氏等人對此技法掌握程度相當純熟，相關詩例，觸目皆然。例王詩兩首：

> 你道生勝死，我道死勝生。生即苦戰死，死即無人征。〔註125〕
>
> 來如塵暫起，去如一隊風。來去無影蹤，變見極念念。〔註126〕

〔註120〕〈行善爲基路〉（〇九〇），《王梵志詩注》，第 283 頁。
〔註121〕〈榮官赤赫赫〉（一一二），同上書，第 341 頁。
〔註122〕〈無衣自訪覓〉（二六〇），《寒山詩注》，第 260 頁。
〔註123〕〈如來愍諸子〉（〇一五），《龐居士研究》，第 435 頁。
〔註124〕黃慶萱：《修辭學》（臺北：三民書局，2002 年 10 月），第 693 頁。
〔註125〕《王梵志詩校注》，第 622 頁。

分別用「生死」、「來去」正反詞彙、作爲對比，以激起人們強烈客觀印象，深化題旨。

　　寒山亦有：

　　　　智者君拋我，愚者我拋君。非愚亦非智，從此斷相聞。〔註127〕

藉對智者與愚者之拋捨，突顯作者卓絕超然處世態度。盧照鄰〈贈益府羣官〉：「智者不我邀，愚夫余不顧，所以成獨立，耿耿歲云暮。」〔註128〕寒山立意蓋從所出。

　　龐居士詩：

　　　　中人樂寂靜，下士好威儀。菩薩心無礙，同凡凡不知。〔註129〕

以中上人及下等者作爲比照，告勸世人莫有分別心。

　　此是基本對比形態，另有一種「重複對比」形式，強調雙重作用，爲王詩中易見之手法：

　　　　死亦不須憂，生亦不須喜。須入涅槃城，速離五濁地。

　　　　天公遣我生，地母收我死。生死不由我，我是長流水。〔註130〕

　　　　我有你不喜，你有我不嗔。你貧憎我富，我富憐你貧。

　　　　行好得天報，爲惡最你身。你若不信我，你且勘經文。〔註131〕

利用多次對比，突顯欲表達之旨意，此乃王梵志議論作品特有技巧。

3. 結構套式

　　結構套式是按固定程式而成之詩組，主要包含「時序套式」、「事序套式」、〔註132〕「重句套式」三種，其中又以「重句套式」較屢見。

　　重句套式是由多首詩偈結合，其特色爲同組間各有若干相同文字，用爲加深讀者對組詩主旨之印象。〔註133〕今檢王梵志、寒山、龐居士該套式情況，多屬首句重覆之結構，其內容如下表所見：

〔註126〕〈來如塵蹔起〉（○七六），同上書，第 250 頁。

〔註127〕〈智者君拋我〉（○二五），《寒山詩注》，第 74 頁。

〔註128〕盧照鄰〈贈益府羣官〉，《全唐詩》卷四一，第 1 冊，第 520 頁。

〔註129〕〈中人樂寂靜〉（○五五），《龐居士研究》，第 450 頁。

〔註130〕〈死亦不須憂〉（二八三），《王梵志詩教注》，第 698 頁。

〔註131〕〈我有你不喜〉（三三三），同上書，第 783 頁。

〔註132〕有關「時序套式」、「事序套式」內容請參閱該文說明，第 426〜427 頁。

〔註133〕前揭文，第 428 頁。

王梵志

詩題（首句相同）	詩號（編號）	總　計
1. 沉淪三惡道	○○八；○一六	
2. 人生一代間	○三二；○六七	
3. 愚人癡涳涳	○三四；○四○	
4. 天下惡官職	○四八；一二九	
5. 虛霑一百年	○六九；○七八	共八組詩，十六首詩歌。
6. 世間何物貴	○三六；三○八	
7. 隱去來	三五八；三五九	
8. 大丈夫	三八二；三八三	

寒　山

詩題（首句相同）	詩號（編號）	總　計
1. 我見世間人	一五九；一七二；二六五；三一二	共兩組詩，六首詩。
2. 寒山出此語	二三七：二九○	

龐　蘊

詩題（首句相同）	詩號（編號）	總　計
1. 心王不了事	一三二；一四八	共一組詩，二首詩。

　　從而得知，王梵志對於重句套式有偏好使用傾向，不論數量、類別均為寒、龐所未及。另從中寒山表中可察，其喜好以「我見世間人」開頭語創作，如此以第一人稱主觀用語型態，顯示寒山「自我」意識十分強烈。〔註134〕

4. 體裁套式

　　所謂體裁套式，王文指出：「即具文體意義的創作，包括六言體、三七體、

〔註134〕關於寒山此特有情形，金英鎮比較王、寒二人時嘗言：「寒山詩極多的『我見……人（漢）型』在王梵志的勸世詩中完全沒有。可見，寒山與王梵志雖都是以說教者的口吻勸誡他人，但寒山的『自我』意識頗濃厚，故以第一人稱提起全詩的詩句很多。究其原因，一方面，這大概與他信奉的南宗禪的主觀精神及山野居士的旺盛的批判精神有關，另一方面，這也可能是他受了魏晉詩風傳統中的個性張揚與自我意識覺醒的影響所致。」《唐代白話詩派研究——以王梵志和寒山詩為中心》，第148～149頁。

三五體、〈撥棹歌〉體、〈行路難〉體、〈回波樂〉體。」〔註135〕而王梵志等人在此方面表現並無特別優越，尤其寒山並未覓得任何相關詩偈。不過，有兩項體裁分別爲王氏與龐式所用，即〈迴波樂〉和〈行路難〉。

〈迴波樂〉主要爲六言四句之聲詩體，首以「迴波爾時」起句，其原是北魏時的踏舞之曲，源出兵間之下兵詞，唐時頗流行。梵志所寫〈迴波樂〉詩內容爲：

> 迴波爾時大賊，不如持心斷惑。縱使誦經千卷，眼裏見經不識。
>
> 不解佛法大意，徒勞排文數黑。頭陀蘭若精進，希望後世功德。
>
> 持心即是大患，聖道何由可剋？若悟生死之夢，一切求心皆息。〔註136〕

旨爲勸人「持心斷惑」，首句云「回波爾時」乃〈回波樂〉首句之定式。〈迴波樂〉本商調曲，可入樂歌唱，王氏此首六言十二句，雖超出規範，但可見其作深受民間歌謠文化影響。

至〈行路難〉乃唐人常用歌行詩題，其爲「漢代流行於『牧豎』間的民間歌謠」，〔註137〕魏晉時用爲輓歌，唐時流傳廣泛，多用於佛教「問答」之套式體裁，龐詩云：

> 行路易，形路易，內外中間依本智，本智無情法不生，無生即是入正理。非色非心放一光，空裏優曇顯心地。名爲心智智爲尊，心智通同達本源。萬物同歸不二門，有非有兮理常存，無非無兮無有根。未來諸佛亦如是，現在還同古世尊。三世俱皆無別道，佛佛相授至今傳。〔註138〕

斯作雖將「行路難」改成「行路易」，基本體式仍符合規定，可以用於說唱方式之詩偈，顯示龐詩亦有運用民間說唱文學之特長。

歸納上述結果，有以下幾點結論：一、套語部分，王梵志三人表現大致相近，惟寒山有使用民間說唱表情套語、以及多用「汝」字祈使用語情形發生；二、修辭套式方面，反覆技巧三人均有詩例呈現，唯一差別在於寒、龐作品另擇用「頂眞」修辭方法，豐富表現手法，而對比技巧，以王氏「重複對比」表現較突出；三、重語結構套式，以王詩數量居冠，顯露其作有使用該項技能之

〔註135〕王小盾、孫尚勇〈唐代佛教詩歌的套式及其來源〉，第428頁。

〔註136〕〈迴波爾時大賊〉（三五一），《王梵志詩校注》，第817頁。

〔註137〕王小盾、孫尚勇〈唐代佛教詩歌的套式及其來源〉，第433頁。

〔註138〕〈行路易〉（一八四），《龐居士研究》，第481頁。

喜好；四、體裁套式，王、龐詩歌分別展示唐時流行〈迴波樂〉、〈行路難〉之民間說唱文學體裁樣式，從中推知，二人作品與民間歌謠血緣關係較寒山密切。

二、小　結

　　王梵志、寒山、龐蘊詩歌撰作方法運用，多有雷同之處，不管語言風格，套式使用，均見共通特色，證實三人詩作具有血脈承襲關係。然姑且不論其作品水平高下，就所示化語言風格與套形運用情形，就足以說明通俗詩派與眾不同之文學藝術內涵與價值，此亦為其他通俗詩篇難以仿效之至要關鍵。

第三節　創作精神與表現特徵之共同性

　　詩貴唯美，亦講求格法，王梵志等者卻特立獨行，拒絕盲目迎合詩壇撰作方式，選擇一條樸實而帶有宗教氣息創作道路。如此叛逆而行，卻也開創一片新氣象，影響通俗詩歌之進程。既然其與眾不同，必有形成原因，試就共同為詩理念與表現特徵，探索三人獨特互通特點與差異。

一、具備傳統性與獨創性之詩歌創作

　　王氏等人寫作態度，有極強個人主觀性及開拓理念，在創作觀念上顛覆傳統，不按牌理出牌，但仍與中國傳統詩學有一脈相承關係。金英鎮曰：

> 《詩經》以來中國傳統詩作的「詩言志」精神，主要就是「美刺」，
> 他們的詩正好繼承了「美刺」精神，「刺」詩方面以剴切直言的大無
> 畏精神關心國家命運，揭露統治階級腐敗，如征役不公平、選官不
> 合理、司法紊亂、酷吏橫行等等；並關懷人民疾苦，揭露各種社會
> 風俗弊病，如貧富不均、婚喪不良等。「美」詩方面，也有不少詩篇
> 主張孝敬父母、勸善懲惡，讚揚勤勞儉約等。這些詩，都能受到人
> 民的喜愛，有助於社會文明的進步。〔註139〕

是則梵志等通俗詩人表現於傳統詩學，乃傳承「美刺」原則。其對現實社會不滿情事勇於揭發、斥責，負起詩歌「懲惡令善」規誡功能，於社會文明進步有極大裨益。不過，過度強調「勸世」理念，使王梵志等人產生一種「為我是據」之獨尊心態，從詩歌「家有梵志詩，生死免入獄。不論有益事，且得耳根熟。

〔註139〕金英鎮：〈唐代白話詩研究──以王梵志和寒山詩為中心〉，第115頁。

白紙書屏風，客來即與讀。空飯手捻鹽，亦勝設酒肉」；「下愚讀我詩，不解却痴誚。中庸讀我詩，思量云甚要。上賢讀我詩，把著滿面笑」；〔註140〕「有人嫌龐老，龐老不嫌他。開門待知識，知識不過來」〔註141〕便能察覺。

而此自滿心理，遂成三人獨特創作根源依據，例梵志自云：

> 梵志翻著襪，人皆道是錯，乍可刺你眼，不可隱我腳。〔註142〕

「翻著襪」法乃王氏獨門詩法，陸游詩：「徇俗不如翻著襪，愛山只合倒騎驢。」〔註143〕「翻著襪」爲「徇俗」之反面，即「反穿襪」，引申有違反流俗之意。淺言之，該法主要以「逆向思維的方式去構思作品，從而收到令人耳目一新的效果」。〔註144〕斯反叛俗世行徑，其實與作者身世攸關，詩歌乃詩人心靈精神之表現，王梵志如此不依俗，傾於呵責現況，如同張海沙所析：「王梵志是封建社會裡的一個棄兒，斷絕了一切人倫關係之後，他成爲了封建社會統治思想的天生的而又帶有某種畸形色彩的叛逆者。棄兒的命運，成爲王梵志別具一格的詩歌的重要成因。他從揭穿作爲封建社會思想支柱的人倫關係的虛僞冷漠入手，廣泛地揭示了許多社會現象的虛僞性。他批判和諷刺的犀利，在有唐一代詩人中，甚至在整個封建社會統治時期，都無人堪與倫比。」〔註145〕當然，「不拘於形，徹底拋撇了世俗的見解」爲詩概念，不只王梵志，寒山亦有之，詩曰：

> 有箇王秀才，笑我詩多失。云不識蜂腰，仍不會鶴膝。
>
> 平側不解壓，凡言取次出。我笑你作詩，如盲徒詠日。〔註146〕

「蜂腰」、「鶴膝」爲詩律「八病」中二病，〔註147〕乃詩家大禁，寒山謂不識，

〔註140〕〈下愚讀我詩〉（一四一），《寒山詩注》，第357頁。

〔註141〕〈有人嫌龐老〉（一○五），《龐居士研究》，第463頁。

〔註142〕〈梵志翻著襪〉（三一九），《王梵志詩校注》，第760頁。

〔註143〕陸游：《劍南詩稿》卷三十一〈閒戶〉，收清・于敏中等輯：《景印摛藻堂四庫全書薈要》第398冊（臺北：世界書局，民國75年），第312頁。

〔註144〕梁德林〈論王梵志「翻著襪法」〉，載《廣西師範學院學報（哲學社會科學版）》第28卷第1期，2007年1月，第62頁。

〔註145〕張海沙：《初盛唐佛教禪學與詩歌研究》，第87頁。

〔註146〕〈有箇王秀才〉（二八八），第751頁。

〔註147〕所謂八病，宋・魏慶之《詩人玉屑》卷十一載：「一曰平頭、二曰上尾、三曰蜂腰、四曰鶴膝、五曰大韻、六曰小韻、七曰旁紐、八曰正紐。」；「蜂腰」乃五言詩一句之中，「第二字不得與第五字同聲。如『聞君愛我甘，竊欲自修飾。』『君』、『甘』皆平聲，『欲』、『飾』皆入聲。」；「鶴膝」即五言詩，「第五字不得與第十五字同聲。如『客從遠方來，遺我一書札。上言長相思，下言久離別。』

可見其不守形制，信手拈來之格性，後句「我笑你作詩，如盲徒詠日」，更顯露對世人睥睨眼光，如此自負語氣，正是承襲梵志精神而來。

　　同屬詩派之龐居士，雖未用王、寒般自傲口吻來創作，但其指導修行者持所踞高度，卻如一把「解剖刀」，直接劃開民眾學佛疑惑，導正偏差觀念。其詩曰：

> 齋須實相齋，戒須實相戒。有相持齋戒，到頭歸敗壞。
>
> 敗壞屬無常，從何免三界。〔註148〕

目的警告佛門行者，不可將有相齋戒誤作終身依歸，因「未能契合佛性、未能直心入理的戒律，都是虛妄的，持者仍不免在三界中輪迴」。〔註149〕奉行戒律規條而修行，乃有為之法，是虛幻無自性之表相，所謂「戒相如虛空，迷人自作持」，〔註150〕龐居士理想之戒，在於自身能體悟本性清淨無染，方可無入不自得，進而達至「無戒可持，無詬可淨」之境地。如此用本身悟證所得，彷若得道者身分指正持修者錯誤認知，如同胡適比喻：「那些虔誠的佛教徒是永遠無法懂得中國的禪的。因此，他們更不能瞭解馬祖的另一位弟子——學者居士龐蘊，他留下一首這樣的偈語『但願空諸所有，慎勿實諸所無』，這實在是一句美妙的言詞，與著名『歐氏解剖刀』同樣銳利，同樣富於摧毀性。……我們不妨把老龐的『但願空諸所有』叫做『龐氏解剖刀』或『中國禪的解剖刀』，拿它來斬盡殺絕中古時代的一切鬼、神、佛、菩薩、四禪、八定，以及瑜珈、六道等等」。〔註151〕有其神聖不可侵犯之地位。

　　一言以蔽之，王、寒、龐三人詩歌創作理念大致一致，乃用一種「指導者高度」且「不落俗套」特殊思維，表達其撰詩之初衷。唯一差別在於王、寒關懷對象較廣，包括俗世眾生、甚至社會亂象，龐居士則將目光多投注於宗教踐行議題上，以渡化世人為宗旨。

二、展現白描與新奇之構思手法

　　除上述傳承詩歌傳統表徵，獨特為詩行徑外，三人在形式表達手法則以

　　　『來』『思』皆平聲。」（臺北：世界書局，民國94年5月），第234頁。
〔註148〕〈齋須實相齋〉（一三一），《龐居士研究》，第469頁。
〔註149〕李皇誼：〈禪門居士龐蘊及其文學研究〉，第187頁。
〔註150〕語見龐蘊〈凡夫智量狹〉（〇九五），《龐居士研究》，第460頁。
〔註151〕胡適〈禪宗在中國：它的歷史和方法〉，收黃夏年主編：《近現代著名學者文集·胡適集》（北京：中國社會科學出版社，1995年12月），第220～221頁。

「白描」爲依歸。「白描」乃作詩基本技法，即鋪陳其事，不務雕琢，如抒胸臆。其最大益處可使形容事物，具體鮮明，議論之理，深刻易懂。而王梵志、寒山因善用此法，其詩歌中所涉事物，猶如「實錄」一般，眞實而存在，給予讀者活潑生動之感。如王氏寫虛僞之宗教修行者：

　　寺內數箇尼，各各事威儀。本是俗人女，出家掛佛衣。

　　徒眾數十箇，詮擇補綱維。一一依佛教，五事總合知。

　　莫看他破戒，身自牢住持。佛殿元不識，損壞法家衣。

　　常住無貯積，家人受寒飢。眾廚空安竈，麁飯當房炊。

　　只求多財富，餘事且隨宜。富者相過重，貧者往還希。

　　但知一日樂，忘卻百年飢。不採生緣瘦，唯願當身肥。

　　今身損却寶，來生更若爲？〔註152〕

詩中對於隋末初唐，有僧眾假宗教之名，貪財尋樂不勞而獲情事，表達嚴厲之斥責。其詩不僅內容寫實，更將「佛殿元不識，損壞法家衣」，「只求多財富，餘事且隨宜」僧尼之厚顏無恥醜態，刻劃入微，猶如親眼所及，感同身受。〔註153〕

　　寒山亦有類似詩作：

　　語你出家輩，何名爲出家。奢華求養活，繼綴族姓家。

　　美舌甜脣齒，諂曲心鉤加。終日禮道場，持經置功課。

　　鑪燒神佛香，打鐘高聲和。六時學客春，晝夜不得臥。

　　只爲愛錢財，心中不脫灑。見他高道人，却嫌誹謗罵。

　　驢屎比麝香，苦哉佛陁耶。〔註154〕

將出家眾愛財不知精進之惡貌，攤示在讀者眼前，有如史藉敘述記載，生動而詳實。不僅如此，「這種『白描』範圍無限廣闊，其特長就是隨機應變，也容易從一個題目突然轉到另一個詩題，有別於力求創造『意境』的文人詩」，〔註155〕正是王、寒作品共通特質。

〔註152〕〈寺內數箇尼〉（○二六），《王梵志詩校注》，第109頁。

〔註153〕王梵志對於詩中人物描寫，向來生動、鮮明，爲後人稱許，如鄧中龍《唐代詩歌演變》曾言：「在王梵志筆下，是那麼簡要地而又是那麼生動地勾繪出來，使得人物形象分外鮮明，對讀者的感染力也特別深厚。」（湖南：岳麓書社，2005年11月），第57頁。

〔註154〕〈語你出家輩〉（二七六），《寒山詩注》，第720頁。

〔註155〕金英鎭：〈唐代白話詩研究——以王梵志和寒山詩爲中心〉，第116頁。

　　至於龐蘊未見二人凝煉描摹筆調，卻也運用白描寫法，闡釋佛理，令人輕易理解，詩曰：

　　　　萬法從心起，心生萬法生。法生何日了，來去枉虛行。

　　　　寄語修道人，空生有莫生。如能達此理，不動出深坑。〔註156〕

　　　　佛亦不離心，心亦不離佛。心寂即菩提，心然即有物。

　　　　物即變成魔，無即無諸佛。若能如是用，十八從何出。〔註157〕

詩意在教導世人禪宗「看心」、「守心」之理。內容並無涉及任何物象營造，僅著重道理示現，但對修練者或佛學愛好者而言，仍有極高閱讀價值。

　　其次，王梵志等人亦運用「人們想像不到的新奇構思與白描手法結合，創造出了新的『白描意境』」，使詩歌呈現「詼諧幽默」之意趣。例王詩云：

　　　　世無百年人，擬作千年調。打鐵作門限，鬼見拍手笑。〔註158〕

主旨乃喻世間無久享之事，前段行筆看似嚴肅，卻以「鬼見拍手笑」幽默語氣總結，留予讀者深刻印象。此作風趣詼諧，耐人尋味，後人多所引用，為王氏代表作之一。〔註159〕

　　又引一首：

　　　　城外土饅頭，餡草在城裏，一人喫一箇，莫嫌沒滋味。〔註160〕

「土饅頭」乃「墓塚」之廋辭，作者化用二者相通之構思，揭示死前人人平等之理，有如一幅含意至深之諷刺幽默畫，雅俗共賞。〔註161〕

　　寒山則有：

〔註156〕〈萬法從心起〉（一○二），《龐居士研究》，第462頁。

〔註157〕〈佛義不離心〉（一○三），同前書。

〔註158〕〈世無百年人〉（三一四），《王梵志詩注》，第751頁。

〔註159〕項楚於該詩後注道：「《野客叢書》卷十九〈詩句相近〉引李後主詩『人生不滿百，剛作千年畫』，亦由梵志此詩前二句變化而出。《雞肋編》卷下引北宋俚語曰：『人作千年調，鬼見拍手笑。』則又取詩二、四兩句，凝縮而成。文人隱括者，如《樂府雅詞》卷六曹組〈相思會〉：『人無百年人，剛作千年調。待把門關鐵鑄，鬼見大笑。多愁早老，惹盡閒煩惱。』漁獵典故者，如范成大〈重九日行營壽藏之地〉：『縱有千年鐵門限，終須一箇土饅頭。』亦可見影響之廣泛。」《王梵志詩校注》，第753頁。

〔註160〕〈城外土饅頭〉（三一八），《王梵志詩校注》，第758頁。

〔註161〕所見兩首詩作乃宋人及筆記詩話中多次論及，而其受歡迎原因非平白無故，誠如張海沙《初盛唐佛教禪學與詩歌研究》（第90頁）析道：「這兩首詩如果僅是寫出了死的必然和無奈，那也不會受到這麼廣泛的喜愛。它們難能可貴地表現出了面對死亡卻具有黑色幽默的心理。」利用獨特示現手法，營造出詩歌新奇、生趣之效果，才是王詩獲得青睞之要件。

> 一人好頭肚，六藝盡皆通。南見驅歸北，西逢趁向東。
>
> 長飄如汎萍，不息似飛蓬。問是何等色，姓貧名曰窮。〔註162〕

此詩運用豐富想像力，將貧窮形象化，不僅意寓深刻，巧妙有趣，更見詩人高超絕妙之描寫技巧。

再觀龐詩：

> 淼淼長江水，周而還返始。昏昏三界人，輪迴亦如此。
>
> 輪迴改形貌，長江色不異。改貌勞神識，終須到佛地。〔註163〕

以江水「周而返始」特性，比喻佛家輪迴觀念，藉此奉勸世人早日修行，脫離輪迴之苦。全詩仍不離說理色彩，卻化用自然景物，塑造具體意境，令覽者有清晰觀念，進而曉悉其中之意涵。

是則，王梵志等者用質樸無華辭藻撰寫詩篇，不論刻劃事物，抑或闡釋佛理，皆見獨創之特色。在描摹事物功力方面，王、寒表現脫俗，以淺近言語，構築如臨其境真實畫面，並以特別手法，使詩篇充滿詼諧情趣，奠定二人在詩派崇高之地位。反觀龐蘊作品，仍停留道理淺說層級，且多不離釋家色調，雖有不同價值，卻是整體展現較為薄弱一位。

三、小　結

強烈自負創作心理與白描奇思為詩手法，構成通俗詩派兩大主徵，在二特質發展下，王梵志等通俗詩作開徑獨行，自成一家，非世俗淺白之作所能比擬，而其具實反映事物之藝術特質，與塑造幽默諧謔詩風，更是詩派最大資產，於當時詩壇產生極大之影響。

〔註162〕〈一人好頭肚〉（一四八），《寒山詩注》，第373頁。
〔註163〕〈淼淼長江水〉（一〇六），《龐居士研究》，第463頁。

第伍章　王梵志、寒山、龐蘊作品評價與影響

　　王氏等人作品具有當代獨特風格、藝術表徵，與擁有廣大民間喜愛者，其價值與影響實不可等閒視之。近人胡適提倡白話文運動，喚醒研究者對王梵志等人重視，解答不少其人其作之疑團，提升詩人在文學史上地位。不過，早期學者因認知上不足，導致對其作有所貶抑，如鄭振鐸評述梵志詩言：

> 他的詩多出世之意象：城外土饅頭，餡在城裏。一人喫一個，莫嫌沒滋味。便很有悲觀厭世的觀念。就像他最好的詩篇：吾有十畝田，種在南山坡。青松四五樹，綠豆兩三窠。熱即池中浴，涼便岸上歌。遨遊自取足，誰能奈我何！也全是「自了漢」的話。他的詩幾全是哲理詩、教訓詩，或格言詩。這種通俗詩流行於民間，根深柢固，便造成了我們這個民族的「各人自掃門前雪，莫管他人瓦上霜」的自了漢心理了。那影響是極壞的。〔註1〕

又蘇雪林《唐詩概論》第五章介紹王、寒詩寫道：

> 梵志翻著襪，人皆道是錯。乍可刺你眼，不可隱我腳。城外土饅頭，餡草在城裏。一個人吃一個，莫嫌沒滋味。他人騎大馬，我獨跨驢子。回頭擔柴漢，心下較些子。世無百年人，強作千年調，打鐵作門限，鬼見拍手笑。這類詩用白話寫成，易於通俗，所以表現的都是中國傳統的樂天知命的人生觀，而且還是庸俗化的。像「他人騎大馬」，後來衍為「他人騎馬我騎驢」，正是使中國民族停滯不進的

〔註1〕　鄭振鐸：《中國俗文學史》，第124～125頁。

下劣思想。……寒山子有人說他是個道士，有人說他是和尚，但據寒山詩集看來，……他的思想忽儒忽佛忽道，見解也不是怎樣高尚超脫。〔註2〕

范文瀾《唐代佛教》亦云：

僧人如果不忘記自己是僧人，詩是不會做好的。因爲依傍著佛，不能立自己的意，所作詩自然類偈頌，索然寡味。例如寒山、拾得、龐蘊等人詩，滿篇佛氣，不失佛徒身份，但去詩人却很遠。〔註3〕

以上評論皆不甚公允，因民間色彩濃厚之通俗詩本有其俗性特質，不應以幾首缺乏文藝價值詩作，與詩人身份而評斷其整體作風，如此僅會流至寒山自道「有人笑我詩，我詩合典雅」、「莫知眞義度，喚作閒語言」，反到無法品味箇中精髓。或許應如金著所提「雖然諸家各有不同，互有長短處，但其審美特質是直覺性的。在這裡我們應該採用提取長處而補短處方式，先看諸前賢的直覺、短篇的評論，再邏輯地歸納，闡明他們詩歌的綜合的特徵」，〔註4〕用一種客觀完善方法評議詩作優劣，才是審察三人詩歌內涵正確之道。

第一節　王梵志、寒山、龐蘊詩作之評價

關於王梵志、寒山、龐蘊詩作評價，歷朝筆記詩話、現代論著，各有述及，且數量繁夥。在王梵志部分，其集中唐前已普遍衍傳，胡適指出在《歷代法寶記》中，無住禪師嘗引用梵志〈慧眼近空心〉詩事。胡適云：

《歷代法寶記》長卷中有無住和尚語錄，說無住：尋常教戒諸學道者，恐著言說，時時引稻田中螃蟹問眾人會不（「會不」原作「不會」。今以意改。）　又引王梵志詩曰：慧眼近空心，非關髑髏孔。對面說不識，饒你母姓董！無住死於大歷九年（774），……這可見八世紀中王梵志的詩流行已很遠了。〔註5〕

與其同時，有關詩評亦始見聞。釋皎然《詩式·跌宕格·駭俗品》曰：「其道如楚有接輿，魯有原壤。外示驚俗之貌，內藏達人之度。郭景純〈遊仙詩〉：『姮娥揚妙音，洪崖頷其頤。』王梵志〈道情詩〉：『我昔未生時，冥冥無所

〔註2〕蘇雪林：《唐詩概論》（瀋陽：遼寧教育，1997年3月），第24～25頁。
〔註3〕范文瀾：《唐代佛教》（北京：人民出版社，1979年4月，第88頁。
〔註4〕金英鎮：《唐代白話詩研究——以王梵志和寒山詩爲中心》，第151頁。
〔註5〕胡適：《白話文學史》，第165頁。

知。天公強生我，生我復何爲。無衣使我寒，無食使我飢。還你天公我，還我未生時。』賀知章〈放達詩〉：『落花眞好些，一醉一回顛。』盧照鄰〈勞作〉云：『城狐尾獨束，山鬼面蒼罩。』」〔註6〕將其作與幾位著名詩家並列；范攄《雲谿友議》評道：「或有愚士昧學之流，欲其開悟，別吟以王梵志詩。……其言雖鄙，其理歸眞。」簡約述說詩作砥礪流俗特質，皆對王詩基本價值與特色給予肯定。

　　宋時，隨詩集流傳日廣，評論者從禪門拓展至文人圈地，尤其「翻著襪法」更爲文士稱頌：陳善《捫蝨新話‧下集》卷一〈作文觀文之法〉：「文章難工，而觀人文章亦自難識。知梵志翻著襪法，則可以作文；知九方皋相馬法，則可以觀人文章。」〔註7〕推崇至高，可覘一斑；黃庭堅《山谷題跋》卷六〈書梵志翻著襪詩〉亦言：「『梵志翻著襪，人皆道是錯。乍可刺你眼，不可隱我腳。』一切眾生顛倒類皆如此，乃知梵志是大修行人也。昔矛容季偉，田家子爾，殺雞飯其母，而以草具飯郭林宗，林宗起拜之，因勸使就學，遂爲四海名士，此翻著襪法也。」〔註8〕爲魯直先生所樂道，此事費袞《梁谿漫志》另記：「山谷以茅季偉事親，引梵志『飜襪』之句，人喜道之。予嘗見梵志數頌，詞樸而理到，今記于此。」〔註9〕說明王氏詩法之高妙，爲當時文壇喜愛。不僅如此，詩僧惠洪《林間錄》更直言：「予嘗愛王梵志詩云：『梵志翻著襪，人皆謂是錯。寧可刺你眼，不可隱我腳。』」〔註10〕顯見王作具有一定文藝價值，因此對其評驚絕不可以偏概全，或許應如張海沙評曰：「『翻著襪』即逆向思維角度、用新的價值觀念對社會現象進行考察並作出新的判斷，並由此而對社會成見、習俗作出辛辣的諷刺，這是王梵志詩歌中的主體部分，也是其最精采的部分，同時也是最爲讀者所喜愛，千百年後仍具有生命力的部分。」〔註11〕才能發覺詩人作品眞正善處，亦爲詩歌評論者須秉持之客觀態度。

　　再看寒山，其詩堪稱通俗詩派評比至高者，歷來筆記詩話、禪籍語錄有不少引錄、揚讚之例，乃三人之最。今人黃博仁《寒山及其詩》中「寒山詩

〔註6〕唐‧釋皎然：《詩式》卷一，收《叢書集成新編》第80冊，第2頁。
〔註7〕宋‧陳善：《捫蝨新話》，收《叢書集成新編》第12冊，第259頁。
〔註8〕宋‧黃庭堅：《山谷題跋》，收《叢書集成新編》第50冊，第467頁。
〔註9〕宋‧費袞：《梁谿漫志》卷十〈梵志詩〉，收《叢書集成新編》第117冊，第75頁。
〔註10〕釋惠洪：《林間錄》卷下，收《佛光大藏經‧禪藏》（高雄：佛光大藏經編修委員，民國83年），第107頁。
〔註11〕張海沙：《初盛唐佛教禪學與詩歌研究》，第93頁。

序及其評價」曾言：

> 寒山詩的讀者並不比任何一流的詩家遜色，其詩除流傳民間與僧流
> 外，還受文學家所推崇，首先論及寒山者，爲詩聖杜甫，其閱寒山
> 詩，曾爲之結舌。〔註12〕

文中所提「杜甫閱寒詩爲之結舌」事，並非空穴來風，因黃庭堅亦嘗論及，
宋·祖琇《隆興編年通論》卷二十載：

> 昔寶覺禪師嘗命太史山谷道人和寒山詩，山谷諾之，及淹旬不得一
> 辭。後見寶覺因謂：「更讀書作詩十年，或可比陶淵明。若寒山子者，
> 雖再世亦莫能及。」寶覺以謂知言。山谷，吾宋少陵也，所言如此。
> 大凡聖賢造意，深妙玄遠，自非達識洞照，亦莫能辨。
>
> 又山谷或時侍晦堂，而道話之次。晦堂云：「庭堅今以詩律鳴天下也，
> 爲寒山詩者，賡韻得和否？」魯直答曰：「昔杜少陵一覽寒山詩結舌
> 耳！吾今豈敢容易可和韻哉！直繞雖經一生二生，而作詩吟難到老
> 杜境界，矧亦寒山詩哉！」〔註13〕

所載「昔杜少陵一覽寒山詩結舌耳」句，乃黃著所指出處，顯非鑿空之談。
至其是否合理，陳耀東〈黃庭堅論杜甫與寒山子〉有以下推論：

> 杜甫曾於開元十九年至二十二年（731～734）游吳越。他從洛陽起
> 程，過金陵，下姑蘇，登虎丘，出閶門，渡浙江（錢塘江），至會稽，
> 尋禹穴，賞鑒湖，泛剡溪，覽天姥（在新昌、天臺縣境），「歸帆拂
> 天姥」，然後由天臺、臨海方向北返，前後歷時四年之久，給詩人留
> 下了美好的難忘的回憶：「越女天下白，鏡湖五月涼。剡溪蘊秀異，
> 欲罷不能忘。」（〈壯游〉）此時，杜甫爲 20～30 歲，寒山子已 40
> 餘歲，隱居天臺山亦有十多年，其人其詩已盛傳於世，爲青年詩人
> 杜甫所推崇、傾倒是情理之中。〔註14〕

陳氏認爲杜甫仰慕寒山作品乃有其事，不過文言「（開元十九年至二十二年）
杜甫爲 20～30 歲，寒山子已 40 餘歲，隱居天臺山亦有十多年」，與本文所考
結論「唐玄宗開元十四年（726）～唐文宗大和四年（830）」有所出入。換言

〔註12〕黃博仁：《寒山及其詩研究》，第 45 頁。

〔註13〕宋·祖琇：《隆興編年通論》卷二十，收《卍續藏經》第 130 冊。

〔註14〕陳耀東〈黃庭堅論杜甫與寒山子——兼述杜詩中的佛學意蘊〉，載《杜甫研究
學刊》第 2 期總 76 期，2003 年，第 54 頁。

之，青壯年時期之杜氏與正值幼年寒山應無牽連，其詩更不可能「已盛傳於世」。故杜氏結舌事疑後人爲誇大寒詩價值而衍生之訛聞，不過卻反映出其的確不同凡響。

雖說杜子美閱詩史實無從盡信，但觀涪翁「更讀書作詩十年，或可比陶淵明。若寒山子者，雖再世亦莫能及」、「作詩吟難到老杜境界，矧亦寒山詩哉！」諸語，足見其對寒詩頌揚與傾慕之情。〔註15〕當然，嘉誦寒山並非獨黃氏一人，其他著名文人如陸游、朱熹、劉客莊等均對其作表達濃厚興趣與推崇。如陸放翁〈與明老改正寒山子詩帖〉曰：「有人兮山陬，雲袞兮霞纓。秉芳兮欲寄，路漫兮難征。心惆悵兮狐疑，蹇獨立兮忠貞。此寒山子所作楚辭也，今亦在集中，妄人竄改附茲，至不可讀。放翁書寄天封明公。」，〔註16〕宋・許顗《彥周詩話》亦云：「此寒山語，雖使屈宋復生，不能過也。」〔註17〕讚嘆其楚辭之造詣；而朱熹《朱子語類》卷一四〇〈論文下〉載：「先生偶誦寒山數詩，其一云：『城中娥眉女，珠珮何珊珊。鸚鵡花間弄，琵琶月下彈。長歌三日響，短舞萬人看。未必長如此，芙蓉不奈寒。』云：『如此類，煞有好處，詩人未易到此。』」〔註18〕認爲寒作乃非泛俗者所能爲之。不惟如此，稍晚宋劉克莊《後村詩話續集》卷二曰：「寒山詩龐言細語皆精詣透徹，所謂一死生、齊彭殤者。亦有絕工緻者，如『域中嬋娟女，玉珮響珊珊。鸚鵡花間弄，琵琶月下彈。長歌三日繞，短舞萬人看。未必長如此，芙蓉不耐寒。』殆不減齊梁人語。」；〔註19〕明・江盈科《雪濤詩評・采逸》稱其：「五言一首絕是唐調。」〔註20〕分別對寒山詩作出正面之評語。

〔註15〕黃庭堅獨鍾寒山詩乃前所未有，甚至踰越王梵志，陳耀東寫到：「山谷之於寒山詩，還有以書後、題跋和贈友示人等方式，或讚頌，或激勵，或品評，公允而中肯。如〈示王孝子孫寒山詩後〉，讚其小孫閱讀『寒山之詩，亦不暇寢飯』的孜孜不倦、廢寢忘餐的可貴精神。(〈山谷題跋〉卷七)又在〈跋寒山詩贈王正仲〉文中，評寒山詩『皆古人沃眾生業火之具』，因書贈寒山詩給『閉關不交朝市之士』的王正仲，及『參禪學道、不樂火宅之樂』的其子王鑄。宋釋洪覺範在〈跋山谷字〉〈又詩〉中謂：『山谷論詩，以寒山爲淵明之流亞。』」，同上注。

〔註16〕《寒山詩集・附豐干、拾得、楚石、石樹原詩》(影印民國二十年上海法藏寺比丘興慈刊《合天臺三聖二和詩集》本)(臺北：漢聲，民國60年2月)，第66～67頁。

〔註17〕收何文煥輯：《歷代詩話》，第393頁。

〔註18〕宋・黎靖德編：《朱子語類》，《景印文淵閣四庫全書》第702冊，第810頁。

〔註19〕宋・劉克莊：《後村詩話》(臺北：廣文書局，民國60年9月)，第13頁。

〔註20〕明・江盈科：《江盈科集》(湖南：岳麓書社，1997年4月)，第817頁。

此外，另有其他論及者：張鎡《南湖集》卷五〈題尙友軒〉載：「作者無如八老詩，古今模軌更求誰？淵明次及寒山子，太白還同杜拾遺。白傅、東坡俱可法，涪翁、無己總堪師。胸中活底仍須悟，若泥陳言卻是癡。」〔註21〕張鎡（1153～？），字功父，號約齋，循王張俊曾孫，與陸游、楊萬里、尤袤等交遊。此處舉列八位可效法之詩老，不乏享譽當世者，雖年代排序有誤，卻不難想見其對寒山詩篇之重視。〔註22〕王應麟《困學紀聞》卷十八云：「寒山子詩，如〈施家兩兒〉，事出《列子·羊公鶴》，事出《世說》。如子張卜商，如侏儒方朔，涉獵廣博，非但釋子語也。對偶之工者：青蠅、白鶴；黃籍、白丁；青蚨、黃絹；黃口、白頭；七札、五行；綠熊席、青鳳裘。而楚辭尤超出筆墨畦逕。」〔註23〕揚其詩、楚辭之傑出；元·南堂遺老清欲有〈詩歌〉言：「詩成眾口浪雌黃，往往視之爲下俚。近來一二具眼人，頗憐名字遺青史。雲袞霞縷妙語言，謂與騷章無異旨，寥寥千載無人知，偶逢知者惟如此。知與不知與我乎何與？此其所以得寒山子。富哉三聖詩，妙處絕言迹。擬之唯法燈，和之獨楚石。十虛可消殞，一字難改易。灌頂甘露漿，何人不蒙益。」〔註24〕將詩喻之醍醐，嚐飲可受益無窮；清·錢謙益《牧齋有學集·陳古公詩集序》：「吾嘗謂陶淵明、謝康樂、王摩詰之詩，皆可以爲偈頌，而寒山子之詩，則非李太白不能作也。」〔註25〕云詩難以爲之；甚至清世宗《雍正御選語錄》卷三「寒山拾得詩序」謂：「寒山詩三百餘首，……唐閭丘太守寫自寒巖，流傳閻浮提界，讀者或以爲俗語，或以爲韻語，或以爲教語，或以爲禪語，如摩尼珠，體非一色，處處皆圓，隨人目之所見。朕以爲非俗非韻，

〔註21〕宋·張鎡：《南湖集》，《叢書集成新編》第71冊，第66頁。

〔註22〕曹汛〈寒山詩的宋代知音——兼論寒山詩在宋代的流布和影響〉述曰：「他把寒山子列在陶潛和李白杜甫這樣的大詩人中間，這可是從前見所未見，聞所未聞的事。這個八老的排列是按時代先後，寒山子出現在晚唐，因爲有閭丘胤僞序，所以很長時間人們一直誤以爲寒山子是初唐時人，張鎡排的次序不盡正確，寒山子應該排在李白、杜甫、白居易之後，但是擺放的地位顯然還是不低的。」，第129頁。

〔註23〕宋·王應麟：《困學紀聞》，收王雲五編《四部叢刊續編》（臺北：臺灣商務，民國65年6月），第12564～12565頁。

〔註24〕元·南堂遺老清欲〈詩歌〉收《寒山詩集·附豐干、拾得、楚石、石樹原詩》，影印民國二十年上海法藏寺比丘興慈刊《合天臺三聖二和詩集》本，（臺北：漢聲，民國60年2月），第65～66頁。

〔註25〕清·錢謙益著、錢曾箋注：《牧齋有學集》卷十八（上海：上海古籍出版社，1996年9月），第799頁。

非教非禪，眞乃古佛直心直語也。」〔註26〕譽其詩如摩尼珠，乃古佛之直心直語。凡此，均表示對寒作極高之認同，斯亦爲何其成爲通俗詩派，最熱門研究對象之要因。

　　而龐居士所獲關注角度又與王、寒不同。由於龐氏詩歌題材褊隘關係，且內容宗教色彩濃厚，世人對其作評判標準，多停留熱門公案討論，或關注詩歌所示禪法意境高低，罕有詩歌優劣之評語。斯現象之造成，從其詩〈跋〉可見端倪：

> 世之參禪，談苦空，索言語，欲至於佛。此心即佛，貪瞋未息，何修成佛？苟求言語，去佛愈遠。昔居士龐公，隱於郡城之南，參請悟徹，究竟實際。蓋求其所得，曰「心空及第歸」，則心寂矣。曰「我是無心」，則心不瞋矣。至於棄貲弗顧，則心不貪矣。以此詣佛，是豈索諸言語而已？雖然不假言說，而又有言說，故垂語錄偈頌於世，俾來者知所向。〔註27〕

是故，龐詩垂世傳後乃俾來者知何參禪、修佛，爲教化眾生之用，即《祖堂集》載言：「平生樂道偈頌，可近三百餘首，廣行於世，皆以言符至理，句闡玄猷，爲儒彥之珠金，乃緇流之篋寶。」〔註28〕是也。

　　也因其詩目地在於述理勸修，之後相關評著即據此衍流，明朱時恩《居士分燈錄》卷上「龐居士」曰：

> 龐老子乃釋迦佛補處應身，而一部《語錄》惟惓惓勸人拔除三毒，如云：「貪瞋不肯捨，徒勞讀經釋。」又云：「貪瞋癡病盡，便是世尊兒。」又云：「捻取三毒箭，拗折一時空。」如是叮嚀，不一而足。
> 〔註29〕

清居士彭紹升（際清）《居士傳》卷十七「龐居士」條亦謂：

> 予少讀寒山大士詩，樂之，如遊危峯邃澗中，聞懸泉滴乳，松籟徐吹，五蘊聚落，一時杳寂。巳而讀龐居士詩，又如刺船入海，天水空同，四大浮根，脫然漚謝。嗚呼！魚山清梵，伽陵仙音，刹刹塵

〔註26〕清・雍正帝輯錄：《雍正御選語錄》第1冊（臺北：自由出版社，民國56年6月），第1頁。

〔註27〕引錄譚偉《龐居士研究》書後附一〈西明寺本跋〉，第490頁。

〔註28〕靜、筠禪僧編、張華點校：《祖堂集》，第527頁。

〔註29〕明・朱時恩輯：《居士分燈錄》，《續藏經》第147冊，中國佛教會影印卍續藏經委員會印行，民國56年，第436頁。

塵，度生無盡矣。〔註30〕

龐氏作品最大作用在於教導人們如何悟禪修道，因而文士多吟詠其道範懿行，舉如：蘇軾〈記參寥龍丘答問〉載：「東坡居士投名作供養主，龍丘子欲作庫頭。參寥不納，曰：『待汝一口吸盡此水，即令汝作。』龍丘子無對。」〔註31〕即用龐居士參馬祖禪師之公案，另其〈江西一首〉詩中：「醉臥欲醒聞淙淙，直欲一口吸老龐」〔註32〕亦是斯典之衍化；黃庭堅也有引蘊事者，其〈寄老庵賦爲孫莘老作〉云：「伊漢上之龐禪，空諸有以爲宅，沉貨泉以棄賣，聊生涯於緯竹。」〔註33〕乃引居士沉棄家財，編笊籬維生之事蹟；陸游亦藉龐賣笊籬，揭明自身只求平淡生活之由衷：「窮途久矣嘆吾衰，雙鬢新添幾縷絲。身是在家狂道士，心如退院病禪師。極知勾漏求丹藥，不及衡陽賣漉籬。習氣若爲除未盡，小軒風月又成詩。」〔註34〕

其次，有以詩偈中禪學觀念爲指導世俗之規箴，例明·焦竑〈支談下〉：「程門每見人靜坐，輒嘆其善學。蓋由見性之難，須假方便以通之。故曰：『外息諸緣，內心無喘，心如牆壁，可以入道，此之謂也。』龐居士偈云：『世人多重金，我愛刹那靜。金多亂人心，靜見眞如性。』學者不知靜爲見性之門，其流至如大慧所訶，默照邪禪者亦異乎吾之所謂靜矣。」〔註35〕諸如此類，不勝凡舉，顯示後人對龐居士詩歌評鑑，不比探討其宗教素養來得重要，斯或許是因鮮明機辯迅捷禪者形象，其「不只被當作一個歷史人物，更重要的是他被當作一個理想人物，或者說是被當作了人們理想的化身，人們在龐居士身上寄託了自己的理想和願望」，〔註36〕視蘊爲人生心靈慰藉導師，作品內容實質效用遠超過外在形式技巧提煉，誠如譚偉所說：「自禪林提倡公案開始，龐居士便以成了『機辯迅捷，諸方向之』、『所至之處，老宿多往復問酬，皆隨機應響，非格量軌轍

〔註30〕清·彭紹升編：《居士傳》（揚州：江蘇廣陵古籍刻印社出版，1991 年 5 月），233 頁。

〔註31〕宋·蘇軾撰、孔凡禮點校：《蘇軾文集》卷七十二「雜記」，（北京：中華書局，1986 年），第 2304 頁。

〔註32〕收錄傅璇琮等編：《全宋詩》卷八二一，第 14 冊，（北京：北京大學古文獻研究所，1993 年 9 月），第 9500 頁。

〔註33〕黃庭堅：《山谷集·內集》卷一，《景印文淵閣四庫全書》第 1113 冊，第 5 頁。

〔註34〕陸游〈自嘲〉《劍南詩稿》卷十七，《景印摛藻堂四庫全書薈要》第 389 冊，第 312 頁。

〔註35〕焦竑：《焦氏筆乘續集》卷二，（臺北：臺灣商務印書館，民國 60 年 4 月），第 184～185 頁。

〔註36〕譚偉：《龐居士研究》，第 294～295 頁。

之可拘也』、『爲他是作家，後列刹相望，所至競響』的禪者形象。其語錄多被作爲公案在禪林廣爲流傳，而其詩偈之影響減小了，在禪宗典籍中也少有出現。後世書目多著錄《龐居士語錄》便是這種趨向的反映。」〔註37〕才會造就後代詩評者對龐蘊詩偈文藝價值無至多褒貶情況產生。

第二節　王梵志、寒山、龐蘊詩在中國之影響

　　自王梵志開創唐代通俗詩派以降，其文白參雜言語風格，不務典雅爲詩作法，致使無法擠身李唐主流詩派，但從其擁有廣大民間讀者觀之，必有一定影響進路與貢獻。劉大杰《中國文學發展史》介紹梵志詩時曾語：

> 　　王梵志及其作品，宋朝以後雖沉晦無聞。然在唐、宋間卻很流行。《歷代法寶記》中無住語錄引過他的詩，黃庭堅很推崇他的詩，范成大學過他的詩，……南宋人的詩話筆記裏（如費袞的《梁谿漫志》、陳善《捫蝨新話》等），也時常記述他的故事。這樣一位沉晦已久的詩人，在唐初詩壇中，不受時尚，而又對後代大詩人發生過影響，在文學史上是應當給他一點介紹的。〔註38〕

誠是，不能因詩人隱晦就忽略其對後世之影響，既使未到大書特書程度，也須深入瞭解，才能還其應有之文學地位。從今日研治成果顯示，王、寒、龐詩歌對中國禪宗信仰與儒林文壇影響深遠，尤其寒、龐詩偈更成禪林釋子好用之上堂說法教材，對宗教文學發展有繁榮促進作用。當然，傳統文藝創作亦有相同情形，不少名人雅士從事文學活動時，間接或直接受到三人作品薰陶。以下就「民間宗教信仰」與「文人文藝創作」，略述王氏等人詩歌在中國影響之大要。

一、對民間宗教信仰之影響

　　王梵志、寒山、龐蘊身分與禪宗保有密切關係，因此其在民間信仰影響對象主要爲歷代禪僧、居士，或者因喜愛其詩，將其視作神祇崇拜之庶民百姓。

（一）禪師上堂與擬作

　　當禪宗成爲中國盛行宗教以後，相關禪典、語錄時常可見禪師們引錄王、寒、龐詩篇作爲參禪及上堂法語情形。首先是王梵志。王氏作品最早爲禪子

〔註37〕項楚：《唐代白話詩派研究》，第333頁。
〔註38〕劉大杰：《中國文學發展史》，第426頁。

援引，乃先前胡適《白話文學史》，披露之無住禪師以〈慧眼近空心〉詩教誡諸學道者，說明李唐中期前，其作已爲禪門所知悉。另宋李遵勖《天聖廣燈錄》卷十五〈汝州風穴山延沼禪師〉載錄：

> 師上堂舉梵志詩云：「梵志死去來，魂魄見閻老。讀盡百王書，不免被垂拷。一稱南無佛，皆以成佛道。」僧便問：「如何是一稱南無佛？」
> 師云：「燈連鳳翅當堂照，月映蛾眉顣面看。」〔註39〕

斯亦取梵志詩爲上堂講法之例。不過，在《五燈會元》卻載「梵志詩」爲「寒山詩」，二者說法顯然不同。然〈梵志死去來〉詩究竟爲誰所作？項楚《王梵志詩校注》有精闢考述：

> 《五燈會元》卷十一「風穴延沼禪師」亦載上述文字，惟「梵志詩」作「寒山詩」，二說不同。當以《廣燈錄》作梵志詩爲是，其大證有三：一、《五燈會元》乃宋釋普濟取《景德傳燈錄》等五種燈錄，刪繁就簡而成，李遵勖《天聖廣燈錄》即其中之一種。《會元》所記「梵志死去來」詩，即出自《廣燈錄》。《廣燈錄》爲第一手材料，《會元》爲第二手材料，自然前者較爲可信。二、詩云「梵志死去來」，「梵志」云者，王梵志自稱也，如本書一三九首〈梵志亦不惡〉，一四二首〈但知多少與梵志〉，三一六首〈家有梵志詩〉，皆是其例，他人不得作如此口氣。三、今本《寒山子詩集》具在，其中並無此詩，歷來亦無人採取此詩以補《寒山子詩集》之佚，是皆不以此詩爲寒山詩也。〔註40〕

項著解答已十分清楚，詩實爲王氏所撰。然從《會元》誤記結果察悉，其因「宋代以後，王梵志詩佚失，歷代禪師不能用他的詩，但其詩接寒山詩，故往往與寒山詩相混。」〔註41〕不難想見，王梵志詩作相當受到禪師們重視，甚至有擬改詩之舉，〔註42〕惟宋後集本佚傳，才未見更多引詩之例。

〔註39〕宋・李遵勖：《天聖廣燈錄》卷十五，《佛光大藏經・禪藏》，第376頁。

〔註40〕項楚：《王梵志詩校注》，第766頁。

〔註41〕金英鎮：《唐代白話詩研究——以王梵志和寒山詩爲中心》，第164頁。

〔註42〕禪師擬改王詩者，最爲人提稱，莫過於〈城外土饅頭〉詩，張錫厚〈論王梵志的口語化傾向〉寫曰：「〈城外土饅頭〉那首詩，宋釋圓悟禪師認爲言猶未盡，意不足明，難以盡興，爲之改詩，並續成四韻。對此，曉瑩《雲臥紀譚》有過比較詳細的記載，建炎三年（1129）元日，圓悟語云：『王梵志作前頌（指土饅頭詩），殊有意思，但語差背。而東坡（當爲魯直）革後句，終未盡興。今足成四韻，不唯警世，亦已自警：「城外土饅頭，饀草在城裏。著羣

　　至寒山詩集並無王梵志失傳問題，其成爲禪子開堂法語，早行之久遠，以潙山靈祐爲發端。《祖堂集》卷一六《潙山和尙》載：

　　　　問：「百丈大人相如何？」師云：「魏魏堂堂，煒煒煌煌，聲前非聲，色後非色，蚊子上鐵牛，無你下觜處。」〔註43〕

靈祐禪師所答「蚊子上鐵牛，無你下觜處」語，正是承自寒山〈若人逢鬼魅〉：「若人逢鬼魅，第一莫驚懍。捺硬莫采渠，呼名自當去。燒香請佛力，禮拜求僧助。蚊子叮鐵牛，無渠下觜處。」〔註44〕詩，顯示詩歌早爲禪者喜愛。然從晚唐、五代、兩宋以來，寒山作品不斷爲禪流傳頌、稱引，其例多如牛毛，譬如《景德傳燈錄》卷二十六〈福州廣平院守威宗一禪師〉載錄：

　　　　問：古人云：「任汝千聖見，我有天眞佛。如何是天眞佛？」師曰：

　　　　「千聖是弟。」〔註45〕

乃引寒山子〈余家有一窟〉詩末「任你千聖現，我有天眞佛」〔註46〕語，「古人」當指寒山。其餘則有「雲門宗青原下十四世靈隱慧淳禪師引寒山詩〈吾心似秋月〉作爲上堂的法語（見《續傳燈錄》卷二十二、《五燈會元》卷十六）。又《碧巖錄》中雪竇禪師的頌古，克勤禪師的垂示、評唱或語要，也每引寒山詩作參禪悟道的工具。文慧禪師以參《寒山集》入道，被義懷禪師讚爲：『此吾家之千里駒也。』（《續傳燈錄》卷八〈北京天鉢寺重元文慧禪師〉）更是名聞遐邇。吳越僧延壽《宗鏡錄》引寒山詩凡九處、詩八首，可謂引詩之最。如卷九有云：『運用施爲，念念而未離法界；行住坐臥，步步而常在其中。若不信之人，對面千里，如寒山子詩云：「可貴天然物，獨一無伴侶。促之在方寸，延之一切處。汝若不信受，相逢不相遇。」若明達之者，寓目關懷，悉能先覺。』」〔註47〕傳引熱絡，影響之廣，可悉一斑。

　　　哭相送，入在土皮裏。次第作蒹草，相送無窮已。以茲警世人，莫開眼瞌睡。」』
　　經過一番煞費苦心地加工潤飾，無論立題命意，還是表現形式，比起王梵志
　　原句雖有比較明顯的不同，並可起到警世自警的目的，但已遠遠超出王梵志
　　探刺淺喻、揶揄嘲諷的藝術風格，終難免續貂之嫌。不過，正因爲詩壇上有
　　此改詩之舉，這首〈土饅頭〉詩更能引起人們的注意並一直流傳下來。」收
　　《王梵志詩研究彙錄》，第 140 頁。
〔註43〕《祖堂集》，第 544 頁。
〔註44〕〈若人逢鬼魅〉（○六三），《寒山詩注》，第 168～169 頁。
〔註45〕《景德傳燈錄》卷二十六，第 553 頁。
〔註46〕《寒山詩注》，第 422 頁。
〔註47〕語出陳耀東〈寒山詩之被「引」、「擬」、「和」──寒山詩在禪林、文壇中的
　　　　影響及其版本研究〉，第 60 頁。

　　同時，不少禪門僧眾開始擬作寒山詩，掀起一股熱潮。五代晉時善昭禪師（945～1022）撰有〈擬寒山詩〉凡十首，乃摹擬之始，節錄二首以觀其詖：「余家路不遙，金界示金橋。香嶺叢花拆，煙嵐日上銷。清涼千谷靜，紫府萬賢高。我笑寒山笑，豐干腳下勞；全體是寒山，唯能向此眠。捉猿高嶺上，放虎石溪邊。花拆香風遞，松分細雨穿。疏林竹徑重，將謂是神仙。」〔註48〕皆五言八句。此外還有南唐泰欽〈擬寒山〉十首，〔註49〕長靈守卓禪師（1065～1123）〈擬寒山詩〉四首，橫川行珙禪師（1222～1289）之〈擬寒山詩〉二十首，元叟行端禪師〈擬寒山子詩〉四十一首，中峰明本禪師（1263～1323）亦有〈擬寒山詩〉，慧林懷深慈受禪師則有〈擬寒山詩〉一百四十八首，〔註50〕為仿詩數量居冠者。〔註51〕其詩是如何受到緇流們爭相模仿、擬作，乃毋須贅喙矣。

　　若要比況龐蘊與王梵志、寒山子於禪林之影響程度，其絕非示弱之者。龐氏既有「中土維摩詰」、「第一居士」譽稱，禪林又是其聞名於後之至要舞臺，禪師對其詩偈之關注程度，自然不在王、寒二人之下。據譚偉《龐居士研究》指稱：「禪師們上堂說法，或舉龐居士公案讓弟子參悟，或回答弟子以龐居士公案提問，從中晚唐已開始有了，這些在禪師的語錄中所記甚多。」〔註52〕顯示禪門受其作品影響甚早。而龐居士眾多詩偈中，最為僧侶樂道，就屬〈十方同一會〉詩，曰：「十方同一會，各自學無為。此是選佛處，心

〔註48〕 收於《汾陽無德禪師語錄》卷下，另可參閱金英鎮《唐代白話詩研究》，第159～160頁。

〔註49〕 關於泰欽仿作之梗概，曹汛有言：「南唐泰欽〈擬寒山〉十首，其五云：『每思同道者，屈指有寒山。得意千峰下，無人共往還。朝看雲片片，暮聽水潺潺，若問幽奇處，儂家住此間。』其七云：『幽巖我日悟，路險無人到。寒燒帶葉柴，倦即和衣倒。閒窗任日月，落葉從風掃。住茲不計年，漸覺垂垂老。』泰欽為法眼宗創始人文益弟子，世稱法燈禪師，初住洪州雙林院，次住金陵龍光院、清涼院，南唐後主李煜曾向其問法，開寶七年（974）卒，次年宋滅南唐。〈擬寒山〉詩為晚年住金陵清涼院時所作，載見《卍續藏經》本《禪門諸祖詩偈頌》卷上。泰欽未及入宋，作詩的時候已在宋開國後。」可供參考。〈寒山詩的宋代知音——兼論寒山詩在宋代的流布和影響〉，第121～122頁。

〔註50〕 慈受擬寒詩情形，陳文有下介紹：「南宋時期，最有名的擬作莫過於慈受（懷深）和尚建炎四年（1130）慈受在〈擬寒山詩序〉中自謂：『余因老病，結茅洞庭，終日無事或水邊林下，坐石攀條，歌寒山詩，哦吟得偈，適與意會，遂擬其體成一百四十八首。』可位冠於禪林擬作之榜首。明刻高麗覆宋本《寒山詩》集即附慈受《擬寒山詩》一四八首行世。」同註47，第61頁。

〔註51〕 金英鎮：《唐代白話詩研究》，第162頁。
〔註52〕 譚偉：《龐居士研究》，第215頁。

空及第歸。」〔註53〕此偈乃蘊參馬祖道一時所作偈頌，亦是噪名一時之公案，其盛熾情況，譚書有云：

> 龐居士參馬祖「不與萬法為侶」公案，使他享譽於禪林。「心空」偈在當時便已十分流行，如大義禪師（745～818）《坐禪銘》云：「參禪學道幾般樣，要在當人能擇上。莫祇忘形與死心，此個難醫病最深。……譬如靜坐不用工，何年及第悟心空？急下手兮高著眼，管取今生教了辦。」大義，參謁洪州馬祖道一，嗣其法。後住於鵝湖山，故稱鵝湖大義。曾為德宗、順宗說法。憲宗時，嘗奉詔入內，於麟德殿論義，對答四諦禪道，眾法師皆杜口心服。像大義這樣的「三朝帝師」尚引龐居士偈，其他便也可想而知了。〔註54〕

如同所言，龐氏「心空」偈對禪林影響甚鉅，除大義禪師外，尚有百丈道恒（？～991）上堂舉詩，云：「且作麼生是心空？不是那裏閉目冷坐是心空，此正是意識想解。上座要會心空麼？但且識心，便見心空。」；晦堂祖心（1025～1100）上堂亦云：「不與萬法為侶，即是無諍三昧。便恁麼去時，爭奈弦急則聲促。若能向紫羅帳裏撒真珠，未必善因而招惡果。」；以及草堂善清（1057～1142）、石門元易（1053～1137）、慈受懷深等禪師均有所引述。〔註55〕

除此之外，其他禪師書信、拈頌中亦有引龐事者，如湛堂文準（1061～1115）〈頌〉：「我手佛手，十八十九。雲散月圓，痴人夜走。我腳驢腳，放過一著。龐公笊籬，清平木杓。人人生緣，北律南禪。道吾舞笏，華亭撐船。」；楚石梵琦（1296～1370）〈送玄禪人之江西〉：「馬祖自從胡亂後，分明對眾揚家醜。來來去去是龐公，吸盡西江不開口。」〔註56〕等。受歡迎程度，正如譚氏評道：「歷代禪師對龐居士十分推崇，不僅自己參龐居士之公案，而且在各種佛事活動如上堂說法、書信往來、拈頌及下火儀式〔註57〕等中舉龐居士之公案及詩偈，並以此驗證弟子之證悟境界，要求弟子們以龐居士為楷模。」〔註58〕當然，其如此深受敬崇，必有獨特之因，或許是具備「一、修為高，超生死，歷代禪師頌

〔註53〕同上書，第 473 頁。
〔註54〕同上，第 117 頁。
〔註55〕請參閱譚偉《龐居士研究》，第 215～220 頁。
〔註56〕請參龐著，第 228～231 頁。
〔註57〕案：「下火文」，是為和尚或居士死後在火葬時而作的祭文，「下火文」中提及龐居士者，在日本禪籍文獻中尤多，而其行文多與宋代之「下火文」相似，蓋是受宋之影響。語見譚偉：《龐居士研究》，第 231 頁。
〔註58〕前揭書，第 233 頁。

古多將龐居士與佛祖並列。二、機鋒迅捷,後代禪師稱龐居士爲『多口老翁』。三、追求眞諦,龐居士爲修道而沉沒家財,久參禪林。四、全家修道,龐居士之妻龐婆,女靈照,在僧、俗中都有較大的影響。」〔註59〕四項宗教特質,才得在禪林大放異彩。

(二)民間流傳及崇拜

　　王梵志三人詩歌在禪門有舉足輕重地位,民間百姓卻也因愛其作,對詩人生平加附不少傳聞故事,甚至奉爲神明,使其永駐世間人民心中。然斯投射現象,就屬寒山與龐蘊較爲明顯。而王氏因年代早,禪宗仍未流行,加之詩集宋後銷聲匿跡,反倒無太多衍聞之附麗。

　　有關寒山子神蹟或是認爲其乃神佛化身之說法,歷代皆有所聞,何善蒙論述寒山流傳時言:

> 在寒山死後,出於現實原因的需要,寒山的身分逐漸僧化,圍繞著
> 寒山的種種神奇的傳說也因此而產生。最後甚至被視爲文殊師利菩
> 薩的化身。這些傳說中最爲有影響的是「寒山寺」和「和合二仙」,
> 在這些傳說中,寒山和拾得受到廣泛的歡迎,成了寒山寺的住持,
> 成了象徵幸福美滿的和合二仙。寒山在其死後,借助於傳說的力量,
> 其形象一直活躍在民間。〔註60〕

將寒山視作文殊菩薩或和合二仙之和神,某種程度反映出特定宗教團體爲揚教宣義,將民眾喜愛史實人物,藉用該教神佛形象予以塑造,以達到宣傳效果。當然,其成立必須建立在百姓崇拜心理基礎上,願意合理化此人與傳聞之間矛盾。因爲不論是文殊菩薩、和仙〔註61〕之稱謂,皆無史源根據,而是帶有明顯神話色彩成分。以寒山爲文殊菩薩化現說法爲例,其最早載見閭丘胤〈寒山詩集序〉:「寒山文殊,遁跡國清。」此後,《宋高僧傳》、《景德傳燈

〔註59〕 前揭書,第 294 頁。

〔註60〕 何善蒙〈寒山、寒山詩與寒山熱〉,載《佛教文化》第 5 期,2006 年,第 58 頁。

〔註61〕 寒山被當作和仙並無一定道理,而是完全出自於民間傳說與信仰。崔小敬表示:「從考證的角度來說,『和合二仙』中的寒山與拾得形象可以說與我們上面所論述到的寒山、拾得毫無相似之處,無論是道教系統中還是佛教系統中的寒山,以及從寒山詩與拾得詩自身的表現來看,無論如何都不具有被神化爲『和合二仙』的性質。因此,我們有理由推測,所謂的『和合二仙』完全是民間信仰產物,其傳說來自民間,其信仰也始自民間。」〈寒山及其詩研究〉上海復旦大學中國語文學系博士論文,2004 年 2 月,第 50～51 頁。

錄》、《天臺國清禪寺三隱集記》等依次流衍，顯然寒山為文殊化身，已無從
考究。就此，崔小敬〈寒山及其詩研究〉嘗考：

> 自傳大士以後，佛教中人多有被認為或自稱菩薩化現者，且多為神
> 僧、異僧，如《景德傳燈錄》卷二十七〈僧伽傳〉謂：「泗州僧伽大
> 師者，世謂觀音大士應化也。」……同卷載布袋和尚入滅時，說偈云：
> 「彌勒真彌勒，分身千百億。時時示時人，時人自不識。」……另《佛
> 祖統紀》卷第五十三「歷代會要志」第十九之三設「聖賢出化條」，
> 專記歷代所謂「聖賢出化」之人，如有「志公觀音化身，始宋明帝十
> 一年，終梁武帝天監十三年」，「達摩觀音化身，梁武大通元年自南天
> 竺來」，「傳大士彌勒化身出婺州烏傷縣」，「豐干彌陀化現，寒山文殊
> 化現，拾得普賢化現」，「杜順文殊化現」，「萬回觀音化身」，「泗州觀
> 音化身」，「湘山全真禪師阿彌陀佛化身」，「岳林布袋彌勒化現」等等。
> 菩薩化身人數之多，實在令人驚訝。這反映了當時一種普遍的社會心
> 理和認識，僧人固可以之名世，世人亦可以相信並接受。至於寒山為
> 何被稱為文殊菩薩而非其他菩薩之化身，綜觀上述所謂菩薩化身者，
> 似並無固定的規律，亦無合理解釋。〔註62〕

其實探究寒山為何是文殊之分身，已無從必要，因原始文獻本來就不足說明，
且稱何菩薩也無一定記載規範。其合理解釋，或如崔氏所云：

> 從理論上說，「菩薩行化眾生，不辭捨尊就卑，以示出入之無間」，
> 是佛教神通力的一種表現；而從實踐上說，菩薩化身世間，點化有
> 緣，造福人間，更是佛教慈悲力的最好顯現。因此，自南北朝以來，
> 菩薩化現之神僧異跡，史不絕書，且不但有教眾之大力宣揚、史家
> 之嚴謹撰述，更有賴於普通民眾之虔誠崇信。在信仰者心目中，菩
> 薩化現人間之存在合理性與真實性毋庸置疑，而其傳奇性與神秘性
> 則適增加其影響力與感召力。寒山之被神化為文殊菩薩的化身，而
> 能傳之於世，筆之於史，正是得力於這種社會心理和文化氛圍的浸
> 染。〔註63〕

但由另一角度觀之，人們將寒山神格化，或許是單純喜好其詩，為增添人物
影響力與尊位性，遂連結宗教慣有神化手法，將詩人地位予以提升，於是產

〔註62〕同前書，第65～66頁。
〔註63〕同前書，第66～67頁。

生寒山乃文殊菩薩等其他神祇諸說之流傳。

而龐居士雖未如寒山被尊封爲不同神明情形，不過，其崇高禪家地位與存世機鋒語錄，卻也造就衡、襄陽一帶有諸多傳說與遺跡可尋。〔註64〕之中不乏以其名興建之廟宇，如譚偉《龐居士研究》介紹襄陽「龐居寺」曰：

> 龐居寺。(乾隆)《襄陽府志》卷九《寺觀壇廟‧襄陽縣》說龐居寺在「縣東南三十里，唐修煉士龐蘊字道元所居也。後人建寺即以龐居之名之。寺旁有洞，亦名龐洞。蘊夫婦修練洞中，相傳飛升去。洞內有龐公、龐母二像，蘊夫婦也。《舊志》稱洞長數里，與鹿門通，洞內有龐德公像，皆以姓之同附會訛耳。」(同治)《襄陽縣志》卷二《建置‧寺觀》記龐居寺：「在城東四十里，寺前有龐洞。相傳龐蘊夫婦修煉飛升處。洞內有龐公、龐母幷子女像。」《湖廣通志》卷七十八《古迹志‧襄陽府‧襄陽縣》：「國朝順治間修。龐居寺在縣南五十里龐居湖右。」此寺雖不知是重修還是根據傳說而修的，但我們由此知道，直到清代，人們對龐居士之重視尚未減弱。〔註65〕

乃崇尚其道行深高，而築廟予以祭祀。又「龐居士宅」條云：

> (乾隆)《襄陽府志》卷三六《藝文》載有清顧公燁(牧雲)《龐居士宅》詩云：學佛何須著壞衣，龐家居士有柴扉。不妨世上隨眠食，祇覺胸中少是非。籬畔地間憑草綠，林間春盡任花飛。我來欲問無生法，幾疊青山冷翠微。詩中「隨眠食」用龐居士詩偈如「盡見凡夫事，夜來安樂眠」、「若了身心相，空裏任橫眠」；「少是非」亦用龐居士詩偈「一相生分別，見聞多是非」、「有人有所知，有事有是非」、「般若無是非，無實亦無虛」；「無生法」亦然，如龐居士詩偈有「惟有一門無鑰匙，伸縮 低昂說是非。但能宣得無生理，善巧方便亦從伊」、「欲得速成佛，祇學無生忍」等。〔註66〕

爲用龐偈典實之詠舊居詩篇。然而以上相關傳聞與遺蹟，不盡然爲史實記載之內容，許多是後人虛構增添而成，誠如譚氏引述陳寅恪教授語表示：「龐居士在襄陽諸遺蹟，不一定盡合歷史事實，但正如陳寅恪先生所說：『凡地方名

〔註64〕據譚偉《龐居士研究》整理，龐蘊於兩地所留遺跡計有：一、衡陽：悟空庵、能仁寺、靈照井。二、襄陽：三賢堂、龐洞、龐居寺、龐居湖、龐居士巖、龐居士宅。詳細內容請參閱該著之說明，第279～294頁。

〔註65〕同前書，第287頁。

〔註66〕同前書，第288～289頁。

勝古蹟，固不盡爲歷史事實，亦有依托傅會者。但依托傅會之名勝古蹟，要須此故事或神話先已傳播於社會，然後始能產生。』這些遺蹟和傳說多是民眾對歷史上的龐居士之景仰而產生的，其中包含了民眾理想化色彩，體現了民間文化的特色。」〔註67〕蘊既然爲世人傳頌，其作必也受到高度關注，雖說對社會風俗文化之影響，還是以作者本身行誼範行爲主要關鍵，但不可置否，其詩歌作品亦是間接影響要素，因透過詩集傳播，深化人民對此人之心中印象，其於民間信仰地位也就益加穩固。

二、對後世文人文藝創作之影響

　　王梵志等人詩歌於坊間廣泛流傳，對庶民信仰文化產生至大影響，同樣，其潑辣生動，富含哲理之詩偈，獲得不少文客之注意，張錫厚曰：「唐代詩人王維、皎然、顧況、白居易、杜荀鶴、羅隱等或多或少都受到王梵志爲代表的通俗詩派的影響」。〔註68〕說明唐代通俗詩派於文壇有一定影響作用。下就「文人之擬、引與文藝創作」、「與宋詩『以俗爲雅』風格之交涉」說明其對後世文苑影響之盛況。

（一）文人之擬、引與文藝創作

　　唐時，王梵志詩已受到不少著名詩家之重視，如有「詩佛」譽稱之王維，嘗擬作梵志詩，其〈與胡居士皆病寄此詩兼示學人〉二首云：

其一

　　一興微塵念，橫有朝露身。如是觀陰一作「都陰」界，何方置我人。

　　礙有固爲主，趣空寧拾賓。洗心詎懸解，悟道正迷津。

　　因愛果生病，從貪始覺貧。色聲非彼妄，浮幻即吾眞。

　　四達竟何遣，萬殊安可塵。胡生但高枕，寂寞與誰鄰。

　　戰勝不謀食，理齊甘負薪。子若未始異，詎論疏與親。

其二

　　浮空徒漫漫，汎有定悠悠。無乘及乘者，所謂智人舟。

　　詎捨貧病域，不疲生死流。無煩君喻馬，任以我爲牛。

　　植福祠迦葉，求仁笑孔丘。何津不鼓棹，何路不摧輈。

〔註67〕同前書，第289頁。
〔註68〕張錫厚〈王梵志詩校輯・前言〉，《王梵志詩校輯》，第20頁。

念此聞思者，胡爲多阻修。空虛花聚散，煩惱樹稀稠。

滅想一作「相」成無記，生心坐有求。降吳復歸蜀，不到莫相尤。

〔註69〕

摩詰斯作與王氏牽涉在於詩題右下有小注云：「梵志體」，有人認定此乃王維擬梵志之作。〔註70〕不過，該字並非載見於所有詩集版本。對此，張錫厚按道：「北京圖書館善本部藏《王摩詰詩集》和《王右丞詩》卷三（劉須溪校本，明弘治十七年，呂變刻本）載該詩時，題下均注有『二首梵志體』。而明刻本《王摩詰集》、《唐四家詩・王右丞詩》均無此注。因此，『二首梵志體』，可能係宋代評校者所加。」〔註71〕張氏懷疑甚合理，此詩曰「梵志體」應非出自撰者手筆，而是後人評點時附加，誠如任二北教授考曰：「『梵志體』三字，僅見於劉須溪選本《唐王右丞集》，移在題目一行之下端，曰：『二首梵志體』，他本皆未見。五字始出劉須溪所注，不能據此證明盛唐時，梵志詩曾流行大詩人間，且維詩五言古體，又談佛理，二點同梵志詩所有；至於不用口語，不短峭（二首各二十句），則非梵志體。」〔註72〕王維未曾有擬作之舉。但無論如何，此詩風格「確實與王梵志某些佛道的理趣詩頗爲相似，無怪乎會有加注：『梵志體』的情形發生」，〔註73〕說明王梵志詩歌於唐詩苑仍有一定程度之影響。〔註74〕

及宋，梵志詩尤受到詩人們之稱賞、仿作，其中不乏蘇軾、黃山谷等大

〔註69〕見《王摩詰詩集》卷六，宋劉晨翁評點，明刻本。今引《王梵志詩校輯・王梵志詩評述摘輯》「王維擬『梵志體』一則」條，第249～250頁。

〔註70〕譬如鄭振鐸〈跋《王梵志詩》〉曰：「梵志詩在唐，不僅民間盛傳之，即大詩人們也都受其影響，王維詩〈與胡居士皆病寄此詩兼示學人〉二首，註云：『梵志體』。」言其是摩詰仿效王梵志之作，（原收《世界文庫》第五冊，1935年出版，今收《王梵志詩研究彙錄》，第145頁。），此說後爲任二北〈論王梵志詩及其《迴波樂》〉以「二首梵志體」五字，爲劉須溪注王維詩時附加理由，予以駁正，原載《敦煌歌辭集總編》手稿本，今引《王梵志詩校輯・王梵志詩評述摘輯》，第262頁。

〔註71〕張錫厚：《王梵志詩校輯》，第250頁。

〔註72〕語見任半塘〈論王梵志詩及其《迴波樂》〉，同註70。

〔註73〕朱鳳玉：《王梵志詩研究》，第252頁。

〔註74〕雖說王維非真正受到梵志薰染，但其他詩人如中唐白居易、顧況；晚唐羅隱、杜荀鶴等所作通俗寫實作品與王梵志白話詩確有分不開之關係，如同朱鳳玉所言：「試觀唐以來的白話詩人，王維、白居易、顧況、杜荀鶴、羅隱等，其口語化的白話詩，無論就形式或內容而論，實皆承襲王梵志詩的特色而來。」《王梵志詩研究》，第250頁，亦可參閱該書第五章「王梵志與後世文學的關係」內容。

文豪。喬象鍾等編《唐代文學史》言：「直到宋代還有人模仿梵志體而寫詩，如黃庭堅同蘇軾談『放生』時，作頌曰：『我肉眾生肉，名殊體不殊。元同一種性，只是別形軀。苦惱從他受，肥甘爲我須。莫叫閻老到，自揣意何如。』這首詩不僅模仿王梵志詩的手法，有些地方還直接蹈襲王梵志詩的原句。又如陳師道的詩云：『一生也作千年調，兩腳猶須萬里回。』（《臥疾絕句》）『早作千年調，中懷萬斛愁。』（《元符三年七月蒙恩復除棣學喜而成詩》）曹組《相思會》詞云：『人無百年人，剛作千年調。待把門關鐵鑄，鬼見失笑。多愁早老，惹盡閑煩惱。』都是直接搬用王梵志的貨色。及至范成大更爲巧妙地化用王梵志『千年調』、『鐵門限』和『土饅頭』之語，寫出『縱有千年鐵門限，終須一個土饅頭』（《重九日行營壽藏之地》）的詩句，還被《紅樓夢》第六十三回論述『檻外之人』時稱引過。」〔註 75〕可見王詩雖未於文壇發光發熱，卻也留下一道道不可抹煞之印記。

　　在儒林文苑、禪宗佛門極富聲望之寒山，當時文人對其作之擬、引，更非梵志之下，其中又以白樂天爲最早。陳耀東曰：「在文人圈中，最早仿效寒山詩作的乃中唐時期的大詩人白居易。清人何焯在《義門讀書志》中謂：『寒山詩樂天多效之。』釋惠洪《林間錄》卷下云：『香山居士白樂天醉心內典，與之游者多高人勝士。觀其〈與濟上人書〉，鈎深索隱，精確高妙，未嘗不置卷長嘆，想見其爲人』云云。可知樂天對佛典禪宗造詣之精深。白居易集中雖未明標『擬』或『效』寒山詩者，但其某些詩、偈之體式、內容和神韻，確有似寒山子詩偈者。」〔註 76〕由於寒詩樸質特色，會受到「老嫗都解」之白居易仿擬、重視，乃理所當然；〔註 77〕晚唐詩人李山甫更讚「寒山子亦患多才」，〔註 78〕表露其仰慕傾情，突顯寒山唐季地位之崇高。

〔註 75〕喬象鍾、陳鐵民主編：《唐代文學史》，第 177 頁。

〔註 76〕陳耀東〈寒山詩之被引、擬、和——寒山詩在禪林、文壇中的影響及其版本研究〉，第 61 頁。

〔註 77〕寒山與白居易關係，謝思煒《禪宗與中國文學》第三章「白居易與通俗詩派」亦曰：「白居易也有大量說理（包括談論禪機）的詩，但遠未達到寒山詩那種辛辣和刺目的程度，因而白居易基本上仍是采用傳統文學類型進行創作的詩人。但他顯然在士大夫詩人中與通俗詩人最爲接近，具有最多的相似之處。即使他沒有讀過寒山詩或有意與通俗詩保持距離，但由於同樣受到禪宗思想影響並出於某種相近的人生感受，他們在詩歌的思想內容、語言風格、表達方式上都表現出某種類似之處。」（北京：中國社會科學，1993 年 12 月），第 113 頁。

〔註 78〕李山甫〈山中寄梁判官〉，《全唐詩》卷六四三，第 10 冊，第 7421 頁。

迄宋，有關文人之引、擬，或文藝創作，似雨後春筍般湧現。如與通俗詩派淵源甚深之黃庭堅，除前引寶覺禪師、晦堂對答外，另有〈爲法聳上座書寒山子龐居士詩兩卷〉翰墨存世；〔註79〕及呂本中（東萊）詩作，曾引用寒山「芙蓉不耐寒」詩句等。〔註80〕而最爲人樂道者，就屬王安石、蘇軾、陸游等人之擬作。

王荊公（1022～1086）乃北宋鼎鼎大名之政治、文學家，其有〈擬寒山拾得詩二十首〉，載錄《臨川先生文集》卷三。茲引幾首，俾觀梗概，詩云：

牛若不穿鼻，豈肯推人磨？馬若不絡頭，隨宜而起臥。

乾地終不浼，平地終不墮。擾擾受輪迴，只緣疑這個。（一）

若言夢是空，覺後應無記。若言夢非空，應有眞實事。

燔燒陽自招，沉溺陰自致。令汝嘗驚魔，豈知安穩睡？（五）

昨日見張三，嫌他不守己。歸來自悔責，分別亦非理。

今日見張三，分別心復起。若除此惡習，佛法無多子。（十）

失志難作福，得勢易造罪。苦即念快樂，樂即生貪愛。

無苦亦無樂，無明亦無昧。不屬三界中，亦非三界外。（十五）

利瞋汝刀山，濁愛汝灰河。汝痴分別心，即汝琰（一作澹）魔羅。

圓成但一性，一切法依他。遍了一切法，不如且頭陀。（二十）〔註81〕

〔註79〕 此墨寶現藏臺灣臺北故宮博物館，大陸上海書畫出版社有影印本出版，其書前〈簡介〉曰：「本冊所載《黃庭堅寒山子龐居士詩卷》現藏臺北故宮博物館，紙本，縱二九點一厘米，橫二一三點八厘米，此卷大行書爲山谷晚歲時所書，波磔橫張，氣勢開拓，結字奇宕欹側，時以逆筆取勢，具有典型的黃庭堅特色。」《宋黃庭堅寒山子龐居士詩卷》（上海：上海書畫出版社，2004 年 1 月）。

〔註80〕 歷來引用寒山詩者，陳耀東有此介紹：「引用寒山詩成句的，宋代有呂本中（1084～1145）詩云：『非關秋後多霜露，自是芙蓉不耐寒。』其中『芙蓉不耐寒』五字即用寒山詩句。……呂本中又《觀宵子儀所蓄維摩、寒山、拾得唐畫歌》：『君不見寒山子，垢面蓬頭何所似，對拈柱杖喚拾公，似是同游國清寺。……請公著眼落筆前，令我琢磨句逃禪。異時淨社看白蓮，莫忘只今香火緣。』（《東萊詩集》）卷三，……或引用其詩句，或受其詩之影響，較有名者尚有宋邵雍（1011～1077）的《擊壤集》，……明陳獻章（1428～1500）的《白沙集》，……及呂得勝、呂坤（1536～1618）父子的《小兒語》、《續小兒語》等。」〈寒山詩之被引、擬、和——寒山詩在禪林、文壇中的影響及其版本研究〉，第 62 頁。

〔註81〕 王安石撰、李壁注、李之亮補箋：《王荊公詩注補箋》（成都：巴蜀書社，2002年 1 月），第 70～73 頁。

觀組詩無論造語遣詞，格調神韻，禪理旨趣，皆與寒山相去不遠，可謂得其
真傳，如今人胡鈍俞所評：「在歷史上，第一個欣賞寒山詩的詩人，要算王安
石了，他擬作寒山拾得詩二十首，體裁、格調、筆力，可比肩寒山。」〔註82〕
此舉除顯示荊公好愛之情，最重要是其對寒詩普及與推廣有宏大貢獻。

　　繼之，蘇軾亦有擬和作八首。其〈次韻定慧欽長老見寄八首并引〉序云：
「蘇州定慧長老守欽，使其徒卓契順來惠州，問予安否，且寄〈擬寒山十頌〉，
語有璨、忍之通，而詩無島、可之寒，吾甚嘉之，為和八首。」〔註83〕蘇州
定慧院長老守欽之〈擬寒山十頌〉，今未見傳，子瞻認為所寫，「有三祖僧燦、
五祖弘忍之參禪活機，卻無賈島、無可之寒昧」，遂和詩八首。試錄幾首，以
觀其略：

> 左角看破楚，南柯聞長藤。鉤簾歸乳燕，穴紙出癡蠅。
> 為鼠常留飯，憐蛾不點燈。崎嶇真可笑，我是小乘僧。（一）
>
> 鐵橋本無柱，石樓豈有門，舞空五色羽。吠雲千歲根。
> 松花釀仙酒，木客饋山飧。我醉君且去，陶云吾亦云。（二）
>
> 羅浮高萬仞，下看扶桑卑。默坐朱明洞，玉池自生肥。
> 從來性坦率，醉語漏天機，相逢莫相問，我不記吾誰。（三）
>
> 幽人白骨觀，大士甘露滅。根塵各清淨，心境兩奇絕。
> 真源未純熟，習氣餘陋劣。譬如已放鷹，中夜時掣紲。（四）〔註84〕

可見寒作亦受東坡居士之激賞，故樂以唱和。又「南宋大詩人陸游曾閉門研
治寒山子詩，一舉擬就百首詩之多。他在〈次韻范參政書懷〉十首，其二自
謂：『掩關未必渾無事，擬遍寒山百首詩。』（《劍南詩稿》卷二十四）。為文
人擬作寒山詩之最，惜此百首擬作未傳人間，南宋曹組之子曹勛（？～1174）
《松隱文集》卷九有〈效寒山體〉詩二首，詩云：『嗟我世間人，有生只暫聚。
富貴空中攙，遇合風裏絮。夜夜植業種，朝朝奔苦趣。佛有妙蓮花，讀取平
等句。』、『嗟我世間人，強有六親念。看子是惡少，目妒作美艷。分香且供
佛，有財莫言儉。俯仰即異世，六尺那可佔。』」〔註85〕歷來擬效寒山詩之士

〔註82〕胡鈍俞〈評王安石擬寒山拾得詩二十首〉，載《中國詩季刊》第 4 卷第 1 期，
　　　　民國 62 年 3 月，第 1 頁。
〔註83〕《全宋詩》卷八二二，第 14 冊，第 9513 頁。
〔註84〕同上注，第 9513～9514 頁。
〔註85〕陳耀東〈寒山詩之被引、擬、和──寒山詩在禪林、文壇中的影響及其版本

者，可謂代有聞人矣。

在王梵志與寒山搶眼表現下，後繼者龐蘊則有不同影響進路。前有述及，後人對龐詩並無太多評言，卻將焦距放置生平行誼或鋒捷公案之探究。嚴格而論，龐氏詩作並未引發文人摹擬熱潮，較早有宋初晁迥（951～1034）嘗擬之，[註86] 其他擬作則存世不多。至於文士詩歌引用典者，蘇軾、黃庭堅、張耒、范成大均見得，如蘇子瞻〈送杜介歸揚州〉云：「當年帷幄幾人在，回首觚稜一夢中。采藥會須逢薊子，問禪何處識龐翁。」；[註87] 張耒（1054～1114）〈次韻君復七兄見贈〉曰：「春陰夜薄月朦朧，劇談燭盡樽亦空。他日重逢龐處士，可能猶與世人同。自注：兄斷愛屏欲，專意禪悅，故比龐公。」[註88] 等所關注仍不離詩人形象表徵，顯然，龐詩在文人心中地位遠不如王、寒。不過，其沉寶軼聞成爲後世雜劇創作素材，傳爲佳話，則是另一特殊之例。

由龐氏沉財故事演變之《龐居士誤放來生債》雜劇，明鍾嗣成《錄鬼簿》曾著錄，簡名《來生債》，題目「靈昭女顯化度丹霞」，正名「龐居士誤放來生債」，今傳見版本有：明・臧晉叔校《元曲選本》、《元曲大觀》本（依臧本重排印），及法文本等。[註89] 其中以臧氏所校《元曲選本》流傳最廣，其版制爲：卷首題「龐居士誤放來生債雜劇」，署「元□□□撰」，「明吳興臧晉叔校」，後有題目「靈兆女點化丹霞師」，正名「龐居士誤放來生債」字樣。作者劉君錫，字號不詳，燕山人氏（今河北省薊縣一帶），約活動於明洪武年間，所著雜劇《石夢卿三喪不舉》、《賢大夫書廣東門宴》今佚，僅《龐居士誤放來生債》傳世。

《來生債》共分四折，首折前有「楔子」，[註90] 內容主要述說龐居士一家疏財仗義、扶困濟貧，最終得道升天之故事。茲將情節簡錄如下：

研究〉，第 63 頁。

〔註86〕其《法藏碎金錄》引有多首龐詩，如卷四「龐居士詩云：『世人重珍寶，我貴刹那靜。金多亂人心，靜見眞如性。』予因擬之成四句云：『人愛貴而富，我愛白而虛。富貴榮辱會，虛白吉祥居。』」語見項楚：《唐代白話詩派研究》，第 332 頁。

〔註87〕《全宋詩》卷八一一，第 14 冊，第 9387 頁。

〔註88〕《全宋詩》卷一一六五，第 20 冊，第 13146 頁。

〔註89〕版本詳情可參考李皇誼：〈禪門居士龐蘊及其文學研究〉，第 206～207 頁。

〔註90〕其故事情節大綱爲：「楔子」（1）問疾孝先；「第一折」（1）龐蘊說法（2）信實論財（3）羅和驚夢；「第二折」（1）羅和還銀（2）驢言因果（3）文契盡焚（4）沉財東海；「第三折」（1）沉財東海；「第四折」（1）丹霞買籬（2）靈兆度脫（3）四聖歸天，同前書，第 206 頁。

　　有襄陽人氏李孝先，嘗借龐居士銀爲商，本虧不能還。一日偶過縣府，見縣令方爲債主拷掠連戶十多人，孝先驚憂成病。居士念之，往問病由，孝先據實以告。居士平日多濟人之急，認爲孝先因憂成疾，乃造業矣，遂當面燒券，復以銀賙之。歸居，將所藏積券盡焚之，其煙焰衝天，上通帝闕。後有增福神化身秀士，托名曾信實，下界訪居士，讚曰：「居士疏財仗義如此，後會有期。」一夕，居士過磨房，見磨博士（案：當時磨粉人稱謂）羅和飽受驅牛打羅（案：將穀物搗碎）之苦，遂給銀錠，令改業爲生。羅和持銀歸宿，卻惡夢頻擾，終夜不眠，自忖沒福消受，還銀居士。一昔，居士至宅前燒香，經馬槽門，聞問答聲，細聽之，乃驢馬作人語云：「前生曾欠龐銀若干，今世成馬、驢塡還。」居士大驚曰：「余平日好施予，今知所行善事，盡作放來生債矣。」便將此事詳告妻蕭氏、女靈兆、子鳳毛，並釋放牲畜，任其所如，焚田宅契券，及數大舸載家貲鉅萬，悉沉於海。沉財以後，居士挈家入鹿門山，斫竹編籬，易米食粥，以勵清修。靈兆賣笊籬於雲巖寺，一日遇丹霞禪師。師以語嘲撥，反爲靈兆一言點化，師乃悟道。後青衣童子來謁居士，聞天聲樂，全家同上兜率宮，見註錄神（李孝先），增福神（曾信實），共奉玉帝命，謂居士全家以四聖功成行滿，得以正果朝元。蓋居士原係上界賓陀羅尊者，龐婆乃執幡羅刹女，子鳳毛爲善財童子，女靈兆則是南海普陀落迦山觀音菩薩。〔註91〕

　　此劇乃劉氏於佛教燈錄、筆記小說與民間傳說基礎上增飾而成，自此往後，龐居士「仗義疏財」人物形象，便根植民間，甚至成爲明清戲曲如明王㘿《靈寶符》傳奇、清周杲《竹漉籬》傳奇、清孫埏《兩生天》（又名《一文錢》）傳奇、民初無名氏《一枝梅》雜劇中之主角，影響積廣。而龐蘊如此有獨特個人魅力，導致世人傾重其人，尚輕其作，或如譚偉擘析該劇題材來源原因：「一是因爲龐居士是中國文人居士的代表，體現了中國古代文人士大夫的一種理想人格，通過他可以寄托和表達作者的思想及願望；二是因爲龐居士及其故事在民眾中有較大的影響，以之作爲作品題材具有一定的典型意義。」〔註92〕斯或許是該現象來源之最佳解答。

（二）與宋詩「以俗爲雅」風格之交涉

　　「唐詩重興象，宋詩重理趣」，詩歌在唐、宋兩代有不同體貌差異，就語言

〔註91〕明・臧晉叔：《元曲選》（臺北：正文書局，民國88年9月），第294〜313頁。
〔註92〕譚偉：《龐居士研究》，第278頁。

方面表現,「唐詩及先唐詩主要是文人寫的文言詩,而宋詩雖然也主要是文人寫的文言詩,卻具有明顯的白化傾向。」〔註93〕宋代理學盛行,詩境常超越文學範疇而進入哲學,加上當時文士領袖提倡改革,〔註94〕是時詩風不尚藻繪而務平實,重闡理、敘事,言「理」不言「情」,遂而營造出「散文化」、「好議論」、「以俗爲雅」宋詩風範,不過卻也遭致後人諸多誤解與批判。〔註95〕

然而宋詩崇俗傾向,並非代表詩歌發展已步下坡,乃每時代本有其獨特文風現象,如同劉大杰揭櫫:「宋詩在情韻方面,確不如唐詩。……『好議論』、『散文化』以及『淺露俚俗』的幾點,一面是宋詩的缺點,同時也就是宋詩的長處。因古文運動進一步的發展,當日的詩壇受了這種影響,避開典雅華麗的雕鏤,而走到散文化的明白淺顯,避開美人香草之思,而入於各種議論的發揮,這正是宋詩的一種特點。也正因如此,形成宋詩與唐詩不同的風格。」〔註96〕;黃麗貞亦曰:「因爲唐詩的顯盛,凡和唐詩不一致的情況,便都認爲是一種『缺失』;宋詩的主要缺點,大概是:議論多、言理而不言情、詩體散文化、俚俗不典雅。其實這也就是宋詩的基本特色,反映出宋代的社會和文

〔註93〕 張思齊〈宋詩的白話傾向比較探源〉,載《煙臺大學學報(哲學社會科學版)》第16卷第2期,2003年4月,第179頁。

〔註94〕 宋初文風崇尚綺麗,寫時文、西崑體詩者,能仕高官。歐陽脩因而提倡古文,主張文章應「明道」、「致用」,反對駢麗,對詩歌持相同看法,如張氏曰:「宋初的部分詩人承唐末五代餘習依舊固守詩歌的文言傳統之外,宋代的大多數詩人都或多或少存在白話傾向。歐陽脩爲有宋一代文宗,他反對宋初流行的西崑體詩風之弊,致力於宋代的詩歌改革。歐陽脩之後的宋代詩人,乎沒有不受他的影響。西崑體詩歌的特點是詞藻繁麗、對偶精切、好用典故、偏重近體。」因此宋詩俗化原因,有一部分是來自文壇領導者之主張,同前注。

〔註95〕 如劉大杰《中國文學發展史》曰:「前人對於宋詩的指責,大多集中在『多議論』、『言理不言情』、『以文作詩』、『理俗而不典雅』這幾點上。這種情形,雖不能說宋代詩人都是如此,但那幾位代表詩人,如歐陽脩、王安石、蘇軾、黃庭堅和那些理學家的作品,或此或彼,或濃或淡,總帶著這些傾向。嚴羽《滄浪詩話》云:『本朝人尚理而病於意興。』何大復《漢魏詩序》云:『宋詩言理。』李東陽《懷麓堂詩話》云:『唐人不言詩法。詩法多出宋,而宋於詩無所得。所謂法者,不過一字一句對偶雕琢之工,而天眞興致,則未可與道。』陳子龍與人論詩云:『宋人不知詩而強作詩,其爲詩也,言理而不言情,終宋之世無詩。』吳喬《圍爐詩話》及〈答萬季埜詩問〉的議論更是激烈。他說:『宋以來詩,多傷淺薄。』又引《詩法源流》云:『唐人以詩爲詩,宋人以文爲詩。唐詩主於達性情,故於三百篇近,宋詩主於議論,故於三百篇遠。』還說:『宋人詩集甚多,不耐讀,而又不能不讀,實爲苦事。』他們所說的很有些偏激,未能全面地理解宋詩的特點。」,第688頁。

〔註96〕 同上注。

學的時代思潮。」〔註97〕誠然，宋代會有如此詩路走向，一部分是文壇潮流導致外，另一方面與王梵志為首之通俗詩派有某種程度淵源關係，今人匡扶〈王梵志與宋詩的散文化、議論化〉有言：

> 過去論者對宋詩散文化、議論化特色的討論，把他們形成的原因，大多是一方面歸之於受到唐代杜甫、韓愈詩中這種傾向的影響；另一方面，也看到了北宋詩人中如王安石、蘇軾等，既是散文大家，又都直接參與了當時的政治鬥爭。當然，把這些歷史的現實的條件視為宋詩散文化、議論化形成的因素，原是有其一定的道理的，也是無可非議的。問題在於，從歷史的因素上看，把宋詩散文化、議論化的形成因素上推到韓以至杜，似乎還沒有真正追溯到它的本源。也就是說，韓、杜以前的本源又何所在呢？

> 我們認為，敦煌寫本保存下來的三百多首王梵志詩，給我們找到唐代杜、韓詩中散文化、議論化的本源；當然，也給我們找到宋詩散文化、議論化的更早本源。〔註98〕

的確，宋詩追求淺白特質與王梵志詩歌有不可割裂關係，匡氏所言不差。不過，其只點出二者關係，並未說明原因，論點未免過於薄弱。其實，宋詩通俗化與通俗詩派之連結，主因在於禪宗廣泛流行，舉凡詩歌用語、題材取向，無不深受啟迪，周裕鍇曰：

> 宋詩人提倡的「以俗為雅」，一是指題材的世俗化，與禪宗多舉日用事的宗教實踐觀有關；二是語言的通俗化，俚詞俗語入詩，其根源來自禪籍俗語言風格的啟示。宋詩受禪籍俗語言的影響主要表現為：採用禪宗語錄中常見的俗語詞彙，仿擬禪宗偈頌的語言風格，並由此而推崇摹仿王梵志和寒山類似偈頌的白話詩。〔註99〕

其進一步指出宋詩與通俗詩派之關鍵。所謂宋詩人眼中「以俗為雅」，並非「在提倡一種白話詩，而只是把禪語和俗語作為一種對抗詩歌意象語言老化的新材料。他們感興趣的不是這些禪話、俗語後面蘊藏著的早期農禪運水搬柴式的宗教實踐精神，而只是把它們視為迥異於傳統士大夫話語系統的新鮮的語

〔註97〕黃麗貞：《中國文學概論》（臺北：三民書局，2005年，5月三版），第69頁。
〔註98〕匡扶：〈王梵志詩與宋詩的散文化、議論化〉，載見張錫厚輯：《王梵志詩研究彙錄》，第118～119頁。
〔註99〕語見周裕鍇〈以俗為雅：禪籍俗語言對宋詩的滲透與啟示〉「摘要」部分，載《四川大學學報（哲學社會科學版）》第3期2000年，第73頁。

言文字資源。在宋詩人看來，當這些禪語、俗語侵入典雅精美的詩歌詞語系統之時，立即以其非詩化的形態帶來一種新鮮的刺激力，這一點恰巧可以醫治傳統詩歌陳言充斥之『俗』。〔註100〕另言之，宋代詩家們如此重視禪宗所具備之新元素性，必對其禪作體制、特色有相同興趣。〔註101〕而擁有王梵志、寒山、龐蘊等之通俗詩派，恰又自覺借鑒偈頌形式創作詩歌，加上其與禪門關係密切，不論禪師將詩引作參禪工作，抑或如龐居士有語錄流傳，對當時幾位文苑執牛耳之參禪士大夫如王安石、蘇軾、黃庭堅等，定有實質影響作用，從上引諸例，即能明悉。因此，在宋士人多仿擬其通俗詩情形下，潛移默化，爲詩標準不再唯唐是從，進而孕化出「好議論」、「散文化」之獨有通俗詩風。

　　總之，在禪宗盛行氛圍影響下，宋詩逐漸邁向通俗化，而與唐詩有所區別，另與禪門關係密切之通俗詩派，則扮演觸媒角色，對宋詩「以俗爲雅」傾向，亦有相當程度之催化作用。〔註102〕

第三節　對日、韓之影響

　　王梵志與其他通俗詩人之出現，不但在中國詩苑、禪林開花結果，其所散放芬芳亦遠播中土以外。由於王梵志、寒山、龐蘊詩集流傳久遠，對他國家宗教文化、文藝創作產生一定影響力，其中又以鄰近日、韓二國最爲顯著，因此在瞭解三人詩歌對國內影響情形後，對國外概況也應有完整之認知。

　　首先，王梵志部分。王氏爲唐通俗詩派之開山始祖，其人早生於世，詩歌亦先爲人傳吟，理當爲三人中影響國外最廣者。然事非如此，梵志詩歌宋後已不復見，影響時間有限，連帶研究風潮不如後繼者寒山來得熱絡，誠如

〔註100〕同上注，第 79 頁。

〔註101〕整體而言，禪偈在唐並未引太大迴響，北宋中葉後才得改善，周裕鍇云：「唐代詩人並未對偈頌真正發生興趣，經歷五代直到北宋中葉，這種情形都沒有發生多大變化。而在熙寧禪悅之風大盛之後，仿禪偈爲詩蔚然成風，特別是汾陽善昭禪師創立的頌古，經雪竇重顯禪師的提倡風行叢林後，對士大夫的影響更大，『參雪竇下禪』已成爲舞文弄墨的詩人的重要取向，而參雪竇禪的重要本領就是要作頌古。總之，北宋後期很多詩人都對偈頌這一文體產生了濃厚的興趣，並作出不少仿擬和改造的嘗試。」同上注，第 76 頁。

〔註102〕項楚〈王梵志詩論〉曰：「王梵志詩運用俗語的典範性成就，開創了唐代白話詩派，下啓寒山、拾得等的詩歌創作；……在宋代詩歌中更加得到繼承和發揚。」《敦煌文學叢考》，第 668～669 頁。

朱鳳玉《王梵志詩研究》「結語」所說：「由於胡適力倡白話文學，對於初唐白話詩人特加表彰，而近代學者亦每喜援引禪理來論詩，所以特別重視寒山，造成寒山詩研究的狂潮。然而細索寒山詩的風格，則知其實與王梵志同流，均爲似偈非偈的通俗白話詩，世人重視寒山，並非輕視王梵志，而是因爲王梵志的詩集，後世不傳，沉晦無聞的關係。」〔註103〕朱氏所言極是，梵志由於詩集過早傳佚，至敦煌石室發現遺卷才揚名國際，侷限其影響勢力之拓展。儘管如此，王詩種子依舊在東瀛悄然萌芽，張錫厚云：

> 王梵志的通俗詩不僅在國內有深遠的影響，而且早在八、九世紀間已經傳到日本，據日本平安朝時代（公元784～897）編纂的《日本國見在書目》，已著錄《王梵志詩集》。〔註104〕說明王梵志詩在日本也有廣泛的影響，有人就把王梵志的〈貧窮田舍漢〉，同日本《萬葉集》卷五所載山下憶良《貧窮問答歌》進行比較研究，認爲「王梵志五言詩直接抒發感想的描寫，與憶良雖不完全相同，但王梵志詩中『眼中雙淚流，鼻涕垂入口。引氣瘦喘急』，『世間日月明，皎皎照眾生，……貧富有殊別』的詩句，在憶良詩裏也有很多出現。」兩者之間再用字用語上的一致說明日本古典文學同唐代文學的關係密切。本世紀六十年代，日本出版的《歷代詩選》還選錄王梵志詩七首：〈吾有十畝田〉、〈我見那漢死〉、〈草屋足風塵〉、〈梵志翻著襪〉、〈城外土饅頭〉、〈他人騎大馬〉、〈世無百年人〉。進而認爲「王梵志白話就是口語俗調的詩作，不僅它的文字與傳統的詩，格調殊異，而且因爲隨意作詩，能取得脫俗之趣。後來的寒山、拾得亦得其類。拿我國來說，一茶與良寬等的作品也屬於這個系列」。總之，王梵志詩的口語化傾向不但在日本古典詩歌裏可以找到他的知音。〔註105〕

斯乃張氏介紹梵志詩集在日本地區影響簡況，但仍屬冰山一角，尚有其他國家如韓國等，未見相關學術論著介紹。此或許因其人其作沉寂一時，載籍蕩然，導致迄今無法全面詳究影響別國之情況。

〔註103〕朱鳳玉：《王梵志詩研究》，第301頁。
〔註104〕此處張文出注道：「神田喜一郎《敦煌學五十年‧敦煌學近況（二）》，二玄社1960年版，第75頁。又見《古佚叢書》之十九，影舊抄本《日本國見在書目》別集家列有：《王梵志集二》、《王梵志詩二卷》，北京圖書館藏。」可參考。〈論王梵志詩的口語化傾向〉，收《王梵志詩研究彙錄》，第144頁。
〔註105〕同前，第142頁。

　　相較之下，寒山詩歌則大相逕庭。寒山作品在國外一直受到高度認可，尤其日本更享有崇高之地位。寒集傳日時間，可溯及北宋熙寧五年（1072），日僧成尋（1011～1081）參禮天臺山國清寺獲贈《寒山子詩一帖》，隔年，命弟子賴緣等五人攜回，自始流布，世稱「成尋本」。〔註106〕經該本介紹後，百載以來，坊間湧現諸多詩集注釋本，計有「寬文年間（1661～1672）之《首書寒山詩》三卷，元錄年間（1688～1703）交易和尚《寒山詩管解》六卷，延享年間（1744～1747）白隱和尚《寒山詩闡提記聞》三卷，文化年間（1804～1817）大鼎老人《寒山詩索頤》三卷。……明治（1868～1911）以後亦有若干解釋或講話，其中釋清潭氏之《寒山詩新釋》頗具參考價值，……此外，明治期間還有和田健次編著之《寒山詩講話》」〔註107〕斯盛景用較寒詩中國僅見集本，注解本已無存一情形，不啻天壤之別。

　　二十世紀，寒詩注釋工作持續發熱，版本亦不斷被翻刻、傳刊，相關注釋與研究不斷湧現新成果。〔註108〕鍾玲〈寒山在東方與西方文學的地位〉說道：「二十世紀裏寒山集曾在日本一再地出版。1904年翻印了日本皇宮圖書館的那十二世紀版本，由日本漢學家島田翰作序，序裏把中國與日本的各珍藏版本做詳細介紹（這個序收在1927年藻玉堂出版島田翰的古文舊書考中）。1925年岩波書局出了一本有詳細注解的本子。1958年，鎌倉石井氏私資出版他們家藏的珍本。1958年岩波書局出了由入矢義高注解的寒山詩選集，收在『中國詩人選集』裏。」〔註109〕區綯、胡安江亦云：「昭和六十年（1985）十一月二十五日

〔註106〕由於「成尋本」年代較國清寺釋志南刊刻（1189）「國清寺本」早百餘年，因此有學者認爲其是海內外所存最早之宋刻本（天祿本），不過目前仍缺乏直接文獻證明，無從考究版本來源，僅能確定該本爲「最早流播日本」之寒詩宋本。

〔註107〕區綯、胡安江〈寒山詩在日本的傳布與接受〉，載《外國文學研究》第3期，2007年，第152頁。

〔註108〕日人對寒山研治成果（注釋本和論文），區文引用張曼濤〈日本學者對寒山的評價與解釋〉列舉有：「(1)《寒山詩》（岩波文庫）（大田悌藏譯注，昭和九年（1934），岩波書店）；(2)《寒山詩》（原田憲雄譯注，方向出版社）；(3)《平譯寒山詩》（延原大川，明德出版社）；(4)《寒山詩一卷解說》（朝比奈宗原）；(5)《寒山》（入矢義高，1958年，岩波書局）；(6)〈寒山詩與寒山拾得之說話〉（津田左右吉氏全集第十九卷《支那佛教之研究》收錄）；(7)〈寒山詩管窺〉（入矢義高，京都大學《東方學報》第二十八冊）；(8)〈寒山詩〉（木村英一，《中國學會報》第十三集）；(9)〈寒山詩私解〉（福島俊翁，《禪文化》；同時載《福島俊翁著作集》第五卷）；(10)〈寒山詩雜感〉（中川口孝，《集刊東洋學》)）。」同上文，第153頁。

〔註109〕鍾玲〈寒山在東方與西方文學界的地位〉，《中國詩季刊》第3卷第4期，民

東京株式會社講談社出版的久須本文雄的《寒山拾得》上下兩冊。該書在譯注時參照了作者老師、日本知名學者福島俊翁的《寒山詩私解》和入谷仙介、松村昂二氏所譯的《寒山詩》。此外，昭和六十一年（1986）三月二十日，筑摩書房出版了日本京都學派著名禪學家西谷啓治的《寒山詩》譯本，該書內容曾被收入昭和四十九年（1974）二月筑摩書房《世界古典文學全集》第三十六卷 B 由西谷啓治和柳田聖山二人所編的《禪家語錄II》」〔註110〕處處顯示其詩承受歡迎程度與引起學術界研治之熾況。

　　由於寒山聲名遠擒，在藝文界亦掀起旋風。一九一六年，著名小說家森鷗外（1862～1922），據閭丘胤〈寒山詩集序〉記載內容，撰成一篇名為〈寒山拾得〉短篇小說（收於《高瀨舟・寒山拾得》，臺北：臺灣大學出版，民國 53 年 10 月初版），鍾玲提及時曾道：「日本近代名小說家森鷗外，根據閭丘胤所寫的《寒山子詩序》（見四部叢刊本寒山子詩集），他寫了一篇名叫〈寒山拾得〉的短篇小說，不少評論家認為這是鷗森外最好的作品之一。」〔註111〕以《小說神髓》聞世小說理論家坪內逍遙（1859～1935）也以寒山拾得故事創作一齣「寒山拾得」之舞踊腳本；〔註112〕而日畫士更將寒山「一頭亂髮，裂牙癡笑，手執掃帚」形象，融入創作題材，〔註113〕成為日本藝術家喜愛引用人物之一。

　　隨著中國禪宗傳入，其人其作在日本禪林同樣享有高知名度，有不少日僧擬作或注詩。如金英鎮介紹寒山詩對日禪門影響其三途徑——「東渡僧和留學僧之弟子」，〔註114〕有此表述：「東渡僧和留學僧們直接和間接的薰陶下，其門徒也深受寒山詩的影響。其著名者有東渡高僧無學祖元的弟子高峰顯日（1241～1316）、一山一寧的弟子夢窗疏石（1275～1351）、夢窗的門下的春屋妙葩（1311～1388），留學僧圓爾的弟子藏山順空（1233～1308）、其法孫虎

　　　　國 61 年 12 月，第 5 頁。
〔註110〕同注 108。
〔註111〕鍾玲〈寒山在東方與西方文學界的地位〉，第 6 頁。
〔註112〕區絢、胡安江〈寒山詩在日本的傳布與接受〉，第 154 頁。
〔註113〕羅時進〈日本寒山題材繪畫創作及其淵源〉述及：「隨著寒山詩東傳日本並很快被知識階層和民眾普遍接受，寒山題材也逐漸進入繪畫領域，成為鎌倉時代以來日本繪畫藝術家最注重表現的宗教人物之一。……十四世紀鎌倉後期、南北朝前期默庵靈淵的《寒山圖》、《四睡圖》和可翁宗然的《寒山圖》、《拾得圖》是日本寒山畫的最早代表。」《文藝研究》第 3 期 2005 年，第 104 頁。
〔註114〕金氏將寒山詩對日僧傳播路徑與發展過程歸納成三方面：一、中國高僧東渡弘揚禪學；二、日本派遣僧俗學人來華；三、東渡僧與留學僧之第子。

關師錬（1278～1346），南浦紹明門下的宗峰妙超（1282～1337）希玄道元三代法孫通幻等。而其後之名僧雪江宗深（1408～1486）、悟溪宗頓（1416～1500）特芳禪傑（1419～1506）、大休宗休（1468～1549）等也繼承歷代高僧重視寒山及其詩的傳統，對寒山及其詩進行評價、模擬、注釋等等，進入了寒山詩研究的全盛時期。」〔註115〕對日禪門沾溉之深遠，殆可想知。

正因寒山各方面受到日人高度關注，間接影響美國。何善蒙寫道：「寒山詩在近代傳入西方世界（特別是美國），就是以日本為傳播媒介的，而並非直接從中國本土傳播出去的，而後來的『寒山熱』也正是在此基礎上形成的。寒山詩在美國的傳播和影響的擴大，主要歸功於加里・斯耐德（Gary Snyder）和傑克・凱魯亞克（Jack Kerouac）。前者的功勞在於翻譯了二十四首寒山詩，一九五六年出版。這些詩歌對於後者影響甚大，凱魯亞克在其自傳體小說《達摩流浪漢》（The Dharma Bums，又譯為《法丐》）中通過對斯奈德翻譯的寒山詩，介紹了寒山精神和禪宗頓悟的修行方式，該小說一九五八年出版，在其扉頁上就寫著『Dedicate to Han Shan』（獻給寒山）。因為凱魯亞克是『垮掉一代』的代言人，經他的傳播，寒山在六、七○年代的美國自然是備受歡迎，其所受到的關注超過了任何一位中國詩人。」〔註116〕可說寒山魅力連西方國家也風靡。

除此之外，鄰近韓國僧侶及文士一樣樂吟寒詩。曹溪宗創始人知訥之繼承者真覺國師慧諶（1178～1234），「不論對一般學人還是士大夫或執權者，都喜引用寒山詩加以誨導」，〔註117〕甚至根據寒山〈吾心似秋月〉詩撰成《冰道者傳》之舉世作品；〔註118〕另文壇名臣碩儒對寒山與詩歌同表興趣，舉如「高麗名宰相李齊賢（1287～1367）的詩集中，有〈天臺三聖傍虎同眠〉、〈豐干伏虎〉二詩：『豐干老去不參禪，寒拾從來只掣顛。白額將軍亦何者，忍飢共打一場眠；珍重於菟也解禪，困來相就共安眠。回頭說向寒山子，穩勝青奴暖勝氈。』……具體地表現寒山與豐干的『騎虎松徑』的故事形象。……著

〔註115〕金英鎮：〈唐代白話詩研究——以王梵志和寒山詩為中心〉，第190頁。

〔註116〕何善蒙〈寒山、寒山寺與寒山熱〉，載《佛教文化》第5期，2006年，第59頁。

〔註117〕金英鎮：〈唐代白話詩研究——以王梵志和寒山詩為中心〉，第174頁。

〔註118〕《冰道者傳》主要根據寒山詩改編而成之文學作品（內容請參閱金英鎮書，第175頁），旨在表現慧諶禪師心中理想佛者形象。不過，此《傳》及另撰《竹子尊傳》皆被考證為假傳之作，但其文學價值在高麗時代備受肯定，享有極高之評價。

名隱逸之士元天錫（1330～？）在〈書水月潭師卷〉中云：『曾聞臺嶺寒山子，指月閑題一首詩。所謂碧潭秋月意，即今憑此上人知。』可見他尊重寒山和其詩。……朝鮮著名的忠臣金時習（1435～1493），也喜讀寒山詩。……寫出了一百首《山居集句》詩，其中也有寒山和其詩句。」〔註119〕及今，寒熱仍未稍減，諸多作家詩人，如「現在詩人鄭芝溶、徐廷柱、李元燮、鄭玄宗、金達鎮、金冠植、黃東奎、朴堤千、李聖善等，寒山詩作為他們的精神的土壤，作品上直、間接變用寒山詩，……不僅對現代詩歌有影響，還被視為小說的好素材。如高銀以寒山拾得的事跡為題材，創作出不朽的佛教小說《寒山拾得》。」〔註120〕對韓之影響可謂綿延不絕且年代悠遠也。

　　最後，再觀龐居士。龐蘊對其他國家之影響，關鍵仍在其禪宗居士身分，因此範圍所及，以禪宗興盛之日、韓二國為主。譚偉云：

> 龐居士的語錄被當作公案在禪林中廣泛流傳，成為禪林重要教科書
> 之一。他不僅在中國，而且在日本、韓國等地禪林中也有很高的地
> 位。可以說，禪宗波及到哪裡，哪裡就有龐居士之影響。〔註121〕

龐氏厥為禪學史上顯赫之居士，與中國比鄰之日、韓自然不離其影響範疇。

　　平心而論，蘊在日禪林地位不亞於寒山，同樣有引詩、公案為上堂法語，書、贊、論，乃至下火與忌日儀式〔註122〕等皆有所相涉。據譚著介紹日禪師頗重龐居士及其公案，舉如「東山湛然（1231～1291），他是『聖一國師』辨圓（1202～1280）的弟子。曾入宋，參徑山師事無準師范禪師（1177～1249）。上堂常舉龐居士公案，如：『上堂。記得龐居士云「十方同聚會」，莫馳走外邊；「個個勞無為」，平肉上打瘡；「此是選佛場」幾埋沒人；「心空及第歸」，爭奈在門外何？（拄杖橫按膝上）云：「龐居士在這裡，大眾還見麼？」（擲

〔註119〕同注 117，第 182～184 頁。
〔註120〕金英鎮〈論寒山詩對韓國禪師與文人的影響〉，《宗教學研究》第 4 期，2002
　　　　年，第 44 頁。
〔註121〕譚偉：《龐居士研究》，第 333 頁。
〔註122〕日本下火與忌日儀式或祭文中常有提及龐居士之情形，譚偉曰：「在這些儀式
　　　　（下火和忌日）或祭文中，常提及龐居士，如規庵祖元有《代善金吾祭規庵
　　　　同》云：『芙蕖在淤泥而不緇，佳誘懇曲激發狂想。龐陸可跂，楊李易追。頑
　　　　鈍璞□，不易攻治。未經淬礪，早離爐錘。』『龐陸』指龐居士和陸亘大夫。
　　　　義堂周信《松田丹州印五大部經薦母七周忌》：『是汝諸人要識海月真歸處麼？
　　　　（以香打圓相云）大家團團頭，共說無生話。』《月峰居士忌》：『以此參上乘
　　　　禪，雖裝公美不多讓也；以此辦日用事，雖龐居士亦無媿焉。以此了生死，
　　　　生死自在。』」同上書，第 322 頁。

下）云：「看看面目儼然。』』又南浦紹明（1235～1309），正元元年（1259）
入宋遍參名師，曾從虛堂智愚受法，南宋咸淳三年（1267）回國。敕諡『圓
通大應國師』。一次上堂，紹明云：『鳴槌展□擊鼓上堂，有照有用有賓有主。
有漏笊籬無漏木杓，頭頭合轍應用無虧。雖然如是，柄把在我手裏，（驀拈□
杖卓一下云）要且大家著力。』製笊籬是龐居士的爲生之業，亦是表現禪理
之具，同於禪師手中之拂子，禪林往往以之代表龐居士之禪理。……藏山順
空（1233～1308）在一次解制小參時說：『坐斷六合九有，無日月星宿，無人
畜草芥。上聖下凡，情與無情，渾不見有一法。更於何處說護生殺生，鐵船
水上浮？』末後兩句亦用龐居士詩。」〔註123〕爲名僧宿德普遍參引；另像贊、
道號頌中有「悟溪宗頓（1416～1500）《像贊・健翁》：『心如生鐵鬢皤然，日
夕提撕活祖禪。壓倒老龐裴相輩，威風凜凜氣衝天。』《贊文圉正喜禪人肖像》：
『加之眞詮法寶，式書式誦。竹椅蒲團，爲侶爲儔。猛省生死大事，請益古
德宗猷，夫之謂禪門龐居士流者耶。』……大休宗林（1468～1549）《道號頌》
有《澤翁》：『天地由來積德門，主人大坐直當軒。雲夢八九胸中芥，龐老西
江何足呑。』《鈍翁》（宗銳）：『文武爐中百煉來，看他鐵漢鑄成時。太阿寶
劍未爲利，龐老機關猶是痴。』」〔註124〕述及龐蘊者。此外，其也成爲繪畫界
常用宗教人物素材，另外「無著道忠《五家贊助桀》、《虛堂和尙語錄筆耕》、
連山交易注《從容庵錄》等等，其中有關龐居士之資料尙多。……現當代研
究龐居士的學者也不少，如阿部肇一《龐居士と唐代世相》、《居士龐蘊と唐
代社會》、《不變儒形──中國禪宗史にぉける龐居士の影》，古賀英彥《維摩
と龐居士》，石川力山《龐居士詩と龐居士》、《關於宋版〈龐居士語錄〉──
西明寺〈龐居士語錄〉之介紹及其資料價值》，入矢義高《龐居士語錄》等」
〔註125〕相關評注、研究成果之湧現。

龐蘊在日本禪門影響與中國並無分別，其人深受當地僧侶歡迎，甚至以
爲榜樣；詩偈、公案亦屢見於禪籍載中，可說「龐居士不僅僅是中國居士的
代表人物之一，而且也是整個佛學居士代表人物之一」。〔註126〕

除日本之外，韓國僧侶對龐蘊及詩偈同樣展現極大興趣，又以喜好寒詩

〔註123〕前揭書，第 310～311 頁。
〔註124〕同上注，第 318～319 頁。
〔註125〕同上注，第 328～329 頁。
〔註126〕同上注，第 329 頁。

之慧諶禪師為甚。慧諶，字永乙，自號無衣子，承寒曹溪宗開創人知訥法傳，諡賜「眞覺國師」，今有《曹溪眞覺國師語錄》傳世。慧諶禪師不僅喜用龐作為參禪心要，如「《曹溪眞覺國師語錄‧法語》有《上康宗王心要》云：『是故若要廣談義路，不無萬論千經，若圖直造眞源，曷若無心無事。老龐偈云：「無心心不起，超三越十地，究竟眞如果，到頭祇這是。」……是知直下無心最省要，內若無心，外即無事，無事之事是名大事，無心之心是名眞心。所謂無心者，無心無無心，亦無無心盡，是眞無心。』」〔註127〕不僅如此，其於宋理宗寶慶二年至三年（1226～1227），與門人眞訓等共同編理《禪門拈頌》，曾輯錄多首龐偈；後弟子覺雲撰《拈頌說話注解》，亦選入龐居士相關公案十八則，計為「卷八列於龐居士下的有：龐蘊居士辭藥山、龐居士因百靈問南岳得力句、龐居士問靈照明明百草頭、龐居士三人難易話、龐居士有男不婚偶、龐居士十方頌、丹霞見靈照洗茶、龐居士見丹霞來不語不起、石林見龐居士豎起拂子、龐居士下橋仆倒、龐居士心如境亦如頌、龐居士見洛浦、龐居士入滅共十三則。列於龐居士相關禪師之下有的有：梅子熟也未（大梅章）、芙蓉行食（金牛章）、則川法界不容身（則川章）、則川垂下一足（則川章）。卷三十有：『龐婆入鹿門寺作齋。』」〔註128〕《拈頌》乃高麗僧必閱之籍，隨其傳衍，龐氏在朝鮮禪林聲名愈植深廣，後更有僧天頙（？～1248），字天因，號內原堂，參慧諶，諡「眞靜國師」，其《答麗巖守金郎中書》謂：「況自佛教東漸以來，廬山遠公、梁朝傅大士、志公、李唐寒山、拾得、龐蘊等，皆佛聖幻有也。觀其著作，散花貫花，皆直說來生日用，欲驅入於無生域耳。非若當途儒匠，錦心綉口，作為奇章警句也。」〔註129〕用傅大士、龐蘊等詩歌樸質標準，批判當時文壇專事辭藻華靡、「錦心綉口」之創詩缺點。

　　再者，朝鮮文苑亦見龐氏影蹤。譚偉介紹道：「龐居士在韓國文人中也有不小的影響，如高麗高宗時期學者李奎報（1168～1241），號白雲居士。善詩文，放曠不檢，以詩酒風月為事，『帶酒仙之風』。其《軍中答安處士置民手書》云：『書中以僕比李太白，……僕之向之比處士以文洋州、龐居士者，蓋墨竹絕似與可，參禪得妙如龐蘊，故指實而言之耳，非出於媚諛也。處士尙遜避不敢當

〔註127〕同上，第297頁。
〔註128〕同上注。
〔註129〕原載《萬德山白蓮社第四代眞靜國師湖山錄》卷下，轉引金英鎭：〈唐代白話詩研究──以王梵志和寒山詩為中心〉，第178頁。

之，況僕之於太白。』以中國之龐居士比其本國的安處士，則龐居士在韓國也是居士之楷模。……又如高麗王朝仁宗年間文人林椿，其《咸寧侯采種四季花於足庵代闍公用詩謝之》云：『未解韓郎寧底巧，雪中頃刻開清晨。誰知丈室老龐蘊，默知不睹天女身。』用『老龐蘊』來贊揚闍公修行高，不為外物所擾，則是把龐居士當作得道高人。……李滉（1501～1570），朝鮮朝中宗、宣祖年間的哲學家、朱子學家、詩人。字景浩、退溪。他在詩文中亦用『鹿門龐』、『運水搬柴』等有關龐居士的典故。無用秀演（1651～1719）……其《次冷上人軸韻》云：『師也東西南北客，出乎人上知幾層，七斤布衲心珠隱，一寸方塘智水凝。鵬怒三千蒼海擊，鳥飛九萬紫霄升，丈夫氣象能如此，不日西江吸盡僧。』『西江吸盡』化用龐居士參馬祖之典。」〔註130〕顯示韓國文士對龐居士之熟悉與崇敬。

　　毋庸置疑，王、寒、龐在國外實具影響力，不論是叢林緇流，抑或文苑墨客皆有其伯樂。然從上述內容觀之，王梵志詩雖早見世，但因詩集曾銷聲匿跡，世人所悉不多，對國外影響未如寒、龐來得深刻，不過，其畢竟經由敦煌石窟中發覺，隨「敦煌學」隊伍壯大，其人其詩，知者日增，在海外藏有敦煌寫卷如英、法等國，仍有一定知名度與愛好者。寒山則是三人中最受歡迎者，不僅詩刊本屢被轉刻，注釋工作更是從未間斷，絲毫不遜國內傳刊盛景；而人物形象儼然成為藝術家創作靈感，化育出不少文藝佳構，顯示此人魅力無窮，連邦外民族也喜愛。至於龐居士，因禪宗外傳與無瑕人格特質，在日、韓禪林、文壇享有崇高之地位，幾成人間居士最佳代言者。

〔註130〕譚偉：《龐居士研究》，第 299～300 頁。

第陸章　結　論

第一節　王、寒、龐通俗詩在中國俗文學史上之地位

　　游離正統詩壇體外之通俗詩派，因長期遭受冷落，無從在中國文學史上立足，胡適嘗爲之引薦，項楚等人又疾聲呼籲。此喚醒不少文學史家對唐通俗詩之重視，如鄭中龍《唐代詩歌演變》對寒山詩差別待遇，發出不平之鳴，曰：「寒山詩，在唐代詩壇中，並無任何地位，那是難以更改的歷史事實。但這並無礙於我們在今天給他以應得的地位。寒山以通俗的白話寫說理抒情的詩，居然寫得這樣文從字順，正足以顯示出他在詩歌技巧方面所達到的高度的成就。單憑這一點，就應該給予寒山應得的地位了。」〔註1〕然雖如此，仍無法扭轉通俗詩爲傳統文學鄙視之事實。其實，王、寒、龐之通俗詩會遭受此等對待，原因與中國詩歌向以「典雅」爲宗攸關，「雅」即「正」，「俗」即「非正」。當然除傳統詩學觀念外，重點是由王梵志開創通俗詩派之發展，至宋已逐漸式微，項楚曰：

> 北宋中葉「文字禪」興起，禪師們向文字中討生活，思想的創造性和活力逐漸退化，雖然禪宗的勢力繼續擴展，作爲一種思想運動的禪宗卻走向了衰落。與此相應，北宋中葉以後，雖然禪宗的詩偈以更大的規模加速產生，「白話詩派」卻走向了衰落。這以後的禪宗詩偈不再有往昔的創造熱情和蓬勃的生命力，而滿足於咀嚼和模仿前輩的成就，它們使用的語言多半是歷史上的口語，而不是現實中的

〔註1〕　鄭中龍：《唐代詩歌演變》，第 77 頁。

口語，它們已經不是真正意義的白話詩了。〔註2〕

宋時禪宗語錄盛行，禪偈大量出現，理當壯大詩派之聲勢，但由於此時詩人多為禪師者流，詩偈多為參禪體法所用，題材已無王、寒反映社會寫實特性，從晚期龐蘊詩、語並存，即知端倪；加上當時禪僧用語，與唐季奉俗語為圭臬之作法大不相同，而以貫有歷史語彙取代，背馳詩派「皆陳俗語」之初衷，導致其走向沒落一途。

即便如此，王梵志等人通俗作品對中國文壇仍有一定之貢獻，項教授云：

> 佛教文學在中國不但發展充分，而且深刻地影響了普通民眾的意識
> 形態，……唐代白話詩派便是中國佛教文學較早顯示的豐碩成果，
> 同時它的意義也超越了佛教文學而具有更加廣泛的價值。它不僅開
> 創了我國大規模的佛教文學運動，而且對我國文學發展的全局產生
> 了重要影響。唐代白話詩派與文人詩歌迥異的藝術風格，豐富了我
> 國詩歌藝術的寶庫，並且直接為求新求變的宋詩提供了營養，形成
> 宋詩議論化和以俗為雅等等特色。〔註3〕

誠如項氏所揭，通俗詩歌在傳統詩壇雖未有顯赫聲名，但對宗教、通俗文學則有其實質影響，或許無須為通俗詩歌在文學史席位之有無而抱屈，重新釐定其「俗文學」之位置，不更貼切、合宜。若說通俗詩隸屬「俗文學」，已無須再考，因鄭振鐸《中國俗文學史》對「俗文學」定義道：

> 何謂「俗文學」？「俗文學」就是通俗的文學，就是民間的文學，
> 也就是大眾的文學。換一句話，所謂俗文學就是不登大雅之堂，不
> 為學士大夫所重視，而流行於民間，成為大眾所嗜好，所喜悅的東
> 西。〔註4〕

通俗詩派既非唐代正統派系，但為黎民喜好，明顯為俗文學儔類，故鄭著才將梵志等通俗詩歌，以「唐代的民間歌賦」之名專章介紹，彰顯其於中國俗文學之地位。

同時，項楚亦說：

> 王梵志白話詩的出現，標誌著中國白話通俗文學的崛起。接踵而來
> 的便是唐五代民間曲詞和被總稱為「變文」的各種體裁的說唱文學，

〔註2〕 項楚：《唐代白話詩派研究》，第 14 頁。

〔註3〕 前揭書，第 15 頁。

〔註4〕 鄭振鐸：《中國俗文學史》，第 1 頁。

　　　　　它們對後代通俗文學產生深廣的影響。〔註5〕
所言甚是，王梵志通俗詩與說唱文學體合稱之變文，均屬通俗文學之中堅分
子，〔註6〕影響後世久遠，以此類推，與梵志相類之寒、龐，其地位亦不可等
閒視之。

　　再者，若以王氏等人在民間文學，扮有舉足輕重角色觀之，其在文學史
之位置，或不如先前所說之卑微。因「中國有著悠久的民間文學傳統，從先
秦的《詩經》到漢代的樂府以及南北朝民歌，都表明中國文學發展史中存在
著通俗文學」，〔註7〕通俗、正統二文學，乃兩相依存，並行發展之系統，
且「俗文學為正統文學提供了許多文學上的滋養，是正統文學的必要補充，
甚至在一定意義上構成了正統文學的基礎。歷史地看，正統文學的發展從來
就沒有離開過、也不可能離開俗文學，文學研究亦然。正統文學作為純文學
史家的研究對象，如果離開了俗文學的基礎，其研究成果必然是抽象的、不
完整的、沒有永久生命力的。因此，只有結合俗文學來研究正統文人文學，
這樣得出的結論才能更符合中國文學發展的真實面貌」。〔註8〕換言之，唐
時王、寒、龐詩歌，雖不得踞於中國文學史上之高位，但也不能完全鄙棄其
價值，視作糟粕之物。否則，中國文學版圖便不再完整，亦無法明究其中底
蘊，此為何學界再三強調須注重通俗詩之因由，更是通俗詩存在之真實意義。

〔註5〕　項楚：《敦煌詩歌導論》（成都：巴蜀書社，2001 年 6 月），第 311 頁。
〔註6〕　王梵志通俗詩歌與說唱文學之變文，不僅為俗文學重要一環，亦是敦煌俗
　　　　文學之要員，劉子瑜《敦煌變文和王梵志詩》有以下詳實論述：「變文和王
　　　　梵志詩也以其通俗化、大眾化的文學特點給當時和以後的文學，特別是民
　　　　間文學的發展帶來了深刻的影響。……因為通俗化的特點，變文和王梵志
　　　　詩成為敦煌俗文學的重要組成部分，它們的被發現揭開了中國俗文學研究
　　　　的嶄新一頁。最初，當人們還不知道變文的時候，對於宋代的話本、元代
　　　　的諸宮調，乃至明清以來的彈詞、寶卷、鼓詞的由來等文學史上的重要問
　　　　題，都難以做出回答。變文的發現，其所展現出來的豐富多樣的民間說唱
　　　　文體，諸如變文（狹義）、話本、詞文、俗賦等等，使人們知道，原來在唐
　　　　代中國已經有了小說戲曲的萌芽，唐代的說唱文學與後代寶卷、彈詞等民
　　　　間文藝形式有著不可分割的淵源關係；而王梵志白話詩歌的出現，又使人
　　　　們了解到在唐代文人詩歌繁榮的同時，民間也盛行著通俗易懂的白話詩歌
　　　　的事實，唐代詩歌發展史不能抹去白話詩歌發展這一章。」（河南：大象，
　　　　1997 年 12 月），第 174 頁。
〔註7〕　同上書，第 173 頁。
〔註8〕　同上書，第 173～174 頁。

第二節　本論文研究成果及仍可發展之研究方向

　　本論文旨在進行王、寒、龐三人詩歌之比較研究，但對其它如詩派歷史遷演、詩人生平考實、詩集整理補闕、槧本流衍過程，乃至對後世影響等議題，多有新論與補充，其目的爲求以較新研究角度，觀察詩人作品之間差異，與學界研究之現況，俾後世研治者對通俗詩派有更深一層體會、認知，進而重視其對中國俗文學之貢獻。茲就探究之所得，簡述如下：

一、研究成果

　　初章「緒論」之「相關文獻檢討與分析」小節，爬梳不少王、寒、龐三人相關材料，並依據文獻內容進行分析與評述，此舉使讀者對王氏等各方面研究，能有一概略認識外，重點是該節爲首次整理王、寒、龐三人研究現況者，故所作工夫，除爲行文必備步驟外，對後人欲探究詩派現況，甚具參稽價值。

　　次章，有關詩人所屬詩派外緣問題。首先「興起之歷史背景」，闡釋其與「詩歌爲唐代表文學」、「禪宗血緣密切」二關係外，又以「唐季現實面貌與文化氛圍，亦爲影響通俗詩派生成另一重要背景緣由」，說明當時社會問題與背後所具意義，使論述網絡更加完備。第二節「詩僧歷史」則以完整、有系統闡釋「詩僧」起源，及在中國發展概況。文中將唐季詩僧分爲「清雅」、「通俗」二派看法，爲今人較少探及者，憑藉該內容之申說，可灌輸唐通俗詩非僅有別於文人詩歌，即在僧侶圈內亦然之新觀念。

　　第參章「詩人生平與詩集流傳」，在詩人生平部分，於王梵志則利用前人整理成果，排比資料，理訂出時代範圍後，再據張錫厚所考享年時間，得到王氏約爲隋文帝開皇三年至隋煬帝大業十三年（583～617）至唐高宗龍朔三年至武則天萬歲通天年（663～697）時人氏。至寒山時代推論方法亦同前者，惟其差別乃對於詩人享年百歲、歿時探討、滅地傳聞等議題，多有深入論述與探究，最終獲得寒山約生於「唐玄宗開元十四年（726）～唐文宗大和四年（830），大致活動於中晚唐時期」之初步結論。另節末附之寒山生平簡表，則依何善蒙所編之年表體例，加以刪補，俾年表眉目更加清晰，所據文獻亦方便檢索，此乃一新研治成果。而龐蘊由於留存文獻過少，僅推得卒於「唐憲宗元和十年（815）」唯一看法，其餘有俟日後新資料之出現，再行探討。

　　其次，分別介紹王、寒、龐三人詩本輯錄、刊行過程與詩篇補遺等內容。

其中「寒詩唐本」考察論題，雖陳耀東〈寒山子詩結集新探——《寒山詩集》版本研究之一〉早經發表，但該文仍存有諸多矛盾，留待商榷。就此，撰者參考錢學烈、葉朱紅等人觀點與蒐羅相關文獻，重新理述寒唐集情況，並將所得簡製成表，實爲該章一項重要收穫。

　　至論文核心第肆章，分成「題材風格」、「寫作手法」、「創作表徵」三項，進行王、寒、龐三人詩歌比較，而歸納爲以下結論：一、「題材風格」：王氏具有反映史實，爲民發聲現象，並偏好運用嘲諷言語方式，使世俗作品呈現「狂狷」風格，而宣揚佛理詩篇，則擅長營造意象之表現；寒山詩作風格雖與王氏雷同，卻缺少尖酸、辛辣成分，反帶有幾分文人典雅氣息，另寒山宗教詩篇造境技巧之精善，是其作品爲人稱頌主要原因；至龐蘊詩發揮禪家本色，處處不離禪法之示說，導致題材樣貌乏善可陳。二、「寫作方法」：三人言語風格大致相仿，惟疊字修辭，寒山運用較靈活，形式多變；詞彙色調分析，王氏採用尖銳色系，表達自身旨意，寒、龐分別以理性詞彙，柔性對眾人訴說；而對新詞之創造，梵志、寒山則展現其掌控能力。至於詩偈套式，三人作品各有不同特色與使用情形。三、「創作表徵」：王、寒、龐爲詩理念一致，多用「指導者之高度」且「不落俗套」特殊思維，表達創作初衷。而事物白描構思功力，王、寒表現不凡，乃在龐居士之上。

　　第伍章作品評價與影響，引用歷代筆記詩話、禪門典籍等相關著作，依次述說世人對三人詩歌之評價；至其影響，不論禪師上堂法語，民眾流傳崇拜，文人文藝創作等，乃至鄰近國家詩人作品中，皆見王、寒、龐詩歌作品影響之蹤影。

　　末章則透過通俗詩在俗文學史上之地位，強調其爲中國文學不可或缺之一環，並將研治所得略作總結。

二、仍可發展之研究方向

　　以上爲各章成果之簡述，以下即對日後可續行研究之二項議題再作說明：

（一）龐蘊詩集箋注工作與生父謎團解答。

　　有關此議題之必行性，本文第三章已有揭櫫。今日龐氏詩集拾遺、校注，以譚偉所作爲勝，不過，卻因譚氏於注集〈前言〉曾曰：「龐居士的詩偈與王梵志、寒山詩都是很有特色的白話詩，他們的詩歌語言、用典及風格諸方面

也非常相近。項楚先生《王梵志詩校注》、《寒山詩注》在釋詞、注典等方面都十分精到，對閱讀和理解龐居士的詩歌大爲有用，爲避免與項先生的著作過多重複，下面對龐居士的詩歌只作簡單校注。」〔註9〕譚氏省略諸多重要解釋，不僅造成讀者理解不便，內容亦顯得貧泛，故亟須進行續作之工程。另外，龐父身世之謎，現雖缺乏文獻記載，無從解答，不過，相信只要留心載籍中蛛絲馬跡，與更多學人持續關注，終有解開謎團之一朝。

（二）他國僧侶詩作與唐通俗詩派之比較。

閱讀寒山詩於韓國傳播資料中，有一條介紹該國慧諶禪師如何受到寒詩影響，其載：「慧諶重視寒山詩，以之教弟子和學人從看話禪中得悟禪趣，這一點尤其引人注目。這意味著他已經在將寒山詩在當時社會和佛教中進行普及化，這可以從修禪社的六代傳人圓監國師沖止在他的『又作十二頌呈似』連作起句即運用『吾心似秋月』便證之。另外，慧諶著眼於寒山詩，創作了新的假傳作品，這些方面都開拓了寒山詩研究的領域。現在慧諶傳下來的詩，是他的語錄中的二百餘首，加上《無衣子詩集》上、下卷中二〇五首，一共四〇五首，詩的體裁包含各種各樣，包括古詩、律詩、絕句、詞、層詩、回文詩、贊、偈頌等。關於對慧諶的詩和寒山詩的比較研究，我們留待下次再作討論。」〔註10〕誠然，他國僧侶不乏以唐通俗詩人爲楷模，甚至以擬其作爲傲。因此在比較自家作品之縱向研究時，或可朝橫向作賡續發展，以別國僧侶詩歌爲對比對象。如上所揭示，慧諶禪師作品既深受寒詩影響，即可用於相較寒詩上，亦能適用於王梵志、龐居士詩上，此議題不僅新穎，內容更具開闊性，是研治唐通俗詩漸臻飽和之今日，乃另一條可拓展新學術之途徑。

〔註9〕 譚偉：《龐居士研究》，第 425 頁。
〔註10〕 金英鎭：〈唐代白話詩研究——以王梵志和寒山詩爲中心〉，第 176 頁。

參考文獻

壹、古　籍

一、史　部

（一）正史類

1. 〔漢〕班固撰：《漢書》，見《叢書集成初編》（北京：中華書局），1985年。

2. 〔後晉〕劉昫等撰：《舊唐書》（北京：中華書局），2002年。

3. 〔宋〕歐陽修、宋祁等撰：《新唐書》（北京：中華書局），2003年。

（二）雜史類

1. 〔唐〕吳兢撰：《貞觀政要》，見《四部叢刊續編》（上海：上海書店），1984年7月。

2. 〔唐〕劉肅撰：《大唐新語》，見《叢書集成初編》（北京：中華書局），1985年。

3. 〔五代〕王定保撰：《唐摭言》，見《景印文淵閣四庫全書》（臺北：商務印書館），民國75年7月。

（三）政書類

1. 〔宋〕王溥撰：《唐會要》（上海：上海古籍），1991年1月。

（四）傳記類

1. 〔元〕辛文房著、周本淳校正：《唐才子傳校正》（臺北：文津），民國77年3月。

2. 〔明〕朱棣撰：《神僧傳》（揚州：江蘇廣陵古籍刻印社），1997年3月。

3. 〔明〕朱時恩輯：《居士分燈錄》（見《續藏經》中國佛教會影印卍續藏經委員會印行），民國 56 年。

4. 〔清〕彭紹升編：《居士傳》（揚州：江蘇廣陵古籍刻印社），1991 年 5 月。

5. 〔民國〕周永慎編：《歷代真仙高道傳》（北京：中國社會科學），2003 年 7 月。

（五）地理類

1. 〔唐〕徐靈府撰：《天臺山記》，見《中國道觀志叢刊》（揚州：江蘇古籍），2000 年。

2. 〔宋〕陳耆卿撰：《嘉定赤城志》，見《景印文淵閣四庫全書》（臺北：臺灣商務印書館），民國 75 年 7 月。

3. 〔清〕葉昌熾撰，張維明校補：《寒山寺志》（南京：江蘇古籍），1999 年。

4. 吳秀之等修、曹允源等纂：《江蘇省・吳縣志》，《中國方志叢書》（臺北：成文），民國 59 年。

5. 劉緯毅輯：《漢唐方志輯佚》（北京：北京圖書館），1997 年。

6. 蘇晉仁、蕭鍊子輯：《歷代釋道人物志——百部地方志選輯》（成都：巴蜀書社），1998 年。

（六）目錄類

1. 〔宋〕王堯臣等奉敕編：《崇文總目》，《叢書集成新編》（臺北：新文豐），民國 75 年元月。

2. 〔民國〕余嘉錫：《四庫提要辨證》（北京：中華書局），1980 年。

二、子　部

（一）類書、筆記小說類

1. 〔唐〕范攄：《雲谿友議》，見《四部叢刊續編》（上海：上海書店），1984 年 12 月。

2. 〔唐〕馮翊子：《桂苑叢談》，見《景印文淵閣四庫全書》（臺北：臺灣商務印書館），民國 75 年 7 月。

3. 〔宋〕李昉等編：《太平廣記》，見《叢書集成三編》（臺北：新文豐），民國 88 年 2 月。

4. 〔宋〕王欽若等奉敕撰：《冊府元龜》，見《景印文淵閣四庫全書》（臺北：臺灣商務印書館），民國 75 年 7 月。

5. 〔宋〕釋惠洪：《冷齋夜話》收李保民校點：《宋元筆記小說大觀》（上海：上海古籍），2007 年 3 月。

6. 〔宋〕費袞：《梁谿漫志》，見《叢書集成新編》（臺北：新文豐），民國78年。

7. 〔宋〕徐度：《卻掃編》，見《叢書集成新編》（臺北：新文豐），民國78年。

8. 〔宋〕王應麟：《困學紀聞》，見王雲五編：《四部叢刊續編》（臺北：臺灣商務），民國65年6月。

9. 〔元〕陶宗儀：《南村輟耕錄》（北京：中華書局），2004年4月。

10. 〔明〕焦竑：《焦氏筆乘續集》（臺北：臺灣商務印書館），民國60年4月。

11. 〔清〕錢曾：《讀書敏求記》，見《叢書集成簡編》（臺北：臺灣商務印書館），民54年。

12. 〔清〕趙翼：《陔餘叢考》（臺北：華世），民國64年10月。

（二）儒家類

1. 〔宋〕黎靖德編：《朱子語類》，《景印文淵閣四庫全書》（臺北：臺灣商務印書館），民國75年7月。

（三）道家類

1. 〔宋〕陳葆光撰：《三洞羣仙錄》，見《四庫全書存目叢書》（臺南：莊嚴文化），1995年9月。

（四）釋家類

1. 〔梁〕釋僧祐撰：《出三藏記集》，《續修四庫全書》（上海：上海古籍），2002年。

2. 〔梁〕釋慧皎撰、湯用彤校注：《高僧傳》（北京：中華書局），1997年10月。

3. 〔唐〕釋道宣撰：《廣弘明集》（臺北：新文豐），民國75年10月。

4. 〔唐〕釋玄奘撰：《大唐西域記》，見王雲五編：《四部叢刊正編》（臺北：臺灣商務印書館），民國68年11月。

5. 〔唐〕宗密述：《禪源諸詮集都序》，見《卍續藏經》（臺北：中國佛教會影印卍續藏經委員會印行），民國56年。

6. 〔唐〕龐蘊撰、于頔編集：《龐居士語錄》，（臺北：中華佛教居士會印刷），民國63年9月。

7. 〔唐〕龐蘊撰、于頔編集：《龐居士語錄》，《佛光大藏經‧禪藏》（高雄：佛光出版社），民國83年12月。

8. 〔南唐〕靜、筠禪僧編、張華點校：《祖堂集》（鄭州：中州古籍），2001年10月。

9. 〔宋〕釋贊寧撰、范祥雍點校:《宋高僧傳》(北京:中華書局),1997年10月。

10. 〔宋〕釋道元著、妙音等點校:《景德傳燈錄》(四川:成都古籍書店),2000年。

11. 〔宋〕賾藏主編集:《古尊宿語錄》(北京:中華書局),1994年5月。

12. 〔宋〕祖琇:《隆興編年通論》,見《卍續藏經》(臺北:中國佛教會影印卍續藏經委員會印行,民國56年。

13. 〔宋〕釋惠洪撰:《林間錄》,見《佛光大藏經‧禪藏》(高雄:佛光大藏經編修委員),民國83年。

14. 〔宋〕李遵勗:《天聖廣燈錄》,見《佛光大藏經‧禪藏》(高雄:佛光大藏經編修委員),民國83年。

15. 〔宋〕釋普濟輯、張恩富等編譯:《五燈會元》(重慶:重慶出版),2008年1月。

三、集 部

(一) 詩集、別集

1. 〔晉〕陶潛著‧袁行霈撰:《陶淵明集箋注》(北京:中華書局),2003年4月。

2. 〔唐〕劉禹錫撰:《劉賓客文集》,見《叢書集成初編》(北京:中華書局),1985年。

3. 〔唐〕白居易撰:《白氏長慶集》,見王雲五編《四部叢刊正編》(臺北:臺灣商務印書館),民國68年11月。

4. 〔唐〕寒山:《寒山子詩》,《四部叢刊初編‧集部》(臺北:臺灣商務印書館),民國56年。

5. 〔唐〕寒山:《寒山詩集》,《景印文淵閣四庫全書》(臺北:臺灣商務印書館),民國75年7月。

6. 〔唐〕寒山等:《寒山詩集‧附豐干、拾得、楚石、石樹原詩》(影印民國二十年,上海法藏寺比丘興慈刊《合天臺三聖二和詩集》本)(臺北:漢聲),民國60年2月。

7. 〔宋〕蘇軾撰、孔凡禮點校:《蘇軾文集》(北京:中華書局),1986年。

8. 〔宋〕黃庭堅:《山谷題跋》,見《叢書集成新編》(臺北:新文豐),民國74年。

9. 〔宋〕黃庭堅:《山谷集》,《景印文淵閣四庫全書》(臺北:臺灣商務印書館),民國75年7月。

10. 〔宋〕陸游:《劍南詩稿》,見于敏中等輯《景印摛藻堂四庫全書薈要》(臺北:世界書局),民國75年。

11. 〔宋〕李之儀撰：《姑溪居士集》，《景印文淵閣四庫全書》（臺北：臺灣商務印書館），民國 75 年 7 月。

12. 〔宋〕張鎡：《南湖集》，《叢書集成新編》（臺北：新文豐），民國 78 年。

13. 〔金〕元好問撰：《遺山先生文集》收王雲五編《四部叢刊正編》（臺北：臺灣商務印書館），民國 68 年 11 月。

14. 〔明〕袁中道：《珂雪齋集》（上海：上海古籍），1989 年。

15. 〔清〕錢謙益著、錢曾箋注：《牧齋有學集》（上海：上海古籍出版社），1996 年 9 月。

16. 〔清〕黃宗羲撰：《南雷文定三集》，見《四部備要》（臺北：臺灣中華書局），民國 70 年 6 月。

17. 〔清〕雍正帝輯錄：《雍正御選語錄》（臺北：自由），民國 56 年 6 月。

18. 〔清〕清聖祖御制：《全唐詩》（北京：中華書局增訂重印本），2008 年 2 月。

19. 〔民國〕王國維：《觀堂集林》（臺北：藝文），民國 45 年 1 月。

20. 〔民國〕陳尚君輯校：《全唐詩補編》（北京：中華書局），1992 年 10 月。

21. 〔民國〕傅璇琮等編：《全宋詩》（北京：北京大學古文獻研究所），1995 年 11 月。

（二）詩、文評類

1. 〔南朝梁〕劉勰著‧王利器校注：《文心雕龍校注》（臺北：明文書局），民國 74 年。

2. 〔唐〕釋皎然：《詩式》，見《叢書集成新編》（臺北：新文豐），民國 78 年。

3. 〔宋〕魏慶之：《詩人玉屑》（臺北：世界書局），民國 94 年。

4. 〔宋〕嚴羽著‧郭紹虞校釋：《滄浪詩話校釋》（臺北：里仁書局），民國 76 年 4 月。

5. 〔宋〕計有功：《唐詩紀事》，見《四部叢刊初編》（臺北：臺灣商務印書館），民 56 年。

6. 〔宋〕陳善：《捫蝨新話》，見《叢書集成新編》（臺北：新文豐），民國 78 年。

7. 〔宋〕劉克莊：《後村詩話》（臺北：廣文書局），民國 60 年 9 月。

8. 〔明〕高棅編選：《唐詩品彙》（臺北：學海），民國 72 年 7 月。

9. 〔明〕胡應麟：《詩藪》（臺北：廣文書局），民國 62 年 9 月。

10. 〔明〕朱承爵：《存餘堂詩話》，見《叢書集成新編》（臺北：新文豐），民國 78 年。

11. 〔明〕江盈科:《雪濤詩評》,見《江盈科集》(湖南:岳麓書社),1997年4月。

12. 〔明〕胡震亨:《唐音癸籤》,見楊家駱編《中國文學名著第三集》(臺北:世界書局),民國53年9月。

13. 〔清〕沈德潛:《說詩晬語》,《叢書集成續編》(臺北:新文豐),民國78年。

14. 〔清〕何文煥輯:《歷代詩話》(北京:中華書局),2001年11月。

15. 〔民國〕高步瀛選注:《唐宋詩舉要》(臺北:里仁書局),民國93年9月。

16. 〔民國〕丁福保輯:《歷代詩話續編》(北京:中華書局),2001年。

17. 〔民國〕丁福保輯:《清詩話》(上海:上海古籍),1999年6月。

18. 〔民國〕臺靜農編:《百種詩話類編》(臺北:藝文印書館),民國63年5月。

(三)詞、曲類

1. 〔明〕臧晉叔:《元曲選》(臺北:正文書局),民國88年9月。

貳、研究專著 (以下全按出版先後排序)

一、文學史

1. 澤田總清原著、王鶴儀編譯:《中國韻文史》(臺北:臺灣商務),民國54年。

2. 尹雪曼:《中國文學概論》(臺北:三民),民國80年8月。

3. 胡適:《白話文學史》(北京:東方),1996年3月。

4. 劉大杰:《中國文學發展史》(臺北:華正書局),民國86年7月。

5. 鄭振鐸:《中國俗文學史》(北京:商務印書館),1998年4月。

6. 喬象鍾、陳鐵民主編:《唐代文學史》(北京:人民文學),2000年6月。

7. 郭預衡:《中國古代文學史長編——隋唐五代卷》(北京:首都師範大學),2000年。

8. 黃麗貞:《中國文學概論》(臺北:三民),2005年5月。

二、中國歷史、文化史

1. 張國剛、楊樹森:《隋唐宋史》(臺北:五南圖書),2002年6月。

2. 張師弓主編:《敦煌典籍與唐五代歷史文化》(北京:中國社會科學),2006年3月。

三、佛教史

1. 范文瀾:《唐代佛教》(北京:人民出版社,1979 年 4 月。
2. 湯用彤:《漢魏兩晉南北朝佛教史》(臺北:臺灣商務),1991 年 9 月。
3. 湯用彤:《隋唐及五代佛教史》(臺北:慧炬),民國 86 年 4 月。
4. 楊曾文:《唐五代禪宗史》(北京:中國社會科學),2006 年 11 月。
5. 印順:《中國禪宗史》(南昌:江西人民),2007 年 1 月。

四、佛教文學

1. 杜松柏:《禪學與唐宋詩學》(臺北:臺灣黎明),1976 年。
2. 孫昌武:《唐代文學與佛教》(新店:谷風),1987 年 5 月。
3. 朱鳳玉:《王梵志詩研究》(臺北:臺灣學生書局),民國 76 年 11 月。
4. 張錫厚輯:《王梵志詩研究彙錄》(上海:上海古籍),1990 年 8 月。
5. 項楚:《敦煌文學叢考》(上海:上海古籍),1991 年 4 月。
6. 陳慧劍:《寒山子研究》(臺北:東大圖書),民國 80 年 8 月。
7. 賴永海:《佛道詩禪》(高雄:佛光出版社,民國 81 年 3 月。
8. 張伯偉:《禪與詩學》(杭州:浙江人民),1992 年 9 月。
9. 謝思煒:《禪宗與中國文學》(北京:中國社會科學),1993 年 12 月。
10. 黃博仁:《寒山及其詩》(臺北:新文豐),民國 82 年 12 月。
11. 周裕鍇:《中國禪宗與詩歌》(高雄:麗文文化事業),1994 年 7 月。
12. 孫昌武:《詩與禪》(臺北:東大圖書),民國 83 年 8 月。
13. 覃召文:《禪月詩魂:中國詩僧縱橫談》(北京:三聯書店),1994 年 11 月。
14. 張錫厚:《敦煌本唐集研究》(臺北:新文豐),民國 84 年 3 月。
15. 曲金良:《敦煌佛教文學研究》(臺北:文津),民國 84 年 10 月。
16. 胡適:《胡適集》(北京:中國社會科學),1995 年 12 月。
17. 林建福、陳鳴著:《文苑佛光——中國文僧》(北京:華文),1997 年 1 月。
18. 陳允吉、陳引馳主編:《佛教文學精編》(上海:上海文藝),1997 年 6 月。
19. 劉子瑜:《敦煌變文與王梵志詩》(河南:大象),1997 年 12 月。
20. 張勇:《傅大士研究》(成都:巴蜀書社),2000 年 7 月。
21. 張海沙:《初盛唐佛教禪學與詩歌研究》(北京:中國社會科學),2001 年。
22. 項楚:《敦煌詩歌導論》(成都:巴蜀書社),2001 年 6 月。

23. 梁曉虹：《佛教與漢語詞彙》（臺北：佛光文化），民國 90 年 8 月。

24. 榮新江：《敦煌學十八講》（北京：北京大學），2001 年 8 月。

25. 羅時進：《唐詩演進論》（南京：江蘇古籍），2001 年 9 月。

26. 孫昌武：《文壇佛影》（北京：中華書局），2001 年 9 月。

27. 陳引馳：《大千世界──佛教文學》（昆明：雲南人民），2001 年 10 月。

28. 劉墨：《禪學與藝境》（石家庄：河北教育），2002 年 1 月。

29. 普慧：《南朝佛教與文學》（北京：中華書局），2002 年 2 月。

30. 陳引馳：《隋唐佛學與中國文學》（南昌：百花洲文藝），2002 年 5 月。

31. 譚偉：《龐居士研究》（成都：四川民族），2002 年 7 月。

32. 項楚：《柱馬屋存稿》（北京：商務印書館），2003 年 7 月。

33. 高國藩：《敦煌學百年史述要》（臺北：臺灣商務印書），2003 年 10 月。

34. 項楚、張子開等撰：《唐代白話詩派研究》，（成都：巴蜀書社），2005 年 6 月。

35. 何善蒙：《隱逸詩人──寒山傳》（杭州：浙江人民），2006 年 12 月。

36. 胡遂：《佛教禪宗與唐代詩風之發展演變》（北京：中華書局），2007 年 4 月。

37. 孫昌武：《佛教與中國文學》（上海：上海人民），2007 年 6 月。

38. 方志恩：《拾得及其作品研究》（臺北：花木蘭），2007 年 9 月。

五、工具書

1. 比丘明復：《中國佛學人名辭典》（北京：中華書局），1988 年。

2. 周祖譔主編：《中國文學家大辭典・唐五代卷》（北京：中華書局），1992 年。

3. 震華法師編：《中國佛教人名大辭典》（上海：上海辭書），1999 年 11 月。

4. 鄭阿財、朱鳳玉編：《敦煌學研究論著目錄》（臺北：漢學中心），民國 89 年 4 月。

5. 張忠綱主編：《全唐詩大辭典》（北京：語文），2000 年 9 月。

6. 賈文毓、李引：《中國地名辭源》（北京：華夏），2005 年 9 月。

7. 張撝之等編：《中國歷代人名大辭典》（上海：上海古籍），2006 年 4 月。

六、研究理論、方法

1. 竺家寧：《漢語詞彙學》（臺北：五南圖書），民國 88 年。

2. 王欣夫：《王欣夫說文獻學》（上海：上海古籍），2000 年 12 月。

3. 黃慶萱：《修辭學》（臺北：三民書局），2002 年 10 月。

4. 湯志鈞導讀、梁啓超撰：《中國歷史研究法》（上海：上海古籍），2003年3月。

5. 來新夏：《古籍整理講義》（廈門：鷺江），2003年11月。

6. 吳建民：《中國古代詩學原理》（北京：人民文學），2004年2月。

7. 張舜徽：《中國文獻學》（武漢：華中師範大學），2004年3月。

8. 竺家寧：《語言風格與文學韻律》（臺北：五南圖書），2005年5月。

9. 張大可、俞樟華：《中國文獻學》（福州：福建人民），2005年9月。

10. 趙敏俐編：《文學研究方法論講義》（北京：學苑），2005年12月。

11. 吳明賢、李天道編：《唐人的詩歌理論》（成都：巴蜀書社），2006年9月。

七、古典文學研究

1. 謝思煒：《雅風美俗之隋唐氣象》（臺北：雲龍），1995年12月。

2. 蘇雪林：《唐詩概論》（瀋陽：遼寧教育），1997年3月。

3. 謝思煒：《唐宋詩學論集》（北京：商務印書館），2003年3月。

4. 屈子規、屈子娟著：《唐詩勾趣》（成都：四川教育），2003年9月。

5. 陳順智：《東晉玄言詩派研究》（武漢：武漢大學），2003年11月。

6. 上海書畫：《宋黃庭堅寒山子龐居士詩卷》（上海：上海書畫），2004年1月。

7. 葉珠紅：《寒山詩集校考》（臺北：文史哲），民國94年4月。

8. 鄧中龍：《唐代詩歌演變》（長沙：岳麓書社），2005年11月。

9. 沈松勤、胡可先、陶然著：《唐詩研究》（杭州：浙江大學），2006年1月。

10. 葉珠紅：《寒山詩集論叢》（臺北：秀威資訊），2006年9月。

11. 陳耀東：《寒山詩集版本研究》（北京：世界知識），2007年4月。

12. 王澍：《魏晉玄學與玄言詩研究》（北京：中國社會科學），2007年12月。

八、禪學研究

1. 忽滑谷快天撰、朱謙之譯：《中國禪學思想史》（上海：上海古籍），2002年4月。

2. 吳言生主編：《中國禪學·第一卷》（北京：中華書局），2002年6月。

3. 蘇樹華：《洪州禪》（北京：宗教文化），2005年7月。

4. 聖嚴法師：《拈花微笑》，（上海：上海三聯書店），2005年11月。

5. 楊曾文：《馬祖道一與中國禪宗文化》（北京：中國社會科學），2006年9月。

九、資料輯注、彙編、年譜

1. 徐俊：《敦煌詩集殘卷輯考》（北京：中華書局），2000 年 6 月。
2. 周相錄：《元稹年譜新編》（上海：上海古籍），2004 年 11 月。
3. 周勛初編：《唐人軼事彙編》（上海：上海古籍），2006 年 4 月。
4. 葉珠紅：《寒山資料類編》（臺北：秀威資訊），2006 年 7 月。
5. 張勇：《趙州從諗研究資料輯注》（成都：巴蜀書社），2006 年 8 月。

十、詩集校注

1. 入矢義高：《禪居士語錄》（東京：築摩書房），1973 年 3 月。
2. 徐光大：《寒山子詩校注·附拾得詩》（西安：陝西人民），1991 年 10 月。
3. 項楚：《王梵志詩校注》（上海：上海古籍），1991 年 10 月。
4. 李誼注釋：《禪家寒山詩注·附拾得詩》（臺北：正中書局），民國 81 年。
5. 錢學烈校評：《寒山拾得詩校評》（天津：天津古籍），1998 年 7 月。
6. 項楚：《寒山詩注·附拾得詩注》（北京：中華書局），2000 年 3 月。
7. 王安石著、李之亮補箋：《王荊公詩注補箋》（成都：巴蜀書社），2002 年 1 月。

十一、詩歌評賞

1. 馬大品、程方平等編：《中國佛道詩歌總匯》（河北：中國書店），1993 年 12 月。
2. 陳伯海主編：《唐詩彙評》（浙江：浙江教育），1996 年 5 月。
3. 潘人和編：《儒道釋詩匯賞·釋詩卷》（福州：海峽文藝），1996 年 11 月。
4. 孫映逵主編：《全唐詩流派品匯》（太原：北嶽文藝），1998 年 9 月。
5. 廖養正編：《中國歷代名僧詩選》（北京：中國書籍），2004 年 12 月。

參、期刊論文、論文總集

一、期刊論文

（一）王梵志

1. 張錫厚：〈唐初白話詩人王梵志考略〉，《中華文史論叢》第 4 輯，1980 年，第 61～75 頁。
2. 項楚：〈王梵志詩釋詞〉，《中國語文》第 4 期（總 193 期），1986 年，第 281～287。
3. 張錫厚：〈論唐代通俗詩的興起及其歷史地位〉收於《唐代文學論叢·總 第九輯》（西安：西北大學中文系），1987 年 3 月，第 1～24 頁。

4. 許總：〈王梵志及其影響下的僧人詩〉，《古典文學知識》第 2 期，1994年，第 48～52 頁。

5. 曹小雲：〈王梵志詩語法成分初探〉，《安徽師大學報》第 22 卷第 3 期，1994 年，第 325～332 頁。

6. 楊青：〈詩僧王梵志的通俗詩〉，《敦煌研究》第 3 期，1994 年，第 148～152 頁。

7. 陳允吉：〈關於王梵志傳說的探源與分析〉，《復旦學報（社會科學版）》第 6 期，1994 年，第 97～103 頁。

8. 段觀宋：〈王梵志詩校議〉，《中國韻文學刊》第 2 期，1995 年，第 15～18 頁。

9. 高國藩：〈論王梵志的藝術性〉，《江蘇社會科學》第 5 期，1995 年，第 129～134 頁。

10. 朱炯遠：〈《王梵志詩校注》商補〉，《華東師範大學學報（哲學社會科學版）》第 3 期，1997 年，第 93～96 頁。

11. 顧浙秦：〈王梵志生地生年考辨〉，《西藏民族學院學報（社會科學版）》第 4 期（總第 72 期），1997 年，第 64～67 頁。

12. 張生漢：〈《王梵志詩校注》拾遺〉，《河南大學學報（社會科學版）》第 38 卷第 5 期，1998 年 9 月，第 1～3 頁。

13. 陸永峰：〈王梵志詩、寒山詩比較研究〉，《四川大學學報（哲學社會科學版）》第 1 期，1999 年 1 月，第 110～113 頁。

14. 高國藩：〈論王梵志及其詩的思想〉，《東南大學學報（社會科學版）》第 1 卷第 3 期，1999 年 8 月，第 74～79 頁。

15. 朱炯遠：〈《王梵志詩校注》商補（續）〉，《上海大學學報（社會科學版）》第 6 卷第 5 期，1999 年 10 月，第 27～31 頁。

16. 金英鎮：〈試論王梵志詩與寒山詩之異同〉，《宗教學研究》第 3 期，2000年，第 98～106 頁。

17. 張能甫：〈論王梵志詩中的俗語詞〉，《西昌師範高等專科學校學報》第 3 期，2000 年 9 月，第 8～13 頁。

18. 徐俊波：〈王梵志生活年代考〉，《敦煌研究》第 4 期，2001 年，第 145～151 頁。

19. 李君偉：〈敦煌文書中的王梵志詩研究述評〉，《中國社會科學院研究生學報》，2002 年增刊，第 101～103 頁。

20. 查明昊：〈翻著襪法與寒山體〉，《敦煌研究》第 3 期（總第 79 期），2003年，第 100～104 頁。

21. 朱炯遠：〈王梵志、寒山佛理勸善詩的異同〉，《上海大學學報（社會科學版）》第 12 卷第 1 期，2005 年 1 月，第 42～45 頁。

22. 齊文榜:〈王梵志詩集敘錄〉,《河南大學學報(社會科學版)》第 45 卷第 4 期,2005 年 7 月,第 44～47 頁。

23. 鐘繼彬:〈王梵志詩及王梵志奇人事跡鉤沉〉,《成都教育學報》第 20 卷第 5 期,2006 年 5 月,第 102～104 頁。

24. 盧其美:〈正史書之不當,補文獻之不及──論王梵志詩的史料價值〉,《佛山科學技術學院學報(社會科學版)》第 24 卷第 6 期,2006 年 11 月,第 16～18 頁。

25. 李振中:〈略論王梵志詩翻著襪法創作特點〉,《商丘師範學院學報》第 22 卷第 6 期,2006 年 12 月,第 44～45 頁。

26. 梁德林:〈論王梵志翻著襪法〉,《廣西師範學院學報(哲學社會科學版)》第 28 卷第 1 期,2007 年 1 月,第 62～65 頁。

(二)寒　山

1. 錢穆:〈讀書散記兩篇‧讀寒山詩〉,《新亞書院學術年刊》第 1 期,民國 48 年 10 月,第 1～15 頁。

2. 若凡:〈寒山子詩韻(附拾得詩韻)〉,《語言學論叢》第 5 輯,民國 52 年 1 月,第 99～130 頁。

3. 卓安琪:〈寒山時代的探考〉,《中國詩季刊》第 3 卷第 4 期,民國 61 年 12 月,第 1～9 頁。

4. 鍾玲:〈寒山在東方與西方文學界的地位〉,《中國詩季刊》第 3 卷第 4 期,民國 61 年 12 月,第 1～17 頁。

5. 趙茲潘:〈寒山子其人其詩〉,《中國詩季刊》第 4 卷第 1 期,民國 62 年 3 月,第 1～22 頁。

6. 胡鈍俞〈評王安石擬寒山拾得詩二十首〉,載《中國詩季刊》第 4 卷第 1 期,民國 62 年 3 月,第 1～6 頁。

7. 王運熙、楊明:〈寒山子詩歌的創作年代〉,《中華文史論叢》第 4 輯,1980 年,第 47～59 頁。

8. 錢學烈:〈寒山子與寒山詩版本〉,《文學遺產增刊》第 16 輯,1983 年 11 月,第 130～143 頁。

9. 王進珊:〈談寒山話拾得〉,《中華文史論叢》第 1 輯,1984 年 3 月,第 79～100 頁。

10. 入矢義高撰、王順洪譯:〈寒山詩管窺〉,《古籍整理與研究》第 4 期,1989 年 3 月,第 233～252 頁。

11. 嚴振非:〈寒山子身世考〉,《東南文化》第 2 期,1994 年,第 212～218 頁。

12. 連曉鳴、周琦:〈試論寒山子的生活年代〉,《東南文化》第 2 期,1994

年，第 205～222 頁。

13. 陳熙、陳兵香：〈關於寒山子墓塔的探討〉，《東南文化》第 2 期，1994年，第 223 頁。

14. 陳耀東：〈寒山詩之被「引」、「擬」、「和」——寒山詩在禪林、文壇中的影響及其版本研究〉，《吉首大學學報》第 6 期，1994 年，第 59～66 頁。

15. 陳耀東：〈日本國庋藏《寒山詩集》聞知錄——《寒山詩集》版本研究之四〉，《浙江師大學報（社會科學版）》第 2 期，1995 年，第 98～100 頁。

16. 陳耀東：〈寒山、拾得佚詩拾遺〉，《文學遺產》第 5 期，1995 年，第 115～116 頁。

17. 段曉春：〈《寒山子詩集》版本研究匡補〉，《圖書館論壇》第 1 期，1996年，第 62～64 頁。

18. 姜光斗：〈論寒山子的時代、生平和詩歌〉，《南通師專學報（社會科學版）》第 12 卷第 2 期，1996 年 6 月，第 9～12 頁。

19. 陳耀東：〈寒山子詩結集新探——《寒山詩集》版本研究之一〉，《浙江師大學報（社會科學版）》第 1 期，1997 年，第 42～44 頁。

20. 陳耀東：〈《寒山詩集》傳本敘錄〉，（《中國書目季刊》第 31 卷第 2 期，民國 86 年 9 月，第 29～48 頁。

21. 曹汛：〈寒山詩的宋代知音——兼論寒山詩在宋代的流布和影響〉，《中國典籍與文化論叢》第 4 輯，1997 年 12 月，第 121～133 頁。

22. 錢學烈：〈寒山子年代的再考證〉，《深圳大學學報（人文社會科學版）》第 15 卷第 2 期，1998 年 5 月，第 101～107 頁。

23. 錢學烈：〈寒山子禪悅詩淺析〉，《中國人民大學學報》第 3 期，1998 年，97～101 頁。

24. 陳耀東：〈唐代詩僧《寒山子詩集》傳本研究〉，《人文中國學報》第 6 期，1999 年 4 月，第 1～30 頁。

25. 譚偉：〈論寒山與龐居士詩歌中的濟世情懷〉，《西昌師範高等專科學校學報》第 2 期，2000 年 6 月，第 11～19 頁。

26. 譚偉：〈論寒山與龐居士詩歌中的宗教精神〉，《宗教學研究》第 4 期，2000年，第 106～111 頁。

27. 鍾仕倫：〈永樂大典本《寒山詩集》論考〉，《四川大學學報（哲學社會科學版）》第 5 期，2000 年 9 月，第 113～118 頁。

28. 金英鎮：〈論寒山詩對韓國禪師與文人的影響〉，《宗教學研究》第 4 期，2002 年，第 38～45 頁。

29. 岳珍：〈論寒山的俗體詩〉，《西南師範大學學報（人文社會科學版）》第 29 卷第 2 期，2003 年 3 月，第 151～154 頁。

30. 陳耀東：〈黃庭堅論杜甫與寒山子──兼述杜詩中的佛學禪宗意蘊〉，《杜甫研究學刊》第 2 期總 76 期，2003 年，第 52～58 頁。

31. 賈晉華：〈傳世《寒山詩集》中禪詩作者考辨〉，《中國文哲研究集刊》第 22 期，2003 年 3 月，第 65～90 頁。

32. 李鍾美：〈從歷代目錄看《寒山詩》的流傳〉，《古籍整理研究學刊》第 3 期，2003 年 5 月，第 66～71 頁。

33. 許劍宇：〈也說「百有餘」〉，《古漢語研究》第 1 期，2004 年，第 103～105 頁。

34. 張天健：〈略論寒山的生年辨異與身世〉，《成都大學學報（社科版）》第 3 期，2004 年，第 43～44 頁。

35. 李鍾美：〈朝鮮本系統《寒山詩》版本源流考〉，《文獻季刊》第 1 期（總第 103 期），2005 年 1 月，第 46～63 頁。

36. 陳耀東：〈寒山、拾得佚詩考釋〉，收於《中國典籍與文化論叢·第八輯》（北京：北京大學出版社），2005 年 1 月，第 161～169 頁。

37. 羅時進：〈寒山的身份與通俗詩敘述角色轉換〉，《江海學刊》第 2 期，2005 年，第 189～193 頁。

38. 羅時進：〈日本寒山題材繪畫創作及其淵源〉，《文藝研究》第 3 期，2005 年，第 104～111 頁。

39. 李鍾美：〈國清寺本系統《寒山詩》版本源流考〉，《中國俗文化研究》第 3 輯，2005 年 12 月，第 148～164 頁。

40. 葉珠紅：〈《寒山詩集》版本問題探究〉，《興大人文學報》第 36 期，2006 年 3 月，第 405～418 頁。

41. 何善蒙：〈寒山、寒山寺與寒山熱〉，《佛教文化》第 5 期，2006 年，第 57～59 頁。

42. 何善蒙：〈寒山子考證〉，《文學遺產》第 2 期，2007 年，第 121～123 頁。

43. 區絢、胡安江：〈寒山詩在日本的傳布與接受〉，載《外國文學研究》第 3 期，2007 年，第 150～158 頁。

（三）龐　蘊

1. 譚偉：〈論元雜劇《龐居士誤放來生債》題材來源及其價值〉，《四川師範大學學報（社會科學版）》第 28 卷第 3 期，2001 年 5 月，第 43～47 頁。

2. 譚偉：〈《龐居士語錄》的抄本與明刻本〉，《文獻季刊》第 4 期（總 94 期），2002 年，第 139～146 頁。

3. 譚偉：〈龐居士三偈之禪悟境界〉，《宗教學研究》第 1 期，2003 年，第 33～36 頁。

4. 鄭昭明：〈論龐蘊的禪宗美學風格與實踐〉，《漢雲學刊》第 12 期，2005

年 6 月，第 99～111 頁。

5. 陳麗珍：〈龐蘊居士之研究〉，《人文及管理學報》第 2 期，2005 年 11 月，第 171～204 頁。

（四）其　他

1. 程裕禎：〈唐代的詩僧和僧詩〉，《南京大學學報（哲學社會科學）》第 1 期，1984 年，第 34～41 頁。

2. 丁敏：〈論唐代詩僧產生的原因〉，《獅子吼》第 24 卷第 1 期，民國 74 年 1 月，第 18～21 頁。

3. 湯貴仁：〈唐代僧人詩和唐代佛教世俗化〉收於《唐代文學論叢·總第七輯》（西安：西北大學中文系），1986 年 1 月，第 190～211 頁。

4. 陳耀東：〈全唐詩拾遺（續）〉，《浙江師範大學報（社會科學版）》第 1 期，1988 年，第 39～46 頁。

5. 黃新亮：〈漢唐僧詩發展述略〉，《廣西師院學報（哲學社會科學版）》第 1 期，1995 年，第 22～27 頁。

6. 謝思煒：〈唐代通俗詩研究〉，《中國社會科學》第 2 期，1995 年 3 月，第 154～166 頁。

7. 李谷鳴：〈佛教詩偈初探〉，《安徽教育學院學報》第 4 期，1995 年，第 44～47 頁。

8. 董上德：〈論古代雅、俗文學的互補與交融〉，《中山大學學報（社會科學版）》第 2 期，1997 年，第 106～111 頁。

9. 盧寧：〈東晉僧詩風格管窺〉，《天中學刊》第 13 卷第 3 期，1998 年 6 月，第 30～36 頁。

10. 高平平：〈疊字的修辭功用〉，載《中國語文》第 498 期，民國 87 年 12 月，第 47～51 頁。

11. 周裕鍇：〈以俗爲雅：禪籍俗語言對宋詩的滲透與啓示〉，載《四川大學學報（哲學社會科學版）》第 3 期，2000 年，第 73～80 頁。

12. 唐浩：〈江南古刹──寒山寺〉，《中國地名》第 1 期，2002 年，第 44 頁。

13. 陸永峰：〈唐代詩僧概論〉，《淮陽師範學院學報（哲學社會科學版）》第 24 卷，2002 年 3 月，第 368～378 頁。

14. 劉昭、張越：〈淺議唐代通俗詩的特點〉，《黑龍江教育學院學報》第 21 卷第 4 期，2002 年 7 月，第 63～64 頁。

15. 張思齊：《宋詩的白話傾向比較探源》，《煙臺大學學報（哲學社會科學版）》，第 16 卷第 2 期，2003 年 4 月。

16. 羅文玲：〈六朝僧家吟詠佛理的詩作〉，《中華佛學研究》第 7 期，民國 92 年，第 61～76 頁。

17. 項楚：〈唐代的白話詩派〉,《江西社會科學》,2004 年 2 月,第 36～41 頁。

18. 宋玲艷：〈《全唐詩》人稱詞「你」初探〉,《成都教育學院學報》第 19 卷 第 1 期,2005 年 1 月,第 38～40 頁。

19. 楊芬霞：〈唐代通俗詩派的文化闡釋〉,《社會科學家》第 2 期（總 118 期）, 2006 年 3 月,第 17～20 頁。

20. 都洁婷：〈論禪宗與中國古典詩歌的關係與影響——以唐代詩歌為考察中 心〉,《貴州社會主義學院學報》第 4 期,2006 年,第 35～37 頁。

二、論文集論文

1. 梁啓超：〈翻譯文學與佛典〉,《飲冰室專集（七）‧第九》（臺北：臺灣中 華書局）,民國 76 年 12 月,第 1～37 頁。

2. 石川力山：〈宋版《龐居士語錄》について——西明寺所藏《龐居士語錄》 の紹介とその及其資料價值〉,《禪文化研究所紀要——入矢義高教授喜 壽紀念論集》第 15 號,1988 年 12 月,第 347～411 頁。

3. 項楚：〈寒山拾得佚詩考〉,《周紹良先生欣開九秩慶壽文集》（北京：中 華書局）,1997 年,第 333～342 頁。

4. 徐俊：〈《寒山詩注（附拾得詩）》書評〉,《唐研究‧第七卷》 （北京： 北京大學）,2001 年 12 月,第 505～512 頁。

5. 王早娟：〈寒山子研究綜述〉,《曹溪——禪研究》（北京：中國社會科學）, 2002 年 9 月,第 480～488 頁。

6. 楊曾文：〈唐代龐居士及其禪詩〉,《曹溪——禪研究》（北京：中國社會 科學）,2002 年 9 月,第 313～327 頁。

7. 朱鳳玉、陳慶浩：〈王梵志詩之整理與研究〉,項楚,鄭阿財主編《新世 紀敦煌學論集》（成都：巴蜀書社）,2003 年 3 月,第 156～167 頁。

8. 王小盾、孫尚勇：〈唐代佛教詩歌的套式及其來源〉,《唐代文學與宗教》 （香港：中華書局）,2004 年 5 月,第 417～447 頁。

9. 何師廣棪：〈略談考據方法及其在學術研究之運用〉,《碩堂文存五編》（臺 北：里仁書局）,民國 93 年 9 月,第 97～108 頁。

10. 朱鳳玉：〈王梵志、寒山與龐蘊——論唐代佛教白話詩的特色〉,《唐代文 學與宗教》（香港：中華書局）,2004 年 5 月,第 211～234 頁。

肆、博、碩士論文

1. 朴魯玹：〈寒山詩及其版本之研究〉,政治大學中國文學研究所碩士論文, 民國 75 年。

2. 趙芳藝：〈寒山詩語法研究〉,東海大學中國文學研究所碩士論文,民國

78 年。

3. 李鮮熙:〈寒山其人及其詩研究〉,東吳中國文學研究所博士論文,民國 81 年。

4. 金英鎮:〈唐代白話詩研究──以王梵志和寒山詩爲中心〉,四川大學中文所博士論文,2000 年。

5. 苗昱:〈王梵志詩寒山詩(附拾得詩)用韻比較研究〉,蘇州大學漢語文字學系碩士論文,2002 年。

6. 葉珠紅:〈寒山資料考辨〉,中興大學中國文學研究所在職專班碩士論文,民國 92 年。

7. 崔小敬:〈寒山及其詩研究〉,復旦大學中國語文學系博士論文,2004 年。

8. 李振中:〈王梵志詩生死觀及創作特點研究〉,廣西師範大學中文系碩士論文,2005 年。

9. 李皇誼:〈禪門龐蘊居士及其文學研究〉,東海大學中國文學系博士論文,民國 94 年。

10. 楊芬霞:〈中唐詩僧研究〉,陝西師範大學中文系博士論文,2006 年。

11. 周海燕:〈詩僧寒山禪詩研究〉,東北師範大學中文系碩士論文,2006 年。

12. 盧其美:〈王梵志及其詩研究〉,山東師範大學中文系碩士論文,2007 年。

後　記

　　自就讀碩班以來，對唐季通俗詩派研究議題，一直保有濃厚興趣，先前出版《拾得及其作品研究》（收編於《古典文獻研究輯刊·第五編》）即是明證。轉入博班後，熱度未曾稍退，常將研治所得發表於學術期刊，以求教同好。學分修畢後，與指導教授多次討論，決以「王梵志、寒山、龐蘊通俗詩之比較研究」為題，便有斯文之撰成。

　　而今學位順利取得，論文付梓在即，有如此圓滿結果，實要感謝他人諸多之相助。首先謝謝指導教授何師廣棪（碩堂），因有其殷切教導，認真審閱論文，使本文能如期呈繳，居功宏偉。此外，對何師積極替自己爭取出版機會，提攜有加，亦感激萬分，今生能得此賢師，已不枉費矣，或應如羅爾綱《師門五年記》末所云：「我應該如何努力將來，方才不致成為一個有辱師教的人。」勤奮治學，戮力進取，不致辜負教授多年來之諄諄教誨。

　　其次，對四川大學中國俗文化研究所張勇（子開）教授惠印資料，亦深表感謝。張教授熱心助人，論文大綱能順利擬定，實拜其幫忙複印該校博士生金英鎮〈唐代白話詩研究——以王梵志和寒山詩為中心〉一文，與幾篇臺灣未藏見之期刊論文。承蒙子開教授惠援與愛護，同樣銘感五內，在此致上由衷之謝忱。

　　另外，還要謝謝口試委員：黃兆強、釋師仁朗、盧錦堂、潘美月四位教授，於口試時給予眾多寶貴意見，誣正文中不少缺失、謬處，嘉惠良多；以及默默在背後支持之雙親、家人、助教陸學姐、宗明學長、筱瑩、宛春、琮仁等摯友鼓勵。諸位恩德，永矢弗諼，千言萬語，亦無法訴盡對各位感謝之恩，謹申悃謝，以聊表心中最大之謝意。